Il Settore Eclipse

Lupi V-Clan

AUTRICE DI BESTSELLER USA TODAY

Lexi C. Foss

Titolo originale: *Eclipse Sector*

Copyright © 2024 Lexi C. Foss

Traduzione italiana: Claudia Sartori, Literary Queens

A cura di: Biba Sven

Edito da: Outthink Editing, LLC

Proofreading versione originale: Katie Schmahl & Jean Bachen

Design di copertina: Jay R. Villalobos con Covers by Juan

Fotografie di copertina: CJC Photography

Modelli di copertina: Eric Guilmette & Samantha Wisecarver

Pubblicato da: Ninja Newt Publishing, LLC

Edizione digitale

ISBN: 978-1-68530-351-8

Edizione Paperback

ISBN: 978-1-68530-391-4

Disclaimer sull'uso dell'IA: questo libro non contiene nessun elemento creato con l'IA. Tutte le immagini sono state realizzate da artisti reali e tutte le parole sono state scritte dall'autrice.

A tutti coloro che amano il momento in cui chi rifiuta diventa il rifiutato... Perché, in fondo, a chi non piace vederli strisciare?

«Uno di questi giorni mi chiederai di ballare, Cillian, ma sarà troppo tardi».
—Ivana

il Settore Eclipse

Un romanzo della serie V-Clan

IL SETTORE ECLIPSE

Un tempo amavo un alfa.
Un Élite irraggiungibile.
Un ex principe V-Clan.

Ero convinta che avessimo una connessione.
Un legame unico, fondato su valori e aspirazioni comuni.
Poi, con poche parole, è riuscito a spezzarmi il cuore.

Non mi vuole? Bene. Troverò un alfa che la pensa
diversamente.
Ed è così che mi sono ritrovata sul palco, come la
tredicesima candidata del programma per le omega
disponibili all'accoppiamento.

Ma c'è un piccolo problema: l'alfa che mi ha spezzato il
cuore è incaricato di supervisionare tutte le attività. Ciò
significa che è al corrente di ogni colloquio. Di ogni
appuntamento. Di ogni *bacio*.

Come faccio a trovare un compagno adatto a me, con quegli
occhi ardenti che osservano ogni mia mossa?
Sussurrandomi commenti possessivi all'orecchio...
Ringhiando a ogni maschio che mi guarda...
Aggirandosi intorno al mio nido...

Il fatto che qualcuno stia attaccando le omega che partecipano al programma non aiuta.

Perché ora il mio alfa è ancora più territoriale, la sua natura feroce ancora più marcata.

Si rifiuta di lasciarmi sola.

E ha promesso di fare tutto il necessario per proteggermi.

Anche a costo di reclamarmi.

Nota dell'Autrice: Questo è un romanzo autoconclusivo sui mutaforma con elementi dell'Omegaverse. Ci sono dinamiche alfa, beta e omega con nodi, nidi e morsi. Per maggiori dettagli, assicuratevi di leggere le avvertenze sui contenuti presenti nell'introduzione.

UNA NOTA DI LEXI

Il settore Eclipse è un romanzo autoconclusivo ambientato nell'universo della serie V-Clan. Non è necessario leggere gli altri libri per poter seguire la trama.

Si tratta di una storia d'amore tra mutaforma con elementi legati all'Omegaverse. Sono presenti dinamiche alfa/omega, nidi, fusa, estro e, ovviamente, nodi. Se non conoscete bene questi termini, non preoccupatevi: verranno spiegati nel corso del libro. ;)

Chi di voi ha già letto la serie X-Clan noterà alcune somiglianze.

Tuttavia, gli alfa V-Clan tendono a essere un po' più pazienti degli alfa X-Clan. Sono comunque possessivi e amano mordere, ma rispettano profondamente il diritto di scelta di ogni omega.

Cillian è un personaggio degno di ammirazione. Certo, ha molta strada da percorrere per riconquistare Ivana, e il percorso non sarà privo di ostacoli. Ma questo è un viaggio ricco di amore, sofferenza e innegabile passione. Anche se ci potranno essere delle difficoltà, non saranno troppo sconvolgenti.

Alcuni appunti sul contenuto:

✔ Consenso

✔ Nessun coinvolgimento con altre donne (niente tradimenti)

✔ Minimo coinvolgimento con altri uomini (niente tradimenti)

✔ Gravidanza

✔ Energia primordiale

✔ Maschio alfa molto possessivo

✔ Vibe da "toccala e muori"

✔ Nodi, nidi, fusa, ringhi (altrimenti il libro non sarebbe completo, no?)

Buona lettura! <3

INTRODUZIONE

Quasi un secolo fa, in tutto il mondo si è diffuso un virus che rende simili agli zombi e che ha annientato più del novanta per cento del genere umano. Molte creature soprannaturali ne sono immuni, altre no. Ora, i sopravvissuti governano i loro territori, noti anche come settori.

State per entrare nel mondo dei V-Clan, una razza di lupi mutaforma con tratti simili ai vampiri. Queste creature preferiscono la notte. Si nutrono di magia. E, cosa forse più importante di tutte, gli alfa hanno molto a cuore il benessere delle loro compagne omega.

PARTE I

Care stelle,

sono innamorata di un principe alfa. Solo che lui non si considera un principe. Preferisce essere chiamato "Élite", perché si considera un protettore piuttosto che un reale.

Ma io so chi è davvero. Conosco il suo cuore. E la mia lupa è decisa a farne il nostro compagno.

Quindi augurateci buona fortuna.

Ne avremo bisogno.

Perché questo Élite è un alfa testardo.

Ma vale la pena di lottare per lui.

O almeno spero...

Vostra,
Ivana

IVANA

«Balla con me».

Non si trattava di una richiesta quanto di una pretesa, che fece sospirare Cillian nell'istante in cui mi materializzai accanto a lui tra le ombre della sala da ballo.

Infastidire l'alfa troppo serioso era uno dei miei passatempi preferiti. Era quasi altrettanto divertente che scovare i suoi nascondigli.

L'*Élite* – un termine sofisticato per indicare le guardie personali del re – amava mimetizzarsi sullo sfondo, e ci riusciva con un'abilità ammirevole. Tuttavia, non era l'unico a cui piaceva giocare a fare il camaleonte.

Era per questo che riuscivo sempre a trovarlo: perché la sua mente operava in un modo molto simile alla mia.

«No». Lo disse in tono piatto, senza lasciare adito ad alcuna discussione.

Tipico di Cillian, fare il difficile.

Prima o poi sarei riuscita a vincere le sue resistenze.

Anche se speravo di riuscirci prima che poi, perché avevo aspettato fin troppo a lungo che decidesse di prendersi una compagna.

Forse ora ci avrebbe finalmente pensato sul serio, visto che entrambi i suoi migliori amici si erano accoppiati con un'omega. Certo, il rapporto tra Lorcan e Kyra sembrava più che altro una questione di convenienza, ma contava comunque. Anche perché avrebbe dimostrato a Cillian che si poteva avere una compagna e al tempo stesso continuare a essere un Élite.

Rispettavo la sua scelta di proteggere re Kieran, uno dei due amici in questione, e la sua compagna, la regina Quinnlynn. Solo che Cillian sembrava convinto di dover scegliere tra la sua felicità e il senso del dovere.

Ora che Lorcan aveva Kyra, forse Cillian avrebbe capito quanto fosse ridicolo il suo sacrificio e avrebbe preso in considerazione l'idea di accoppiarsi con l'omega che gli stava accanto. *Cioè io.*

Purtroppo, però, non sarebbe accaduto quella sera, come sottolineò teletrasportandosi dall'altro lato del salone.

Lo seguii per dargli una dimostrazione delle mie abilità. «Conosco tutti i tuoi nascondigli, principe Cillian».

«Non tutti, te lo assicuro» rispose. La frustrazione accentuava la sua cadenza irlandese. «E mi chiamo "Cillian", non "principe Cillian"». Solo allora mi guardò, rendendomi vittima dei suoi incredibili occhi scuri. «Ma se senti il bisogno di essere rispettosa, puoi rivolgerti a me come "alfa Cillian" e augurarmi una bella serata».

«Mmh». Ci riflettei sopra per un istante. «Allora dovresti ballare con me. Altrimenti, non sarebbe una bella serata».

«Forse per te». Il suo sguardo mi abbandonò, andando a posarsi su re Kieran. Inarcò le sopracciglia.

«Anche per te» mormorai, consapevole che lui e il Re del settore Blood avevano cominciato a parlare telepaticamente.

La capacità di Cillian di leggere la mente e di conversare senza aprir bocca era ben nota nel settore. Probabilmente era per questo che non aveva molti amici.

O forse era il suo atteggiamento severo a spaventare tutti.

Sia lui che Lorcan incutevano un'enorme soggezione nella gente. Anche re Kieran. Tuttavia, io non li avevo mai temuti. Forse dipendeva dal modo in cui avevo conosciuto Cillian.

Oh, all'epoca era stato terrificante. *Il modo in cui ha massacrato...*

Mi schiarii la voce per allontanare dalla mente quell'orribile ricordo.

E guardai di sottecchi l'eroe che mi aveva salvata.

Cillian.

I suoi occhi quasi neri tornarono verso di me; probabilmente avevo attirato la sua attenzione "nominandolo".

Mi limitai a sorridere.

Lui non ricambiò.

«Vai a cercare un altro alfa con cui ballare, Ivana. Io non sono interessato».

Le ultime quattro parole furono come uno schiaffo in pieno viso. A cui però ero abituata: erano *anni* che non faceva che ripetere quella bugia.

5

Avrei anche potuto credergli, se non avessi mai colto il fuoco che gli accendeva lo sguardo quando mi osservava. Come in quel momento, mentre tentava di non indugiare sulla scollatura a V del mio vestito.

Strinse i denti, la sua irritazione era palpabile. Tornò a concentrarsi sul Re del settore Blood.

«Io e la mia regina ci ritireremo per la notte» annunciò improvvisamente re Kieran. «Godetevi il vino. È corretto con il sangue».

Cillian sbuffò accanto a me, mentre molti altri trasalirono al brusco comunicato, che il re rimarcò scortando prontamente la sua regina fuori dalla sala.

Lorcan si unì a noi mezzo secondo più tardi, con tutta la sua attenzione rivolta ai presenti, inclinando leggermente il capo verso Cillian. Quest'ultimo grugnì, facendomi capire che stavano discutendo mentalmente di qualcosa.

Probabilmente la partenza anticipata di Kieran.

Lo scopo di un'incoronazione era quello di celebrare il nuovo re e la nuova regina, ma a quanto sembrava i nostri reali avevano altri piani.

«Possiamo comunque ballare» dissi a Cillian. «Anzi, penso che dovremmo. Altrimenti, in che modo potrò testare la funzionalità del mio vestito?». Feci una piroetta per evidenziarne le peculiarità, come gli spacchi concepiti per consentire la fluidità dei movimenti. «Cameron l'ha definita "moda versatile". Mi piacerebbe mettere in mostra la sua creazione».

Che scusa ridicola. Cameron non aveva bisogno che *mettessi in mostra* un bel niente. Era lo stilista più famoso del settore Blood e tutti non vedevano l'ora di lavorare con lui. Come Cillian sapeva bene.

Notando la mia gamba nuda, l'alfa serrò di nuovo la mascella. «Sono il responsabile della sicurezza della serata,

Ivana. Dovrai trovare qualcun altro che ti faccia *piroettare* in giro per il salone».

Sospirai drammaticamente. «Lavori sempre».

«Sì» confermò. Il suo sguardo rovente incontrò ancora una volta il mio. «*Sì*, è così. Ora va' a cercare un altro alfa da importunare».

Alzai gli occhi al cielo. «Uno di questi giorni mi chiederai di ballare, Cillian, ma sarà troppo tardi». Era una bugia, ovviamente. Lo avrei aspettato per l'eternità. La mia lupa aveva scelto il suo, ed ero certa che valesse lo stesso per lui. Avevo solo bisogno che quel testardo di un uomo se ne rendesse conto.

«Vedremo» mormorò Cillian.

«Già, vedremo» cinguettai, per poi teletrasportarmi dall'altro lato del salone. Soprattutto per evitare di instillargli un po' di buon senso scrollandolo con tutte le mie forze.

«Sta ancora facendo il difficile?» mi domandò una voce profonda proveniente dalla mia destra, strappandomi un sospiro rumoroso.

«Sì». Digrignai i denti come aveva fatto Cillian solo qualche minuto prima. «È frustrante, Benz».

Ridacchiando, il mio migliore amico mi passò un drink di cui, peraltro, avevo estremo bisogno. Benz era la ragione per cui avevo scelto di teletrasportarmi proprio in quel punto: sapevo che lo avrei trovato appostato accanto al buffet.

Anche se la sua corporatura non lasciava intuire l'enorme quantità di cibo che ingurgitava regolarmente. Il beta era un metro e novanta di muscoli.

Bevvi un sorso del liquido frizzante e osservai con un'espressione corrucciata i mutaforma che si aggiravano per la sala. «Mi ha detto di trovare un altro alfa con cui ballare».

Benz fischiò. Il suo sguardo turchese mi squadrò da capo a piedi. «Con quel vestito? Deve aver voglia di ammazzare qualcuno».

«Oppure non gli importa nulla» borbottai. *Stupido testardo di un alfa.*

Probabilmente Cillian poteva sentirmi.

Ma non mi importava.

L'insulto era più che meritato.

«Fidati, tesoro, gli importa» rispose Benz. Un sottile accento tedesco accarezzò le sue parole. «È solo concentrato sull'incoronazione di Kieran. Non appena ti vedrà ballare con un altro maschio, per non parlare di un *alfa*, perderà la testa, e i suoi istinti possessivi prenderanno il sopravvento».

«Mmh... no. Sto iniziando a pensare che gli istinti possessivi non esistano». Stavo parlando più tra me e me che con Benz. Ma aggiunsi: «E sai che non sono il tipo da provocarlo in questo modo».

«Forse sarebbe il caso di fare un tentativo ed essere "quel tipo"».

Sollevai le sopracciglia. «Il tipo che farebbe cosa, esattamente?» domandai, sospettosa di qualsiasi idea avesse appena concepito nella sua mente diabolica. Perché Benz amava orchestrare piani ridicoli che lo mettevano spesso nei guai.

«Il tipo che danza con un altro lupo» rispose con un sorrisetto sornione. «Un lupo come... non saprei, come *me*».

Lo fissai a bocca aperta. «Vuoi ballare?».

«Con te? Con quest'abito?». Il suo sguardo mi accarezzò ancora una volta. «Sì, decisamente».

Scoppiai a ridere. «Se non ti conoscessi, direi che stai flirtando con me, beta Benz».

«Mia dolce omega, sarò anche un beta, ma il mio lupo è troppo possessivo per permettermi di flirtare con te mentre desideri il nodo di un alfa». Mi tese la mano. «Però mi divertirò a farti volteggiare per tutto il salone, se servirà a risvegliare la gelosia del suddetto alfa».

«Non hai appena suggerito che Cillian potrebbe uccidere qualsiasi alfa decidesse di danzare con me?».

Si strinse nelle spalle. «Io sono un beta».

Scossi la testa. «Vuoi solo dimostrare di aver ragione sulla sua possessività».

«Mi pare ovvio» ammise. «Ma voglio anche ballare con te». Agitò le dita. «Allora, raggio di sole?». Il soprannome, che lui stesso mi aveva affibbiato, gli scivolò sulla lingua in una dolce carezza, facendomi arrossire. Non ero attratta da lui, ma non potevo negare il suo fascino.

Nonostante desiderassi un certo alfa, era impossibile ignorare le allettanti caratteristiche di Benz. Anche se alcune di quelle caratteristiche si traducevano in piani subdoli.

E uno di quei piani si stava facendo strada nella sua testa proprio in quel momento; me ne resi conto da come osservava il mio vestito. Era luccicante, di una sfumatura azzurro ghiaccio che ben si intonava con i miei occhi. E rendeva la mia carnagione ancora più simile alla porcellana.

«Beh, è veramente un crimine non sfoggiare la creazione di Cameron come si deve» commentai. «Anche se dovremo teletrasportarci dall'altro lato del salone, se vogliamo che Cillian ci veda. Altrimenti non se ne accorgerà nemmeno».

«Oh, ti noterebbe ovunque. Ma se è quello che vuoi, allora lo faremo». Mi rivolse un inchino, accentuando ironicamente il movimento. «Dopo di voi, mia signora». I capelli castani gli solleticavano le orecchie, in qualche modo le ciocche indisciplinate riuscivano sempre a essere sensuali.

Sospirando, scossi il capo e mi teletrasportai di nuovo dall'altro lato della sala. Solo che stavolta evitai di materializzarmi accanto a Cillian, limitandomi ad apparire abbastanza vicino da assicurarmi che vedesse e sentisse il nostro arrivo.

Ma il suono della voce profonda di Cillian mi fece inarcare le sopracciglia: «Forse dovresti lasciare che il tuo lupo la scopi, potrebbe aiutarti a curare la tua distrazione».

Cillian? Che parla di nodi? Sorrisi. *Sì, grazie.*

Se mi aveva sentita pensare a lui, non lo diede a vedere. Probabilmente perché ero una delle tante menti presenti che aveva in qualche modo bloccato. Non ero una potenziale minaccia, cosa che lui sapeva benissimo, quindi perché monitorare le mie riflessioni?

«Stai proiettando, Cillian? È il tuo lupo a desiderare una *distrazione*?» insinuò Lorcan, lasciandomi a bocca aperta.

Perché Lorcan non parlava *mai* ad alta voce.

«Non desidero né Ivana né nessun'altra». La risposta di Cillian, pronunciata in tono piatto, mi sbalordì.

Cosa?

«È che è difficile ignorare un'omega così determinata, anche se sta perdendo tempo» proseguì. Mi sentii mancare il fiato.

Qualcuno sbuffò. Forse Lorcan? Non... non ne ero sicura. Le parole di Cillian continuavano a rieccheggiarmi nella mente. *Anche se sta perdendo tempo...*

«Ha proprio bisogno di iniziare a cercare un compagno più adatto, qualcuno a cui non dia fastidio la sua propensione a dare ordini agli alfa» aggiunse. Ogni affermazione era come una pugnalata al cuore, intrisa di una freddezza di cui non lo credevo capace.

Solo che... Sì, in realtà sì.

Mi aveva sempre rifiutata.

È solo che... è solo che credevo...

Credevo che stesse rifiutando la realtà.

«Penso che le piaccia irritarti» fu la risposta di Lorcan. Il suo commento riuscì a insinuarsi a stento tra le frasi crudeli di Cillian.

«Lo so, ed è proprio questo il problema. Deve trovare qualcuno che accetti i suoi giochetti infantili. Qualcuno che apprezzi davvero le sue qualità più sgradevoli, come la sua sfrontatezza e la troppa fiducia in se stessa».

Qualità più sgradevoli?, ripetei tra me e me, stringendo le braccia intorno al ventre. *Troppa fiducia in se stessa?*

Come...?

Come ho fatto a fraintendere tutto?

Non...

«Il punto è che non sono io quello fissato con un'omega. Ne ho solo una che è fastidiosamente insistente. Tu ne hai una che ti sta facendo perdere la concentrazione. Sono due situazioni molto diverse»

Trasalii quando Benz mi mise una mano sulla spalla. Non mi ero resa conto che fosse accanto a me.

Un'occhiata alla sua espressione mi disse che aveva sentito tutto anche lui.

E la compassione...

No. Mi teletrasportai all'esterno del salone, incapace di affrontarlo. Incapace di respirare, figurarsi di parlare.

Mi sentivo come se Cillian mi avesse trafitto il petto.

Per poi strapparmi il cuore.

E *schiacciarlo* sotto il suo stivale.

Mi coprii il viso con le mani, le mie viscere bruciavano e

i polmoni mi imploravano di inspirare. Ma tutto ciò che udii fu un... un *rantolo*.

Una specie di singhiozzo.

Ma... frammentato?

Peggio.

Distrutto.

«Raggio di sole» sussurrò Benz, che doveva avermi seguita.

Scossi la testa. Non ce l'avrei mai fatta a parlare. Non in quel momento. «Sto bene». Solo che non suonava minimamente vero. Avevo la voce roca e affannata, come se avessi appena corso.

Ma in realtà ero stata travolta dalla crudeltà di Cillian.

«Stava solo cercando di convincersi di non essere attratto da te» insistette Benz. «Fidati...».

«*Smettila*» dissi, con un tono molto più duro di quello usato qualche istante prima. «Non inventare scuse per il suo comportamento».

«Raggio di sole...».

«No» lo interruppi. «Ho... ho solo bisogno...».

Non ne ero sicura, ma mi materializzai di nuovo nella sala da ballo, principalmente per evitare Benz. Una stupidaggine, visto che cercava soltanto di confortarmi.

Ma io non volevo essere *confortata*.

Volevo... volevo...

Strinsi i denti, avvolgendomi di nuovo le braccia intorno al ventre.

Non ero sicura di cosa volessi.

L'alfa che desideravo, l'alfa che ero convinta che fosse destinato a essere *mio*...

Sta perdendo tempo.

Qualità sgradevoli.

Troppa fiducia in se stessa.

Giochetti infantili...

Feci una smorfia, mentre le sue parole continuavano a rimbalzarmi nella testa. Incurvai le spalle, sconfitta. *Quali giochetti infantili?*, pensai, intontita. *Credevo... credevo che ti fossi intestardito. Credevo che non volessi* nessuna *compagna, e che avessi solo bisogno di capire che è possibile essere sia accoppiati che servire nel ruolo di Élite.*

Ma non era affatto così.

Cillian non voleva *me* come compagna.

Ero stata accecata dai desideri della mia lupa, vedendo cose che in realtà non esistevano.

Mentre lui era realmente irritato dalla mia presenza.

Fastidiosamente insistente.

I contorni del salone iniziarono a offuscarsi.

Devo andarmene, capii. *Devo correre via. Devo cancellare in qualche modo questa... questa agonia.*

Deglutii e mi mescolai alle ombre, teletrasportandomi in uno dei miei prati innevati preferiti, alla base di un vulcano addormentato.

Il settore Blood, che un tempo era noto come Islanda, era colmo di paesaggi simili. Il luogo perfetto per cercare un po' di pace.

Mi strappai il vestito di dosso e scalciai via le scarpe. Non volevo vedere mai più quell'outfit, perché lo avevo indossato pensando a *lui.*

Poi caddi sul terreno e lasciai che fosse la mia lupa a prendere le redini.

Anche se non aveva compreso le parole di Cillian, aveva sentito il mio dolore. E aveva capito che era stato lui a causarlo.

Un ululato mi sfuggì dal muso nel momento in cui la trasformazione fu completa. Il tormento della mia bestia rivaleggiava con il mio.

Il nostro compagno prescelto non ci vuole.

Il nostro eroe... non è un eroe.

Il nostro alfa non esiste più per noi.

Le mie zampe solcarono la neve, il gelo fu un bacio di benvenuto per i miei sensi.

Questo è ciò di cui abbiamo bisogno, pensai. *Libertà. Aria fresca. Una nuova prospettiva.*

Ogni slancio e ogni salto ci spingevano sempre più lontano dal passato e ci proiettavano nel presente.

Un presente in cui avremmo ricominciato da capo.

E così ci ricordammo del nostro valore.

E decidemmo che l'alfa non era degno di noi.

Perché nessun potenziale compagno avrebbe mai detto nulla del genere sulla sua omega.

Le omega erano rare. Potenti. Destinate a essere adorate. Non sminuite con parole crudeli. Rifiutate ripetutamente. Ridicolizzate per essere *sicure di sé.*

Cillian non è il nostro compagno.

Meritiamo di meglio.

Desideriamo di più.

Un alfa che ci ami. Che ci apprezzi. Che lotti *per noi.*

Era giunto il momento di voltare pagina, di smetterla di crogiolarci nel potenziale di Cillian.

Non ci vuole, pensai di nuovo. E la mia lupa rischiò di inciampare. *Beh, allora non lo vogliamo neanche noi.*

La mia lupa guaì come a dimostrarsi d'accordo con me.

E si lanciò attraverso il terreno ghiacciato.

Basta sbavare su Cillian.

Pensava che facessi dei *giochetti infantili*?

Beh, quei *giochetti* erano finiti.

E Cillian aveva perso.

Perché l'alfa giusto mi avrebbe vista come un premio.

L'alfa giusto mi vorrebbe.

Stasera puoi essere triste, dissi a me stessa. *Ma da domani volterai pagina e ti dimenticherai di quest'alfa* sbagliato.

Non sarebbe stato difficile.

Cillian non mi cercava mai.

Probabilmente non se ne sarebbe neanche accorto, sarebbe stato solo felice di liberarsi della mia presenza *fastidiosamente insistente.*

Sentii una fitta al cuore, e la mia lupa vacillò.

Stasera saremo tristi, ribadii. *Ma domani sarà l'inizio di una nuova vita. E cercheremo un compagno più degno...*

CILLIAN

L'HO PERSO DI NUOVO, pensai, con lo sguardo fisso su Lorcan.

Si era avventurato in qualche angolo del suo legame di accoppiamento, rendendo i suoi pensieri torbidi e incomprensibili. Il rapporto con Kyra aveva rafforzato le sue difese mentali in un modo che non avrei mai potuto prevedere.

Lo stesso valeva per il legame di Kieran e Quinnlynn.

Mi affascinava, perché conoscevo le loro menti quasi quanto la mia, eppure ora riuscivo a malapena a sentire Lorcan. Non che fosse un tipo chiacchierone o rumoroso, ma di solito lo ascoltavo riflettere.

E invece, in quel momento, tutto ciò che riuscivo a udire

Ivana.

Il mio sguardo tornò immediatamente su di lei, appena in tempo per vederla ridacchiare per qualcosa che aveva detto Ransom. O meglio, che aveva *borbottato* Ransom, visto che l'alfa sembrava preferire toni secchi.

Era l'opposto del principe Cael, e ciò mi rendeva morbosamente curioso di sapere chi era il preferito di Ivana. O se uno dei due le piacesse davvero.

Ma mi rifiutavo di ficcanasare nella sua testa.

Non mi fidavo di me stesso, temevo che avrei potuto reagire con violenza.

Mi schiarii la voce e ricominciai a scrutare la sala, registrando tutti i pensieri dei presenti e catalogandoli adeguatamente.

Niente minacce.

Niente propositi oscuri.

Solo una sorta di vibrazione dettata dai potenziali accoppiamenti. Una sensazione che mi suscitò uno strano desiderio nelle profondità del mio essere. Perché non avrei mai sperimentato nulla di simile. Non potevo permettermelo.

Mi costrinsi a mantenere un'espressione imperturbabile mentre me ne stavo in disparte, osservando, ascoltando, *bramando*.

Il tempo scorreva troppo lentamente. Il mio lupo scalpitava, aveva bisogno di correre.

Ma quella era la vita che avevo giurato di condurre. La punizione che meritavo. Anche se i peccati che cercavo di espiare non erano necessariamente i miei.

Novità?, mormorò Kieran nella mia testa, strappandomi dal buio noto come il mio passato.

Se ce ne fossero state, avrei fatto rapporto, risposi.

Sbuffò. *Wow, qualcuno è di cattivo umore.*

Ho trascorso le ultime tre o quattro ore ad ascoltare le critiche incessanti di Benz, ringhiai, rifilandogli la prima scusa che mi veniva in mente. *Come faccio a fidarmi di lui, se mi disprezza?*

Sono sicuro che non è il primo beta scontento con cui hai a che fare, ribatté. *Guadagnati il suo rispetto come hai fatto con gli altri.*

Non credo che sia possibile. È convinto che io abbia illuso la sua migliore amica e mi odia per averla respinta.

Benz è il migliore amico di Ivana?, osservò Kieran. *Interessante. Non ne avevo idea.*

Fui quasi sul punto di ringhiare ad alta voce. *Bugiardo.*

Mentirei mai su una cosa tanto banale?

Sì. Perché Kieran adorava intromettersi negli affari degli altri. O almeno nei miei. Non sopportava gli intrighi politici, ma amava giocare con me.

Mmh, mormorò nella mia mente, un suono che non lasciava trasparire nulla di preciso. *Come se la sta passando Ivana? Pensi che troverà un compagno adatto?*

Le tue provocazioni non funzioneranno.

Non ti sto provocando. Ti sto solo facendo domande su una donna che è sotto la mia protezione.

Tutte le omega sono sotto la tua protezione, gli feci notare. *Sei il fottuto re.*

Già. Suonava fin troppo divertito. Probabilmente percepiva la mia irritazione. Ciò significava che le sue provocazioni *stavano* funzionando, nonostante avessi affermato il contrario.

Devo concentrarmi, borbottai. *Se cortesemente potessi lasciarmi in pace...*

La sua risatina mi riecheggiò nella testa, facendomi stringere i pugni.

La sua era una delle poche menti a cui ero

continuamente connesso, anche se in momenti del genere me ne pentivo amaramente. Se la sua sicurezza non fosse stata lo scopo principale della mia esistenza, lo avrei tagliato fuori.

Ahimè, purtroppo dovevo restare sempre in contatto con lui, nel caso avesse avuto bisogno di me.

La serata è quasi finita, Cillian, mormorò, ignorando la mia richiesta di lasciarmi in pace. *Poi vai a farti una bella corsa. Ne hai bisogno, si vede.*

Non risposi. Non c'era nulla di importante da dire, né ero dell'umore giusto per altre battute.

Mi appoggiai al muro alle mie spalle e scandagliai di nuovo le menti dei presenti. La maggior parte si era alzata da tavola e si aggirava nella sala, gustando una bevanda corretta al sangue e socializzando.

Ivana era al centro di un gruppetto e stava conversando di nuovo con Cael. I suoi due Élite erano proprio dietro di lui, con lo stesso sguardo vigile che avevo io.

Naturalmente, ciò significava che continuavano a occhieggiarmi. Dopotutto, ero la minaccia più grossa. Avrei potuto sfidare il loro principe per appropriarmi del suo settore.

Non che avessi alcun desiderio di diventare un principe alfa.

Ma nonostante l'avessi dichiarato almeno un milione di volte, nessuno mi credeva. Neanche Kieran.

Forse, se lo dicessi a Dixon e Granger direttamente nelle loro teste, mi crederebbero, pensai cupamente.

La mente di Dixon, però, continuava a rimanere bloccata.

Lo studiai. Era molto muscoloso e i suoi tratti ricordavano quelli di Cael. Era palese che fossero imparentati, anche se gli occhi di Dixon erano verdi, privi delle sfumature azzurre di quelli del fratello.

Ed entrambi sembrano possedere una barriera mentale innata, mi resi conto, esaminando i pensieri di Cael.

Riuscii a udirne qualche sprazzo, abbastanza da sapere che non aveva nessuna cattiva intenzione con Ivana. Ma tutto ciò che ero in grado di percepire era frammentato; ero incapace di cogliere un'intera frase di senso compiuto.

Cercai di scavare più a fondo, sfruttando appieno le mie abilità.

Ma la voce di Cael mi trapassò improvvisamente i pensieri. *Ti sento, Cillian. Credo che il motivo per cui sono qui sia piuttosto chiaro. D'altro canto, se hai bisogno di fare altre verifiche, sarò felice di discuterne con te.*

Socchiusi gli occhi in un'espressione diffidente. *Mi stai bloccando l'accesso.*

Sì.

Perché?

Perché i miei pensieri sono solo miei. Il suo sguardo acquamarina incontrò il mio, nelle sue iridi lampeggiò un accenno di irritazione. *Per quanto alcuni principi alfa possano essere effettivamente una minaccia, io non sono uno di loro.*

Interessante, risposi. *A quali principi ti riferisci?*

Questa è una conversazione che potremo affrontare in un altro momento, disse. *Tutto quello che hai bisogno di sapere adesso è che non sono una minaccia.*

E invece lo sei, ribattei. *La più grossa in tutta la stanza.*

Inarcò un sopracciglio. *Vuoi fare a gara a chi ha il nodo più grosso, Cillian?*

Non ti sto sfidando, Cael. Sto solo sottolineando la realtà dei fatti.

Allora permettimi di ricambiare il favore, mormorò. *Per me anche tu sei una minaccia, eppure non sto permettendo che questo mi rovini la serata. Ti suggerisco di fare lo stesso.*

E mi liquidò, tornando a concentrarsi su un'Ivana imbronciata. Le rivolse un sorriso di scuse, dicendo: «Scusami, tesoro. Dove eravamo rimasti?». Allungò la mano e le sistemò una ciocca bionda dietro l'orecchio.

Non sapevo cosa mi infastidisse di più, se il termine che aveva usato o il fatto che si sentisse libero di toccarla.

«Mi stavi raccontando delle vostre strade sotterranee» disse lei lentamente. Il suo sguardo si posò per un attimo su di me, per poi rimbalzare di nuovo verso di lui. «Cillian ti sta dando fastidio?».

Cael ridacchiò. «No. È solo protettivo».

Nei confronti di chi?, si domandò lei.

Nei tuoi, fui tentato di rispondere.

Ma li lasciai alla loro conversazione e mi teletrasportai in una zona più in ombra. Non volevo essere visto, ascoltato, *sentito*. Volevo sparire e osservare in silenzio.

E fu proprio quello che feci per le due successive e lunghissime ore, finché non si concluse la cena di apertura del programma.

Lasciai a Benz e Fritz il compito di accompagnare gli alfa ai loro alloggi. Molti di loro sarebbero rimasti nel settore Blood per tutta la settimana, alcuni vivevano già lì e altri sarebbero tornati ai rispettivi settori di origine.

Per fortuna, anche Cael.

Mi fece l'occhiolino prima di smaterializzarsi insieme ai suoi due Élite. Esternamente non reagii, ma dentro di me il mio animale ringhiò.

Qualcosa in quel gesto gli era parso come una sfida.

Che non volevo accettare.

Poteva tenersi il settore Lunar: io ero contento di vivere nel settore Blood.

Beh, più o meno.

Ivana se ne era andata senza un accompagnatore, preferendo teletrasportarsi nel suo nido. O almeno pensavo che fosse diretta lì.

Ignorando l'impulso di seguirla, condussi le omega in visita nelle loro suite all'interno del palazzo di Kieran e Quinnlynn, che ricordava più un condominio che una residenza adatta a una coppia di reali.

Quando furono al sicuro, aggiornai mentalmente Kieran sulla serata e tornai nella mia tana.

Ma avevo l'impressione che ci fosse qualcosa che non andava.

C'erano troppi alfa estranei nel nostro settore. *Sulla nostra terra.*

E Ivana aveva scelto di dormire lontano dalle altre omega.

«Cazzo» borbottai, passandomi le dita tra i capelli. Avrei dovuto insistere di più perché alloggiasse con le altre candidate. Era l'opzione più logica dal punto di vista della sicurezza, soprattutto con trentun alfa in visita.

Strinsi il laccio intorno ai suddetti alfa, analizzando le loro menti alla ricerca di cattive intenzioni.

Niente.

Nemmeno un pensiero fuori posto.

Eppure, non riuscivo a liberarmi della sensazione che ci fosse qualcosa di strano. Di sbagliato.

Camminando avanti e indietro, cercai di raggiungere la mente di Ivana. Ma era silenziosa. Come sempre. Così pacifica... Non mi diede neanche una frase su cui concentrarmi.

Era al sicuro.

A meno che qualcuno non stia interferendo, pensai, bloccandomi a metà di un passo. *No. È impossibile.*

Eppure, la capacità di Cael e Dixon di contrastare il mio talento mi aveva fatto mettere in dubbio la mia intera esistenza.

Digrignai i denti. *Stai perdendo la testa*, mi dissi. *Smettila con queste sciocchezze.*

Ma l'irritazione che mi infiammava il petto non si placava. Continuava a pulsare. Punzecchiava il mio istinto. Facendo sì che le mie mani si chiudessero ripetutamente a pugno.

Ringhiai e serrai le palpebre, lottando contro l'impulso di teletrasportarmi.

Controllai l'orologio e digrignai ancora di più i denti.

Erano passati circa novanta minuti dall'ultima volta che avevo visto Ivana.

Forse se... se avessi controllato come stava... mi sarei sentito meglio. Avrei potuto liberarmi da quell'orribile sensazione.

«E va bene!» sbottai, smaterializzandomi e ricomparendo davanti all'edificio dove abitava.

Il sole stava già facendo capolino all'orizzonte, la cena si era protratta fino alle prime ore del mattino.

Eravamo creature notturne e preferivamo dormire durante il giorno, ma il sole non ci creava alcun problema, come invece capitava ad altri esseri che popolavano il nostro mondo.

Al massimo ci irritava gli occhi.

Con un sospiro, mi appoggiai all'edificio e cercai di concentrarmi di nuovo sulla mente di Ivana.

È ancora silenziosa, pensai, aggrottando la fronte.

Senza riflettere, mi teletrasportai sul suo piano e ascoltai di nuovo.

Era tutto *troppo* silenzioso. Andai verso la sua porta e alzai la mano per bussare.

E sentii un lieve gemito, che mi mise subito in all'erta. Il mondo sparì e ricomparve in un lampo, il corridoio era stato rimpiazzato dal nido di Ivana.

Nonostante sapessi dove viveva, non ci ero mai stato. Tuttavia, il naso mi diresse verso la sua stanza.

Verso l'omega raggomitolata sotto le lenzuola.

Schiusi le labbra di fronte a quella visione stupefacente. Aveva i capelli scompigliati in una brillante aureola dorata che praticamente scintillava al buio.

Cazzo. Mi venne duro all'istante, il mio nodo pulsava dal desiderio di unirmi a lei. *Smaterializzati,* ordinai a me stesso. *Vattene. Adesso.*

Solo che un altro suono delizioso le sfuggì dalle labbra, una sorta di richiamo che mi incendiò il sangue.

Il mio petto formicolava per il bisogno di fare le fusa.

E il mio cazzo...

No. No! Mi costrinsi a fare un passo indietro. *Non succederà.*

Il programma di accoppiamento mi stava fottendo il cervello.

Avevo bisogno di andare a correre. Di trasformarmi e...

«Cillian» sussurrò Ivana, facendomi spalancare gli occhi.

Merda. Deglutii, avevo la bocca improvvisamente secca. Perché non sapevo come giustificare la mia presenza. Come spiegarle perché mi trovassi accanto al suo letto con un'erezione che mi tendeva i pantaloni. «Ivana, non...».

«*Oooh, Cillian...*». Si rannicchiò ancora di più su se stessa, e il profumo della sua eccitazione mi travolse con la forza di una valanga, rubandomi il respiro.

Un ringhio mi si formò nel petto, sovrastando la voglia di fare le fusa. Il desiderio di accoppiarmi stava per avere la meglio sulla ragione.

Ivana gemette di nuovo e aprì la bocca in un sussulto, gettando la testa all'indietro con le narici dilatate.

Ma i suoi occhi rimasero chiusi. E sussurrò di nuovo il mio nome.

È un sogno, capii, nonostante l'eccitazione che mi offuscava la mente. *Mi sta sognando...*

Cazzo, dovevo proprio andarmene, prima di rischiare di cedere alla tentazione di approfittare della sua mente e osservare le sue fantasie.

O, peggio, restare lì e renderle reali.

Con un altro ringhio, mi obbligai ad andarmene.

Ma arrivai appena al soggiorno.

Rimasi accanto alla porta, incapace di teletrasportarmi oltre, inalando il dolce profumo di Ivana.

Crogiolandomi nella sua essenza.

Fingendo per un istante che fosse realmente per me. Che tutte quelle fantasie potessero diventare realtà.

Ma mentre il suo battito accelerava, riuscii a liberarmi dalla lussuria che mi aveva incatenato nella sua casa.

Mi teletrasportai in un prato ghiacciato.

Mi strappai i vestiti di dosso.

Mi trasformai.

E *corsi*.

PARTE III

Care stelle,

continuo a sognare Cillian. La cosa ancora più strana è che sembra che il suo profumo sia rimasto aggrappato al mio nido.

Non so perché.

Non è mai stato nella mia stanza.

Anche se l'ho invitato più di una volta. A ogni estro, era l'unico alfa presente sulla mia lista. Ma non è mai venuto.

Perché non mi ha mai voluta come io volevo lui.

Forse al prossimo ciclo sarò già accoppiata con qualcuno.

Forse proverò finalmente un nodo.

Forse riuscirò finalmente a sperimentare... l'amore.

Vostra,
Ivana

IVANA

FISSAI le ultime frasi che avevo scritto sul diario, tamburellando con la penna sulla pagina. Sperare di trovare l'amore sembrava un po' esagerato. Forse avrei dovuto parlare di *lussuria*.

Ed era quello il mio problema.

Ormai avevo conosciuto diversi alfa, tutti belli, affascinanti e interessati ad accoppiarsi con me, eppure il protagonista dei miei sogni continuava a essere Cillian.

E il suo odore, pensai con un brivido. *Il suo odore è dappertutto.*

Nel mio nido.

Nell'appartamento.

Quasi come se fosse venuto in visita.

Era una follia. Lo avevo invitato milioni di volte, ma non aveva mai accettato l'offerta, costringendomi ad affrontare gli effetti del calore da sola.

In parte era colpa mia: le omega del settore Blood potevano presentare una lista di alfa di cui avrebbero accettato l'aiuto per soddisfare i bisogni dell'estro, e nella mia c'era solo Cillian.

Ma non si è mai fatto vedere, borbottai tra me e me con una smorfia. *Mi ha sempre lasciata a soffrire da sola, anno dopo anno.*

Avevo cercato di non dargli la colpa. Non del tutto, almeno.

Avrei potuto chiedere l'assistenza di un altro alfa.

Ma non avevo mai voluto nessun altro.

E ora il programma mi spingeva a domandarmi se sarei riuscita a desiderare qualcun altro.

Care stelle, scrissi dopo aver voltato pagina. *Forse sono destinata a stare sola. Il principe Cael è perfetto, ma non è scoccata la scintilla. Non come con...*

Cancellai con rabbia quello che avevo appena scritto e spinsi via il diario, irritata con me stessa.

Tutto questo è ridicolo, mi dissi.

Erano cinque giorni che non vedevo Cillian. Fin dalla cena di apertura, che aveva trascorso scoccando occhiate omicide al principe Cael.

«È solo protettivo» aveva detto il principe.

Nei confronti di chi?, avrei voluto domandare.

Ma ero riuscita a mormorare solo: «Oh».

Poi avevamo ricominciato a parlare del sistema di strade sotterranee del settore Lunar, che non vedevo l'ora di vedere.

Purtroppo, il settore Lunar era la terza tappa del nostro tour.

La prima era il settore Glacier.

Guardai fuori dal finestrino, affascinata dalle nuvole soffici che ci circondavano. Brillavano alla luce della luna, creando un bagliore quasi spettrale. Era la seconda volta che viaggiavo in aereo; la mia capacità di teletrasportarmi lo rendeva pressoché inutile.

Ma non tutte le omega che partecipavano al programma possedevano la stessa abilità.

Perciò, eccoci lì a volare verso il settore Glacier.

Tutti i candidati alfa ci avrebbero raggiunte sul posto, ma quelli appartenenti al settore Glacier avevano avuto la precedenza nella scelta delle accompagnatrici per la settimana.

L'alfa Ransom aveva deciso di trascorrerla con me.

Arricciai le labbra di lato, tornando a concentrarmi sul mio diario.

Care stelle, iniziai di nuovo. *Le omega sul jet sembrano nervose. O forse sono solo io. Non sono mai "uscita" con un alfa prima d'ora. Ma l'alfa Ransom sembra gentile. E tranquillo. I suoi occhi, però...*

«Ti dispiace se mi siedo qui?» chiese una voce soave, strappando la mia attenzione dalla penna e attirandola verso un paio di enormi occhi azzurri.

Ashlyn.

La fissai, sorpresa che avesse scelto di venire a sedersi nel mio angolino sul retro del jet. Le altre omega stavano chiacchierando sui divanetti nella parte anteriore della cabina, il loro entusiasmo rendeva l'atmosfera quasi elettrica. Ma io ero troppo assorta nei miei pensieri per unirmi a loro.

«Uhm... no, nessun problema» dissi, indicando il sedile vuoto di fronte a me.

Mi rivolse un piccolo sorriso e prese posto. La sua forma minuta fu praticamente inghiottita dalla pelle beige. «Grazie». Tirò fuori dalla borsa un quaderno e una penna. «C'è una visione che mi sta facendo impazzire. Ho bisogno di annotarla, e questo mi sembrava il posto migliore per farlo».

«Una visione?» ripetei.

«Mm-hmm» mormorò, già impegnata a scrivere su una pagina vuota.

Le omega Z-Clan erano note per essere intrinsecamente intuitive, in grado di leggere l'aura di chi le circondava. Un talento unico, di cui i loro alfa spesso abusavano.

Mentre le omega Z-Clan erano dotate di rare capacità psichiche, gli alfa Z-Clan erano benedetti dal dominio e dalla forza. Ciò li rendeva particolarmente feroci, soprattutto quando si trattava di sottomettere le loro compagne omega.

Non avevo mai avuto la sfortuna di incontrare un alfa Z-Clan e speravo che non mi capitasse mai.

Ashlyn, d'altro canto... Sospettavo che ne avesse conosciuti molti.

«Sento la tua apprensione, ma sto bene» mormorò con quella sua voce vellutata. «Il passato è passato. È il futuro che mi preoccupa di più». Fece una pausa, poi alzò gli occhi su di me. «Posso rivelarti un segreto?».

Il suo sguardo aveva un non so che di onirico, tanto che mi domandai se stesse davvero vedendo me, oppure qualcos'altro. «Ehm... certo» dissi, confusa da quello scambio inaspettato.

«Adoro scrivere sul mio diario». Sembrava piuttosto compiaciuta per quel "segreto". «Nel mio nido ho tanti quaderni pieni di riflessioni. Ma solo chi sa dove cercare è in grado di trovarli».

«Capisco».

Sorrise. «No, ma presto capirai». Si sporse in avanti. «Nascondo i miei diari sotto il letto, sotto le assi del pavimento. È questo il mio segreto».

«E lo stai dicendo a me perché...?».

Si strinse nelle spalle. «Nel caso avessi bisogno di sapere qualcosa».

La fissai. «C'è qualcosa che dovrei sapere?».

«Molte cose, senza dubbio». Sospirò. «Ma questo è il problema delle visioni. Posso solo vedere, mai condividere. Comunque, per sicurezza...». Si interruppe e tornò al suo diario come se nulla fosse.

Ero tentata di sporgermi in avanti e sbirciare quello che stava scrivendo, ma sarebbe stato troppo scortese da parte mia.

Che strana omega, pensai, osservandola mentre continuava ad annotare chissà cosa. Avrei fatto meglio a parlarne con Quinn.

A meno che il suo comportamento non fosse normale per un'omega Z-Clan?

Non ne avevo idea.

Quando fu chiaro che non avrebbe continuato a parlare, tornai alle mie osservazioni sulle caratteristiche di Ransom.

Capelli neri.

Pelle scura.

Occhi gentili.

Labbra piene.

Spalle larghe.

Mi mordicchiai l'interno della guancia, picchiettando la penna sulla mascella mentre cercavo di definire la sua personalità nella mia testa. Ma non riuscii a trovare nient'altro da scrivere che: *È un tipo tranquillo.*

Forse trascorrere del tempo con lui avrebbe stimolato qualche altra considerazione.

Cillian sarebbe stato costretto a mantenere le distanze. Anche se dubito che sarebbe stato un problema per lui. Lo aveva fatto per tutta la settimana e non mi aveva nemmeno salutata, quando ero salita sul jet. Ora era nella cabina di pilotaggio e stava manovrando il velivolo con l'aiuto di Benz. Da dove mi trovavo, non riuscivo a vederli.

Al diavolo, pensai, costringendomi a riportare la mente su Ransom.

Ma qualche istante più tardi percepii che Ashlyn mi stava di nuovo fissando. Ricambiai il favore. «Posso dirti un'altra cosa? Più un avvertimento, che un segreto?».

Aggrottai la fronte. L'ultima frase, che formulò come una domanda, suonava piuttosto minacciosa. «Sì?».

Si guardò intorno, poi ruotò lentamente il quaderno verso di me, in modo che potessi vedere le parole sulla pagina.

Fai attenzione al principe Cael, recitava la sua grafia elegante. *È circondato dall'oscurità.*

Inarcai le sopracciglia. «Cosa?».

Premette l'indice sulle labbra, poi si guardò alle spalle indicandosi l'orecchio.

Aggrottai la fronte. «Non capisco».

Sospirò e prese di nuovo la penna. *Orecchie da lupo, Ivana. Chiunque qui riesce a sentirci. E questo non è qualcosa che può essere udito.*

Fui tentata di rispondere ad alta voce, ma poi decisi di stare al gioco e scrissi qualcosa a mia volta. *Se il principe Cael è davvero pericoloso, allora devi dirlo a Quinn.*

Scosse la testa. *Non è pericoloso*, rispose con la sua

penna. *L'oscurità che ha intorno... Non so come spiegarlo. Ma fa' attenzione, okay?*

La fissai, poi indicai di nuovo quello che avevo scritto.

Mi fissò di rimando, socchiudendo gli occhi. «Sei una lupa davvero testarda».

Rimasi a bocca aperta. «Come, scusa?».

Sorrise. «Non è un'offesa, Ivana. È un complimento. Se avessimo più tempo, penso che diventeremmo grandi amiche». Lanciò un'occhiata fuori dal finestrino. «Ah, purtroppo stiamo per atterrare».

E con quello, prese il quaderno, si alzò e andò verso la parte anteriore del jet, con i lunghi capelli biondo platino che fluttuavano nell'aria.

Mi ritrovai di nuovo a fissarla. *Cosa cazzo è appena successo?*

Aveva cercato di mettermi in guardia dal principe Cael, ma poi aveva completamente ignorato... Abbassai lo sguardo sul mio diario e vidi che la pagina dove avevo scritto la mia risposta era sparita, era rimasto solo l'orlo frastagliato.

L'aveva presa lei.

Come...? Non avevo sentito la carta strapparsi.

Fui raggiunta dalla risatina di Ashlyn, mentre una delle altre omega le sussurrava qualcosa all'orecchio. Incontrai lo sguardo castano dell'omega in questione, il cui nome iniziava con la "S".

Di qualsiasi cosa stesse parlando, chiaramente riguardava me.

E Ashlyn lo trovava divertente.

Mi accigliai. Conoscevo fin troppo bene la mentalità di certe donne che amavano fare comunella a spese delle altre; avevo condiviso il palazzo con molte di loro negli ultimi anni.

Miranda, un'omega non accoppiata e decisa ad accaparrarsi un principe alfa, aveva cercato di rendere la mia vita un inferno fin da quando avevo messo piede nel settore Blood. Aveva messo bene in chiaro che Kieran apparteneva a lei.

Peccato che non fosse assolutamente così.

Era stato scelto da Quinn più di un secolo prima. Solo che la principessa era fuggita senza completare l'accoppiamento, lasciando Kieran a governare il settore Blood in sua assenza.

Ciò aveva reso Kieran disponibile, almeno agli occhi di Miranda. Purtroppo per lei, non era interessato.

Ma ciò non le aveva impedito di essere la regina cattiva delle omega del settore Blood.

E ora sembrava che ne avessi incontrate altre.

Fai attenzione al principe Cael, aveva scritto Ashlyn.

Quasi sbuffai.

Per un attimo mi ero preoccupata, ma ormai mi era chiaro che la piccola omega Z-Clan mi stava prendendo in giro. Probabilmente voleva Cael per sé. E quale modo migliore di reclamarlo che scacciare la concorrenza?

Non sembrava esserci nulla di sbagliato in Cael. Era affascinante. Bello. *Interessato ad accoppiarsi.*

Sì, non gli avrei girato alla larga, anzi. Se avesse continuato a cercarmi, avrei ricambiato il suo interesse.

Forse un bacio mi aiuterà a svegliare le farfalle nello stomaco, pensai.

Certo, Cillian non aveva mai avuto bisogno di un bacio per riuscirci. Gli era bastato *esistere*.

Sospirai, spostando l'attenzione dalle omega starnazzanti alla cabina di pilotaggio. Non riuscivo ancora a vedere né lui né Benz, e forse era un bene.

Ma li avrei visti presto.

Perché Ashlyn aveva ragione: stavamo per atterrare.

La pressione all'interno del velivolo cambiava con ogni secondo che passava, mentre scendevamo nel cielo verso la nostra gelida destinazione.

Mi costrinsi a distogliere lo sguardo dalla porta della cabina e guardai fuori dal finestrino, osservando l'infinita distesa di acqua. Anche da quell'altezza, era chiaro che era fredda.

Avevamo volato verso nord est, diretti verso un arcipelago che un tempo faceva parte del Paese noto come Russia. All'epoca non ero ancora nata, ma ne avevo sentito parlare dopo il mio arrivo nel settore Blood.

Farà freddissimo, pensai, mentre in lontananza comparivano delle calotte di ghiaccio.

Deglutii, con i nervi a fior di pelle. Il jet virò verso la terra gelata davanti a noi.

Da quando ero arrivata, molti anni prima, non avevo mai lasciato il settore Blood. Non avevo mai avuto l'opportunità di viaggiare. Ma anche se ci fosse stata l'occasione di farlo, avrei rifiutato.

Non me ne sarei mai andata, dopo tutto quello che avevo affrontato per mettermi in salvo.

Lontano dalla mia famiglia.

Lontano da mio padre e dalla sua crudeltà.

Chiusi gli occhi, il passato minacciava di assaltare la mia mente. *Sangue. Lacrime. Una serie di violenze. Il volto di Cillian quando mi aveva trovata quasi congelata in quel buco gelido.*

Sembrava un cavaliere oscuro, inginocchiato sopra di me, con gli occhi quasi neri che sfavillavano di preoccupazione.

Le sue braccia erano così calde. Così protettive. *Così perfette.*

Fu in quel momento che avevo capito di appartenergli.

Ma non è mai stato realmente mio.

Quel pensiero mi perseguitò mentre il jet toccava terra. Diverse omega sussultarono e fecero dei commenti sulle "ultime tecnologie", ma non avevo idea di cosa stessero parlando. Il mio primo e unico volo era andato esattamente così.

«Sembra più un razzo che un aereo» sentii sussurrare una di loro.

«Ti avevo detto che sarebbe stato divertente» ribadì un'altra.

«La tua definizione di "divertimento" è molto diversa dalla mia» puntualizzò una terza voce.

Dovevo proprio imparare i loro nomi, ma ero sempre stata una persona solitaria. L'unico motivo per cui conoscevo l'identità di Ashlyn era la sua origine: era l'unica omega Z-Clan del gruppo.

Kimmi era un'omega Vampire.

E Jane era una W-Clan.

Tutte le altre erano omega V-Clan come me. Erano quelli i nomi che avevo difficoltà a memorizzare. Le identità degli alfa mi erano sembrate più importanti, ma le omega sarebbero state le mie future vicine di casa. Avrei dovuto concentrarmi anche su di loro.

A parte la mora che bisbigliava con Ashlyn, decisi. Lei poteva anche andare al diavolo.

La porta della cabina di pilotaggio si aprì. Vedendo Cillian uscire, mi venne la pelle d'oca. I suoi occhi esaminarono l'interno del velivolo, ma si concentrarono subito sul portellone d'uscita, senza posarsi su di me.

Tutte le omega si zittirono, i loro sguardi si aggrapparono a Cillian.

Alcune lo osservarono con palese interesse, la sua

autorità era una presenza palpabile che seduceva chiunque gli fosse vicino.

Le ignorò tutte; la sua mente doveva essere impegnata ad analizzare quelle degli alfa all'esterno.

Riuscii quasi a sentirlo avvolgere l'intero settore Glacier con il suo potere, assumendo il controllo di ogni creatura.

La sua energia mi fece formicolare la pelle, il suo talento era a dir poco terrificante.

Pur privo di titolo, era un principe alfa. La sua antica linea di sangue era evidente nelle sue abilità.

Dopo un lungo momento di tensione, si avvicinò al portellone e premette un pulsante. Una serie di serrature si sbloccò, mentre la cabina terminava di depressurizzarsi. Poi un'ondata di aria gelida ci lambì. *E il portellone è ancora chiuso.*

«Cappotti» disse Cillian. La sua voce era pacata ma intrisa di autorità.

Tutte obbedirono, afferrando i giacconi che ci erano stati forniti prima del decollo e indossandoli. Ma lui no. Si limitò ad aprire il portellone con addosso i jeans e un maglione pesante.

Era una dimostrazione di forza. Un modo per dire, senza bisogno di parole, che non si sentiva assolutamente toccato dall'energia glaciale di quel settore.

Una parte di me si domandò se lo scopo di tali visite non fosse in realtà un modo per stringere alleanze politiche con gli altri principi V-Clan. Sarebbe stato tipico di Kieran orchestrare qualcosa del genere con la scusa del programma di accoppiamento. E Cillian sarebbe stato proprio l'alfa che avrebbe mandato in giro per consegnare il tuo tacito messaggio di autorità.

Perché tra i tre era Cillian l'esperto di politica. Ed era anche uno straordinario simbolo di potere: poteva essere un principe, eppure aveva scelto di servire Kieran. Ciò significava che il settore Blood aveva al timone due alfa molto abili, assicurandogli così la posizione al vertice della gerarchia dei V-Clan.

«Principe Lykos» salutò Cillian.

«Alfa Cillian» rispose una voce fredda dall'esterno.

Calò il silenzio, che rese l'atmosfera ancora più gelida.

Perché gli alfa si stavano valutando a vicenda.

O forse stavano conversando telepaticamente.

Sentii una stretta allo stomaco osservando il viso di Cillian, studiando il muscolo che gli si contraeva quasi impercettibilmente nella mascella. A parte quello, la sua espressione non lasciava trasparire nulla. Era tranquillo come sempre. *La quintessenza del politico.*

Ma non distoglieva lo sguardo dall'altro uomo. Nessun cenno. Nessun segno di sottomissione.

Nonostante fosse il principe Lykos a governare quel luogo, Cillian non si sarebbe inginocchiato a lui. Perché non doveva. Aveva altrettanto potere, e mi resi conto che lo stava sottolineando con una non troppo sottile carezza della sua presenza mentale.

Riuscivo quasi a percepire il suo dono. Era come un caldo abbraccio che desideravo di continuo, eppure provavo raramente. Ma ora mi ci crogiolai, adorando il modo in cui rasserenava la mia lupa interiore.

Protetta, sembrò dire. *Al sicuro.*

Perché era così che Cillian ci aveva sempre fatte sentire, fin dal primo momento in cui ci eravamo incontrati.

Stavo per chiudere gli occhi, persa in quel dolce tepore. Ma svanì nel momento in cui il principe Lykos disse: «Benvenuti nel settore Glacier. Vogliamo iniziare con un piccolo tour?».

CILLIAN

Il profumo di Ivana si avvolse intorno al mio collo come un maledetto cappio.

Ogni respiro mi ricordava quella mattina nella sua stanza.

E anche tutte le altre, pensai cupamente.

Perché, beh, avevo continuato a tornare. Come un pazzo, mi ero teletrasportato nell'edificio in cui viveva con la scusa di controllare come stava.

Per poi aspettare che emettesse quegli splendidi gemiti.

Gemiti che ricordavano *il mio nome*.

Gemiti che portavo a casa con me.

Gemiti che mi tormentavano mentre mi toccavo e creavo delle fantasie tutte mie.

Era... un problema. Una droga. *È sbagliato, cazzo.*

Ivana era sempre stata la mia unica tentazione, e il

programma di accoppiamento aveva accentuato il desiderio che nutrivo nei suoi confronti.

Mi costrinsi a smettere di pensare a lei, controllando ancora una volta ciò che ci circondava alla ricerca di potenziali minacce.

Il principe Lykos non aveva apprezzato che avessi messo al guinzaglio i suoi alfa, ma non me ne fregava niente. Avevo tredici omega da proteggere, peraltro in una terra straniera che avevo visitato solo una manciata di volte. Faceva troppo freddo per i miei gusti. E la magia che impregnava l'atmosfera mi irritava i sensi.

Il mio lupo si agitò, confermando le mie sensazioni. La sua voglia di uscire a correre era stata mitigata dall'aria gelida che mi artigliava la pelle esposta. Nessuna pelliccia avrebbe potuto aiutare qualcuno a sopportare un clima del genere.

Solo gli incantesimi.

Ne avevo già intessuto uno intorno al mio corpo, uno scudo sottile ma funzionale. Se non avessi avuto un'intera isola di alfa da tenere d'occhio, avrei potuto usare più energia per ispessire la barriera. Purtroppo, dovevo conservare un po' di potere, nella remota possibilità di essere costretto a combattere.

Ovviamente, il principe Lykos sarebbe stato un pazzo a tentare di fare del male alle omega sotto la mia protezione. Ero qui in rappresentanza del Re del settore Blood. Un attacco contro di me avrebbe rappresentato un attacco a Kieran.

E nessun lupo sano di mente avrebbe voluto sfidare Kieran O'Callaghan.

Beh, in realtà alcuni avevano valutato l'idea di farlo. Il principe Tadhg, per esempio, aveva espresso i suoi dubbi sulla capacità di Kieran di governare. E non era entusiasta che Quinnlynn lo avesse scelto come re. Ma fino a quel momento era rimasto nel settore Alpha, il suo dominio, e non aveva mai rappresentato una vera minaccia.

Se e quando lo avesse fatto, sarebbe morto.

Perché, pur essendo potente, non era Kieran. Nessuno era paragonabile a Kieran.

«Questo posto mi ricorda la mia casa» sussurrò una delle omega alle mie spalle.

Sylvia, pensai, riconoscendone la voce. La sua mente era rumorosa e colma di meraviglia mentre osservava gli edifici di ghiaccio che si stagliavano davanti a noi.

«Sì» rispose un'altra.

Il principe Lykos si voltò per un attimo, lanciando loro un'occhiata incuriosita, ma non disse niente. Doveva aver sentito il commento, e probabilmente aveva colto il complimento che implicava.

Quelle omega erano abituate al ghiaccio e alla neve. Li adoravano.

Beh, almeno la maggior parte di loro.

Ivana era silenziosa, la sua mente non lasciava trasparire nulla.

Fui tentato di guardarla. Il desiderio di conoscere i suoi pensieri più intimi cozzava con ogni mio istinto. *I suoi occhi di ghiaccio avrebbero rivelato qualcosa? Avrebbe condiviso le sue opinioni con me, se glielo avessi chiesto?*

Stringendo i denti, scacciai quelle riflessioni inutili e mi concentrai sul mio compito: proteggere le omega.

Ascoltai a malapena le spiegazioni di Lykos sulle infrastrutture presenti nel settore, o sugli incantesimi che impedivano al ghiaccio di sciogliersi e permettevano agli abitanti di vivere serenamente.

Nella piazza centrale – una spaziosa pista di pattinaggio nel bel mezzo della città coperta di ghiaccio – trovammo ad attenderci gli alfa, i beta e diverse omega, e la festa di benvenuto ebbe inizio.

Non fu nulla di stravagante.

Solo qualche bibita con la specialità del settore Glacier, vodka corretta al sangue, oltre a una selezione di snack mistici – in sostanza, vassoi di stuzzichini tenuti in caldo con un incantesimo.

Mi concessi qualche boccone, ma rifiutai l'alcol. Non perché potesse compromettere le mie facoltà, ma perché non mi piaceva particolarmente la vodka.

Benz e Fritz fecero lo stesso, tenendo gli occhi incollati alla folla, mentre le nostre omega si mescolavano con gli abitanti del settore Glacier. Era presente la maggior parte degli alfa che partecipava al programma, ma c'erano anche alcune assenze piuttosto ingombranti, come per esempio il principe Cael.

Non che a Ivana sembrasse importare. Era troppo impegnata a chiacchierare con Ransom per accorgersene.

Anche se forse "chiacchierare" non era il termine giusto. Non stavano esattamente parlando. Semmai, erano in piedi uno accanto all'altra, intenti a osservare il resto dei presenti.

Dopotutto, sembrava proprio che le doti comunicative dell'alfa non fossero state messe in ombra da quelle di Cael nel corso della cena di inaugurazione; molto più semplicemente, Ransom non parlava.

Non va bene per Ivana, pensai con un grugnito interiore. Aveva bisogno di un uomo che apprezzasse la sua voce, non di qualcuno che la spingesse a restare in silenzio.

Presi un bicchiere d'acqua da un vassoio lì vicino e lo bevvi tutto d'un fiato, poi distolsi lo sguardo da lei per concentrarmi di nuovo sulla folla.

Il tempo sembrava scorrere a passo di lumaca. Tuttavia,

quando il principe Lykos mise fine ai festeggiamenti, erano passate solo due ore dal nostro arrivo.

Questa settimana sarà lunghissima, borbottai tra me e me mentre l'alfa del settore ci conduceva ai nostri alloggi.

«Non lasciatevi ingannare dal ghiaccio» disse prima di imboccare una strada fiancheggiata da igloo. «All'interno troverete stanze calde e confortevoli».

Diverse omega reagirono con entusiasmo.

«Ogni igloo ospita due persone» continuò Lykos. «Ve li ho già assegnati sulla base delle informazioni fornite dalla regina Quinnlynn. Per prime, abbiamo Ashlyn e Sylvia».

Rivolse un sorriso affettuoso all'omega Z-Clan, poi cercò Sylvia con lo sguardo. Quando la biondina si fece avanti, sorrise anche a lei e indicò a entrambe il loro igloo.

«Mi serve una copia di quella lista» gli dissi, mentre avanzavamo.

Inarcò un sopracciglio scuro. «Il tuo re e la tua regina non ti hanno fornito una copia?».

La sua domanda mi irritò, anche se non lo diedi a vedere, perché insinuava qualcosa che non mi piaceva per nulla: l'idea che Kieran e Quinnlynn non si fidassero di me.

«No». Gli rivolsi un sorriso tirato, certo che ne avrebbe colto il significato. Ma aggiunsi: «Kieran si è concentrato soprattutto sulla sicurezza. Per questo mi ha dato tutte le planimetrie degli edifici del tuo settore, non le sistemazioni abitative delle omega».

Era il turno del principe Lykos di nascondere l'irritazione. Ma non ci riuscì altrettanto bene. «Capisco».

Non disse niente per un lungo istante, le mie parole avevano chiaramente colpito nel segno. Mi ero volutamente riferito a Kieran senza il suo titolo perché potevo, a differenza di Lykos.

Perché lui non era il migliore amico del Re del settore Blood.

In ogni caso, non avevo mentito. Io e Kieran avevamo esaminato la planimetria del settore Glacier e avevamo individuato tutte le potenziali minacce. Gli alloggi non erano mai stati la nostra priorità. Sapevo dove avremmo alloggiato, ma non chi avrebbe dormito con chi. Perché non aveva importanza.

«Quando ho finito, puoi tenerti questo foglio» borbottò infine il principe Lykos, prima di assegnare l'igloo successivo a Benz e Fritz.

Li guardai. «Continuate a camminare. Potrete tornare quando sapremo dove alloggeranno tutte le omega».

Annuirono entrambi. Man mano che procedevamo, tuttavia, un certo disagio mi rimescolò le viscere.

Perché avevo la sensazione di sapere esattamente come sarebbe andata a finire.

Forse le assegnazioni degli alloggi non erano l'ultima preoccupazione di Kieran, capii, irritato.

Infatti non mi sbagliavo. Giunti all'ultimo igloo, Lykos disse: «E questo è per te e l'omega Ivana».

Ti ucciderò, Kieran, ringhiai mentalmente.

Non che quel bastardo potesse sentirmi. Era troppo distante perché le mie abilità telepatiche fossero in grado di raggiungerlo. Ma glielo avrei fatto sapere al più presto.

«Oh, non...». Ivana si interruppe; il suo sguardo azzurro si spostò per un attimo su di me, per poi tornare a posarsi su Lykos. «Okay».

L'alfa del settore Glacier inclinò la testa di lato. «Sei sicura, piccola?» le chiese dolcemente, con un tono che mi diede sui nervi. «Inizialmente avevo messo in dubbio questa assegnazione, ma i tuoi sovrani hanno detto che tu e

Cillian siete a vostro agio l'uno con l'altra. Se non è così, allora...».

«Allora cosa?» intervenni, sollevando un sopracciglio. «Le offrirai una suite per gli ospiti nel tuo alloggio personale?».

Lykos si voltò verso di me con un lampo di irritazione negli occhi. «Stavo per suggerire che in quel caso potresti andare a dormire sul tuo jet».

Sbuffai. «Assolutamente no. Starò qui, vicino alle omega che sono sotto la mia protezione».

«Stai dicendo che non puoi proteggerle da lontano, Cillian? Perché sappiamo entrambi che è una bugia». Diede uno strattone al laccio mentale con cui avevo cinto tutto il suo settore al nostro arrivo. Il suo potere quasi rivaleggiava con il mio.

Quasi.

Perché io ero più forte. Più veloce. E più che capace di mettere in ginocchio il settore Glacier.

«Non è un problema» intervenne Ivana prima che potessi rispondere. «Ero solo sorpresa. Ma non è un problema, sul serio». Si schiarì la voce e fece un passo avanti. I suoi occhi catturarono i miei. «Andiamo, alfa Cillian».

Era la seconda volta nel corso della settimana che mi chiamava "alfa Cillian". La prima volta per augurarmi una buona serata, e sapevo che lo aveva fatto apposta.

Perché era quello che le avevo suggerito di fare alcune settimane prima: augurarmi una buona serata e lasciarmi in pace.

Ma... non mi piaceva. Non mi piaceva per nulla.

Tuttavia, invece di commentare, annuii e le indicai con un cenno di farci strada. «Grazie per l'ospitalità, principe

Lykos. Mi assicurerò che anche Kieran sia messo al corrente della tua generosità».

E con quello, mi lasciai alle spalle l'alfa del settore Glacier e premetti il palmo sulla schiena di Ivana, spingendomi più in là del necessario. Ma il mio lupo esigeva che mettessi in chiaro le cose. *Lei è sotto la mia protezione*, diceva quel gesto. *Quindi puoi gentilmente andare a farti fottere*.

Come aveva potuto suggerire che rimanessi sul jet? E insinuare che Ivana non fosse a suo agio con me...

Soffocai il bisogno di ringhiare.

Se quello stronzo avesse conosciuto i nostri trascorsi, non avrebbe mai messo in dubbio quali fossero le mie intenzioni nei riguardi di Ivana.

Lei entrò nell'igloo per prima. I suoi capelli biondi catturarono la luce dell'interno, che donò loro un bagliore dorato. Riuscii ad ammirarlo per ben due secondi, prima che si teletrasportasse dall'altro lato della stanza e mi fulminasse con lo sguardo.

Al centro dello spazio ristretto troneggiava un grande letto, che si frapponeva tra noi come uno scudo protettivo.

Ed è l'unico letto presente, capii dopo aver dato un'occhiata al resto dell'alloggio. *Perché diavolo...*

«Sei improvvisamente interessato a diventare l'alfa di un settore?» sbottò Ivana. La sua domanda mi strappò ai miei pensieri.

«Cosa?». Aggrottai la fronte e mi chiusi la porta alle spalle. «Perché me lo chiedi?». Sapeva meglio di chiunque altro che non avevo nessun desiderio di governare.

Indicò l'esterno. «Per quello».

La fissai con un'espressione sconcertata. «Non capisco».

«Stavi praticamente sfidando il principe Lykos» disse

tra i denti. «Per questo ti ho domandato se avessi cambiato idea, visto che da quello che so non hai mai voluto fare altro che adorare re Kieran».

Le mie sopracciglia schizzarono in alto, colto alla sprovvista tanto dal suo tono quanto dalla sua accusa. «Non stavo sfidando nessuno».

Mi lanciò un'occhiata che diceva: *Certo, come no*. O forse era un pensiero che le aveva attraversato la mente. Non riuscivo a concentrarmi abbastanza da determinare cosa le passasse per la testa, perché ero troppo sconvolto dal suo sguardo di rimprovero. Le omega non mi guardavano *mai* così. Specialmente Ivana.

«Qual è il tuo problema?» sbottai a mia volta. «Non sono io ad aver deciso le assegnazioni degli alloggi, quindi non puoi prendertela con me».

Scoppiò in una risata priva di allegria. «*Wow*». E con quella dichiarazione pregnante, andò verso i nostri borsoni, che si trovavano su un divano lì accanto. Dovevano averli recapitati mentre eravamo alla festa, o durante il tour. Aprì il suo con gesti scattosi e irritati.

Aspettai che aggiungesse qualcosa.

Non lo fece.

Si limitò a tirare fuori una borsa più piccola e alcuni vestiti, poi se ne andò in bagno.

La porta sbatté dietro di lei con una violenza che mi lasciò a fissare a bocca aperta il legno scuro che ci separava.

Pensi che una porta mi impedisca di parlarti?, le chiesi nella mente, in parte divertito, ma soprattutto infastidito.

Nessuna risposta.

Neanche il barlume di un pensiero.

Perché ovviamente non potevo sentire nulla. Ivana viveva in un perenne stato di pace, che io mi sforzavo di non turbare.

Ivana.

Niente.

Ringhiai. *Hai tre secondi per rispondere prima che mi materializzi lì e ti costringa a parlare con me.*

Sto solo rispettando i tuoi desideri, alfa Cillian, disse.

I miei desideri?, ripetei, sconvolto dalla follia di quella donna.

Sì. Sto evitando di irritarti con la mia propensione a dare ordini agli alfa. Dopotutto, l'ultima cosa che voglio è darti fastidio mostrandomi troppo sicura di me.

Lasciai cadere la testa all'indietro con un sospiro che fu sicuramente in grado di udire attraverso la porta. *Ivana...*

Lasciami in pace, alfa Cillian. Voglio solo farmi una doccia e andare a dormire.

Smettila di chiamarmi "alfa Cillian", ringhiai.

Silenzio. Non diede alcun segno di avermi sentito. Nessun commento, nessuna risposta.

Strinsi i pugni, sempre più incazzato.

Ma invece di materializzarmi in bagno come avrebbe voluto fare una parte di me, mi costrinsi a uscire all'esterno.

Volevo inspirare profondamente l'aria gelida e tentare di darmi una calmata.

Ma trovai Benz e Fritz ad aspettarmi. Il secondo stringeva un foglio, probabilmente la lista delle assegnazioni degli igloo che gli aveva consegnato il principe Lykos.

Cazzo. Li avevo lasciati lì senza nessuna indicazione su come procedere.

Perché mi ero completamente dimenticato di loro.

Condividere la stanza con Ivana mi stava costando la mia sanità mentale.

E l'orgoglio.

«Faccio io il primo turno» dissi a Benz e Fritz. «Andate a riposarvi».

«A che ora ci vuoi in piedi?» chiese il beta.

Una semplice domanda.

A cui però avrei voluto rispondere con un ringhio.

Forse perché potevo sentire anche i pensieri che gli frullavano in testa. Tutti ruotavano intorno al fatto che alloggiassi con Ivana, suscitando la sua disapprovazione.

Beh, non era l'unico lupo scontento delle assegnazioni.

Ma non era lui a doversene occupare. Ero *io*.

Certo, l'impulso di mettermi a discutere con lui era un problema. Perché a chi cazzo fregava quello che pensava?

Non avrebbe dovuto importarmi.

Eppure, il mio lupo era agitato, determinato a uscire allo scoperto e a sottomettere quel maledetto beta.

Merda. Non riuscivo a ricordare l'ultima volta che mi ero sentito così vicino a perdere il controllo del mio animale.

È Ivana. Il suo odore. Il suo atteggiamento. Sapere che probabilmente ora è nuda sotto la doccia...

Deglutii. *Visibilmente.* E mi concentrai su Benz. «Se avrò bisogno di voi, verrò a chiamarvi. Fino ad allora, riposate».

Senza aspettare una risposta, mi teletrasportai sul jet e premetti un pulsante sul mio orologio per far comparire uno schermo. Lykos aveva ragione: potevo sorvegliare le omega da lì.

Ma ciò non significava che volessi dormire sul jet.

Anche se non vedevo l'ora di avere una conversazione in privato con il mio più vecchio amico riguardo la lista delle *assegnazioni*. Che, tra l'altro, avevo lasciato a Fritz. O almeno pensavo che si trattasse di quello, perché non avevo dato un'occhiata al foglio.

Non importa. Me ne farò dare una copia dallo stronzo che l'ha compilata.

Kieran rispose un paio di secondi dopo che avevo selezionato il suo nome, la sua espressione preoccupata comparve sullo schermo. «Cosa c'è che non va?».

«Non credi che Benz sarebbe stato un compagno di stanza più adatto per Ivana?» chiesi senza neanche salutarlo. Né rispondere alla sua domanda.

Perché andava tutto bene.

Più o meno.

A parte il fatto che l'igloo ha un solo fottuto letto, pensai. Entrando, non ci avevo fatto caso, troppo distratto dall'irritazione di Ivana. Non avevo avuto modo di preoccuparmi della mobilia, di cui ora volevo invece discutere con Kieran.

«Oppure avresti potuto assegnarle Fritz, che è un omega proprio come lei» aggiunsi.

«Sbaglio, o hai deciso di interrompere il mio momento di intimità con Quinnlynn per lamentarti delle assegnazioni delle stanze?» chiese Kieran con un accenno di irritazione nel tono, smentito però dal divertimento che gli danzava negli occhi scuri.

«So cosa stai cercando di fare» lo informai, ignorando sia il tono che la domanda. «Smettila di immischiarti nella mia vita privata, Kieran».

«Non farei mai una cosa del genere».

«E invece sì». Come al solito. «Per un attimo, magari, pensa a come si sente Ivana. Dimenticati di me. Pensa a lei e a quanto possa essere a disagio».

«Dubito che la situazione la metta a disagio» ribatté Kieran senza esitazioni. «Se si sente a disagio, è sicuramente a causa tua».

Aggrottai la fronte. «Ma non ho fatto niente».

«Allora sono sicuro che sta bene». Scrollò le spalle nude. «E per rispondere alle tue domande, di recente un alfa ha fottuto il cervello di Fritz; dubito che voglia condividere la stanza con un alfa noto per le sue doti telepatiche. Ed eri preoccupato che Benz potesse farti del male, quindi ho dato per scontato che preferissi evitare di dormire con lui».

Fece una pausa, ma percepii che non era perché si aspettava una risposta. Sembrava distratto da qualcosa, o più probabilmente da qualcuno.

Ma sentii comunque il bisogno di dire: «Ho obiettato all'assunzione di Benz perché i suoi pensieri violenti nei miei confronti rendono probabile che non mi rispetti come suo superiore. Non ho mai espresso paura o preoccupazione per la mia sicurezza personale. Questa scusa è una forzatura, e lo sai anche tu».

«Beh, se mi sono sbagliato, allora fai cambio di stanza con Fritz» rispose distrattamente. «Ora, se non ti dispiace, la mia omega è incinta e ha bisogno del mio nodo».

L'inquadratura si spostò dalla sua faccia, mostrandomi la parete della sua camera da letto, mentre Quinnlynn commentava le parole crude di Kieran.

«Voglio una copia elettronica delle assegnazioni» dissi in fretta, prima che riattaccasse.

Mi avrebbe risparmiato di doverla chiedere a Fritz. Sempre che quel foglio fosse effettivamente la lista in questione. Poteva anche trattarsi di un rapporto di qualche genere, o di una lettera.

Ricomparve la faccia di Kieran. «Mi sembra una perdita di tempo, comunque va bene. Te la mando stasera».

Forse per lui sarà anche stata una perdita di tempo, ma per me no. Dovevo trovare un modo di risolvere il problema per potermi concentrare pienamente sul mio compito.

Kieran uscì ancora una volta dall'inquadratura, mostrandomi il muro, per poi tornare di nuovo a parlarmi.

«Oh, e... Cillian» disse. «Se mi disturbi ancora senza motivo mentre sono nel nido della mia regina, ti getterò in una fossa di Infetti».

«Mi smaterializzerei in un istante» gli feci notare.

Si strinse nelle spalle. «Lo farei comunque».

«*Kieran*» lo rimproverò Quinnlynn con un tono che mi ricordò quello di Ivana.

Lui si limitò a sorridere. «Arrivo, tesoro».

Lo schermo diventò nero, lasciandomi a fissarlo scuotendo la testa. Feci comparire una tastiera e digitai: *Giocare a fare Cupido non ti si addice*. Lo inviai e chiusi lo schermo.

Il mio polso vibrò un secondo più tardi.

Fui tentato di ignorarlo.

Ma l'orgoglio mi spinse a leggere la risposta di Kieran.

E me ne pentii immediatamente.

Perché le sue parole mi colpirono dritto al cuore.

Nemmeno fare il martire ti si addice, amico mio.

IVANA

DEV'ESSERE UNO SCHERZO, pensai, fissando il letto con un'espressione accigliata.

Certo, era bello grande. Probabilmente dalle dimensioni *king-size*, o forse anche di più. Ma ce n'era solo uno.

Camminai avanti e indietro, con i pantaloni del pigiama di seta che frusciavano a ogni passo, soffocando un ringhio. *Non posso condividerlo con Cillian. Non dopo tutti i sogni che ho fatto su di lui.*

Quanto sarebbe stato imbarazzante fantasticare su qualcuno in grado di leggere la mente proprio mentre gli dormivo accanto? Avrebbe sentito ogni parola. Avrebbe visto ogni dettaglio.

E gli avrei fatto ancora più pena.

Probabilmente mi avrebbe ricordato ancora una volta che non ero alla sua altezza.

«Ugh» gemetti, coprendomi gli occhi con le mani. «Tutto questo è orribile».

Non solo lo avevo rimproverato, ma ora dovevo vivere con lui. *Per una settimana.*

«È un *incubo*».

Avevo avuto la tentazione di implorare Benz di fare cambio di stanza con me, ma non volevo apparire debole.

E forse una piccola, minuscola, insignificante parte di me desiderava condividere un igloo con Cillian.

Ma non sapevo che ci sarebbe stato solo un letto. Me ne aspettavo almeno due. Preferibilmente in camere separate.

Poi Cillian aveva iniziato ad atteggiarsi con il principe Lykos, come aveva fatto fin dal nostro arrivo, e io avevo reagito. Troppo testosterone, che mi aveva travolto i sensi e mi aveva fatta vacillare. Mi ero resa conto che mi stavo eccitando, mentre le mie viscere ruggivano dal bisogno di essere *reclamata* dall'alfa che per troppo tempo avevo stupidamente considerato mio.

Ciò mi aveva indotta a rispondere nell'unico modo che conoscevo: accettando l'assegnazione dell'alloggio.

O così, o mi sarei messa pubblicamente in imbarazzo implorando Cillian per avere il suo nodo.

Stelle, perché è qui? Re Kieran non poteva assegnare la protezione delle omega a un altro alfa?

No, ovviamente no. Non c'era nessun altro disponibile. Lorcan doveva proteggere il settore Night. E Cillian era l'unico di cui si sarebbe fidato, oltre a lui.

Un altro ringhio mi rimbombò nel petto, mentre lasciavo cadere le mani lungo i fianchi e fissavo con rabbia il materasso. «Non dormirò accanto a lui. Non succederà».

E il divano era troppo piccolo per Cillian, quindi avrei dovuto accontentarmi di riposare lì.

Perché l'unica altra opzione era dividere il letto con lui, e, appunto, *non sarebbe mai successo*.

Mi avvicinai per testare il divano con i palmi delle mani. Era abbastanza rigido, ma non troppo.

«Mmh» mugolai, spostando i borsoni sul pavimento – quello di Cillian era notevolmente più leggero – e osservai i cuscini del divano. C'era anche una coperta gettata sullo schienale, ma non sarebbe mai stata sufficiente a tenermi al caldo in quel clima.

La magia riscaldava l'interno dell'igloo, rendendo la temperatura più gradevole, ma faceva comunque freddo.

Tutte le omega continuavano a dire che il settore le faceva pensare alla loro casa, una casa dove avevo intenzione di trasferirmi con il mio futuro compagno.

Il pensiero mi fece rabbrividire. Non appena la mia pelle era stata lambita dall'aria gelida, mi ero sentita... fuori posto. Come se non appartenessi a quel luogo. Inizialmente non era stato un problema, ma lo era diventato quando le omega avevano iniziato a discutere allegramente di come il settore le facesse sentire a loro agio.

Ciò significa che non mi sentirò a casa nel settore Night?, mi domandai. *Non mi piacerà vivere lì?*

La consapevolezza che forse non mi sarei adattata... mi aveva fatta sentire spaesata.

Tra quello e l'essere costretta a dividere l'igloo con Cillian, mi ero ridotta a un groviglio di emozioni. Che avevo sfogato su di lui.

Con un sospiro tornai verso il letto, dove presi la trapunta e un cuscino. «Dovrò farmeli andar bene».

Per fortuna, Cillian non si vedeva da nessuna parte. Probabilmente si sarebbe messo a discutere con me. O, peggio, mi avrebbe ordinato di *parlargli*. Non volevo parlargli.

«*Smettila di chiamarmi "alfa Cillian"*» erano state le ultime parole che mi aveva rivolto.

Ah, quante cose avrei voluto rispondergli.

Quante volte mi hai ordinato di chiamarti così?

Fidati, "alfa Cillian" è l'epiteto più gentile con cui posso chiamarti in questo momento.

Oh, ora mi rimproveri perché sono rispettosa? Che ironia...
Preferisci "principe Cillian"?

Non dirmi cosa fare. Hai perso il diritto di farlo quando mi hai spezzato il cuore.

Vaffanculo, alfa Cillian.

Smettila di infastidirmi.

Smettila di ringhiarmi contro.

Smettila di esistere.

Smettila di infestare i miei sogni.

La lista avrebbe potuto andare avanti all'infinito. Ogni affermazione mi aveva attraversato la mente durante la doccia e continuava a farlo ora che mi ero sdraiata sul divano.

Se solo il mio cervello avesse avuto un interruttore.

Non appena chiusi gli occhi, la mia mente decise di ripercorrere l'intera serata.

Il volo verso il settore Glacier. Lo strano comportamento di Ashlyn. I miei tentativi di aggiornare il diario. La festa di benvenuto. Il sottile dominio di Ransom mentre mi stava accanto senza dire molto. Il dominio per nulla sottile di Cillian quando aveva praticamente sfidato il principe Lykos.

Le parole che ci eravamo scambiati io e Cillian nell'igloo.

Le parole che avrei voluto dirgli.

Le parole che ero felice di non avergli detto.

Diedi un pugno al cuscino, tentando di trovare una posizione più comoda.

Smettila, ordinai al mio cervello. *Basta. Ho bisogno di dormire.*

Ransom mi aveva chiesto di andare a pattinare con lui l'indomani. Non lo avevo mai fatto. *Forse sarà divertente*, pensai. *O magari mi spezzerò il collo.*

Per fortuna sono praticamente immortale.

Smettila di pensare!

La. La. La.

Immaginai Ransom e il suo sorriso gentile. *Pattinare sarà divertente. Okay, farà freddissimo. Ma... ma mi piacerà.*

Deve piacermi.

Devo abituarmi a questo ambiente. È il mio futuro. Non Cillian. Non il settore Blood.

Ma il settore Night.

Posso farcela.

Posso farcela.

Posso farcela.

La cantilena mi risuonava nella testa, annegando le mie incertezze.

O almeno così speravo.

Ma quando finalmente mi addormentai, sognai un tempo lontano. Un tempo in cui avevo avuto freddo. Ed ero sola. E spaventata. *Quasi morta...*

Un tempo in cui Cillian era il mio eroe.

«*Sono qui*» mi aveva sussurrato all'orecchio. «*Ora sei al sicuro*».

In quel momento, un calore mai provato prima aveva toccato il mio cuore. Un calore che avevo riservato solo a lui.

Il mio compagno prescelto.

L'ossessione della mia lupa.

Il mio alfa.

Il suo profumo – menta piperita mescolata a qualcosa di mascolino, qualcosa che era intrinsecamente Cillian – mi aveva avvolta in una coltre di protezione.

Inspirai profondamente. Piena di amore. *Piena di desiderio.*

Mio, mormorò la mia lupa.

Ma poi mi risuonarono nella mente le parole che aveva pronunciato all'incoronazione nel settore Blood, destandomi da quello strano stato onirico. Mi ritrovai in un mare di oscurità sconosciuta. Mi strinsi le ginocchia al petto, mentre un brivido violento mi scuoteva dalla testa ai piedi.

Dove sono? Non potevo essere di nuovo in quel buco. La superficie morbida sotto di me non aveva nulla a che vedere con il terreno freddo e duro della fossa.

Ma sentii comunque il bisogno di annusare l'aria, per assicurarmi che il fetore del metallo e della sporcizia non mi inondasse i sensi.

L'unico profumo che percepii fu quello di Cillian. *Un rigenerante bacio alla menta.*

Come di recente mi succedeva ogni mattina.

Solo che stavolta non lo avevo sognato. Quel sogno... quel sogno era troppo realistico. Troppo simile al nostro passato.

Sbattei le palpebre, confusa, e rotolai sulla schiena sul soffice materasso.

Le mie labbra si incurvarono all'ingiù, il mio sguardo esaminò il letto.

Come...? Dove...?

I ricordi della notte prima mi assalirono tutti in una

volta, ricordandomi che mi trovavo nel settore Glacier. In un igloo. *E sono andata a dormire sul divano.*

Però... però non ero più sul divano. Ero sul letto, avvolta nelle coperte.

E Cillian... Cillian era sparito.

C'erano solo il suo odore residuo e il calore che si era lasciato dietro.

Contro la mia schiena, capii, sfiorandomi il dorso. Era caldo, come se per ore il mio corpo fosse stato premuto su quello di un altro.

Il letto... Lo esplorai con la mano. *Anche il letto è ancora caldo.*

Cillian era stato lì.

Mi aveva spostata sul letto.

E poi... *Mi aveva tenuta stretta a sé? Per quanto? È successo davvero? O è stato tutto un sogno? Cosa significa?*

La mia mente si arrovellava tra mille domande, la mia immaginazione minacciava di sopraffarmi con troppe immagini piene di speranza.

Scossi la testa, costringendomi a schiarirmi le idee. Se mi fossi soffermata sui "se", sarei impazzita.

Cillian mi aveva messa a letto.

Avevo dormito.

Fine.

Controllai l'orologio e notai che era ancora un po' presto, ma mi alzai comunque dal letto. Dormire non era più un'opzione. Mi sarei semplicemente... preparata.

Per il mio appuntamento.

Con l'alfa Ransom.

CILLIAN

Non sapevo cosa mi facesse incazzare di più: Ivana che cercava di pattinare sul ghiaccio o Ivana che dormiva sul divano.

Entrambe le attività minacciavano la sua salute e la sua sicurezza. Il secondo problema lo avevo risolto spostandola sul letto. Per quanto riguardava il primo, invece, al momento ero costretto a osservare in disparte. Impotente.

Mentre un altro alfa le metteva le sue cazzo di zampe addosso nel tentativo di impedirle di cadere.

Ogni volta che quello stronzo falliva ero tentato di materializzarmi sulla pista di pattinaggio e occuparmi io stesso di Ivana.

Purtroppo, però, il mio compito era sorvegliare e supervisionare da lontano. Non insegnare a Ivana come restare in equilibrio su quelle lame letali.

Ridacchiò quando Ransom la catturò avvolgendole un braccio intorno alla vita, mentre lottava per non cadere di nuovo.

Il mio lupo ringhiò internamente, irritato da quello a cui stavamo assistendo. *Un altro alfa ha le mani sulla nostra femmina*, sembrava che dicesse la mia bestia interiore. *Uccidilo.*

Non è nostra, pensai, rivolto alla mia metà animale.

Stringerla al petto per tutto il giorno, mentre dormiva, era stata una pessima idea. Ma quando l'avevo trovata raggomitolata sul divano, avevo sentito qualcosa spezzarsi dentro.

Un qualcosa a cui non era piaciuto vedere le sue labbra leggermente tinte di blu o la pelle d'oca sulle sue braccia. Aveva freddo, tremava ed era *sola*.

Mi aveva ricordato la notte in cui ci eravamo incontrati.

La notte in cui avevo fatto istintivamente le fusa per lei e l'avevo tenuta stretta a me per ore.

Sembrava così giovane. Così fragile. Così *distrutta*.

E quando ero tornato nell'igloo dopo la telefonata con Kieran, aveva un aspetto simile.

O forse era tutto nella mia testa.

In ogni caso, non ero riuscito a evitare di metterla a letto e fare le fusa per lei mentre dormiva. Nonostante fosse incredibilmente sbagliato, mi era sembrata la cosa più giusta da fare.

Non meritavo né lei né nessun'altra omega. *Non dopo quello che ho lasciato fare a mio padre...*

Roteai il collo e scacciai quel vecchio ricordo prima che prendesse possesso della mia mente. L'ultima cosa di cui avevo bisogno era un'altra distrazione. Ivana era più che sufficiente.

Se quell'alfa la tocca un'altra volta... Digrignai i denti mentre Ransom afferrava nuovamente Ivana prima che sbattesse la faccia sul ghiaccio.

La risata con cui lei reagì mi colpì dritto al cuore, non avevo mai udito quel suono.

Perché non rideva mai in mia presenza.

Certo, sorrideva e flirtava. Ma non aveva mai riso. Solo qualche finta risatina rivolta alle altre omega del settore Blood, un gesto spesso accompagnato da un'alzata di occhi al cielo.

Ivana reagiva sempre in quel modo con Miranda e la sua cricca.

Ammiravo la sua capacità di fregarsene.

Cazzo, ammiravo così tanti aspetti di lei. Come il modo in cui i jeans che indossava le esaltavano i fianchi.

Ti fa venire voglia di metterla incinta, pensai, con il nodo che pulsava.

Mi costrinsi a distogliere lo sguardo e mi concentrai sulle altre omega che pattinavano con gli alfa. Il mio lupo si placò all'istante, non gli interessava nessuno di quegli accoppiamenti.

Strinsi e riaprii i pugni ripetutamente, scandagliando le menti di tutto il settore alla ricerca di una potenziale minaccia, senza trovarne nessuna.

A parte me.

Non mi ero *mai* sentito così vicino a perdere il controllo.

Beh, no. Non era del tutto vero.

Un tempo avevo perso il controllo. Più di mille anni prima.

Nella notte in cui ho tradito tutta la mia famiglia.

Il ricordo minacciò ancora una volta di sopraffarmi. Un ricordo che riaffiorava di rado, eppure era la seconda volta in un breve lasso di tempo che aveva quasi...

Cillian. La chiamata mentale di Fritz attirò subito la mia attenzione, dato che per l'intera serata avevo mantenuto una connessione superficiale sia con lui che con Benz.

Sì?

Ashlyn è caduta nel laghetto ghiacciato. Sta bene, ma...

Mi materializzai al suo fianco prima ancora che finisse la frase, e il mio sguardo si posò immediatamente sulla bionda tremante raggomitolata sulla riva dello stagno. Grey era lì vicino e stava fulminando con il suo sguardo di ghiaccio Henrik, uno degli alfa del settore Glacier.

Imbecille, lo udii pensare. *Le omega Z-Clan non sono fatte come le V-Clan. Il loro potere è mentale, non fisico.*

Aggrottai la fronte. *Cos'è successo?*, chiesi a Fritz. *E quando è arrivato Grey?*

Non sapevo nemmeno che oggi si sarebbe unito a noi. Finora non aveva partecipato a nessun evento. Era un po' strano che fosse arrivato proprio nel giorno degli appuntamenti, visto che non era nemmeno il suo settore.

Ashlyn è caduta in uno dei buchi per la pesca, rispose Fritz.

Sì, ho capito, ti sto chiedendo come c'è finita dentro, riformulai.

Non ne sono sicuro. Stavo prendendo delle canne quando...

Non stavi guardando?, lo interruppi, voltandomi verso di lui.

«Henrik mi ha chiesto di andare a prendere delle canne da pesca in più nel capanno» replicò Fritz ad alta voce, incrociando le braccia sul petto. «Così mi sono teletrasportato là dentro. Quando ho sentito Ashlyn strillare, sono tornato immediatamente indietro, ma Grey era già saltato nel buco».

«Non... no... non ho... str... strill... ato» brontolò Ashlyn battendo i denti.

«È apparso dal nulla, cazzo» ringhiò Henrik.

«Chi?» domandai. Non capivo di cosa stesse parlando.

«Il mezzosangue». Indicò Grey con un brusco gesto del capo. Il lupo in questione inarcò un sopracciglio per essere stato chiamato "mezzosangue". «Un attimo prima stavamo pescando, quello dopo si materializza senza invito e Ashlyn cade in acqua».

«Sono uno dei candidati» gli ricordò Grey in tono gelido. «Ciò significa, per definizione, che sono invitato a queste attività».

«Sto bene» intervenne Ashlyn. «Non è successo niente, solo una piccola nuotata fuori programma. Però vorrei cambiarmi i vestiti». Iniziò ad allontanarsi, ma mi misi sulla sua strada.

«Ti accompagno» le dissi con il tono più dolce possibile, vista la situazione. Henrik e Grey stavano emanando una valanga di testosterone a cui il mio lupo voleva reagire, ma non era il momento di imporre il proprio dominio.

Prima dovevo assicurarmi che Ashlyn stesse bene.

Poi mi sarei occupato dei due alfa fumanti di rabbia.

Scopri com'è effettivamente caduta, dissi a Fritz. Volevo che raccogliesse le testimonianze di Grey ed Henrik.

Nel frattempo, io avrei ascoltato la versione di Ashlyn.

Con un cenno della mano, mormorai: «Dopo di te».

Mi fissò per qualche istante, fu come se i suoi occhi azzurri riuscissero a leggermi dentro. Poi annuì e iniziò a camminare.

La seguii, con la mente ancora concentrata sui due alfa accanto al laghetto. Ma erano troppo impegnati a fissarsi in cagnesco per preoccuparsi che stessi conducendo via l'omega.

Anche se ciò significava lasciare che fosse Fritz a gestire la loro aggressività.

Era grosso per essere un omega, e, a quanto si diceva,

piuttosto abile con la pistola. Ma non sapevo se sarebbe stato sufficiente per tenerli a bada.

Henrik, forse.

Grey... Grey sarebbe stato difficile da abbattere perfino per me. La sua metà Z-Clan lo rendeva una minaccia ignota. E la sua mente non presentava alcuna vulnerabilità alle mie incursioni telepatiche.

Riuscivo a coglierne solo i pensieri più superficiali.

Certo, poteva essere perché al momento era assorbito dagli insulti che gli stava vomitando addosso Henrik.

Non dovresti nemmeno essere qui.

Non sei uno di noi.

Solo perché è un'omega Z-Clan non significa che sia tua. Non pensarci nemmeno a trascinarla in una grotta e reclamarla contro la sua volontà.

Le parole scorrevano nella mente di Grey a ripetizione, mentre la sua bocca rimaneva chiusa.

Allora? Hai intenzione di startene lì impalato senza dire niente, continuando a fare il bel tenebroso? L'hai spinta nel laghetto!

Non l'ho spinta, pensò Grey, ma non lo espresse ad alta voce.

Il suo silenzio fece incazzare Henrik ancora di più.

Visto? Non lo nega nemmeno. Mandatelo via!

Ridacchiai, pur non sapendo se quel tono lamentoso fosse un'interpretazione di Grey o un ritratto accurato di Henrik. In ogni caso, era divertente.

«Non mi ha spinta» mormorò Ashlyn, voltandosi e catturando il mio sguardo. «È solo che il suo arrivo mi ha colta alla sprovvista. Qualcosa che mi capita *molto* di rado».

«Ma sapevi che era uno dei candidati, giusto?».

Le sue labbra si incurvarono appena. «Sì. Quinn mi ha chiesto se fosse un problema per me. Ma non sono il tipo che si oppone al destino, quindi ho acconsentito alla sua presenza». Fece spallucce. «Anche se ero convinta che le nostre strade si sarebbero incrociate tra un po', non oggi».

Aumentò leggermente il passo. Aveva smesso di guardarmi, lasciandomi nella sua scia a studiarla.

Le sue parole criptiche mi vorticavano nella testa, mentre cercavo di trovare un senso a ciò che aveva detto.

Le omega Z-Clan erano molto rare, soprattutto perché i loro alfa non si prendevano cura di loro come avrebbero dovuto. Il fatto che Quinnlynn avesse chiesto il permesso ad Ashlyn prima di permettere a Grey di unirsi al programma aveva senso: se c'era qualcuno che si sarebbe opposto alla partecipazione di un alfa in parte Z-Clan, quel qualcuno sarebbe stata un'omega Z-Clan.

Ashlyn poteva averglielo concesso per due motivi: o pensava che il suo lato V-Clan equilibrasse il lato Z-Clan, o aveva visto qualcosa che la aveva fatta sentire a suo agio con lui.

E le sue strane affermazioni sembravano confermare che si trattava della seconda ipotesi.

«Non arrovellarti troppo, alfa Cillian» mormorò. «Le intenzioni dell'alfa Grey sono nobili. È semplicemente a caccia».

«A caccia di cosa?» chiesi, aggrottando la fronte.

«A cosa dà la caccia la maggior parte degli alfa buoni?» domandò con una nota di curiosità nella voce. «Compagne, giusto? Anche se immagino che diano la caccia ai cattivi con una propensione al furto di preziose reliquie. Mmh».

«Lo fai apposta a essere così enigmatica?».

Si strinse di nuovo nelle spalle. «Sto solo sottolineando che non serve che ci pensi troppo. Almeno non a questo. Inoltre, hai il *tuo* futuro su cui riflettere. Un futuro che non potrai goderti, se continuerai su questa via».

Mi accigliai. «Tutto questo suona molto minaccioso».

«Bene. Dovrebbe». Svoltò nella strada che conduceva agli igloo, sempre senza guardarmi.

Aspettai che approfondisse, ma non lo fece.

Le omega Z-Clan erano note per la loro peculiare sensibilità verso auree ed emozioni. Tuttavia, sembrava che quella davanti a me avesse anche una propensione alla chiaroveggenza.

O forse era tutto basato sull'istinto?

Qualcosa mi diceva che non avrei trovato la risposta nella sua mente, ma fui tentato di provarci. Avevo orientato il mio talento sugli alfa presenti nel settore Glacier, non su beta e omega, perché di solito erano gli alfa a rappresentare una minaccia.

Il mio laccio intorno alle omega era solo a scopo protettivo, la mia connessione mentale era in allerta per cogliere la paura.

Tuttavia, non avevo percepito nulla da Ashlyn. Nessun timore. Nemmeno un accenno di sorpresa quando era caduta nello stagno ghiacciato.

Mi trovai a chiedermi se fossi mai stato realmente in contatto con la sua mente.

«Non farlo» disse, quando raggiungemmo il suo igloo. «Se insisti, non ti piacerà quello che troverai. E come ti ho già detto, preoccupati del tuo futuro, non del mio».

Solo allora si voltò, con un'espressione che sembrava frutto di età ed esperienza. Era come se avesse visto milioni di linee temporali, non solo la sua.

«Sto bene. Sono caduta perché mi sono spaventata. Grey ed Henrik non hanno nessuna intenzione di farmi del male». Allungò la mano per afferrare la mia, le sue dita erano fredde come il ghiaccio. «Non è compito tuo preoccuparti per me, Cillian. Non ti appartengo. Per quanto apprezzi i tuoi istinti protettivi, non sono necessari».

«Perché mi sento come se mi stessi rimproverando per averti accompagnata al tuo igloo?» chiesi, inarcando un sopracciglio verso la piccola omega.

«Forse perché hai bisogno di essere rimproverato» disse, dandomi una stretta alla mano prima di lasciarla andare. «Ti rendi conto che non sei l'unico a essere punito a causa delle tue azioni, vero?».

Ora entrambe le mie sopracciglia si sollevarono. «Scusami?».

«Mmh, no, non te ne rendi conto». Mi rivolse un'occhiata pensosa. «Scegliere di soffrire per un malsano bisogno di espiare le tue colpe non ha un impatto solo su di te, Cillian. Quella scelta, quella in cui metti tutti gli altri al primo posto, ha un impatto anche su di lei. Se ricorderai almeno una parte di ciò che ho detto, ti prego, fa' che sia questa».

E con quell'affermazione solenne, entrò nell'igloo e si chiuse la porta alle spalle prima che potessi anche solo pensare a come rispondere.

Ero appena stato bacchettato da un'altra omega, e non ero nemmeno sicuro del motivo.

Ebbi l'impressione che si trattasse di qualcosa che non avevo ancora fatto. Di qualcosa che *avrei potuto* fare.

A meno che non stia parlando di lasciare la pista di pattinaggio per andare a vedere cosa stava succedendo al laghetto?, mi domandai, fissando la sua porta ghiacciata prima di lanciare un'occhiata alla strada vuota alle mie spalle.

Colto dall'angoscia, mi teletrasportai alla pista di pattinaggio e la trovai quasi vuota; alfa e omega avevano deciso di andare a cena.

Una rapida indagine mentale mi disse che Ivana era seduta con Ransom, silenzioso come al solito, a mangiare salmone affumicato di fresco.

Allora di cosa diavolo stava parlando Ashlyn?

Mi strinsi la nuca e lasciai cadere la testa all'indietro, fissando la luna. Le parole dell'omega Z-Clan mi riecheggiarono nella mente. C'era qualcosa di profetico nelle sue dichiarazioni. Qualcosa di... *minaccioso*.

Feci comparire uno schermo dal mio telefono e inviai un messaggio a Kieran, chiedendogli informazioni sul passato di Ashlyn e sulla sua inclinazione per la chiaroveggenza. Forse Quinnlynn avrebbe potuto condividere con lui un po' della storia dell'omega, in modo da capire se fosse il caso di prendere sul serio i suoi avvertimenti.

Poi decisi di dimenticarmi di Ashlyn almeno per un po' e mi teletrasportai nella sala da pranzo, dove mi appoggiai alla parete per sorvegliare i presenti. *Presumo che tu ti sia occupato di Henrik e Grey...?*, dissi a Fritz.

Grey se n'è andato senza pronunciare una singola parola, rispose Fritz. *Henrik...*

Ha fatto i capricci come un bambino?, tirai a indovinare.

Per un attimo, il divertimento sfiorò la mente di Fritz. *Sì, qualcosa del genere.* Poi tornò serio e domandò: *Ashlyn sta bene?*

Parlava in modo un po' misterioso, ma sembra di sì.

Fritz ridacchiò nella mia testa. *È passata alla modalità oracolo?*

Lo fa spesso?

Solo quando vede qualcosa che vale la pena condividere, rispose.

Ora sei tu a fare il misterioso, borbottai.

Fidati, non c'è nessuno più misterioso di Ashlyn. Ma di solito i suoi avvertimenti sono importanti. Se ha detto qualcosa, dalle ascolto. È molto più potente di quanto sembri.

Un'omega Z-Clan con l'abilità di predire il futuro, pensai. *Non mi stupisce che si sia rifugiata al Santuario. Ma mi sorprende che voglia un compagno.*

Non credo che sia quello che vuole, commentò Fritz, nuovamente serio. *Penso che partecipi al programma per motivi che devo ancora decifrare.*

Raddrizzai la schiena. *Quinnlynn lo sa?*

Sì. Non aggiunse altro, ma udii il sussurro di un ricordo nella sua mente, una conversazione tra lui e la Regina del settore Blood sulle intenzioni di Ashlyn.

Mmh, mormorai, guardando l'orologio.

Se Quinnlynn sapeva, e sembrava proprio che fosse così, allora forse poteva esserne al corrente anche Kieran.

Non appena fossero terminati gli appuntamenti, l'avrei chiamato per parlarne.

Fino ad allora... Il mio sguardo scivolò su Ivana, che masticava in silenzio. Sembrava contenta, forse un po' intimidita. Non somigliava per niente all'omega che conoscevo, quella che amava rispondermi a tono.

Cosa vedi in quell'alfa?, fui sul punto di chiederle. *Ti annoia, è chiaro.*

I suoi occhi incontrarono i miei, come se avesse potuto sentire il mio commento. O forse aveva percepito che la stavo guardando.

Girai in fretta la testa.

Ma, nella mente, non la persi di vista.

Indugiai. Ascoltai. In attesa di qualsiasi segnale di pericolo.

O almeno quella era la mia giustificazione.

Ciò che mi costrinsi a credere.

Perché non poteva esserci nessun altro motivo per connettermi alla sua mente.

Assolutamente nessun motivo...

IVANA

Ransom camminava silenziosamente accanto a me, neanche i suoi passi facevano rumore. Se ogni tanto la sua mano non avesse sfiorato la mia, non mi sarei nemmeno accorta della sua presenza.

Mi ricordava un po' Lorcan, solo che Ransom sembrava perennemente pensieroso, mentre il silenzio di Lorcan era inquietante. Forse perché Lorcan era più minaccioso di natura, e il suo potere un'entità palpabile.

Ransom non mi sembrava così spaventoso. Certo, era grosso come la maggior parte degli alfa, ma aveva una dolcezza che lo rendeva più simile a un orsacchiotto che a una bestia.

Di sicuro Cillian non appartiene alla categoria degli

orsacchiotti, pensai cupamente. La sua energia mi lambiva nonostante si trovasse almeno cento metri dietro di noi.

L'Élite aveva cinto l'intero settore con il suo potere nel momento in cui eravamo arrivati, e non aveva ancora liberato nessuno dalla sua presa.

Lo odiavo. La sua maledetta aura mi rendeva difficile concentrarmi su Ransom.

«Ti piacerebbe vedere un film domani?» chiese Ransom quando arrivammo davanti alla porta del mio igloo. «Uno di quelli vecchi? Di prima del Contagio?».

Le tre domande contenevano più parole di quante non ne avesse pronunciate nell'ultima ora. Ma fu il modo in cui i suoi occhi scuri si illuminarono che mi disse che quei "vecchi film" erano importanti per lui.

«Sì, mi piacerebbe molto» risposi.

Era un po' un'esagerazione; non ero mai stata attratta dal cinema. Preferivo le attività all'aria aperta, come la scherma, sparare, correre in forma di lupo. Amavo anche giocare al computer, soprattutto con quei rompicapo che mi spingevano a pensare.

Tuttavia, capivo che l'accoppiamento richiedeva di assecondare i desideri del partner.

«Okay». Mi rivolse un piccolo sorriso, sollevando la mano per accarezzarmi la guancia.

Mi sfiorò appena, teneramente, con la punta delle dita. E il gesto attirò il suo sguardo sulla mia bocca. Schiusi le labbra, chiedendomi se volesse baciarmi.

E io, lo voglio?, mi domandai. *Forse. Sì. Credo... credo di sì.*

Un bacio mi avrebbe aiutata a capire quanta chimica c'era tra noi, se la mia lupa lo desiderava, se mi piaceva.

Mi sembrava una brava persona. Ma avrei potuto accoppiarmi con lui?

Mi leccai le labbra, improvvisamente desiderosa di scoprirlo.

Le sue narici si dilatarono, la sua testa si inclinò verso la mia.

Chiusi gli occhi e aspettai.

Poi aspettai ancora.

Cosa...? Sollevai appena le palpebre per sbirciare e capire cosa stesse accadendo. Sentivo il suo respiro sulle labbra, il suo viso accanto al mio. Ma il suo sguardo non era più rivolto verso di me.

Stava fissando qualcosa alle mie spalle. O qualcuno.

Cillian.

Non potevo vederlo, ma sapevo che era lì. Proprio come per tutto il tragitto verso l'igloo.

Il nostro *igloo*, mi resi conto. *Merda*.

Ransom si schiarì la voce e fece un passo indietro, il suo palmo abbandonò il mio viso.

Doppia merda, ringhiai mentalmente.

«A domani, Ivana» mormorò.

Poi si smaterializzò prima che potessi rispondere.

Fissai con rabbia lo spazio che aveva occupato fino a qualche istante prima, poi mi voltai lentamente e vidi Cillian al termine del sentiero che conduceva all'igloo.

«Non potevi aspettare cinque minuti e lasciarci un po' di privacy?» domandai in tono stizzito. Ero veramente incazzata con lui per aver interrotto gli ultimi momenti dell'appuntamento con Ransom.

Cillian inarcò un sopracciglio e si appoggiò al palo della luce dall'illuminazione fioca, la cui cima penzolava sulla strada vuota e proiettava un alone minaccioso alle spalle dell'alfa. «Non credevo di dover *aspettare* qualcosa».

Non riuscii a evitare di ringhiare, la mia irritazione

alimentata dal suo tono condiscendente. «Nessun alfa vorrà mai uscire con me se continui ad aleggiare in questo modo, Cillian. Ho bisogno di spazio per essere corteggiata a dovere».

«La mia esistenza non dovrebbe avere nessun impatto sul corteggiamento, Ivana. Se un alfa è degno di te, non gli importerà dove mi trovo, che sia a un metro e mezzo o a mille chilometri. Perché per lui non esisterò nemmeno».

Lo fissai stranita. «Cosa?». Non aveva alcun senso. «Non fai che riversare la tua energia aggressiva ovunque, è ovvio che notino la tua presenza».

Si staccò dal palo e venne verso di me. «Ti sbagli, Ivana».

«No» ribattei, indicando con un gesto della mano il punto dove si trovava fino a poco prima Ransom. «È sparito perché l'hai spaventato».

«È sparito perché non è degno di te e lo sa».

Le mie sopracciglia schizzarono in alto. «Come, scusa?».

«Mi hai sentito bene, Vana» disse, ormai a meno di mezzo metro da me. «Non è degno di te».

Ignorai il soprannome che non gli avevo mai sentito usare e mi concentrai sulla seconda parte della sua affermazione. «E chi sei tu per decidere che non è degno di me?».

«Se lo fosse stato, non gli sarebbe importato che fossi qui. Cazzo, non se ne sarebbe nemmeno accorto. Sarebbe stato talmente assorbito da te che non avrebbe percepito la mia presenza». Mi posò la mano sulla guancia, il suo palmo mi incendiò la pelle in un modo che Ransom non era riuscito a fare.

Stelle, il tocco di Cillian era come un marchio. *Una rivendicazione.*

Perché con Ransom non era accaduto?

Perché succedeva solo con *lui*?

«Meriti un alfa che veda solo te, Ivana» continuò Cillian, accarezzandomi il labbro inferiore con il pollice. «Un alfa talmente ossessionato dalla tua presenza da dimenticare tutto ciò che lo circonda. Un alfa che ti baci senza curarsi di chi guarda».

«Cillian...». Rabbrividii, pronunciando il suo nome con un sospiro.

Era così vicino.

Così... così caldo. Così forte. Così *Cillian*.

Nelle sue iridi scure ardevano segreti nascosti. Il suo sguardo intenso mi tenne prigioniera mentre chinava la testa per sfiorarmi la bocca con la sua.

Una carezza inaspettata.

Che riuscì comunque a scuotermi come una scarica elettrica.

Mi si rizzarono i peli sulle braccia, la nuca formicolò, e il mio cuore... Fu come se il mio cuore battesse per la prima volta.

Le sue labbra cercarono di nuovo le mie, indugiando per qualche istante in più. Rimase lì, inspirando ed espirando sulla mia bocca.

«Vana» sussurrò, pronunciando quel nuovo soprannome con un tono riverente.

Non riuscivo a muovermi. Ero a stento in grado di pensare. Troppo sopraffatta dall'aura di Cillian, dal suo dominio, dalla sua *rivendicazione*.

Avevo aspettato quel momento così a lungo. Lo avevo sognato, lo avevo bramato fin dal nostro primo incontro.

Eppure, nulla era paragonabile alla sensazione di avere finalmente la sua bocca sulla mia.

La sua mano lasciò la mia guancia per stringermi la

nuca, la sua lingua mi schiuse le labbra. Il nostro bacio divenne più appassionato. Rabbrividii ancora, abbandonandomi a lui. Al suo odore. Alla sua presenza autorevole. Al suo sapore sensuale.

Non ero mai stata baciata così.

Non ero mai stata toccata così.

Non mi ero mai sentita così coinvolta.

Era... era...

Smettila di pensare, Vana, mormorò Cillian, accarezzandomi la lingua con la sua. *Baciami e basta.*

Il mio battito accelerò e la mia mente sembrò spegnersi completamente. Il mio corpo stava cedendo al volere di Cillian.

Mi possedeva. La mia bocca. La mia lingua. Il mio stesso essere.

Il nostro bacio non era più tenero o delicato, ma intenso e totalizzante. Lui dettava il ritmo e io lo seguivo; le mie labbra apprendevano e memorizzavano i suoi movimenti, perfezionando le mie abilità per adeguarsi alle sue.

Era un'esperienza divina. Decisa dal destino. *Scritta nelle stelle.*

Lui era mio.

Io ero sua.

E in quel momento, era tutto come sarebbe dovuto essere. Era tutto perfetto. Era tutto... *magico.*

Stelle, forse sto sognando. Ma non mi importava. Volevo di più. Non volevo che finisse mai. Cillian sapeva di menta. Un sapore rinfrescante. Era come l'alba di una fredda giornata invernale.

Frizzante e perfetta.

Gemetti, la mia lingua duellava con la sua in un modo che non mi sarei mai aspettata. Lui ricambiò, stringendomi la nuca come per ricordarmi chi era a dominare, nonostante il suo braccio opposto mi cingesse la schiena come se fossi la creatura più fragile e preziosa al mondo.

La contraddizione mi lasciò senza fiato, con il corpo tremante per un bisogno che mi ricordava l'estro. Ma non era ancora ora di andare in calore. Non avevo bisogno di un nodo.

Ma volevo il suo.

Volevo *lui*.

«Cillian» ansimai, gettandogli le braccia al collo e stringendomi a lui, pronta per qualcosa di più. Pronta per lui. Pronta per *noi*.

Ma la sua bocca lasciò la mia, tracciando un sentiero rovente verso il mio orecchio. «È così che un alfa dovrebbe baciarti, tesoro» mormorò. La sua cadenza irlandese era più evidente che mai. «Come se fossi la donna più importante del mondo. Come se lui fosse solo e soltanto tuo. Come se non gliene fregasse nulla di chi vi sta osservando».

Mi premette un bacio sul collo, dove il mio battito pulsava impazzito, poi si sciolse dal mio abbraccio e fece un passo indietro.

«Ora riposati un po'». Si voltò per andarsene, ma poi si fermò e si girò di nuovo verso di me, cingendomi ancora una volta la nuca. «Non sul divano, Ivana. Nel letto. Capito?».

Lo fissai, troppo stordita dagli ultimi minuti per riuscire a rispondere.

Mi ha... appena... baciata... per dimostrare qualcosa?

Non mi aveva baciata perché mi voleva.

Ma per farmi vedere... *come* avrei dovuto essere baciata.

Davanti al nostro igloo. All'aperto. Dove chiunque avrebbe potuto vederci.

«Cillian...».

«Vai a dormire, Ivana» mi interruppe. «Domani sarà

una giornata impegnativa: un appuntamento al cinema con Ransom e, prima, un brunch con il principe Cael».

Cosa? Faticavo a capire. *Un... cosa?*

«Il principe Cael ha scritto dicendo che vuole portarti fuori per un brunch alle nove» spiegò Cillian, che doveva aver udito la mia confusione.

Ma non aveva affatto capito la mia domanda.

Non ero nemmeno sicura di aver capito io stessa. Perché... perché non aveva alcun senso. Parlare di Ransom e Cael subito dopo che... subito dopo che...

Cillian mi...

«Hai bisogno di dormire» ribadì Cillian, interrompendo i miei pensieri. «E io devo fare un giro per controllare che sia tutto a posto. Buonanotte, Ivana».

Invece di smaterializzarsi, si allontanò.

Senza guardarsi indietro.

Fui tentata di chiamarlo, ma non riuscivo a respirare. E il mio cuore... non batteva più.

Al cinema con Ransom.

Brunch alle nove.

Con il principe Cael.

Dalle parole di Cillian, sembrava che si aspettasse che permettessi agli altri alfa di corteggiarmi.

Perché accettarlo, dopo avermi baciata?

A meno che... a meno che quel bacio non significasse ciò che pensavo.

Quindi...

Deglutii a fatica, ripercorrendo la conversazione.

«È così che un alfa dovrebbe baciarti».

«Come se fossi la donna più importante del mondo».

«Come se lui fosse solo e soltanto tuo».

«Come se non gliene fregasse nulla di chi vi sta osservando».

Maledetto bastardo.

Cillian mi aveva dato una dimostrazione di ciò che avrei dovuto aspettarmi dagli alfa che mi corteggiavano. Non mi aveva baciata perché lo desiderava.

Che cazzo?, pensai, fissando con rabbia la direzione in cui si era allontanato. Era troppo tardi per chiederglielo ad alta voce. Non riuscivo neanche più a vederlo, la mia mente aveva sprecato troppo tempo per metabolizzare il bacio.

E non avrei *mai* tentato di parlare con lui telepaticamente.

L'ultima cosa che volevo era ritrovarmelo nella testa. Ad ascoltare il caos che la popolava. A percepire tutto il *dolore*.

Mi aveva appena baciata *per pietà*.

Dopo avermi detto che Ransom non era degno di me perché non era stato in grado di baciarmi davanti a lui.

Ringhiai. «Mi prendi in giro?!».

Come diavolo avrei potuto trovare un compagno con Cillian che mi elargiva baci di compatimento? Non solo avevo il suo odore addosso – grazie alla condivisione di quel dannato igloo – ma mi aveva praticamente marchiato la bocca.

E per cosa?

Per darmi una lezione sulla sensualità.

Per pietà.

Aprii la porta dell'igloo ed entrai, furiosa con me stessa per aver ceduto al suo tocco. Sì, lo avevo sognato per anni. E sì, quel bacio era stato meglio di qualsiasi fantasia fossi stata in grado di concepire.

Ma il motivo per cui mi aveva baciata aveva distrutto tutto.

Mi spogliai e andai a farmi una doccia.

Mi aveva detto di dormire nel letto.

Fanculo, pensai in risposta. *Fanculo te e la tua bocca e le tue mani e i tuoi ordini. Fanculo!*

Come osava dirmi dove dormire.
Beh, lo avrei accontentato.
Dormirò nella fottuta vasca da bagno.
Era l'unico modo di liberarmi del suo odore.
E non avrei comunque riposato molto.

IVANA

Non dormii nella vasca da bagno.

Era troppo scomoda, e l'acqua non era abbastanza calda. Inoltre, non volevo prosciugare qualsiasi incantesimo fosse stato usato per riscaldare l'interno.

Decisi così di occupare tutto il letto, dormendo di traverso sul materasso.

Come una sciocca, mi ero sentita orgogliosa di me stessa finché non mi ero svegliata raggomitolata in un angolino, con l'odore di Cillian che mi soffocava i sensi.

Mi guardai alle spalle, accigliata, ma l'alfa in questione non si vedeva da nessuna parte. Proprio come il giorno prima.

Presi la sveglia sul comodino e controllai l'ora. Erano le cinque del pomeriggio, ciò significava che avevo dormito solo sei ore. Ma non sarei riuscita a riprendere sonno. In ogni caso, il sole stava per calare.

È ora di una bella corsa, dissi alla mia lupa.

Mi tolsi il pigiama, mi misi a quattro zampe e invitai il mio animale ad assumere il controllo. La trasformazione si avviò con un fiotto di adrenalina. Il mio corpo mutò, coprendosi di pelliccia.

Uno sbuffo mi sfuggì dal muso quando tutto finì, suscitandomi una risatina interiore. La mia lupa amava essere libera e non era felice che l'avessi tenuta rinchiusa per giorni.

Andiamo a dare un'occhiata in giro, mormorai mentre ci teletrasportavamo all'esterno dell'igloo.

Dopo il tour, avevo un'idea di come fosse la città, ma dovevo ancora esplorare il circondario.

Anche se dubitavo che ci fosse qualcosa di diverso da neve e ghiaccio.

Rabbrividii interiormente, per nulla entusiasta della mancanza di un paesaggio diverso. *Ti conviene abituarti*, dissi a me stessa.

Perché tutte le omega dicevano che il settore Glacier ricordava il settore Night. La loro casa. Che presto sarebbe diventata anche la mia. *Con un compagno alfa.*

L'ultimo pensiero mi provocò un groppo alla gola. Il bacio di Cillian era tutto ciò che avevo sempre sognato. Almeno fino a quando aveva cominciato a parlare.

Ma aveva comunque stabilito un livello che dubitavo che gli altri alfa sarebbero riusciti a raggiungere.

Nessuno di loro mi faceva venire le farfalle allo stomaco.

Perché non riesco a liberarmi di questa stupida cotta?, mi domandai mentre la mia lupa annusava in giro, alla ricerca di un campo in cui correre. *È ridicolo. Non mi vuole. L'ha chiarito in ogni modo possibile. Devo smetterla di pensare a lui. Di desiderarlo.*

Ringhiai, un suono che spinse la mia lupa ad alzare il muso e a esaminare la distesa di neve davanti a noi.

Scusami, mormorai rivolta a lei. *Sto ringhiando a causa di Cillian, non a qualche minaccia.*

Non poteva capire le mie parole, ma il tono la placò.

Nessun pericolo, tradusse. *Possiamo proseguire.*

Le nostre zampe si muovevano silenziosamente sul terreno freddo e pianeggiante, lasciando piccole impronte. La mia lupa continuava a guardarsi intorno, attenta e vigile come sempre.

Il sole al tramonto tingeva l'orizzonte con un grazioso bagliore, che si rifletteva, luccicando, sul ghiaccio.

Non è male, pensai, ammirando il paesaggio. *Anche se pure il settore Blood ha delle vedute simili, durante l'inverno.*

Un sospiro mi scosse il petto, dove il mio cuore batteva lentamente e con rabbia.

Quando avevo accettato di partecipare al programma di accoppiamento, avevo pensato che trasferirmi nel settore Night non sarebbe stato un problema. Ma cominciavo a rendermi conto di non aver considerato a fondo cosa significasse lasciare la terra che io e la mia lupa consideravamo la nostra casa.

Possiamo ricominciare. Fare nuovi amici. Anche perché non è che ne abbiamo chissà quanti nel settore Blood.

Ma non si trattava solo degli amici.

C'era anche l'ambiente. Gli alberi. La sabbia vulcanica. *La sensazione dell'erba sotto le zampe.*

La mia lupa grugnì e diede un calcio alla neve, doveva aver colto il mio ragionamento. Anche a lei non doveva piacere molto quel luogo.

Ma forse possiamo imparare ad amarlo, le dissi. *Possiamo... possiamo provarci...*

Grugnì di nuovo, esprimendo in quel modo i suoi dubbi, e aumentò il passo.

La coltre bianca si estendeva per chilometri. Non era tutto pianeggiante, ma anche le colline erano coperte di neve.

Forse le estati sono...

La mia lupa si bloccò, col pelo ritto sulla nuca.

Fino a quel momento eravamo state sole. Ma ora... *Qualcuno si sta avvicinando.*

Le orecchie del mio animale ruotarono, aveva i sensi in massima allerta. Si voltò lentamente verso sinistra.

Ah, sei tu. Avrei dovuto saperlo che non avrebbe resistito a interrompere la mia avventura serale. *Cosa vuoi, Cillian?*

Purtroppo, la reazione della mia lupa nel vedere la bestia di Cillian non corrispondeva all'irritazione di cui era pregno il mio tono.

Perché stava praticamente sbavando davanti a quel lupo enorme, la cui stazza era quasi il doppio della nostra.

La bestia di Cillian avanzò con una sicurezza che fece penzolare la lingua dalle fauci della mia lupa, che scodinzolava deliziata.

Smettila, le ordinai.

Non mi diede retta.

Non ne fui sorpresa. La mia lupa seguiva l'istinto all'accoppiamento, che era tutto rivolto all'alfa che per troppo tempo aveva considerato suo.

Io e Cillian non avevamo mai trascorso del tempo insieme in forma animale. Avevo visto la sua bestia, ma sempre da lontano. E dubitavo che mi avesse mai osservata così.

Perché avrebbe dovuto?, pensai malignamente. *Non sono alla sua altezza.*

Pensi che sia saggio vagare da sola in una terra straniera, Ivana?, chiese Cillian in tono di rimprovero.

Saggio?, ripetei, mentre la mia lupa piegava la testa di lato. Anche lei aveva colto il suo tono. E non era sicura che le piacesse. *Mi sto sgranchendo le zampe, Cillian. Sono venuta a correre. Di certo lo capisci, essendo un mutaforma anche tu, no?*

Qui sei un'ospite, Ivana. Un'omega disponibile, disse lentamente. Le sue parole mi davano sui nervi. Perché che cazzo aveva a che fare il mio status con la voglia di correre?

Sono consapevole di non essere accoppiata, ringhiai. *Ma grazie per avermelo ricordato.*

Non capisci.

Il mio animale sbuffò, mentre io borbottavo: *Mi sembra chiaro.* A chi importava? *Siamo in un territorio V-Clan. Sono al sicuro qui.*

Dici?, ribatté. Il suo animale camminò intorno al mio. *Qua fuori? In mezzo al nulla, dove chiunque potrebbe portarti via?*

Ora sia io che la mia lupa sbuffammo. *Chi mai vorrebbe "portarmi via", Cillian?*

La sua bestia si fermò di fronte a me. *Eri così sicura di te, quando sei finita in quel buco?*

Se fossi stata in forma umana, avrei spalancato la bocca. *Ti sembra il momento di tirarlo fuori?*

Sto cercando di farti capire come stanno le cose.

Cioè?, chiesi. *Che sei uno stronzo?*

La sua bestia emise un profondo brontolio, che di norma avrebbe fatto indietreggiare la mia lupa. Ma non avevamo mai avuto paura di Cillian.

Sto solo tentando di farti notare che trovarsi in un territorio

V-Clan non implica che tu sia al sicuro, mi sbottò nella mente. *Perché pensi che vi abbia dovute accompagnare? Per* proteggervi. *Questo posto è un'incognita. Cazzo, tutto questo esperimento è un'incognita.*

La mia lupa digrignò i denti, e aveva smesso di scodinzolare da un po'. Non solo non aveva apprezzato il suo tono, ma non le piaceva nemmeno il suo atteggiamento da alfa.

Sei un'omega, Ivana. Piccola. Vulnerabile. Facile da acciuffare. E il mondo è pericoloso, continuò. *Pensavo che proprio tu, tra tutte, lo sapessi.*

Posso badare a me stessa, replicai, incazzata per le sue parole umilianti.

Piccola.

Vulnerabile.

Facile da acciuffare.

Fanculo.

Il suo lupo emise un altro brontolio, e il ringhio sembrò riverberare attraverso il collegamento telepatico che aveva stabilito con la mia mente. *Dimostramelo.*

Cosa?

Mi hai sentito, Vana. Pensi di essere al sicuro qui fuori? Pensi di essere in grado di badare a te stessa? Allora provalo. Mostrami cosa sai fare. Mostrami come ti difenderesti da un alfa. Combatti contro di me.

Se fossi stata in forma umana, sarei scoppiata a ridere.

Ma capii che era serio, e lo vidi riflesso nella postura del suo lupo.

No, dissi. *Non combatterò contro di te.*

Perché sai che perderai.

Perché non è quello che farei se un alfa provasse ad attaccarmi. La mia lupa sbuffò in segno di approvazione. O forse stava reagendo alla vicinanza di Cillian e all'ondata di energia minacciosa che gli vorticava intorno.

Non era colpita.

E non lo ero nemmeno io.

So bene che non è il caso di affrontare un alfa in forma di lupo, Cillian. Mi teletrasporterei da qualche parte e troverei un'arma da usare a distanza.

La sua bestia ricominciò a girarmi attorno. La sua energia si intensificò, strappando un guaito alla mia lupa. Non le piaceva sentire la sua aura opprimente. La presenza di Cillian non era più un tepore gradito, ma una gelida carezza.

E se non riuscissi a smaterializzarti, omega?, chiese. La sua voce mentale era più sinistra. *Finirai di nuovo in quel buco? Sfruttata, abusata, in attesa che arrivi qualcuno come me a salvarti?*

Trasalii internamente. Le sue parole mi colpirono dritto al cuore, sprigionando una miriade di ricordi. Di un tempo in cui avrei dovuto essere al sicuro. Di un tempo in cui mi ero ingenuamente fidata di chi avrebbe dovuto proteggermi. Di un tempo in cui ero finita sottoterra, incapace di muovermi. Di smaterializzarmi. Di *urlare*.

La mia lupa rabbrividì, sicuramente aveva percepito il nostro passato da incubo strisciare nella mia coscienza.

O forse stava reagendo all'energia opprimente che ci stava riversando addosso Cillian, esigendo che ci *piegassimo.*

Cillian...

Se volevi andare a correre, avresti dovuto dirlo a Ransom. Suggerirgli un appuntamento all'aperto, invece che al cinema. Ricominciò a camminare, e il suo potere mi schiacciò con più veemenza. *O forse avresti potuto aspettare di chiedere a Cael di accompagnarti.*

La mia lupa serrò le fauci, le sue zampe erano sul punto di cedere.

Cillian stava dimostrando la sua teoria, spingendo il mio animale a prostrarsi usando solo la mente. Voleva che *sentissi* il suo potere. Voleva spaventarmi. Voleva mettere in chiaro quello che avrebbe potuto farmi un alfa.

Ma lo sapevo bene, anche meglio di tante altre omega.

Ero consapevole della forza bruta dei lupi come lui.

Solo che non mi sarei mai aspettata che Cillian la usasse contro di me.

Specialmente dopo tutto quello che avevo affrontato, dopo come mi aveva trovata, dopo quello che aveva *visto*.

Correre senza qualcuno che possa proteggerti è stupido e pericoloso, continuò, apparentemente ignaro del tumulto che aveva suscitato nella mia mente, del dolore che mi lacerava il cuore.

Quello era l'alfa che la mia lupa aveva scelto. L'alfa di cui si fidava.

Ma ora... ora stava usando il suo potere contro di noi. Affilando la sua energia come una lama e sfruttandola per farci del male.

Bloccando nel frattempo la mia abilità di smaterializzarmi, mi resi conto. Finalmente avevo capito dove voleva andare a parare con quella domanda.

E se non riuscissi a smaterializzarti, omega?, mi aveva chiesto. *Finirai di nuovo in quel buco? Sfruttata, abusata, in attesa che arrivi qualcuno come me a salvarti?*

Tremai, la consapevolezza di essere inerme costrinse la mia mente a spingersi all'interno di un luogo che temevo. Un luogo che non visitavo da sei lunghissimi anni. Un luogo che avevo creato quando mio padre mi aveva avvolto un cappio invisibile intorno alla gola e mi aveva costretta a vivere in quel buco.

Al freddo.

Da sola.

In attesa del mio *promesso*.

Un mostro a cui mio padre mi aveva venduta.

Un alfa del settore Gold.

La mia lupa ringhiò; quando percepì che mi stavo ritirando nella nostra mente, il suo istinto si infiammò. Non voleva che mi nascondessi. Voleva che *lottassi*.

Cillian aveva detto qualcosa attraverso il legame telepatico, ma non avevo sentito una parola.

Lo avevo... chiuso fuori. Mi ero avventurata in quello spazio vuoto nella mia testa, uno spazio in cui avevo risieduto per quelli che mi erano sembrati mesi, mentre ero intrappolata nel terreno, incapace di muovermi. Imbrigliata dai vincoli mentali di un alfa.

Proprio come adesso.

Con un alfa di cui credevo di potermi fidare.

E per cosa? Perché ero andata a sgranchirmi le zampe?

Cillian voleva dimostrarmi che non ero al sicuro lì.

Congratulazioni. Ti credo, pensai, senza curarmi che potesse udirmi o meno. *Ora so che l'unica persona di cui posso fidarmi sono io.*

Eppure non potevo teletrasportarmi. Mi aveva imprigionata.

Oh, le mie zampe potevano ancora muovermi. Ma cosa avrebbe fatto se fossi corsa via? Si sarebbe gettato su di me, sbattendomi a terra come mio fratello e mio padre prima di lui? Mi avrebbe costretta a obbedire? Mi avrebbe letteralmente messa in ginocchio?

Mi stai ascoltando?!, chiese Cillian. Le sue parole riuscirono in qualche modo a penetrare la nebbia oscura in cui era piombata la mia mente.

No, dissi, rispondendo sia alla sua domanda che al suo

dominio. *No.* Non mi sarei più lasciata piegare. Ora ero libera, potevo decidere per me.

Ma non posso smaterializzarmi, ringhiai tra me e me. *Probabilmente neanche correre, perché qui non è sicuro. E Cillian, l'alfa che pensavo mi avrebbe sempre protetta, mi ha appena dimostrato che non posso fidarmi di lui.*

Impedendomi di teletrasportarmi.

Rimproverandomi.

Baciandomi per pietà.

Condividendo un igloo con un unico letto.

Dicendomi che non ero alla sua altezza.

Rifiutandomi.

Era... era tutto troppo, cazzo. Avevo passato anni e anni a struggermi per lui, a desiderare di essere la sua compagna, a pensare che stesse solo facendo il difficile.

Ma ora...

Ora ho capito chi sei, mormorai. La mia lupa alzò lo sguardo sui suoi occhi neri. *E non mi piegherò.*

Vana... Il soprannome si perse nella mia mente. La sua voce era ridotta a un flebile sussurro, che scacciai dalla mia testa prima che potesse completare chissà quale frase profonda, o minacciosa, avesse intenzione di pronunciare.

Perché avevo chiuso con lui.

Con il suo rifiuto.

Con la sua pietà.

Con il suo potere.

Ho. Chiuso. Con. Te.

Il mio animale ruggì mentre io gridavo, bramosa di essere *libera*. Priva del peso della sua presenza, della sua ossessione. Libera da quella cotta infantile. Libera dalla sua energia opprimente.

Libera. Da. Te.

«Ivana» disse. Era tornato in forma umana.

Non mi importava che fosse davanti a me. Non mi importava che si fosse trasformato in un istante. Non mi importava che fosse nudo.

Non mi importava più niente.

Perché non volevo avere nulla a che fare con lui.

Non più.

Abbiamo chiuso.

Mi teletrasportai nell'igloo, direttamente nella doccia. La mia lupa mi restituì subito le redini. Non sapevo se Cillian mi avesse liberata o se fossi riuscita in qualche modo a farlo da sola.

Non importava.

Ero sola.

E tutto ciò che volevo... era piangere.

Aprii l'acqua e mi sdraiai sul piatto riscaldato.

Non sarebbe rimasto caldo a lungo, ma probabilmente non me ne sarei neanche accorta.

Perché dentro sentivo soltanto il gelo.

Tanto vale congelare del tutto.

CILLIAN

Che cazzo è successo?

Non riuscivo a sentire Ivana. Non riuscivo a percepire la sua mente. Non riuscivo neanche a determinare la sua posizione.

Era come se fosse appena *morta*.

Scandagliai il settore Glacier alla ricerca della sua presenza. *Niente*.

La mia incapacità di trovarla suggeriva che non fosse più nel raggio d'azione del mio potere. E ciò significava che non era più nel settore.

Che sia tornata al suo nido?, mi domandai, sconvolto. *O che si sia teletrasportata in un luogo completamente diverso?*

Cazzo. Mi passai le dita tra i capelli, esaminando il paesaggio gelato. *Cazzo!*

Feci comparire uno schermo cliccando un pulsante dell'orologio, poi avvicinai il dito all'icona con un telefono.

Se Ivana fosse tornata al settore Blood, Kieran lo avrebbe saputo.

O posso materializzarmi direttamente là.

Ma così avrei abbandonato le altre omega.

Fritz e Benz non erano abbastanza forti per proteggerle da un branco di alfa accecati dalla lussuria. Non che al momento esistesse effettivamente una tale minaccia, ma il fatto che *potesse* esistere era ciò che mi tratteneva sul ghiaccio del settore Glacier.

Come ha fatto Ivana a sottrarsi alla mia presa? Non avrebbe dovuto essere in grado di teletrasportarsi, figuriamoci lasciare il settore.

Ero stato duro. Anzi, crudele. *Ma girovagare senza nessuno che la proteggesse...* Quasi ringhiai. Era stata una stupidaggine. *Cosa cazzo le è saltato in testa?*

Per la prima volta, non fui neanche in grado di tentare di rispondere.

Perché non la sentivo più.

Borbottai un'altra parolaccia e cliccai sul nome di Kieran.

Rispose al secondo squillo. Con il viso immerso nell'ombra, disse: «Spero per te che qualcuno stia morendo, Cillian...».

«Ivana è nel settore Blood?» chiesi, ignorando il suo tono minaccioso.

Si alzò a sedere di scatto. «L'ultima volta che ho controllato, era con te».

«Avverti la sua presenza nel settore Blood?» insistetti. Non ero dell'umore adatto per scherzare.

Kieran rimase in silenzio per qualche istante. «No».

«Merda». Chiusi la telefonata e mi passai una mano sul viso. «*Cazzo!*».

Dov'è finita? La mia mente mi mostrò subito la fossa in cui l'avevo trovata. *Nuda, ferita, affamata e sull'orlo dell'estro...*

Non avrei mai dimenticato quella notte.

Le immagini dell'omega distrutta e prossima al primo calore assaltarono la mia mente, interrotte dalla vibrazione al polso che indicava una telefonata. Non ebbi bisogno di guardare lo schermo per sapere che si trattava di Kieran.

Ringhiando, mi teletrasportai nell'igloo e risposi. «Non...». Mi interruppi, arricciando il naso. L'odore di Ivana mi investì i sensi. «Okay, l'ho trovata».

Riattaccai di nuovo prima che Kieran potesse dire qualcosa, tutta la mia attenzione assorbita dall'omega di cui percepivo l'odore ma non *sentivo* la presenza. Ero tornato lì con l'unico intento di rivestirmi, ma ora non pensavo ad altro che al blocco mentale che aveva creato in qualche modo tra di noi.

Questa è una novità. Alcuni alfa erano stati in grado di impedirmi di leggere le loro menti, ma ero sempre riuscito a sentire le loro auree, a percepire la loro presenza. E anche il loro potere.

Ma Ivana...

Non avvertivo nient'altro che il suo odore.

Dolce profumo di omega. Come un giardino di aranci scaldato dal sole.

Solo che c'era un sottofondo di qualcosa di aspro nella sua fragranza. Più simile a un pompelmo che a un'arancia.

Il ricordo del nostro primo incontro si fece di nuovo strada nella mia mente, e arricciai il naso pensando al suo odore di allora.

C'era così tanta tristezza.

Devastazione.

Paura.

Controllai il circondario, provando un fastidioso formicolio alla nuca, alla ricerca di qualsiasi minaccia. Alla ricerca di qualcosa o di qualcuno che avesse potuto ridurla così.

Ma l'unica presenza che percepii fu la mia.

Ed ero con lei solo qualche minuto fa, pensai. *Quando si è...*

Il mio polso vibrò di nuovo, e il nome di Kieran comparve nell'aria come un cattivo presagio.

Trassi un respiro profondo, un respiro che mi riempì il naso di pompelmo, e risposi. «Scusami per averti svegliato» dissi, prima che potesse parlare. «Ma ora devo occuparmi di Ivana».

Il suo viso si librò davanti a me come un'ombra traslucida. Mi osservò per qualche istante, poi mormorò: «Ora chiamo Lorcan. Verrà lì per sostituirti mentre risolvi qualsiasi casino tu abbia creato».

E stavolta fu il suo turno di riattaccare senza darmi il tempo di reagire.

Chi dice che abbia fatto un casino?, gli avrei risposto mentalmente se fosse stato abbastanza vicino.

Ma in fondo sapevo che era colpa mia.

Come dimostrava il profumo aspro di Ivana.

Seguii la sua fragranza nel bagno, salvo poi bloccarmi sui miei passi.

La mia omega impertinente e sicura di sé era raggomitolata sul piatto della doccia, mentre l'acqua le scrosciava addosso.

Mi tornò in mente un'altra immagine di quella fatidica notte, quando fece esattamente la stessa cosa nella doccia dove l'avevo portata dopo averla salvata.

«Ti prego, farò... farò tutto quello che vuoi» aveva sussurrato. «Ma non... non imprigionarmi di nuovo».

«Non lo farò, *macushla*» le avevo promesso.

E oggi ho infranto la mia promessa, capii con una fitta al cuore. *Cazzo*.

Tutti quei pensieri disordinati che avevo percepito e che mi avevano spinto a tornare in forma umana avevano improvvisamente senso.

Ti credo.

Non sono libera di smaterializzarmi.

Non sono libera di correre.

Non sono al sicuro.

Non posso fidarmi.

Ripercorsi gli avvenimenti con una smorfia, rendendomi conto che probabilmente quelle ultime due considerazioni si riferivano a me. Il semplice atto di impedirle di teletrasportarsi aveva distrutto la sua fiducia in me.

E giustamente, considerando quello che sapevo del suo passato.

«Vana» mormorai, inginocchiandomi accanto alla doccia. «Mi dispiace così tanto, macushla». Non avevo più usato quel vezzeggiativo con altre, dopo il nostro primo incontro. Da quel giorno l'avevo riservato solo e soltanto a lei.

Come le mie fusa, pensai, mentre il brusio prendeva vita dentro di me.

Certo, avevo fatto le fusa per altre omega prima di lei. Ma solo quando erano ferite o avevano bisogno di conforto.

Ma non era quello il motivo per cui ora le stavo facendo a Ivana.

O il motivo per cui le avevo fatte per tutta la settimana.

Mentre dormiva.

Una tentazione che avrei dovuto ignorare. Un desiderio a cui non avrei *mai* dovuto cedere. Un bisogno che avevo represso troppo a lungo.

Quella femmina si sarebbe rivelata la mia rovina. Lo avevo capito nel momento stesso in cui i suoi occhi avevano catturato i miei.

Solo che non mi aspettavo che sarebbe andata così, con me in ginocchio mentre lei piangeva in silenzio sul piatto appena tiepido della doccia.

Non era stato solo il blocco che avevo imposto sui suoi poteri a turbarla. Lo avevo sentito nei suoi pensieri frammentati.

Aveva chiuso con me.

Aveva chiuso con ciò che avremmo potuto essere.

E ora era in lutto.

Avevo due opzioni: lasciare che mi odiasse e voltasse pagina, oppure implorare il suo perdono e...

E cosa?, mi domandai. *E provare ad avere una relazione con lei? Posso davvero essere così egoista?*

Non sarebbe mai stata al primo posto. Avevo votato la mia esistenza ad aiutare Kieran, in nome dell'onore e del rispetto che meritava.

Ivana non lo capiva. Non capiva lui, non capiva il mio passato. *Perché non ho mai condiviso nulla con lei.*

Anzi, avevo trascorso gli ultimi sei anni a tenerla a distanza. A spingerla verso un futuro più ragionevole. Uno in cui sarebbe stata felice. Amata. Venerata come meritava.

Eppure, la donna che avevo davanti non era nulla di tutto ciò.

A causa mia.

«Non ho mai voluto farti del male» mormorai. «Cazzo, Vana, farti del male è l'ultima cosa voglio. È per questo che ho sempre evitato che succedesse qualcosa tra di noi. Non sono degno di te. Non lo sono mai stato. E non lo sarò mai».

Non mi aspettavo che dirlo ad alta voce fosse così doloroso. Perché la verità era che una parte di me, che avevo sepolto nei meandri del mio essere, *voleva* che fossi degno di lei.

«Sei la prima e unica persona che mi abbia mai fatto provare la tentazione di sottrarmi al mio destino» ammisi. «Ma non sono alla tua altezza, tesoro. Era questo di cui parlavo con Lorcan: stai perdendo tempo con uno come me. Perché sei molto meglio di me. E ho bisogno che tu lo capisca. Che trovi un alfa più adatto a te. Qualcuno che possa darti tutto. Qualcuno che...».

Mi interruppi e deglutii a fatica.

Perché odiavo perfino le virgole di quella conversazione.

«Cazzo, ci sto provando. Ma è...». Chiusi gli occhi, mentre il mio lupo ringhiava furibondo dentro di me. Aveva capito il senso di quello che stavo cercando di dire, e non era d'accordo.

Mia!, ruggiva.

«Va contro ogni istinto di un alfa tentare di convincere la sua omega a scegliere qualcun altro» dissi tra i denti. «Ma è la cosa giusta da fare. Non sarò mai l'uomo giusto per te. Sono sicuro di averlo dimostrato anche stamattina».

Non avrei mai dovuto imprigionarla, impedendole di smaterializzarsi.

Tutto perché non sembravo essere in grado di controllarmi intorno a lei.

Nel momento in cui avevo percepito che stava girovagando senza protezione, avevo perso la testa. Avrebbe potuto essere rapita. Ferita. O una miriade di altre cose orribili.

Era probabile che accadesse? No. Non con me a pochi passi da lei.

Ma il solo pensiero che *potesse* accadere aveva spinto la mia bestia a teletrasportarsi da lei. Perché era compito suo proteggerla. *Finché non troverà un altro alfa che lo faccia al posto mio.*

Mi passai la mano sul viso e solo allora aprii gli occhi, pronto a continuare a spiegarle cosa aveva bisogno di trovare in un compagno. Ma non ci riuscii, sconvolto dallo strazio inciso nella sua espressione.

Non era più raggomitolata su se stessa. Purtroppo. Perché la tristezza che traspariva dal suo viso mi spezzò il cuore.

Sono stato io a ridurla così.

Le ho fatto del male.

Ho infranto la mia promessa.

«Mi dispiace» sussurrai di nuovo, con le fusa che ancora riverberavano dal mio petto. «Non avrei mai dovuto bloccare i tuoi poteri. Sapevo che era sbagliato. Scu...». Scossi la testa. «Non ho intenzione di insultarti con le mie scuse. Non avrei dovuto farlo, punto e basta».

Mi fissò. La sua mente era ancora silenziosa. Se non l'avessi avuta davanti, avrei temuto che fosse morta.

Perché era questo che sentivo. La separazione dalla sua aura.

È anche ciò che sentirò quando troverà un compagno e si trasferirà nel settore Night, pensai, cercando di deglutire. Avevo un groppo alla gola.

Avevo sempre saputo che perderla mi avrebbe fatto soffrire, solo che non mi ero reso conto di *quanto*.

E questo, scegliere di tagliarmi fuori dalla sua mente, era ancora peggio. Non avevo idea di come ci fosse riuscita. Richiedeva un talento incredibile; se si fosse trattato di qualsiasi altra circostanza, ne sarei stato ammirato.

Al momento, però, avrei dato qualsiasi cosa per percepirla ancora. Anche se i suoi pensieri più superficiali fossero stati intrisi di odio nei miei confronti, almeno sarei riuscito a *sentirla*.

«Pensavo che odiarmi ti avrebbe aiutata a voltare pagina» ammisi. «Ero disposto a subire il tuo odio e soffrire, se ciò avesse portato alla tua felicità». Mi passai le dita tra i capelli e sospirai. «Sono ancora disposto a subire il tuo odio, Vana. Ma questo...». Un altro sospiro, mentre osservavo lo sconforto scolpito nei suoi tratti di porcellana.

Non era minimamente felice.

Era distrutta.

Come me, d'altro canto.

«Ho detto e fatto cose di cui non vado fiero, Ivana».

Per usare un eufemismo.

Ma non lo espressi ad alta voce, aggiungendo invece: «Pensavo di rendere le cose più facili per entrambi. Ma niente di tutto questo sembra facile o giusto. Non so cos'altro dire, se non che mi sbagliavo. Sono qui per proteggerti, non per farti del male».

Avevo le parole "mi dispiace" sulla punta della lingua, ma le avevo già pronunciate due volte. Ora toccava a lei decidere se perdonarmi o mandarmi a fanculo.

Probabilmente la seconda. Me lo meritavo.

Ma proseguii lo stesso a fare le fusa per lei. Perché non riuscivo a pensare a nient'altro che potesse confortarla. Ricordavo la fossa in cui l'avevo trovata anni prima, e potevo immaginare benissimo quali orrori le stessero passando per la testa.

Suo padre l'aveva promessa all'alfa del settore Gold. Un fottuto *drago*, non un lupo.

E suo fratello non aveva fatto nulla per aiutarla. Anzi, quando mi aveva riferito dell'accordo, *si era messo a ridere*.

«*Cosa ci fa un'omega in quel buco là fuori?*» avevo chiesto, fingendo di sorseggiare la birra corretta al sangue che mi aveva offerto nella versione del suo branco di un bar. In realtà, sembrava più una caverna.

Avevo detto di essere un lupo solitario di passaggio, diretto chissà dove. Gli alfa non avevano fatto una piega; quel branco era pieno di lupi di tutte le specie.

Il fratello e il padre di Ivana erano gli unici V-Clan.

E sua madre era morta molto prima del mio arrivo, probabilmente perché il padre l'aveva condivisa con altri alfa. Non avevo mai fatto domande e Ivana non me ne aveva mai parlato.

«*È un premio*» aveva detto Chip, il fratello di Ivana, in tono divertito. «*Per l'alfa Oros*».

«*L'alfa Oros?*» avevo ripetuto, sicuro di non aver capito bene.

«*L'alfa del settore Gold*». Chip aveva sorriso. «*Ha pagato con un po' di quei sassi mistici. Quelli che creano barriere*». Si era stretto nelle spalle, chiaramente ignaro di quello che potevano fare gli alfa draghi con quei "sassi mistici". «*Lei non voleva fare la sua parte. Così...*». Aveva bevuto una lunga sorsata di birra. «*Papà l'ha messa nella buca*».

«*Sta per andare in calore per la prima volta*» aveva aggiunto un alfa W-Clan. «*Chip non può giocare con lei per ovvi motivi, ma Jinx ha detto che possiamo farcela, finché non arriva il drago. Se vuoi partecipare, dovrai metterti in fila. L'estro dovrebbe iniziare domani e andare avanti per un mese*».

Il suo tono era carico di eccitazione.

E mi aveva disgustato nel profondo.

Eravamo abbastanza vicini al luogo in cui si trovava

Ivana perché potesse sentire ogni parola con i suoi sensi di lupo.

Ciò le aveva anche permesso di udire la mia reazione.

Ero stato incredibilmente violento, avevo abbattuto tutti con una rapida – e inaspettata – ondata di potere. Erano convinti che fossi un semplice nomade di passaggio, un lupo V-Clan proveniente da un settore sparito da tempo.

Perché era quello che avevamo fatto credere alla maggior parte delle creature soprannaturali.

Il settore Eclipse è bruciato e tutti i lupi sono morti.

Alcuni esseri particolarmente potenti sapevano che era una bugia, ma si trattava di alleati o di creature che la pensavano come noi e preferivano starsene per conto loro.

In ogni caso, avevo approfittato di Jinx – il padre di Ivana, che si era autoproclamato alfa del piccolo branco – e della sua ignoranza, e avevo ammazzato tutti gli alfa presenti nella caverna.

Poi avevo liberato Ivana e l'avevo portata nella mia tana, dove l'avevo protetta nel corso del suo primo calore.

Era iniziato nella doccia, dove si era rannicchiata in modo simile a come aveva fatto poco prima, implorandomi sommessamente di non privarla di nuovo dei suoi poteri.

Quando le avevo promesso che non lo avrei mai fatto, aveva cominciato a singhiozzare.

Ed era andata avanti per ore.

E ore.

Alla fine, si era calmata. E la sua sofferenza aveva lasciato il posto alla curiosità. Fu quella la prima volta in cui mise alla prova le mie parole.

Ero rimasto seduto in corridoio, accanto al bagno, aspettando pazientemente mentre lei si teletrasportava nelle diverse stanze del mio alloggio. Non dissi nulla quando si trasformò in lupo, aggirandosi nel mio spazio personale. Poi, una volta tornata in forma umana, le avevo preparato la cena.

«*Perché non sto più bruciando?*» aveva domandato con un filo di voce. «*Come hai fatto a fermare il mio estro?*».

«*Non ho fatto nulla. È il principe Kieran che sta usando le sue abilità curative per proteggerti dagli effetti del calore*» l'avevo informata.

Poi le avevo spiegato che Kieran l'avrebbe "liberata" in qualsiasi momento. Voleva solo darle modo di capire che era al sicuro, prima di lasciare che l'estro facesse il suo corso.

«*Nel settore Blood, ci occupiamo delle nostre omega quando devono affrontare questo periodo così delicato, in cui sono particolarmente vulnerabili. Non le usiamo né le vendiamo. Le onoriamo. Kieran ha pensato che fosse necessario che tu lo sapessi, prima di...*».

«*Prima di andare fuori di testa*» aveva completato per me con un'espressione astuta. «*Sarà lui a darmi il suo nodo?*».

Avevo rischiato di strozzarmi con un pezzo di bistecca. *No*, avevo risposto nella sua testa. *Kieran è fidanzato.*

Lei mi aveva fissato, non sembrava sorpresa dal fatto che avessi comunicato con lei in quel modo. *Hai il dono della telepatia?*

Sì.

Sai leggere nella mente degli altri?

Sì. Avevo terminato la bistecca. «*Ma cerco di non ficcanasare*».

Ivana aveva inclinato la testa di lato. «*Adesso a cosa sto pensando?*».

Avevo socchiuso gli occhi, fissandola di rimando. «*Stai dubitando delle mie abilità?*».

«*Sì*».

Le mie sopracciglia si erano sollevate in un'espressione sorpresa.

Solo per scoprire, grazie al mio potere, che mi stava prendendo in giro.

Ma quella non fu l'unica scoperta: avevo trovato i pensieri di Ivana pacifici e rilassanti.

Almeno finché non aveva iniziato a valutare l'idea di chiedermi se volessi darle il mio nodo durante l'estro.

Non sarebbe un problema, aveva concluso. I suoi occhi azzurri avevano danzato sul mio corpo con evidente interesse. *Anzi, penso proprio che mi piacerebbe.*

«*No*» avevo tagliato corto. «*Se vuoi che un alfa ti aiuti ad affrontare il primo estro, te ne posso presentare alcuni. Ma non potrò occuparmene io*».

«*Perché no?*» mi aveva chiesto senza mezzi termini; la donna rannicchiata nella doccia era sparita, sostituita da una dea sicura di sé.

Che era rimasta tale fino a oggi.

Finché non avevo distrutto la fiducia che riponeva in me.

Mi spostai per appoggiare la schiena alla parete, stringendo le ginocchia al petto. La stessa posizione che avevo assunto anni prima, seduto in corridoio, mentre lei si faceva la doccia nella mia tana. Stavolta, però, ero in bagno con lei. Entrambi nudi, a fissarci.

Quel giorno non avevo risposto alla sua domanda. «*Perché no?*».

Perché in verità ero stato *molto* tentato dall'idea di sedurla. Di scoparla. Di farla mia.

Ma era sbagliato.

All'epoca aveva diciannove anni, era solo una giovane omega con tutta la vita davanti.

Non volevo distruggere il suo futuro legandola a me per l'eternità.

Eppure, ero riuscito a farle comunque del male.

Come dimostrato dal suo silenzio.

Almeno ha smesso di piangere, pensai, ammirando i suoi occhi.

Continuai a fare le fusa e a sostenere il suo sguardo. Il tempo passò. A un certo punto, percepii e ignorai l'arrivo di Lorcan.

Ho sentito che hai fatto un casino, fu il suo commento.

Quando non gli risposi, si limitò a farsi carico dei miei compiti.

E, nel mentre, io e Ivana continuammo quella strana gara di sguardi.

Se l'acqua si era raffreddata, lei non lo diede a vedere. Fui sul punto di allungare la mano e controllare io stesso, ma non volevo rischiare di agitarla.

Aveva bisogno di tempo.

Glielo avrei dato.

E anche le mie fusa.

Finché...

«Quali altre qualità sgradevoli possiedo?» chiese. La sua domanda fu talmente inaspettata che trasalii.

«Cosa?».

«Hai detto a Lorcan che devo trovare qualcuno a cui non diano fastidio i miei giochetti infantili, la mia sfrontatezza, la troppa sicurezza di me e altre qualità sgradevoli. Quali sono?».

Cazzo. Il fatto che ricordasse le parole esatte che avevo usato, quando nemmeno io ci sarei riuscito, la diceva lunga su quanto l'avessi ferita.

«Ivana, ho parlato in quel modo perché ero frustrato. Se mi ripeto che le tue caratteristiche mi irritano, forse un giorno ci crederò davvero e smetterò di voler...». Mi interruppi prima di terminare la frase, ma avevo già rivelato fin troppo.

«Di volere cosa?» chiese, sollevando un sopracciglio altero, mentre la sua dea interiore sbirciava attraverso i suoi bellissimi occhi.

«Non importa quello che voglio. Ciò che importa è che quel giorno ho parlato a sproposito. Quello che intendevo realmente era che hai bisogno di un alfa che adori la tua sfrontatezza e la tua sicurezza, e che non gli dispiaccia essere rimproverato quando se lo merita. Hai bisogno di un alfa che possa metterti al primo posto. Che ti ami. Che ti adori. Che sia degno di te, una dea».

Purtroppo, quell'alfa non sarei mai stato io.

Ma potevo essere onesto con lei e dirle la verità. Sperando che le fosse rimasta ancora un po' di sicurezza di sé e che ci credesse.

«Non c'è nulla di sgradevole in te, Ivana» affermai, con la mia cadenza irlandese che sottolineava e accentuava ogni parola. «Sei perfetta, macushla».

IVANA

«*SEI PERFETTA, MACUSHLA*».

La lode di Cillian mi riecheggiava nella mente, in aperto conflitto con la sofferenza che mi aveva causato nelle ultime settimane.

Tutto ciò che aveva detto – le sue spiegazioni, le sue parole, la sua *rivendicazione*... «*Va contro ogni istinto di un alfa tentare di convincere la sua omega a scegliere qualcun altro*».

Il mio stomaco fece una capriola quando ripensai di nuovo a quella frase.

La sua omega.

Si era riferito a me come alla *sua* omega.

Più o meno. Lo aveva sottinteso. O forse ci stavo rimuginando troppo.

Fui sul punto di sospirare, irritata dalla speranza che si era accesa dentro di me. Sapevo come stavano le cose. Lui non mi voleva.

Eppure...

Ha detto che sono perfetta.

Ma aveva anche detto che ero insistente e troppo sicura di me.

Perché vuole convincersene?, mi domandai, ripercorrendo per l'ennesima volta la nostra conversazione. O meglio, il suo monologo. *Perché è convinto che sia una dea.*

Sembrava troppo bello per essere vero.

Come quando mi ha baciata...

Aggrottai la fronte. «Lo stai facendo per pietà, non è vero? Mi stai dicendo quello che voglio sentire come una sorta di lezione, come quella che mi hai dato con quel bacio».

Alzai gli occhi al cielo, mentre la speranza veniva rapidamente rimpiazzata dalla rabbia.

Erano tutte bugie. Voleva che voltassi pagina, che trovassi un altro alfa e lo lasciassi in pace. Ma non sarebbe mai accaduto, finché fossi rimasta a commiserarmi nella doccia.

«Non serve che continui a cercare di farmi stare meglio, alfa Cillian» sibilai, interrompendo qualsiasi cosa stesse per dirmi. «Non ho bisogno della tua pietà e non la voglio. Così come non voglio i tuoi baci compassionevoli o qualsiasi altro favore tu abbia intenzione di farmi. Accetto il tuo rifiuto. Ora lasciami in pace».

Mi costrinsi ad alzarmi in piedi, perché era giunto il momento di concentrarmi sulla giornata che mi aspettava.

E smetterla di piagnucolare per un uomo che non vuole stare con me.

Chiusi gli occhi, lasciando che l'acqua mi scrosciasse

sulla faccia e sulle orecchie, annegando qualsiasi cosa stesse blaterando Cillian. Perché stava effettivamente parlando, ma io non volevo ascoltarlo. Non volevo vederlo. Non volevo ritrovarmi mai più in sua presenza.

Aveva messo bene in chiaro come si sentiva nei miei confronti.

E io avevo chiuso con...

La sua mano sulla nuca interruppe i miei pensieri, facendomi aprire gli occhi. «Cill...».

Mi tirò verso di sé con una brutalità che mi lasciò senza fiato, le parole mi morirono sulle labbra.

«Non mi fai pena» ringhiò. Il suo petto era un muro di carne rovente e virile premuto sul mio seno. «E non ti ho mai rifiutata, Ivana».

Nonostante faticassi perfino a respirare, riuscii a sbuffare e borbottare: «Sei anni trascorsi ad affrontare l'estro da sola, soffrendo, dicono il contrario».

Inarcò le sopracciglia. «*Ivana*».

«Cosa?» sbottai. «Cosa vuoi fare? Baciarmi di nuovo? Pensi che la tua lezione non sia stata abbastanza chiara? O magari stavolta mi darai addirittura il tuo nodo per pietà, eh? Per dimostrarmi come dovrebbe scoparmi un alfa degno di me?».

I suoi occhi scuri ricordavano una notte di tempesta, la sua espressione tuonava. «Se ti dessi il mio nodo, omega, non ci sarebbe nessun altro alfa. Te lo posso giurare».

Ridacchiai e alzai di nuovo gli occhi al cielo. «Certo, *alfa Cillian*». Cercai di fare un passo indietro, ma lui strinse la presa sulla mia nuca e mi avvolse l'altro braccio intorno alla vita.

«Ti ho fatto del male. Mi dispiace. Ma se continui con questo atteggiamento, omega, insegnerò a quel tuo bel culetto una *lezione* che non ti dimenticherai tanto presto».

Fu il turno delle mie sopracciglia di sollevarsi. «*Scusa*?».

«Ti stai comportando in modo irrispettoso e lo sai».

«Sto solo dicendo la verità» ribattei. «Continui a fare tutte queste cose per pietà e...».

«Non è...».

«*No*» sbottai. Le mie mani si abbatterono sul suo petto nel tentativo di spingerlo via.

Ma non riuscii a smuoverlo di un millimetro.

L'alfa testardo si mise a *ringhiare*.

«Smettila di mentire!» esclamai, furiosa. «Le tue parole e le tue azioni dimostrano che ti faccio pena, Cillian. Voglio dire, mi hai baciata perché Ransom non lo ha fatto, solo per farmi vedere come dovrebbe comportarsi un alfa. L'altro giorno ti sei offerto di accompagnarmi a casa dal palazzo di Quinn, cosa mai successa. Stasera mi hai inseguita per proteggermi, nonostante non ne avessi bisogno. Poi... poi...».

Chiusi gli occhi, ringhiando a mia volta.

Perché *come cazzo aveva osato* impedirmi di smaterializzarmi.

Ma non era quello il punto.

«Non ho bisogno della tua compassione, Cillian, e non la voglio nemmeno» dissi a denti stretti. «Sono una donna. Posso sopportare il tuo rifiuto. Smettila di... di fare qualsiasi cosa tu stia facendo e lasciami andare avanti con la mia vita».

Cercai ancora una volta di divincolarmi dalla sua presa, ritrovandomi però schiacciata tra il suo corpo caldo e le fredde piastrelle della parete della doccia.

«Ti sembra che ti compatisca, Ivana?» chiese Cillian. Il suo tono era talmente aggressivo da farmi venire la pelle d'oca.

Deglutii, il calore che emanava era come un marchio

sulla pelle. Soprattutto la parte più dura di lui, premuta sul mio ventre.

«Cillian...».

Il suo palmo scivolò dalla mia nuca alla gola, mentre il suo sguardo incatenava il mio e mi costringeva a sottomettermi. «Adesso è il mio turno di parlare, omega».

Rabbrividii. La sua autorità mi investì come una carezza gradita, che spinse la mia lupa a guaire internamente. Perché voleva di più.

Il suo compagno prescelto era nudo ed eccitato, e ci aveva bloccate contro il muro. In una situazione del genere, per lei c'era solo una cosa che sarebbe potuta accadere.

Purtroppo, io sapevo che non era così. C'erano diversi modi in cui poteva andare a finire.

Quella consapevolezza fu l'unico freno che mi impedì di gemere, quando Cillian mi tracciò piccoli cerchi sul collo, dove il mio battito pulsava.

«Ti ho baciata perché lo desideravo» disse. La violenza era ancora presente nel suo tono. «Non era una lezione. Non l'ho fatto perché ti compativo. L'ho fatto perché *ti voglio*. Perché ti ho considerata mia per sei lunghissimi anni. E mi sto sforzando di fare la cosa giusta e lasciarti andare».

Le sue parole si riverberarono nella mia mente, travolgendola con un'ondata di confusione. «Se...».

La sua presa si accentuò. «Non ho finito di parlare, omega».

La mia lupa fremette per il modo in cui lo disse, tutto grazia e dominio, un alfa che prendeva il comando e imponeva alla sua compagna di *ascoltarlo*.

Ma la mia parte umana era più forte, e si dipinse sul viso un'espressione di sfida.

«*Questo*» ringhiò, con la tempesta che ancora imperversava nelle sue iridi scure. «*Questo* è il motivo per cui ti trovo così irresistibile, Vana. Non hai paura di me nemmeno quando dovresti. E non mi metti su un piedistallo. Mi sfidi ogni giorno, mi sorprendi continuamente, mi regali il più unico senso di pace. E tutto nello stesso momento».

Premette la fronte sulla mia. Chiuse gli occhi e inspirò profondamente.

«Cazzo, Vana. Non hai idea dell'effetto che hai su di me. Di quanto sia difficile tutto questo. Di quanto vorrei farti mia. Ma non sono degno di te. Lasciarti andare avanti mi sta richiedendo tutta la forza che ho, tutto il *potere* che ho. Anzi, no, *costringerti* ad andare avanti. Perché è la cosa giusta da fare. *Per te*».

«Perché?» sussurrai, sollevando le dita per afferrargli le braccia. «*Perché* è la cosa giusta da fare? Se mi vuoi, perché... perché opporsi?».

Non capivo.

Niente di tutto ciò aveva alcun senso.

«Perché non potrò mai metterti al primo posto». Arretrò e aprì gli occhi. «Meriti qualcuno che faccia di te tutto il suo mondo, Vana. Che scelga sempre e comunque te. E io non posso essere quell'uomo».

«Chi dice che voglia un uomo così?» replicai. «Chi sei per decidere chi o cosa dovrei volere?».

Sospirò. «Sto facendo quello che è necessario per assicurarmi che tu sia felice».

Lo fissai, accigliata. «Perché dovresti essere tu a decidere chi o cosa mi rende felice?».

Mi osservò. «Ivana...».

«No, Cillian. Hai detto che non mi compatisci. Poi hai dichiarato che mi vuoi. E ora stai dicendo che non puoi avermi perché merito di meglio. Ma sono *io* a decidere chi e cosa merito. Non tu».

Lasciò andare la mia gola e fece un passo indietro.

Così ne feci uno verso di lui.

«O stai mentendo, o ti stai inventando delle scuse. Non riesco a capire quale delle due, ma queste sono tutte stronzate, Cillian. Se mi vuoi, dimostramelo». Era la stessa parola che aveva usato all'esterno, quando avevo affermato di essere in grado di badare a me stessa. Era il momento di ricambiare il favore.

Perché se era sincero, allora doveva agire di conseguenza.

«Non dirmi cosa merito o che tipo di alfa dovrei volere. Abbi abbastanza rispetto per me da lasciarmi fare le mie scelte. E lotta per me».

Si passò le dita tra i folti capelli bagnati; era da quando era entrato nella doccia che il soffione gli scrosciava sulla testa e sulle spalle ampie. «Non posso lottare per te, Ivana. Non posso avere una compagna».

«Perché?» chiesi. «Perché no?».

Mi lanciò un'occhiata severa. «Lo sai già».

«Dimmelo di nuovo» insistetti.

«La mia lealtà appartiene a Kieran. Lui verrà sempre al primo posto».

«Okay. E Kieran non vuole che tu abbia una compagna?».

«Non è quello che ho detto».

«Hai detto che non puoi avere una compagna perché Kieran verrà sempre al primo posto. Se non ti ha ordinato di restare single, allora perché non puoi avere una compagna?».

«Perché lui verrà sempre al primo posto» ribadì stizzito. «Non mi accoppierò solo per rendere la mia futura compagna la seconda persona più importante della mia vita. Non sarebbe giusto nei suoi confronti. Non sarebbe giusto nei *tuoi* confronti».

«Quello che non è giusto è che tu mi dica cosa sarebbe giusto per me. Mi hai mai domandato se per me sarebbe un problema venire dopo Kieran?».

«Vana...».

«Rispondi, Cillian. Mi hai mai chiesto cosa ne penso?».

Strinse i denti. «Non ti permetterò di sacrificare la tua felicità, Ivana».

«Ti sembro felice?» mormorai. «Ti sono sembrata felice nelle ultime settimane?».

Strinse di nuovo i denti. «Ti ho vista ridere con il principe Cael».

Sbuffai. «Sul serio? È davvero la tua risposta?».

«È una risposta, Ivana».

«Non c'entra nulla» ribattei. «Stai prendendo decisioni per me e non mi piace».

«Sto prendendo una decisione per entrambi. Non mi accoppierò mai, né con te né con un'altra donna. E non c'è niente che tu possa dire per farmi cambiare idea».

Si girò e fece per andarsene. Rimasi a fissare la sua schiena a bocca aperta. «Sei un codardo» capii.

Cillian si irrigidì. «Com'è che mi hai chiamato?». La sua voce era terribilmente quieta, la doccia la rendeva quasi inudibile.

«Sei un codardo» ripetei. Perché c'era qualcosa che non mi stava dicendo. Una ragione che si rifiutava di ammettere. «Se venissi dopo Kieran, lo capirei. Lo sai. Eppure, non vuoi neanche provarci. Perché le cose potrebbero funzionare. E questo ti spaventa».

Non sapevo *perché*, ma sapevo che era così. Ne ero sicura.

«O è così o mi stai mentendo su tutto, nel ridicolo tentativo di farmi sentire meglio. Ma non credo. La mia lupa ti ha desiderato dal momento in cui ci hai portate nella tua tana. E per sei lunghi anni ho avuto la certezza che tu provassi lo stesso sentimento. Finché non ti ho sentito parlare con Lorcan...».

Mi interruppi con una smorfia, il ricordo bruciava ancora troppo per poterlo ignorare.

Tuttavia, quello che mi aveva detto stasera... suggeriva che non mi ero sbagliata. Che Cillian era effettivamente attratto da me. Solo che non voleva che gli piacessi.

Perché sente di non essere degno di me.

Perché pensa che io meriti di meglio.

Perché ha deciso che non possiamo stare insieme.

«Codardo» dissi di nuovo, abbassando lo sguardo sull'acqua che vorticava nello scarico. «Non... non me ne sono mai resa conto... fino a questo momento».

Cambiava... cambiava tutto.

Se Cillian aveva troppa paura di lottare per me, di lottare per *noi*, allora forse... forse aveva avuto ragione fin dall'inizio. *Forse non dovremmo stare insieme.*

«Dillo ancora, omega» mormorò Cillian con uno strano tono. «Ti sfido».

«Sei un codardo» ripetei senza preoccuparmi di guardarlo.

Che senso ha?, mi domandai, sentendomi ancora una volta sconfitta. *Se non vuole provarci, se non vuole neanche prendere in considerazione l'idea di stare con me, allora...*

Le mie scapole andarono a sbattere contro le piastrelle, quando il suo corpo massiccio si abbatté sul mio. Sussultai mentre le sue dita mi affondavano nei capelli, strattonandoli e costringendomi ad alzare il viso. Le sue iridi infuocate catturarono le mie. «È una cosa molto pericolosa da dire a un alfa, Ivana».

Sostenni il suo sguardo, sentendomi vuota tanto quanto mi ero sentita entrando nella doccia. «Può darsi, ma ciò non lo rende meno vero».

Ringhiò. «Pensi che mi piaccia vederti con altri alfa, Ivana? Perché non mi piace per nulla. Ma sono disposto a soffrire, se ciò ti permetterà di essere felice. Non c'è nulla di *codardo* nel mio sacrificio».

«Chi stai cercando di convincere, Cillian?» domandai. «Me... o te stesso?».

CILLIAN

La capacità di Ivana di provocarmi mi faceva impazzire nel migliore e nel peggiore dei modi.

«Sei un codardo».

Quelle tre parole mi tormentavano. Mentre le pronunciava, avevo visto la comprensione farsi strada nella sua espressione. Non voleva essere crudele, solo dare voce a ciò di cui si era resa conto.

Non mi piaceva.

Neanche un po'.

Perché una piccola parte di me ora stava sussurrando: *Ha ragione? Sono effettivamente un codardo?*

Ivana ne sembrava convinta, e la sua convinzione stava cambiando tutto. Glielo leggevo negli occhi, nel modo in cui ora mi osservava. Ogni cosa era mutata in un istante:

l'interesse era svanito dal suo sguardo, sostituito dalla delusione.

Sentii una stretta allo stomaco.

Non era ciò che volevo. Mi irritava quasi quanto vederla uscire con altri alfa.

Cosa succederà quando quel bagliore innamorato ricomparirà nei suoi occhi per qualcun altro?, mi domandai, con un ringhio che minacciava di rimbombarmi nel petto.

Una parte di me comprendeva che l'intera situazione con il programma di accoppiamento era stata tollerabile perché, nonostante tutto, sapevo che Ivana continuava a desiderarmi.

Questo mi aveva attratto a un livello che non avevo mai veramente considerato, e ciò mi rendeva uno stronzo. Perché non potevo respingerla e allo stesso tempo essere segretamente contento che non se ne fosse mai andata.

Cazzo.

Ivana sospirò, distogliendo lo sguardo dal mio. Sentii quell'allontanamento nelle profondità dell'anima. Era un momento cruciale, che agitava il mio lupo.

Se ora me ne fossi andato, sarebbe stata la fine.

Lei sarebbe stata libera.

E io solo.

Per sempre.

«Devo prepararmi per l'appuntamento con il principe Cael» mormorò Ivana. Il suo atteggiamento e il suo tono confermarono le mie paure.

Si spostò di lato, cercando di sottrarsi a me. Le mie mani si strinsero automaticamente, il mio corpo si rifiutava di lasciarla andare.

Non... non può essere la fine.

È mia.

Non lo è.

Sì, lo è.

Le voci si scontravano nella mia mente, i pensieri turbinavano in una folle cacofonia. Quell'omega... quella donna... *Ivana*...

«*Cazzo*» ansimai. Sfruttai la presa sui suoi capelli per costringerla ad alzare di nuovo il viso, facendo scontrare il suo sguardo con il mio. «Non ho paura, Ivana. Non... non come credi. Più di... più di mille anni fa ho giurato a me stesso che non avrei mai avuto una compagna. Che non sarei mai stato come mio padre. Per assicurarmi che la sua stirpe finisse... con me».

Era più di quanto avessi mai rivelato a qualcuno.

Oh, sicuramente Kieran lo sapeva. E anche Lorcan.

Ma non avevo mai espresso le mie intenzioni ad alta voce a nessuno dei due.

Ivana, tuttavia... Volevo che capisse. Che non mi ritenesse un codardo. Che si rendesse conto che stavo cercando di proteggerla. *Da me.*

«Era un tiranno» spiegai. «Il vecchio principe alfa del settore Eclipse. L'ha ammazzato Kieran, io non ci sono riuscito». Perché ero troppo debole. «È così che Kieran è diventato un principe alfa». Forse ne aveva già sentito parlare, forse no. La maggior parte dei lupi che abitavano nel settore Blood era troppo giovane per conoscere la storia del settore Eclipse.

Perché mio padre ha ucciso la maggior parte degli alfa e violentato le loro omega.

E ciò era successo dopo aver sterminato ogni beta presente nel settore Eclipse.

Il mio viso si contorse in una smorfia nel rivedere mentalmente tutte quelle immagini cruente. Quel bastardo di mio padre aveva ucciso anche molti dei miei fratelli e delle mie sorelle. Così come tutte le loro madri.

Inclusa la mia.

«Mio padre era pazzo» le confidai in un sussurro. «E non si tratta di un'iperbole. Era stato condotto alla follia dalla sete di sangue». Deglutii. «Non so cosa l'abbia scatenata, ma qualsiasi cosa fosse probabilmente c'è anche dentro di me. Quindi sì, in un certo senso hai ragione, ho paura. Ho paura di diventare come mio padre».

Per questo avevo dedicato la mia esistenza a salvare le omega dal pericolo.

Mio padre si era creato un harem di omega non consenzienti, scopandole e condividendole con altri alfa in giro per il mondo. Ma non con i V-Clan; preferiva la mentalità dei lupi Z-Clan e X-Clan.

Riferii a Ivana alcune di quelle informazioni, omettendo i dettagli più violenti. Poi aggiunsi: «Ha ucciso tutti gli abitanti del settore Eclipse che avevano più di quindici anni, così come tutti i suoi figli alfa. Io sono stato l'unico a essere risparmiato. Perché si rivedeva in me».

Amava sottolinearlo ogni volta che mi ritrovavo di fronte a lui. «È come guardarsi allo specchio» diceva soddisfatto. «Devo solo temprarti, ragazzo mio».

Allentai la presa sui capelli di Ivana, mentre mi si rivoltava lo stomaco ripensando al mio passato. A *lui*.

«Avevo tredici anni quando è morto» dissi. «Mi ci sono voluti troppi anni per batterlo e, alla fine, non sono stato in grado di finire il lavoro». Era stato allora che Kieran aveva preso in mano la situazione e gli aveva staccato la testa.

Poi Lorcan aveva gettato i suoi resti nell'inceneritore delle segrete, l'orgoglio di mio padre.

Il fetore di quel luogo maledetto mi perseguitava tuttora, nonostante fosse stato distrutto da tempo.

«Quel giorno sono stato un codardo» ammisi. «Ma non con te, Ivana. Sto provando a essere forte, a incoraggiarti a trovare un compagno migliore di me, per assicurarmi che tu non sia legata in alcun modo alla mia oscurità».

Lasciai andare i suoi capelli e le posai la mano sulla guancia.

«Non sono degno di una compagna omega. È un destino che ho accettato da tempo. Nonostante sia stato tentato di cambiare idea a causa tua, non voglio comportarmi da egoista. Perché non merito un dono così bello». Sfiorai le sue labbra con le mie. «Se potessi averti, lo farei in un istante. Ma sarebbe sbagliato, Vana. Assolutamente sbagliato».

Ora che le avevo confessato ogni cosa, mi sentivo più leggero.

Desideravo che fosse mia.

Ma non era possibile.

«Ho giurato molto tempo fa che avrei votato la mia esistenza a proteggere gli abitanti rimasti del settore Eclipse e i loro familiari. Quel giuramento si è ampliato quando Kieran ha preso il comando del settore Blood e si è portato tutti i nostri lupi con sé. Servo volentieri al suo fianco perché si è guadagnato la mia fedeltà. E passerò la vita a fare ammenda per conto di mio padre».

Era una questione di giustizia. Troppi lupi avevano perso i loro genitori prima ancora di conoscerli, e tutto questo perché non ero riuscito ad abbattere mio padre da solo.

Avevo avuto bisogno di Kieran.

«Sembra un destino solitario» sussurrò Ivana, attirando il mio sguardo sulle sue labbra. C'era qualcosa nella sua voce che mi ipnotizzava. O forse era semplicemente lei.

Ogni lato di lei mi affascinava. Mi faceva mettere in dubbio il mio stesso destino. Mi faceva sognare qualcosa che non potevo permettermi di sognare. Mi strappava parole che non avrei mai dovuto pronunciare...

«Essere solo non è mai stato un problema» mormorai. «È la mia vita».

«Non deve esserlo per forza, Cillian». Mi accarezzò i fianchi. Il calore del suo tocco fece irrigidire il mio lupo. Il desiderio mi ribollì nelle vene, la mia bestia interiore era curiosa di scoprire cos'avrebbe fatto.

Le dita di Ivana danzarono sul mio petto. Trattenni il fiato.

Non volevo muovermi.

Non volevo spaventare l'omega in esplorazione.

Non volevo rovinare il momento.

Le avevo confidato cose che non avevo mai detto a nessuno. Le avevo rivelato una storia che mi faceva sentire inferiore come alfa. Le avevo spiegato tutti i motivi per cui non potevamo stare insieme.

Eppure, si stava... si stava avvicinando.

«Non devi essere solo» disse. La sua voce gentile fu come una carezza per i miei sensi. Il suo calore risalì verso il mio viso, il suo palmo mi cinse la guancia. Mi abbandonai alle sue dita, desiderando disperatamente di avere di più, crogiolandomi in quella dimostrazione di affetto.

Le mie mani scesero sui suoi fianchi e li strinsero con una bramosia che riuscivo a stento a reprimere.

Cazzo. Non avevo idea di cosa stesse succedendo, ma era qualcosa di profondo. Di potente. Di *nostro*.

E non volevo più oppormi.

Volevo solo godermi il suo tocco dolce e femminile. Lasciare che mi accarezzasse. Volevo assorbire le sue parole. Volevo crederle, fosse solo per pochi preziosi istanti.

Le dita di Ivana mi affondarono tra i capelli, mentre l'altra mano restava sulla mia guancia.

Mi sentii stranamente vulnerabile. Era... curioso. Insolito. Ma non volevo nient'altro che sciogliermi su di lei, accettando fino all'ultima goccia del suo affetto.

Ero egoista.

Non meritavo tutto questo, non meritavo *lei*.

Ma la lasciai fare. Lasciai che premesse le labbra sulle mie, che mi respirasse come se fossi l'ossigeno di cui necessitava.

O forse ero io a farlo.

Perché mi sentii improvvisamente ancorato a lei. Come se facessi affidamento su di lei per sostenermi. Per centrarmi.

«Vana» mormorai con un sospiro adorante, sfiorando le sue labbra.

«Ssh» mi zittì. «Permettimi di mostrarti come potrebbe essere, Cillian. Permettimi di stare con te. Solo per un minuto».

Rabbrividii. Un campanello d'allarme risuonò da qualche parte nella mia mente. Attutito. Distante. *Smettila*, mi ordinò una parte di me. *Smettila prima che sia...*

La sua lingua mi accarezzò il labbro inferiore, mettendo a tacere i miei pensieri.

Per la prima volta nella vita, rinunciai ad avere tutto sotto controllo.

Diedi alla mia omega ciò che desiderava: una parte di me.

No, non una parte. *Tutto me stesso.*

Seppur per un secondo, le avrei offerto libero accesso alla mia mente, al mio corpo, al mio cuore e alla mia anima. Era la prima omega che mi avesse mai tentato. La prima omega ad avermi fatto prendere in considerazione un percorso alternativo.

E io avevo reagito spingendola via.

Mentre il mio lupo si struggeva per lei.

La nostra omega.

La nostra compagna.

La nostra Vana.

Gemetti quando la sua lingua si insinuò nella mia bocca, in un bacio molto più esitante di quello che avevamo condiviso dopo il suo appuntamento.

Quello era stato un bacio affamato.

Questo... questo riguardava qualcosa di più profondo. Una connessione a cui mi ero opposto troppo a lungo. Un desiderio che legava le nostre anime.

Ma nel momento in cui la sua lingua toccò la mia, risvegliò qualcosa di molto meno *esitante* dentro di me. Qualcosa di viscerale. *Feroce.*

Le mie dita affondarono nei suoi fianchi e la strinsi a me, per poi prendere il possesso delle sue labbra.

Ne volevo di più.

La volevo.

Ne avevo bisogno.

Del suo sapore, della sua lingua. Del suo consenso.

Non si trattava di insegnarle ciò che meritava o di mostrarle come un alfa dovesse baciare un omega. Si trattava di spiegarle come *io* l'avrei accettata. Come l'avrei toccata. Come l'avrei adorata.

Gemette quando la spinsi contro la parete. Le mie mani risalirono il suo corpo nudo e bagnato per stringerle i seni. Si adattavano perfettamente ai miei palmi, le sue curve erano destinate al mio tocco. *A me.*

Perché è mia.

Il mio lupo ringhiò internamente, d'accordo con la mia rivendicazione. Il suo brontolio diventò talmente sonoro che non potei nasconderlo, e il mio petto vibrò su quello di Ivana mentre la baciavo appassionatamente.

Cillian. La voce mentale non apparteneva alla mia omega, quindi la ignorai.

Contava solo Ivana.

Il suo tocco. Il suo calore. La sua *eccitazione*.

Cazzo, pensai, il mio animale era praticamente rabbioso per il bisogno di assaggiare la nostra omega tra le cosce. Il suo aroma agrumato era sbocciato in un profumo intenso che mi soffocava i sensi.

Il mio nodo pulsò.

Il mio ventre si contrasse.

Il mio cuore prese a scalpitare.

Volevo solo inginocchiarmi e leccare ogni centimetro di lei.

Ma le sue dita mi stringevano i capelli, la sua lingua duellava con la mia.

Non era più un momento tenero, dolce, emotivo. Era *intenso*.

Mi avvolse una gamba intorno al fianco, i suoi gemiti un invito posato sulle mie labbra.

La sollevai senza pensarci, il mio sesso pulsante trovò immediatamente il suo. «Vana» ringhiai, scivolando contro di lei, godendomi il calore che bagnava la mia erezione.

Lei si inarcò in risposta, mugolando vogliosa e strusciando il clitoride sulla punta del mio cazzo.

Stiamo andando troppo in fretta, pensai.

Eppure, erano anni che ci giravamo intorno.

«*Cazzo*». Stavo perdendo di nuovo il controllo. Ma non riuscivo a capire se stavo cedendo le redini a Ivana o al mio lupo.

Desideravo così tanto essere dentro di lei.

Darle il mio nodo.

Reclamarla.

Mi graffiò la schiena, continuando a strusciarsi su di me. «*Cillian*».

Non sapevo nemmeno se fosse pronta per me. *È mai stata presa da un alfa?*, mi domandai.

E subito me ne pentii.

Perché il pensiero che fosse stata scopata da qualcun altro mi fece venir voglia di uccidere chiunque avesse osato toccare la *mia* omega.

E mi fece anche venir voglia di affondare dentro di lei e rivendicare ciò che era sempre stato destinato a essere mio. Per assicurarmi che dimenticasse chiunque l'avesse toccata prima di me. E per far sì che nessun alfa sarebbe mai stato abbastanza per lei.

È così sbagliato.

Non c'è niente di più giusto.

Le accarezzai i fianchi e tornai a stringerle i seni perfetti. Le tormentai i capezzoli duri con i pollici, mentre la parte inferiore del mio corpo la teneva bloccata contro la parete.

Sarebbe stato facile entrare dentro di lei.

Ma qualcosa mi trattenne, una vocina insistente che mi ricordava di andarci piano con lei. Di venerarla come avrebbe dovuto fare un buon alfa.

Il mio lupo borbottò infastidito, il suo bisogno di prenderla sconfinava nella violenza. Erano passati sei lunghi anni dall'ultima volta in cui mi ero portato a letto una donna.

Non avevo fatto voto di castità, ma dopo aver incontrato Ivana avevo perso interesse nelle altre.

Aveva assorbito tutta la mia attenzione, trascinandomi in una delle battaglie più dure che avessi mai affrontato.

Una battaglia che al momento stavo perdendo.

Una battaglia che non volevo più combattere.

Non con quell'omega vogliosa premuta sulla carne.

Ivana mi catturò il labbro inferiore tra i denti, facendomi aprire gli occhi di scatto e specchiarmi nel suo sguardo pericoloso.

Se mi avesse morso, avrebbe dato inizio al legame di accoppiamento. Una procedura che richiedeva che io la mordessi a mia volta.

Non tentarmi, macushla, pensai rivolto a lei, rendendomi conto che finalmente potevo accedere di nuovo alla sua mente.

Qualsiasi blocco avesse creato si era sgretolato, permettendomi di udire le intenzioni sensuali che danzavano tra i suoi pensieri.

Dei, gemetti, affascinato dalla sua immaginazione. Eppure, un pizzico di innocenza di fondo mi diceva che non aveva esperienza.

E quello...

Quello mi costrinse a rallentare.

A trarre un respiro profondo.

A staccare delicatamente il labbro dai suoi denti per poterle tracciare un sentiero di baci sul viso.

Aveva bisogno di tenerezza. Adorazione. *Devozione*.

Le mie mani tornarono sui suoi fianchi e le mie labbra si avvicinarono al suo orecchio. «Hai mai avuto un nodo, Vana?».

Le sue dita mi accarezzarono l'addome, avvicinandosi all'inguine. «No, non da un vero alfa».

Aggrottai la fronte. «Stai facendo la timida, tesoro?». Sembrava proprio da lei.

«Ho un giocattolo» sussurrò. I suoi occhi azzurri cercarono i miei, per poi scostarsi in fretta un attimo dopo, quando aggiunse: «Per l'estro. Perché... non hai mai...». Deglutì e scosse la testa. «Dubito sia come un nodo vero, ma... aiuta».

Un accenno di tristezza le incupì la mente, scacciando alcuni dei suoi pensieri lussuriosi.

Non è mai venuto da me, stava pensando. *Mi ha lasciata a soffrire da sola. Perché non mi ha mai voluta.*

«Cazzo, Vana, non...».

Fui interrotto da un sonoro bussare alla porta del bagno. Il mio potere si concentrò subito sull'intruso, e mi voltai nella sua direzione.

Avrei dovuto percepire il suo ingresso, avrei dovuto sentire il suo *odore*.

Ma ero talmente rapito da Ivana e dal suo dolce profumo da non riuscire a sorvegliare adeguatamente l'ambiente circostante.

Certo, il beta si era appena materializzato nell'igloo, come seppi con un rapido esame della sua mente.

Almeno il mio lupo si era accorto del suo arrivo.

Ah, ma ero veramente troppo preso dalla situazione. Come avevo fatto a non cogliere le sue intenzioni?

Okay, almeno quel problema lo avrei risolto *immediatamente*.

Spero per te che tu abbia un'ottima ragione per interromperci, beta, ringhiai telepaticamente a Benz.

È stato Lorcan a mandarmi, fu tutto ciò che disse. Ma udii, e *sentii*, l'irritazione che accompagnava le sue parole.

Non gli piaceva che fossi lì dentro con Ivana.

E non approvava affatto il profumo seducente dell'omega che aleggiava nell'aria.

Ignorai la sua presenza e mi collegai alla mente di Lorcan. *Hai mandato Benz a cercarmi?*

Non mi rispondevi. L'imperturbabilità che di norma sottolineava la voce del mio amico era stata sostituita dal fastidio. *Abbiamo un problema.*

Che tipo di problema?

Lorcan andò dritto al punto. *Mezz'ora fa, l'omega Sylvia è stata trovata priva di conoscenza nel suo igloo.*

Mi irrigidii. *Cosa?*

Qualcuno l'ha drogata, Cillian. La sto curando con i miei poteri, ma è uno stimolante dell'estro. Quando si sveglierà, andrà in calore.

Mi sfuggì un ringhio. Un ringhio frutto di una rabbia senza limiti.

Stimolare l'estro era comune per certi tipi di lupi. Alcuni alfa non volevano aspettare per accoppiarsi con le omega che avevano scelto.

Tuttavia, non era così che ci comportavamo nei settori V-Clan. Noi rispettavamo le nostre omega e il loro ciclo.

Uno degli alfa non sta giocando secondo le regole, pensai tra me e me, stringendo i pugni. *E quello stronzo le ha infrante mentre ero distratto.*

«Cosa c'è?» chiese Ivana, strappandomi dai miei pensieri e costringendomi a guardare la causa della mia distrazione.

«Devo andare» dissi. Le parole mi uscirono in un ringhio.

Merda. Non avrei dovuto essere lì.

Dovevo sorvegliare le omega.

Era mio dovere proteggerle.

Ed ero stato troppo preso da Ivana per concentrarmi sul mio compito. *Per rispettare il mio giuramento.*

Era... era precisamente il motivo per cui non potevo accoppiarmi con lei. Era una distrazione pericolosa. Un destino troppo allettante. *Un ideale irraggiungibile.*

«Cillian» sbottò, afferrandomi il braccio. «Dimmi cosa sta succedendo».

«Benz ti spiegherà tutto» risposi, teletrasportandomi fuori dalla doccia per prendere un asciugamano. Il beta aprì la porta, guadagnandosi un'occhiataccia. «Puoi aggiornarla *dopo* che si sarà vestita».

«Ti comporti come se non l'avessi mai vista nuda» commentò. Si appoggiò allo stipite, bloccandomi il passaggio. «È la mia migliore amica, alfa Cillian. Corriamo spesso insieme in forma di lupo. È come una sorella per me».

Il modo in cui lo disse sembrò più un avvertimento che una spiegazione. Come se mi stesse suggerendo di stare attento, o me l'avrebbe fatta pagare per averla ferita.

Sarei scoppiato a ridere, se non fossi stato così preoccupato. «Spostati, beta».

Sostenne il mio sguardo per un secondo di troppo, poi sospirò e si mosse, lasciandomi passare.

«Cillian» mi chiamò Ivana, afferrando un asciugamano, pronta a seguirmi.

Quando entrò nella stanza principale, avevo già indossato i pantaloni. «Devo andare» ripetei, e presi la camicia.

Poi mi smaterializzai prima che potesse tentare di fermarmi.

Mi dispiace, Vana, le sussurrai nella mente. *Ma non posso essere tuo.*

Né ora, né mai.

Perché ero sposato al mio lavoro.

Tutto il resto doveva venire dopo.

Altrimenti, sarebbe successo qualcosa di brutto.

Qualcosa di brutto... come quello che è appena accaduto.

IVANA

Le scuse di Cillian mi fecero ringhiare per l'irritazione.

Sì che puoi essere mio, ribattei. *Devi solo comunicare, cazzo.*

O ignorò la mia risposta o mi aveva tagliata fuori, perché non disse nulla.

Stronzo e testardo, borbottai.

«Cos'è successo?» chiesi a Benz senza voltarmi, troppo impegnata a cercare i miei vestiti. Nonostante tutto il tempo trascorso sotto la doccia, non mi ero realmente lavata. Ma lo avevo fatto la notte prima. Sì, probabilmente ero a posto.

«Raggio di sole» disse lentamente Benz. «Sicura di volerlo fare?».

Mi girai verso di lui, aggrottando la fronte. «Di voler fare... cosa?».

Mi lanciò un'occhiata eloquente. «Sai di cosa parlo».

«No. Sul serio».

«Sono un lupo, Ivana. Anche se non ho visto cosa stava accadendo là dentro, ne ho sentito l'odore» disse in tono esasperato, facendomi arrossire.

«*Benz*».

«Cosa c'è?». Le sue sopracciglia si sollevarono. «Quel bastardo ti ha spezzato il cuore. E finalmente hai l'opportunità di conoscere qualcun altro. Ma se gli permetti di prenderti in giro in questo modo...».

«Non mi sta prendendo in giro» puntualizzai. «Cillian...». Cillian si era *confidato* con me. Mi aveva rivelato informazioni importanti e personali. Informazioni che non doveva aver condiviso con molte altre persone. Forse addirittura con nessuno. «Cillian è un uomo complicato».

Benz sbuffò. «Ma dai?!».

Afferrai un paio di jeans. «Non voglio mettermi a discutere di Cillian, Benz. Non adesso. Dimmi cosa sta succedendo».

Avevo bisogno di distrarmi. Avevo bisogno di una pausa dai miei pensieri, che erano praticamente un groviglio di frustrazione.

Finalmente Cillian mi aveva baciata.

Poi si era scusato.

Per essere sparito dopo avermi baciata in quel modo? Per avermi baciata in generale? Per qualcosa di completamente diverso?

Avrei voluto ringhiare, gridare ed esultare, tutto nello stesso momento. Un miscuglio di emozioni che mi costrinsi a reprimere, mentre mi infilavo una maglia e aspettavo che Benz rispondesse.

Quando non disse nulla, incontrai il suo sguardo incredulo e inarcai un sopracciglio.

Lui sospirò e scosse la testa. «Se ti fa del male...».

«Allora mi avrà fatto del male» tagliai corto. «Adesso dimmi cos'ha spinto Cillian a entrare in modalità alfa».

«Quand'è che non è in modalità alfa?» borbottò Benz passandosi le dita tra i folti capelli castani.

«*Benz*».

«Ti hanno mai detto che sei piuttosto prepotente per essere un'omega?».

Lo fulminai con lo sguardo. «Smettila di tergiversare e parla!». Ebbi l'impressione che stesse cercando di distrarmi e prendere tempo.

Il guizzo nelle sue iridi turchesi mi disse che avevo colto nel segno.

Così come l'imprecazione che gli sfuggì dalle labbra lasciando cadere la testa all'indietro e mettendosi a fissare il soffitto. Quando tornò a guardarmi, la sua espressione si era rabbuiata, segno che c'era qualcosa che non andava. «Lorcan ha trovato Sylvia svenuta nel suo igloo».

Aggrottai la fronte. «Qualcuno l'ha stordita?».

Arricciò le labbra. «Più o meno».

«Cosa intendi con "più o meno"?».

«Sta andando in calore» rispose. «Un calore *forzato*».

Lo fissai senza capire. «Perché qualcuno l'ha fatta svenire...?». Non era così che funzionava. Inoltre, Sylvia era una lupa V-Clan. «I nostri cicli inizieranno tra qualche mese».

L'estro avveniva durante l'estate. Era uno dei motivi per cui la nostra specie preferiva il buio: le omega si rintanavano nei nidi durante i mesi estivi.

A causa del ciclo.

Se quello di Sylvia stava iniziando ora, allora...

Deglutii a fatica.

Allora qualcuno o qualcosa l'ha costretta ad andare in calore.

Ed è questo che l'ha fatta svenire.

«Oh» mormorai. *«Cazzo».* Erano delle pessime notizie.

Anche perché... *È successo sotto gli occhi di Cillian. Mentre era con me.*

Mi dispiace, Vana, mi aveva detto mentalmente. *Ma non posso essere tuo.*

Perché senza dubbio mi stava incolpando per averlo distratto dal suo lavoro.

Mi aveva spiegato perché riteneva di non meritare un'omega, perché era sicuro di non essere degno di me, perché aveva dedicato la sua vita a proteggere gli altri.

Cillian portava sulle spalle il peso del mondo dei V-Clan, addossandosi la colpa dei peccati del padre.

E ora era là fuori a cercare di sistemare qualsiasi cosa fosse successa a Sylvia, rimproverandosi per aver passato del tempo con me.

Quasi ringhiai per la frustrazione.

Maledetto testardo di un alfa.

Speravo che mi avesse sentita.

Ma probabilmente mi aveva già relegata all'esterno della sua mente.

Peggio per te, pensai rivolta a lui. *Perché so essere altrettanto testarda.*

Gli piacevo. Mi voleva. Era convinto di non essere alla mia altezza. Desiderava di più, ma si era imposto di non poterlo avere.

Gli avrei dimostrato che si sbagliava.

Avremmo potuto essere felici insieme. Non c'era bisogno che fossi la sua priorità. Certo, sarebbe stato bello esserlo una volta ogni tanto, ma capivo perfettamente la sua necessità di proteggere gli altri. La rispettavo.

E quella era un'ottima occasione per provarglielo.

«Andiamo a vedere se possiamo aiutare in qualche modo» dissi a Benz, infilandomi un paio di stivali da neve.

Senza aspettare che rispondesse, mi teletrasportai all'esterno. In ogni caso, mi conosceva abbastanza da sapere che quando mi mettevo in testa qualcosa, era meglio non discutere.

Il mio naso mi disse dove avrei trovato Cillian, e anche Sylvia.

Benz aveva ragione: stava sicuramente andando in calore.

Mi si rivoltò lo stomaco all'idea di essere costretta ad affrontare l'estro contro la mia volontà. Alcune specie di lupi lo facevano alle loro omega. Ma i V-Clan no.

Ciò rendeva la situazione ancora più problematica.

Diverse omega si trovavano all'esterno, con le braccia incrociate sul petto e un'espressione preoccupata.

Ashlyn era tra loro. Mentre mi avvicinavo, i suoi occhi color cristallo incontrarono i miei. Lei e Sylvia erano amiche, eppure non sembrava particolarmente turbata. «È iniziato» mormorò quando fui a un paio di metri di distanza. «Ti prego, ricorda quello che ti ho detto».

Aggrottai la fronte. «A che proposito?».

Un'intensa energia alfa ci avvolse, impedendole di rispondere. La forza e la vitalità del principe Cael stavano già precedendo il suo arrivo, e qualche istante più tardi si materializzò davanti a me.

«Ivana» mi salutò con un dolce sorriso che si congelò all'istante sul suo bel volto.

Si girò lentamente verso l'igloo di Sylvia mentre i suoi due Élite comparivano accanto a lui. Gli omoni minacciosi annusarono subito l'aria e seguirono lo sguardo di Cael.

«Che diavolo...?». Il principe Cael si interruppe, i suoi

occhi color acquamarina saettarono verso il fratello, Dixon. «Sei passato a controllare un'ora e mezza fa e hai detto che era tutto a posto».

L'altro si irrigidì. «E lo era. Questo è chiaramente uno sviluppo recente». I suoi occhi verdi e taglienti si posarono sulla folla, indugiando su di me per mezzo secondo, proseguendo poi a osservare le altre omega. «Dovremmo...».

Cillian apparve tra me e il principe Cael, interrompendo Dixon e impedendomi di vedere i tre lupi. «Kieran sta arrivando. Vuole parlare con tutti gli alfa che partecipano al programma, te incluso».

Un'altra ondata di intenso vigore mascolino accompagnò la risposta di Cael. «Capisco».

Silenzio.

Rabbrividii. L'energia magnetica di Cillian aumentava ogni secondo che passava. Sembrava che stesse confrontando i suoi poteri con quelli di Cael e dei suoi due Élite.

O forse lui e Cael erano immersi in una conversazione telepatica.

In ogni caso, nell'aria si respirava una corrente inquietante, che agitava la maggior parte delle omega.

Mi schiarii la gola e lanciai un'occhiata alle altre donne. «Magari possiamo andare a fare colazione?» suggerii, cercando di ricordare agli alfa che non erano soli.

Cillian, aggiunsi in un sussurro mentale. *Tu e Cael state innervosendo le omega più di quanto non lo siano già.*

Non rispose.

«La colazione mi sembra un'ottima idea» disse Benz. «Andiamo nell'edificio principale e vediamo...».

«No» intervenne Cillian. «Le omega torneranno nel settore Night con Lorcan. Stanno già preparando il jet».

«Ma non sarà pronto per un'altra ora» precisò Fritz, uscendo dall'igloo di Sylvia. «Fare colazione è effettivamente una buona idea».

Era una mossa audace mettere in discussione il giudizio di un alfa. Ma l'attenzione di Cillian rimase concentrata su Cael; i due maschi si rifiutavano di distogliere lo sguardo l'uno dall'altro.

Tutto questo non aiuta.

Stanca del loro atteggiamento, mi materializzai tra loro, dando le spalle a Cillian e guardando in faccia il principe Cael. «Puoi accompagnarci a fare colazione?» gli domandai nel tono più dolce che riuscii a sfoderare.

Cillian mi afferrò i fianchi, un gesto che Cael non poté non notare.

Ma io finsi di non accorgermene e aggiunsi: «Credo che le omega si sentirebbero meno a disagio se fossero accompagnate da un principe alfa».

Perché qualsiasi cosa stesse accadendo tra lui e Cillian stava avendo l'effetto opposto, e in quel momento le omega avevano bisogno di una distrazione.

«Per favore?» insistetti, riuscendo finalmente a catturare lo sguardo del principe. La sua espressione severa si addolcì, i suoi lineamenti si rilassarono.

«Sarà un onore» rispose con il suo abituale tono pacato.

«Grazie». Gli regalai un piccolo sorriso, poi mi rivolsi a Benz. «Puoi farci strada?».

Da quando dai ordini ai miei uomini?, mi domandò una voce vellutata. Le parole furono accompagnate da una sottile stretta ai fianchi.

Presi esempio da lui e non gli risposi, focalizzandomi su Benz e le omega.

«Arrivo subito» dissi a Benz. «Devo solo parlare un attimo con Cillian».

Non è il momento, Vana, rispose telepaticamente l'alfa. *Mi rendo conto di essermene andato bruscamente, ma...*

Ssh, lo zittii. *Sto cercando di concentrarmi.*

«Oh, e, Ashlyn, se c'è del salmone affumicato, me ne puoi tenere da parte un pezzo?» chiesi, cercando di suonare normale. Come se il fatto che un'omega stesse per andare in calore nell'igloo non mi turbasse affatto.

Le labbra dell'omega Z-Clan si incurvarono all'insù, dimostrando di aver capito cosa stessi facendo, e annuì. «Okay. Anche un po' di toast con il burro?».

«Sì, grazie». Fui sorpresa dal fatto che sapesse come preferivo mangiare il salmone. D'altro canto, mi era sempre più chiaro che Ashlyn non era semplicemente un'omega che elargiva commenti criptici.

Come quello sul principe Cael e l'oscurità che lo circonda, ricordai, osservando di sottecchi l'alfa in questione.

Non sembrava particolarmente *oscuro*. Anzi, aveva un'aria rilassata, quasi annoiata.

Anche se il suo sguardo continuava a scivolare verso il basso, verso le mani di Cillian strette intorno ai miei fianchi.

Un muscolo si contrasse quasi impercettibilmente nella sua mascella, mentre il pollice di Cillian disegnava piccoli cerchi possessivi; l'alfa alle mie spalle era indubbiamente consapevole di quello che stava accadendo, incluso il gesto all'apparenza distratto.

O forse si trattava di movimenti subconsci.

Più tardi glielo avrei chiesto. Per il momento, volevo solo che quella massa di testosterone si dissipasse e lasciasse respirare le omega.

«Ti tengo il posto, Ivana» disse Cael.

Sorrisi. «Grazie, Cael».

Mi fece l'occhiolino, probabilmente compiaciuto dal

fatto che mi fossi rivolta a lui in maniera informale. Poi si girò per aiutare Benz ad accompagnare le omega in città per fare colazione.

Quando non ci fu più nessuno a portata d'orecchio, mi voltai verso Cillian. Le sue mani accompagnarono il movimento, permettendomi di fare un mezzo giro su me stessa, per poi tornare a posarsi sui miei fianchi.

«Senti, mi dispiace per quello che è successo tra noi, ma...».

«No» lo interruppi. «Ne possiamo parlare più tardi. Quello che voglio sapere è quando sarà qui il jet, chi lo piloterà e se andrà dritto nel settore Night o se si fermerà prima nel settore Blood». Perché erano le domande che avrebbero posto le altre omega.

Mi fissò con un'espressione vagamente circospetta e rispose: «Tra un'ora, Lorcan, dritto nel settore Night».

Annuii. «Dobbiamo tornare tutte nel settore Night, o qualcuna potrà andare nel settore Blood?».

«Non vuoi andare nel settore Night?».

«Preferirei tornare nel mio nido» ammisi. «Ma se mi sarà permesso di fermarmi nel settore Blood, allora forse altre omega vorranno fare lo stesso. Quindi, prima di prendere una decisione, voglio sapere quali sono le opzioni».

«Presumo che tutte le altre preferiranno il settore Night, visto che è la loro casa».

«Okay» dissi. «Ma nell'eventualità che qualcuno decidesse improvvisamente di fermarsi nel settore Blood, voglio sapere se è possibile».

Mi guardò. «Puoi tornare al tuo nido nel settore Blood, Ivana. E se qualcun altro vorrà fare lo stesso, non glielo impediremo».

Annuii ancora una volta. «Okay, bene. Ora, cosa posso

dire loro di Sylvia? Perché sicuramente avranno un milione di domande».

Scosse la testa. «Non so ancora niente. È... svenuta. Lorcan sta cercando di guarirla, ma è impossibile invertire l'effetto di qualsiasi cosa le abbiano somministrato». La frustrazione che traspariva dal suo tono aumentava con ogni parola, finché alla fine non si passò una mano sul viso. «È tutta colpa mia. Ero distratto e...».

«L'hai drogata?» chiesi.

«Cosa?». Mi guardò come se lo avessi schiaffeggiato «No. Certo che no. Come puoi...».

«Se non sei stato tu a drogarla, allora non è colpa tua» sbottai, interrompendolo di nuovo. «Smettila di rimproverarti e concentrati su come sistemare le cose. Ho bisogno di dettagli, in modo da poter calmare le altre. Cosa posso dire?».

Si limitò a fissarmi.

«Fantastico, Cillian. Molto utile. Grazie».

Mi lanciò un'occhiataccia. «Ti sembra il momento di prendermi in giro, omega?».

«È sempre il momento di prenderti in giro, alfa. Adesso smettila di perdere tempo e rispondi alla mia domanda, così potrò prendermi cura delle omega mentre tu scoprirai chi ha fatto del male a Sylvia».

Cillian continuò a fissarmi a bocca aperta ancora per qualche istante, il suo shock era palpabile. Tuttavia, si riprese in fretta, schiarendosi la voce.

«Di' loro la verità: il calore di Sylvia non è naturale. Presto Kieran sarà qui per controllare come sta, poi interrogheremo tutti gli alfa che hanno accesso al settore. Perché uno di loro l'ha drogata. E quell'alfa verrà rimosso».

Non avevo bisogno che specificasse ciò che intendeva con "rimosso".

«Grazie. Farò del mio meglio per riferire tutto nel modo più delicato possibile» promisi. «E chiederò se hanno visto o sentito qualcosa».

Cominciando con Ashlyn.

Ora che avevamo un piano, girai intorno a Cillian per dirigermi verso il centro città.

Ma mi ritrovai incapace di proseguire, con la sua mano che mi stringeva la nuca.

Mi tirò dolcemente indietro e premette la fronte sulla mia per un lungo istante. *Parleremo presto*, mi promise nella mente.

Non c'è niente di cui parlare, ribattei, accarezzandogli la guancia. «Questo è ciò che si prova ad avere una partner, Cillian» aggiunsi ad alta voce. «Non devi occuparti di tutto da solo». Mi misi in punta di piedi e sfiorai le sue labbra con un bacio.

Poi mi teletrasportai nell'edificio dove c'erano le altre prima che potesse contraddirmi o rifilarmi qualche risposta tagliente.

Non avrebbe avuto l'ultima parola.

E gli avrei mostrato cosa intendevo.

Prendendomi cura delle omega del settore Night, cercando di rasserenarle.

Più facile a dirsi che a farsi.

Ma dovevo provarci. Non solo per loro, ma anche per Cillian.

CILLIAN

Rɪᴍᴀsɪ immobile sulla strada coperta di neve con un'espressione sconcertata.

Quando avevo percepito l'arrivo di Cael, mi ero teletrasportato là fuori per mettermi tra lui e Ivana. Non che sospettassi di lui per quello che era accaduto a Sylvia; semplicemente non lo volevo intorno alla mia omega. Era mia da proteggere. Mia da... Sì, insomma, *mia*.

Non riuscivo a impedire al mio lupo di cercare di reclamarla, anche se sapevo che non avrei dovuto.

«Cazzo» borbottai, passandomi la mano sulla faccia. Quella giornata non stava andando come mi aspettavo. Proprio per nulla.

«Accoppiati con lei» disse Lorcan, materializzandosi accanto a me.

Gli lanciai un'occhiata, sollevando un sopracciglio. «Come, scusa?».

«Mi hai sentito. *Accoppiati. Con. Lei*».

Non ebbi bisogno di chiedergli di chi parlasse. «Sembri Kieran».

Si strinse nelle spalle enormi con un'espressione impassibile. Lorcan parlava di rado, una caratteristica che rendeva il suo commento ancora più importante. Perché aveva sentito il bisogno di esprimerlo ad alta voce; non lo avrebbe mai fatto, se non lo avesse pensato davvero.

«A proposito...» iniziai, cambiando argomento. «Cos'ha deciso Kieran?». Quando avevo percepito l'arrivo di Cael, lui e Lorcan stavano discutendo su come comportarsi con Sylvia. Mi ero teletrasportato all'esterno istintivamente, lasciando i miei amici a fare piani senza di me.

Si era trattato di una reazione inusuale, ma il mio lupo mi aveva imposto di andare da Ivana. E non ero stato in grado di oppormi, troppo preso da quell'impulso ferino.

Se Lorcan ne era stato infastidito, non lo aveva dato a vedere.

Come ora non disse nulla sul mio cambio di argomento.

«Vuole che teletrasporti Sylvia nel settore Blood. L'ho messa il più possibile a suo agio; Kieran dovrà fare il resto».

«Nel settore Blood, non nel settore Night?» domandai.

Lorcan annuì. *Non vuole lasciare Quinnlynn incustodita*, mi informò mentalmente.

Capisco, risposi. Le mie labbra si incresparono in una smorfia preoccupata. *Pensa che questo sia solo l'inizio, vero?*

Lorcan fece di nuovo spallucce. *Se così fosse, ce ne occuperemo.*

Già, concordai.

«Accoppiati con lei» disse Lorcan per la terza volta. *Non sei l'unico che può cambiare argomento quando gli aggrada,* aggiunse mentalmente. Sia la sua espressione che il suo tono erano privi di emozione.

«Si merita di meglio» ribattei.

«Lo so» concordò con il medesimo tono di voce. «Cerca di fare di meglio».

E con quello, scomparve. Un attimo dopo, l'odore di omega in calore iniziò a dissiparsi; doveva aver portato Sylvia nel settore Blood.

«Ha ragione» disse un'altra voce, che precedette l'arrivo di Cael. Il principe si materializzò nel punto occupato fino a poco prima da Lorcan. «Lei merita di meglio».

Mi accigliai. «Lasciami indovinare... pensi di essere tu quel "meglio"?».

«Oh, so di esserlo» commentò, facendomi stringere i pugni. «Ma credo anche che tu possa essere perfetto per lei, se solo la smettessi di comportarti da idiota».

Rimasi a bocca aperta, incapace di parlare. Mi sentivo al tempo stesso lusingato e insultato, ma soprattutto scioccato.

«Ivana è la compagna ideale» proseguì. «È intelligente, sicura di sé, spiritosa, fottutamente stupenda e vuole dei cuccioli. Sarebbe perfetta per me, se solo non avesse un enorme difetto».

Digrignai i denti. *Non ha nessun difetto.* Le parole volarono dalla mia mente alla sua, incapace di trattenermi. *È perfetta.*

«È innamorata di te» affermò Cael come se fosse un dato di fatto. «E nonostante io sia in grado di sopportare una tonnellata di difetti, questo è l'unico che il mio lupo non può accettare».

Serrai ancora di più i denti, fin quasi a farmi male. *È una cotta, non è amore,* avrei voluto ribattere. *E non è un difetto, stronzo.*

Anche se in realtà lo era. Perché nemmeno io sarei riuscito ad accoppiarmi con un'omega che desiderava un altro alfa.

«Quindi datti una regolata, Cillian» continuò, senza darmi l'opportunità di rispondere. «Altrimenti, sarò tentato di mostrare alla tua femmina come un vero alfa tratta la sua compagna prescelta. E ti posso garantire che quel piccolo difetto diventerà solo un lontano ricordo. Che lei ti dimenticherà, mentre tu ne sarai perseguitato fino alla fine dei tempi».

Avrei giurato che la mascella mi si stesse per rompere. «Perché suona come una sfida?» gli chiesi. La mia bestia ringhiava internamente, pronta a dare una bella lezione di dominio a quel *principe*.

Cael era potente, sarebbe stata una battaglia alla pari.

Anche se ero abbastanza sicuro che avrei vinto.

«Perché ti sto minacciando di prendere ciò che è tuo» disse Cael. Nei suoi occhi color acquamarina brillava una promessa, mentre praticamente mi leggeva nella mente.

Vincerei... perché questa battaglia coinvolge Ivana.

«Trattala bene» ribadì. «O levati di torno, cazzo».

«Proteggerla non è compito tuo» ringhiai. «Se c'è qualcuno che dovrebbe levarsi di torno, quello sei tu».

Sbuffò. «Hai ragione. *È* compito tuo. Quindi cerca di fare *meglio*, Cillian». Il modo in cui sottolineò la parola "meglio" ci riportò al punto di partenza di quella strana conversazione.

Tuttavia, invece che smaterializzarsi come Lorcan, Cael si girò semplicemente dall'altra parte e iniziò ad allontanarsi, facendo sì che il mio lupo interiore si imbizzarrisse.

Ero appena stato *congedato*.

E l'alfa che lo aveva fatto non aveva alcun problema a mostrarmi la sua fottuta schiena.

«Se non ti conoscessi almeno un po', Cael, mi verrebbe da dire che stai cercando di litigare con me, forse per distrarmi dagli eventi della serata» lo provocai. La teoria mi era balenata nella mente prima che potessi rifletterci sopra in modo appropriato.

Cael si bloccò.

Poi si voltò lentamente verso di me.

«Se pensi che io abbia qualcosa a che fare con le condizioni di Sylvia, allora non sei stato attento, *Élite*».

Il riferimento alla mia posizione era intenzionale. Un promemoria. Un promemoria che mi spinse a incontrare il suo sguardo senza battere ciglio.

«Allora perché improvvisamente ti preoccupi così tanto della mia vita privata, Cael?» dissi, omettendo volutamente il suo titolo.

«Non me ne frega un cazzo della tua "vita privata", Cillian» replicò. Il suo lupo gli affiorò nello sguardo, tingendogli gli occhi di una sfumatura tendente al blu. «Ivana, d'altro canto, ha catturato il mio interesse. Merita di meglio. Quindi se non cambierai atteggiamento, e presto, finirai per perdere la tua omega a favore di un vero principe alfa».

L'aria diventò se possibile ancora più gelida, i nostri lupi si studiavano. «Mi stai sfidando di nuovo».

«Sfido solo chi ritengo un degno avversario». Mi guardò dall'alto in basso. «E qui non ne vedo nessuno».

Feci un passo avanti. Il mio animale era furioso. «Ciò che vedi è una persona migliore di te».

«No» ribatté. «Vedo un codardo. Fa' qualcosa, Cillian. Combatti per la tua omega. Trattala bene. O ti mostrerò cos'è una sfida».

Quel bastardo si smaterializzò senza darmi il tempo di rispondere, lasciandomi ringhiare verso lo spazio vuoto davanti a me. *E poi sarei io il codardo*, gli ruggii nella testa.

Mi rispose con uno sbuffo, e i suoi pensieri si rivolsero verso le omega lì attorno.

O meglio, un'omega in particolare.

La *mia* omega.

Per un attimo, mi permise di udire il suo apprezzamento quando incontrò lo sguardo di Ivana. Poi mi chiuse fuori con uno spintone mentale che quasi mi fece cadere a terra.

Mi accigliai. O è una sorta di distrazione, oppure...

Oppure pensa davvero tutto quello che mi ha detto.

Strinsi i pugni. Prima Kieran, poi Lorcan, e ora Cael. Il fatto che Kieran e Lorcan si intromettessero nella mia vita privata aveva senso: dopotutto, erano i miei migliori amici. Ma Cael? Io e Cael... non eravamo amici. Ma nemmeno nemici. Anzi, era stato un alleato ogni volta che ne avevamo avuto bisogno.

Aveva anche una passione per i giochi, gli intrighi. Di solito quelli politici, in cui eccellevo a mia volta. Per questo avevamo un rapporto, seppur non ben definito. Ma non avremmo avuto più un bel niente, se avesse provato a sottrarmi Ivana.

Solo che non era realmente mia.

Non ancora, pensai.

No, mai. Scossi la testa, con un ringhio che mi vibrava nel petto mentre il mio lupo non si faceva scrupoli a mostrarsi in disaccordo. O forse il mio animale stava semplicemente reagendo alla vicinanza del fottuto principe alla nostra omega.

Perché potevo sentire i pensieri di chi osservava Ivana e Cael, impegnati a distribuire il cibo a tutti i presenti.

Stanno proprio bene insieme, stava pensando Ashlyn. La sua voce mentale era insolitamente alta e irritante. *Mi domando che aspetto avrebbero i loro cuccioli.*

Serrai la mascella e la ignorai, solo per essere risucchiato nella testa di Ransom; si stava lamentando di quanto fosse ingiusto: come avrebbe potuto competere con un principe alfa?

Sbuffai. *Con pensieri del genere, non potrai* mai *competere con nessuno*, avrei voluto dirgli. Ma ingoiai il mio commento e mi materializzai nel salone dove Ivana aveva portato le omega.

Mi appoggiai a una parete, avvolto dalle ombre, e mi misi a osservare.

Quasi tutti erano seduti. La maggior parte delle omega era silenziosa, ed erano tutte raggruppate insieme; gli alfa avevano preso posto ad altri tavoli, con una postura guardinga, e tenevano d'occhio le uscite.

Nessuno notò il mio arrivo, soprattutto perché non avevo lasciato che la mia presenza potesse essere percepita. Avevo sempre preferito ascoltare senza essere visto. E situazioni del genere erano il motivo per cui avevo perfezionato quel genere di abilità.

Mi concentrai sulle voci mentali dei presenti, setacciando le informazioni alla ricerca di qualche indizio su ciò che era capitato a Sylvia.

Nel frattempo, il mio sguardo rimase fisso su una persona in particolare: *Ivana*.

Era in piedi accanto a un tavolo di omega. Chinando appena il capo, diceva in tono pacato: «Sylvia starà bene. Re Kieran è un guaritore. Non permetterà che le succeda qualcosa di brutto».

«Ma è in calore» sussurrò un'omega dai capelli neri di

nome Glory. «E nel settore Blood ci sono alfa non accoppiati».

Ivana annuì. «Sì, è vero. Ma nel settore Blood c'è in atto un sistema che garantisce il consenso».

«Che sistema?» chiese Glory, aggrottando le sopracciglia folte.

«Le omega del settore Blood preparano una lista di candidati da cui sono disposte a farsi assistere durante l'estro» spiegò Ivana, provocandomi una stretta al cuore.

Perché sapevo della sua lista.

E dell'unico nome presente.

Il mio.

«Solo a quegli alfa è permesso avvicinarsi ai nostri nidi nel momento del bisogno» aggiunse.

«Ma Sylvia non ha una lista» intervenne l'omega Brie. La luce del lampadario sopra di lei rendeva la sua carnagione scura insolitamente pallida. «E non può compilarne una in questo stato. Non saprebbe nemmeno chi scegliere».

«Non tutte le omega hanno una lista» spiegò Ivana. «Ci sono degli spazi con... ehm... strumenti appropriati per chi non ha un alfa che possa aiutarla durante il calore».

Glory si acciglio ancora di più. «Che tipo di strumenti?».

«Quelli che offrono sollievo» disse cautamente Ivana.

«Giocattoli» intervenne Brie.

Le guance di Ivana si tinsero appena di rosa mentre rispondeva: «Sì».

E il mio nodo pulsò improvvisamente.

«Ho un giocattolo» mi aveva detto. *«Per l'estro. Perché... non hai mai...».*

Feci una smorfia, ricordando dove stava andando a finire la nostra conversazione prima che Benz ci interrompesse. *Cazzo, le devo delle scuse. Una spiegazione. Qualcosa, qualsiasi cosa.*

Con un nodo alla gola, tornai a concentrarmi sulle omega.

«Al Sant...?» stava chiedendo Glory, solo per interrompersi con un colpo di tosse. Che fu perfettamente inutile per camuffare il termine che stava per pronunciare. «Voglio dire, uhm... nel settore Night?».

«Non... non so cosa usiate laggiù» rispose Ivana. «Ma presumo che sia qualcosa di simile».

Cazzo, stanno ancora parlando di sex toys. Avrei dovuto dedicarmi agli altri lupi presenti. Ma il mio nodo mi teneva imprigionato, con lo sguardo incollato a Ivana e la sua bocca affascinante. La sua lingua scivolò fuori per leccare il labbro inferiore, così seducente e carnoso, quasi come se potesse sentire i miei occhi su di lei.

Conoscendola, probabilmente era proprio così.

Era come se quella piccola strega fosse in grado di percepire ogni mia mossa. Era un miracolo che non mi avesse ancora lanciato un'occhiata.

«È questo che hai sempre fatto, allora? Hai usato dei giocattoli?» le chiese Glory. «Non hai una lista?».

Deglutii mentre Ivana mormorava: «No, ho... ho una lista. Ma solo un...». Arricciò le labbra di lato. «Solo perché un'omega dà il suo consenso a un alfa, non significa che questi se ne approfitti».

Glory e Brie la fissarono a bocca aperta.

«Ci sono degli alfa che rifiutano di dare il loro nodo a un'omega nel momento del bisogno?». Brie sembrava scioccata.

«Solo quelli più testardi» intervenne Ashlyn dall'altro lato del tavolo. L'omega Z-Clan era rimasta in silenzio durante tutta la conversazione. Fino a quel momento.

«Quelli che non si rendono conto del dono che hanno davanti possono essere piuttosto ciechi, a volte».

Cael si fermò alle spalle di Ashlyn, le sue labbra si incurvarono in un piccolo sorriso. «Hai proprio ragione, tesoro» mormorò, per poi appoggiare in mezzo alla tavola un vassoio pieno di bevande. «Ma la maggior parte degli alfa di valore riconosce quel dono e lo accetta senza esitazioni». Parlando, il suo sguardo si posò sulla mia omega, che arrossì per il complimento.

Il mio lupo si infuriò per l'ennesima volta. *Hai voglia di morire?!*, pensai rivolto a Cael. Sarà pure stato in grado di impedirmi di leggergli la mente, ma non poteva bloccare le mie abilità telepatiche. *Altrimenti, non vedo perché continuare a provocarmi.*

Magari mi diverte, rispose forte e chiaro. Era quasi come se potessi effettivamente leggergli la mente, ma in realtà aveva solo lasciato che quel pensiero superficiale attraversasse chissà quale barriera magica che possedeva nella testa. *O forse voglio solo che tu sia felice. Dipende da quanto mi consideri altruista.*

Il suo sguardo si alzò su di me per un attimo, prima di tornare sulla tavolata. Allungò la mano e prese qualcosa da bere.

Io e Kieran avremmo fatto un bel discorsetto sul *principe Cael*. Sebbene non pensassi che fosse responsabile di quello che era accaduto a Sylvia, il suo potere era chiaramente aumentato nell'ultimo secolo. Ed era il caso di discuterne.

Perché io, Lorcan e Kieran avevamo sempre tenuto sotto controllo Cael e gli altri principi, ma avevamo catalogato Cael come un alleato dalle discrete abilità.

Ora mi chiedevo se non avesse invece abilità *profonde*.

O addirittura se non fosse un nemico mascherato da alleato.

Sollevò il bicchiere d'acqua nella mia direzione imitando un brindisi, quasi come se avesse udito i miei ragionamenti, e lo svuotò tutto d'un fiato. Poi lo ripose, afferrò un altro vassoio e lo portò al tavolo accanto al quale si trovava Ivana solo qualche istante prima.

Ma adesso non c'era più.

Mi guardai intorno e mi irrigidii quando si materializzò vicino a me nell'ombra. E nonostante i colori luminosi che la caratterizzavano, il suo corpo sembrò confondersi nel buio con il mio.

CILLIAN

Hai scoperto qualcosa di utile?, mi chiese mentalmente Ivana bevendo un sorso del drink che teneva in mano. Il liquido era giallo chiaro, e il profumo dolce e acidulo al tempo stesso suggeriva che si trattasse di limonata. *Su Sylvia, intendo*, chiarì.

Ammirai le sue dita lunghe e delicate avvolte intorno allo stelo del calice, così come il modo in cui la sua gola si contraeva appena quando deglutiva. Una miriade di immagini sensuali danzò nella mia mente, ciascuna coinvolgeva le sue labbra attorno a qualcosa di più largo, e duro, mentre la sua gola si muoveva in maniera molto simile.

Era sbagliato.

E il tempismo era pessimo.

Eppure, non riuscivo a fermare il flusso di pensieri.

È una distrazione pericolosa, mi dissi. *Ed è per questo che non posso averla. Che non dovrei averla.*

Cillian?, mi esortò. Il suo sguardo era rivolto verso la stanza, nonostante le sue domande fossero dirette a me.

Sì?

Le sue labbra si incurvarono appena all'ingiù. *Ti ho chiesto se hai scoperto qualcosa.*

Ah. Giusto.

Ci sto ancora lavorando, mentii. Beh, tecnicamente non era una bugia. Stavo cercando di lavorarci sopra. Era solo che... *Cazzo, Ivana, mi dispiace. Non...*

Con la mano libera, afferrò la mia e le diede una piccola stretta. *No. Non qui. Non ora. Abbiamo entrambi un compito da svolgere: tu devi scoprire chi ha drogato Sylvia e io devo tenere tranquille le omega.*

E chi si assicurerà che tu stia tranquilla?, chiesi, incapace di pensare a qualcos'altro da dire a quella meravigliosa creatura.

Si voltò verso di me, inarcando un sopracciglio biondo. *Credi che abbia bisogno di essere tranquillizzata?*, domandò. Il suo tono era sottolineato da una pazienza che mi ritrovai a rispettare profondamente. *Perché mi sento piuttosto tranquilla, Cillian.*

Come?, insistetti. *Com'è possibile?*

Alzò una spalla e bevve un altro sorso di limonata; era il ritratto della serenità.

So che ci proteggi e che risolverai tutto, Cillian. E so che Sylvia è al sicuro nel settore Blood. Ora la mia unica preoccupazione sono le omega del Santuario. Non hanno la stessa esperienza e la stessa fiducia che ho io. Per loro è tutta una novità. Hanno bisogno di rassicurazioni, e io posso fornirgliele. Come farai anche tu, quando avrai capito chi ha fatto del male a Sylvia.

La sua mano diede un'altra stretta alla mia, poi scivolò via.

O almeno ci provò.

Perché intrecciai le dita con le sue prima che potesse riuscirci e la tirai verso di me. Il suo tepore fu una splendida sensazione sulla mia pelle.

Per chissà quale motivo, non ero pronto a lasciarla andare.

Forse era la sua aura, sempre in grado di calmarmi.

Forse non volevo che si ritrovasse di nuovo nelle vicinanze di Cael.

O forse avevo semplicemente bisogno di lei.

Insomma, non ne avevo idea. Sapevo solo che non volevo lasciarla andare. Non ora. Non dopo che mi aveva scovato nell'ombra. Ci riusciva sempre, eppure stavolta c'era qualcosa di diverso. Poteva trattarsi del momento che avevamo condiviso nella doccia o del bacio che le avevo rubato, o magari una combinazione di entrambi.

Avevo un'unica certezza: non volevo lasciarla andare. Non potevo. Né fisicamente, né mentalmente.

Cillian?, chiese. La sua voce mentale era cauta.

Ho bisogno di un minuto, mormorai, accarezzandole la mano. *Solo altri sessanta secondi.*

Okay, rispose, senza insistere per avere una spiegazione.

Rimase il silenzio accanto a me e finì la sua bevanda, con la mente placida come sempre. Emanava una serenità diversa da qualsiasi altra, la sua sola presenza mi permetteva di respirare meglio.

Avevo trascorso troppo tempo a lottare contro l'attrazione che ci legava, contro il bisogno di abbandonarmi a lei e permetterle di prendersi cura di me. Avevo provato così tanta tensione, obbligandomi a trattenermi in ogni modo.

Era come se fossi stato per anni sul punto di annegare, rifiutandomi di accettare la mano che mi avrebbe riportato in superficie. Ma lo avevo fatto per lei, per proteggerla dal vortice oscuro che rappresentavo. Volevo assicurarmi che potesse rimanere al sole, beata, senza essere trascinata nel mio oceano di sofferenza.

Qualcuno avrebbe potuto dire che ero stato altruista.

Altri egoista.

Era una questione di prospettiva. Ma in quel momento mi sentii incredibilmente egoista, stringendole la mano e tenendola lontano dagli altri pretendenti. Reclamandola come non avrei dovuto fare.

Solo che era una sensazione troppo bella. Giusta. *Necessaria*.

Deglutii, osservando i presenti e rendendomi conto dei mormorii inquieti delle omega e dell'atteggiamento circospetto degli alfa. Ciascuno metteva in dubbio le intenzioni dell'altro, domandandosi chi avesse provato a fare del male a Sylvia.

Il clima generale, impregnato di furia, suggeriva che fossero tutti innocenti. Nessuno di loro era contento che Sylvia fosse stata drogata.

Era una rabbia che condividevo anch'io.

Una rabbia che l'omega accanto a me aveva miracolosamente placato.

Il nostro minuto si allungò, diventando due minuti. Poi cinque. E poi dieci. Nel frattempo, Ivana rimase al mio fianco senza aprire bocca, lasciando che mi concentrassi ad analizzare la mente di tutti quelli che ci circondavano, inclusi gli abitanti del settore Glacier che non erano presenti nel salone.

Una valanga di pensieri traboccanti di emozioni diverse

mi attraversarono la testa. Li catalogai, filtrandoli alla ricerca di informazioni utili.

Preoccupazione. Rabbia. Paura. Un po' di irritazione.

Ma niente senso di colpa.

E la paura proveniva dalle omega, non da un alfa timoroso di essere beccato.

Infastidito, mi resi conto che c'erano tre alfa che non riuscivo a esaminare: Cael e i suoi Élite.

Kieran non sarà contento, dissi a Ivana. *Ci vorranno giorni per interrogare tutti*. Giorni che avrebbe dovuto trascorrere lontano dalla sua compagna incinta.

Tutti?, ripeté.

Non sono riuscito a trovare un singolo indizio nella mente di nessuno. Ciò significa che mi è sfuggito qualcosa. Sarei stato costretto a rimettere in discussione ogni cosa. Sylvia era stata attaccata mentre ero distratto. E ora non avevo nessuna prova.

Oppure nessuno è colpevole, mormorò Ivana. *Forse, chiunque le abbia fatto del male, si è materializzato e smaterializzato prima che chiunque potesse accorgersene. O addirittura potrebbe essere stata drogata prima del nostro arrivo.*

Quel pensiero mi fece trasalire. *Prima del nostro arrivo?*, le feci eco, valutando le sue parole.

Ci vogliono settimane perché i soppressori si accumulino nell'organismo di un'omega. Mi lanciò un'occhiata. *Un farmaco che induce il calore potrebbe funzionare allo stesso modo?*

Cosa ne sai dei soppressori?, chiesi. Il solo pensiero mi fece rizzare i peli delle braccia. *Li hai...*

Non li ho mai presi, tagliò corto. *Ma so cosa sono. Così come so delle droghe usate nel settore Bariloche. Potresti parlarne con Quinn, sicuramente ha più informazioni al riguardo.*

Mi venne la nausea sentendo nominare l'inferno da cui io, Kieran e Lorcan avevamo salvato Quinnlynn alcuni mesi prima. Per fortuna, era perlopiù illesa; aveva solo prosciugato le sue energie per guarire tutte le omega rinchiuse con lei.

Ma alcune erano in condizioni ben peggiori, molte erano state drogate ripetutamente dall'ex alfa del settore Bariloche e dalla sua banda di sadici.

Sì, parlerò con Quinnlynn, confermai a Ivana. Poi mi voltai verso di lei, dando le spalle al salone. Ciò che stavo per dirle doveva essere pronunciato ad alta voce, non sussurrato nella sua testa.

Doveva capire l'importanza di ciò che mi aveva appena offerto. Non solo gli spunti forniti dai suoi ragionamenti, ma anche il conforto che mi aveva donato quando ne avevo avuto bisogno. Per non parlare dell'autorità che aveva dimostrato nel prendere in mano la situazione con le omega e rassicurarle.

«Grazie» mormorai dolcemente, posandole il palmo sulla guancia e premendo la fronte sulla sua. «Grazie, Ivana». Era il caso di ripeterlo.

Non devi ringraziarmi, Cillian.

E invece sì, ammisi nella sua mente. *Quando sarà tutto finito, parleremo.*

Il suo sospiro mi sfiorò le labbra, per un attimo l'agitazione le infestò i pensieri. Ma le premetti un bacio sulla bocca, impedendole di rispondere.

Avremmo parlato.

Di quello che era appena successo. E anche di quello che era successo nei giorni scorsi. E di quello che sarebbe successo in futuro. Di... di *tutto*.

Per il momento, però, mi limitai a un piccolo bacio, cercando di mostrarle tacitamente le mie intenzioni e le mie emozioni.

Poi indietreggiai, lasciandola finalmente andare.

Lorcan sarà qui tra poco per accompagnare tutti nel settore Blood. Mi aspetto che anche tu salga su quell'aereo, Ivana.

I suoi occhi azzurri trattennero i miei per un lungo istante, prima che annuisse. *Okay.*

Okay, ripetei, con la mano che ancora le cingeva il viso. Le accarezzai il labbro inferiore con il pollice, seguendo il movimento con lo sguardo. *Fa' attenzione, macushla. E chiamami se hai bisogno di me.*

Mi fissò per qualche altro secondo con uno sguardo indagatore. Poi annuì di nuovo e sparì per tornare a unirsi alle omega.

Ashlyn si spostò immediatamente, facendo spazio a Ivana. La mia omega la studiò per un attimo, poi appoggiò il calice vuoto sul tavolo e prese posto sulla sedia vuota. Sembrava quasi diffidente, l'intero scambio era un po' strano.

A essere sinceri, tutto ciò che riguardava l'omega Z-Clan era un po' strano. Perfino i suoi pensieri, che parevano diretti ancora una volta a me. *Meglio, alfa. Molto meglio.*

Non risposi, avvolgendomi ancora di più nelle ombre. Poi feci comparire uno schermo sopra all'orologio e digitai un messaggio per Kieran. Un messaggio che sapevo che non gli sarebbe piaciuto. Ma l'osservazione di Ivana era estremamente sensata.

Chiedi a Quinnlynn di esaminare Sylvia. In particolare, domandale se la sua condizione le ricorda qualcosa che ha già visto nel settore Bariloche.

Una volta aveva detto che un alfa V-Clan aveva fatto

visita alle omega prigioniere. E noi dovevamo ancora stabilire chi fosse quell'alfa.

Era un azzardo, ma se Sylvia presentava sintomi simili a quelli sperimentati dalle omega nel settore Bariloche, allora poteva trattarsi dello stesso alfa.

E il suggerimento di Ivana che forse l'omega era stata drogata prima di giungere nel settore Glacier andava preso in considerazione.

Il mio polso vibrò; Kieran aveva risposto: *Parlerò con Quinnlynn.*

Fammi sapere cosa scopri. Qui non ho nulla da segnalare.

Beh, tranne l'aumento di potere di Cael.

Ma era una conversazione che io e Kieran avremmo dovuto avere di persona.

Feci svanire lo schermo, mi appoggiai alla parete e ricominciai a osservare i presenti.

Fammi sapere se hai bisogno di cibo, disse Ivana. *Ti porto qualcosa.*

Quasi sorrisi. *Per adesso sono a posto, ma grazie.*

Okay, ma anche gli alfa testardi hanno bisogno di mangiare, Cillian.

L'unica cosa che ho voglia di divorare in questo momento sei tu, Vana, risposi prima di rendermene conto.

Un fragore metallico attirò la mia attenzione. Ivana si stava scusando con la vicina di tavolo per aver fatto cadere la forchetta.

Stavolta sorrisi davvero. *Fai attenzione, tesoro. Dovresti tranquillizzare le omega, non spaventarle.*

Cillian, praticamente ringhiò nella mia mente. Il mio sorriso diventò sempre più ampio. *Non puoi... non... ugh!*

Non posso... cosa? Divorarti? Inclinai appena la testa di lato. *Sono abbastanza sicuro di sì, macushla.*

Smettila, sibilò. *Mi stai distraendo.*

Ah, benvenuta nel mio mondo, commentai. *Finalmente posso ricambiare il favore.*

Ringhiò di nuovo, ma non disse nulla. Ad alta voce, chiese ad Ashlyn cosa fosse il quaderno che c'era sul tavolo. L'omega Z-Clan spiegò che si trattava di un blocco per gli schizzi.

«I miei veri diari sono... Beh, te l'ho già detto. Spero che te lo ricordi» concluse Ashlyn.

Fui tentato di intervenire di nuovo, solo per far arrossire ancora Ivana, ma decisi di lasciarla in pace.

Perché aveva ragione: non era il momento.

Forse più tardi.

O mai, pensai. Mi passai una mano sul viso e il mio sorriso svanì.

Avevo un compito da svolgere.

Poi... poi avrei cercato di capire come cazzo procedere.

PARTE IV

Care stelle,

ahimè, sono di nuovo sull'aereo. Diretta a casa, nel settore Blood.

Onestamente, tutto questo mi sembra molto strano. Non... non so proprio cosa dire se non che... Soprattutto perché la mia quiete è stata interrotta da un'intrusa. Ashlyn. Sì, ti vedo che mi guardi da dietro le spalle. Perché ti stai impicciando...

———

Ivana,

ti hanno mai detto che è scortese scrivere di altre persone? A me sì. Anche se, suppongo, a volte è necessario. A volte aiuta. E a volte fa male. Naturalmente, non sai ancora cosa intendo. Purtroppo lo capirai. Presto.

Ti prego, non dimenticare quello che ti ho detto. Sotto le assi del pavimento, Ivana.

Oh, e di' a Cillian che una nuova vita è più importante di una vecchia. Starò bene.

Sogni d'oro (o è tutto vero?),
Ashlyn

———

Stelle... o dovrei scrivere direttamente a te, Ashlyn?

Non so nemmeno cosa rispondere a tutto questo. Quindi ora chiudo il mio diario.

Ivana

IVANA

CASA DOLCE CASA.

Solo che non mi sembrava così *dolce* essere lì.

Con un sospiro, mi lasciai cadere nel mio nido, ritrovandomi a fissare il soffitto. Il volo era stato piuttosto lungo. Avrei potuto teletrasportarmi nel settore Blood, ma non volevo abbandonare le altre omega. Avevano bisogno di qualcuno del posto per sentirsi a loro agio. Nei limiti del possibile, ovviamente.

Avevo fatto del mio meglio. Ora le omega del Santuario erano con Quinn e Kyra. Sarebbero state più adatte a confortarle, soprattutto grazie al passato che condividevano.

Così, invece di restare con loro, ero tornata lì. Da sola. Soprattutto per pensare a Cillian.

Lui era rimasto nel settore Glacier, dove si erano riuniti gli alfa che partecipavano al programma. Kieran li avrebbe raggiunti da un momento all'altro. Aveva scelto di aspettare che tutte le omega si sistemassero nel suo palazzo, prima di partire. Non appena l'avesse fatto, Lorcan sarebbe diventato temporaneamente l'alfa del settore Blood. O il Re.

O forse il Principe del settore Blood? Grugnii. *Chissà qual è il termine giusto...*

Sbadigliai e mi raggomitolai su me stessa, concentrandomi su Cillian. Specificatamente sul suo *nodo*. Perché ora sapevo che aspetto aveva. E sì, il mio giocattolo – lanciai un'occhiata verso il cassetto del comodino dov'era custodito – non era minimamente accurato.

Strinsi le cosce pensando alla sensazione del suo sesso premuto sul mio, a quanto fosse caldo e grosso.

Stelle, non era il momento adatto per fantasticare su di lui. Non dopo tutto quello che era successo.

Prima Sylvia.

Poi le omega preoccupate di ciò che sarebbe potuto accadere.

E poi c'era Ashlyn.

Era... un personaggio interessante. L'omega Z-Clan era stata tranquilla per tutto il viaggio di ritorno, a parte quando aveva scritto sul mio diario. Avrei voluto rimproverarla, ma qualcosa nel suo sguardo mi aveva fatto mordere la lingua.

Disperata, pensai, ricordando la sua espressione. *Sembrava proprio disperata.*

Sylvia era sua amica, era ovvio che fosse preoccupata per lei. Ma c'era qualcosa di più, era quasi come se avesse abbandonato ogni speranza.

Così, invece di farle una ramanzina, avevo cercato di convincere lei, e diverse altre omega, che il settore Blood era un luogo sicuro. Che Sylvia si sarebbe ripresa. Che gli alfa che vivevano lì le avrebbero protette, che non avrebbero fatto loro del male.

Forse in questo momento Quinn e Kyra stanno ripetendo le stesse cose, mi dissi.

Sospirai e chiusi gli occhi.

Non ero mai stata brava a farmi delle amiche, ma oggi avevo cercato di esserlo. Se le altre omega non mi avevano creduto, speravo che almeno avrebbero creduto a Kyra e Quinn.

E se anche quello non avesse funzionato, allora l'intero programma sarebbe andato in fumo.

«Se non è già così» mormorai tra me e me, alzandomi dal letto. «Ho bisogno di distrarmi. Magari potrei mangiare qualcosa».

E ora stavo parlando da sola.

«Ottimo lavoro, Ivana» borbottai.

Scossi la testa e mi misi a preparare la cena. *Pasta. Salsa di pomodoro. Mozzarella. Cuocere in forno per trenta minuti.*

Non appena il campanello del forno trillò, mi avventai sulla pasta e la divorai.

Pensando alla serata appena trascorsa e a Cillian. *È riuscito a capire cos'è successo?*

Glielo avrei chiesto, ma non volevo interromperlo. Non ancora, se non altro.

Adesso che sapevo come si sentiva realmente nei miei confronti, e come si considerava indegno di un'omega, ero determinata a lottare per lui. A lottare per *noi*.

Perciò, se avesse cercato di allontanarmi di nuovo – ed ero sicura che ci avrebbe provato – gli avrei dato la caccia.

Avrei fatto qualsiasi cosa. E se avesse continuato a rifiutarmi...

Deglutii.

Non... non volevo prendere in considerazione quella possibilità. Non ancora. Non ora.

Scacciai il pensiero dalla mente e pulii la cucina, mentre fuori sorgeva il sole. Non sarei mai riuscita ad addormentarmi. Non mi sentivo nemmeno stanca. Strano, perché il giorno prima non avevo praticamente riposato.

Ciò di cui avevo bisogno era rilassarmi.

Lanciai un'occhiata al mio nido e oltre, al comodino. *Quello sì che è un modo per rilassarsi*, pensai, immaginando il giocattolo con un fremito.

Ma dopo aver sentito il nodo di Cillian, il modo in cui pulsava contro di me...

Deglutii di nuovo.

No. Niente sex toy. Magari un bel bagno...

Mezz'ora più tardi stavo poltrendo nell'acqua calda, profumata con i miei sali preferiti. E stavo ancora pensando al cazzo di Cillian.

Ringhiai.

Quando eravamo nella doccia, aveva alimentato il desiderio represso che provavo per lui... che poi era stato spento dalla secchiata di acqua gelida che aveva rappresentato l'arrivo di Benz.

Tuttavia, adesso che ero sola con i miei pensieri, le fiamme che mi scorrevano nelle vene si stavano ravvivando. *Cillian. Il suo corpo muscoloso. Nudo. Bagnato. Eccitato.*

Chiusi gli occhi e immaginai ogni increspatura dei suoi addominali, le piccole fossette all'altezza dei fianchi, i pettorali scolpiti.

Oh, chi volevo prendere in giro?

Non sarei mai salita, ma *scesa*.

Verso il suo nodo.

Che pulsava.

Che *invocava* il mio tocco.

Avrei voluto prenderlo in mano e accarezzarlo. Lentamente. Memorizzando ogni dettaglio. *Possedendolo*.

Il mio alfa. Il mio lupo. Il mio Cillian.

Puoi provare a scappare, ma ti inseguirò, lo avvertii, nonostante sapessi che non poteva sentirmi; si trovava ancora nel settore Glacier. *Sei destinato a essere mio, alfa. Basta con queste cazzate sull'essere o meno all'altezza. Sei mio. Mio, mio, mio.*

Solo che non era lì con me. Eppure, il suo profumo era ovunque. Strano, visto che non era mai venuto a casa mia. Tuttavia, avrei potuto giurare che percepivo il suo odore.

Mi è rimasto impresso nella pelle. Nel cuore. Nella mia maledetta anima.

Oh, ma quanto desideravo che si fosse impresso anche altrove. Tra le mie gambe, per esempio. Gemetti al solo pensiero, il mio corpo era in fiamme.

Ero stata tesa tutto il giorno, le altre omega erano riuscite a stento a distrarmi dal desiderio che mi divorava. Un desiderio che Cillian aveva risvegliato, sbattendomi contro la parete della doccia.

Stelle, ero stata così vicina a esplodere. A sperimentare il tocco di Cillian.

O forse la sua bocca, fantasticai, ricordando ciò che mi aveva sussurrato nella mente a colazione.

Aveva flirtato con me, trattandomi come un'omega che bramava, non come una che aveva rifiutato.

E lo avevo adorato. Forse non era stato il momento più appropriato, ma mi aveva dato speranza.

Anche se ricordarlo ora non mi ispirava speranza,

semmai lussuria. Perché continuavo a immaginare la sua faccia tra le cosce e la sua lingua sul mio sesso.

Cillian, gemetti mentalmente, mentre la mia mano scivolava verso il basso, verso il punto dove più lo desideravo.

Avrei dovuto portarmi il giocattolo in bagno. Era ovvio che avrei finito per toccarmi.

Ti voglio dentro di me, avrei voluto dirgli. Ma non era lì. Così lo pensai tra me e me, esplorando con le dita la mia carne umida. *Ma non è lo stesso...*

Il mio tocco non era abbastanza bollente, né duro.

Volevo talmente tanto il mio alfa che ebbi l'impressione di essere sul punto di andare in calore. Ecco quanto ero eccitata dopo quello che era accaduto nella doccia. Il tutto amplificato da sei anni trascorsi a desiderare un uomo che non potevo avere.

Un uomo che mi desiderava a sua volta, ma che aveva combattuto l'attrazione con l'idea sbagliata che io meritassi di meglio.

Sei mio, Cillian, ringhiai mentalmente. *Non ti permetterò di rifiutarmi di nuovo.*

«Non ti ho mai rifiutata, Vana» rispose, facendomi spalancare gli occhi di scatto.

Era sulla soglia del bagno, con una spalla appoggiata allo stipite, le braccia muscolose incrociate sul petto e un incendio negli occhi scuri.

«Cillian» ansimai senza fiato.

«Ivana». Il suo sguardo peccaminoso accarezzò il mio corpo nudo, che poteva chiaramente vedere attraverso l'acqua. Per un attimo mi pentii di aver usato i sali, invece del bagnoschiuma.

La mia mano abbandonò subito l'inguine, e mi ritrovai ad arrossire.

«Non fermarti a causa mia» mormorò, mentre i suoi occhi salivano lentamente a cercare i miei. «Mi stavo godendo lo spettacolo».

Strinsi i pugni. «Cosa ci fai qui?» sbottai, ignorando il suo commento sullo "spettacolo".

«Beh, ero in corridoio e stavo per bussare, ma poi hai minacciato di inseguirmi se fossi scappato, così mi sono teletrasportato». Un sorrisetto gli incurvò le labbra. «Se vuoi provare a inseguirmi adesso, nel tuo stato attuale, credo che mi prenderesti molto velocemente».

Ormai le mie guance stavano bruciando. «Hai sentito tutto?».

«Sarebbe stato difficile il contrario, macushla» spiegò dolcemente. «Mi stavi urlando dietro, per poi gemere». Abbassò di nuovo lo sguardo tra le mie cosce. «Continua, ti prego. Voglio vedere come va a finire».

Ero così sconvolta che non sapevo nemmeno come rispondere.

Naturalmente scelsi la prima cosa che mi passò per la testa e dissi: «Dovresti essere nel settore Glacier».

«Mmh» mugolò. «Sì, ero lì. Ma non c'è più nulla da discutere. Sembra che tutti i candidati siano innocenti. Perciò abbiamo bisogno che Sylvia ci racconti cos'è successo, e ci vorrà un po' prima che torni in sé e sia in grado di farlo. Così, credo che passerò il tempo a guardarti venire».

«*Cillian*» dissi con voce strozzata, incapace di reagire al brusco cambio di argomento.

«Sì, se possibile con te che pronunci il mio nome mentre raggiungi l'orgasmo». Si allontanò dalla porta e si avvicinò alla vasca. «Fammi vedere come ti dai piacere, Vana. Forse ti ricompenserò allo stesso modo».

Il mio cuore prese a battere all'impazzata, minacciando

di assordarmi. Le sue parole erano cariche di promesse, e non riuscii a fare altro che fissarlo imbambolata.

«Toccati» disse con un pizzico di autorità nel tono. «Voglio vedere come ti piace essere accarezzata». Torreggiava sulla vasca, con le braccia lungo i fianchi. «Insegnami, Vana. Mostrami cosa ti fa godere».

CILLIAN

Non erano questi i miei piani. Volevo solo controllare come stava prima di andare a casa.

Mi aspettavo che stesse dormendo.

E invece no.

Stava pensando a me. Mi aveva catturato con le sue fantasie. E ogni speranza di fare la cosa giusta – di comportarmi da gentiluomo e lasciarla andare una volta per tutte – si disintegrò.

Era bellissima. Nuda. Bagnata. Eccitata. E bramava il *mio* nodo.

Mi ci volle uno sforzo immane per restare vestito e non toccarla. Ma volevo che finisse quello che aveva iniziato. Volevo vederla perdere il controllo. Volevo sentire il suo respiro che si faceva affannoso, volevo annusare il suo desiderio.

«Toccati» ripetei. «Adesso, Ivana».

Perché avevo bisogno di vederla crollare, di assistere a ogni doloroso istante. Volevo sapere cosa mi ero perso in tutti quegli anni. E determinare quanto le mie fantasie fossero lontane dalla realtà.

Sarebbe stato un castigo e un dono. Una dolce tortura. Una passione selvaggia.

Ero stato uno sciocco a privare entrambi di quella connessione. O forse ero uno sciocco a cedervi ora.

Non importava più. La realtà poteva andare a farsi fottere, insieme ai miei giuramenti.

Perché tutto ciò di cui mi importava in quel momento erano la mano di Ivana e le sue dita esitanti che si avvicinavano alle cosce.

«Avanti, macushla» la esortai. «Mostrami cosa mi sono perso negli ultimi sei anni».

Le sue narici si dilatarono, nel suo sguardo guizzò un lampo di sfida.

Ecco la mia tentatrice. La mia omega. La donna che non ha mai avuto paura di me.

Le permisi di ascoltare i miei pensieri. Mi sembrava il minimo, dopo tutto quello che avevo sentito nella sua mente.

Il suo desiderio furioso.

La sua minaccia di darmi la caccia.

Le sue preghiere per avere il mio nodo.

La sua rivendicazione.

Era tutto così intenso. Era un folle destino.

Ma quell'omega mi voleva, anche dopo tutto quello che le avevo detto. Era decisa a mostrarmi ciò che potevamo essere insieme. Ad accettare tutto ciò che potevo darle.

Non la meritavo.

Fa' di meglio, allora, avevano detto sia Lorcan che Cael.

Dei, quello era il minimo. E non sapevo da dove iniziare. Non sapevo nemmeno se volevo un futuro con lei, se potevo ottenerlo.

Tuttavia, quell'incertezza, quel poco che era rimasto, svanì nel momento in cui Ivana si sfiorò il clitoride. Sussultò e inarcò la schiena. Con il movimento, le sue tette sbucarono dall'acqua.

Cazzo, avrei voluto chinarmi e leccarla. *Morderla*. Marchiare ogni centimetro del suo corpo. Impregnarla con il mio odore. Assicurarmi che tutti sapessero che era *mia*.

Un desiderio talmente potente che temevo che mi avrebbe annientato, distruggendo il mio autocontrollo e la mia determinazione a fare la cosa giusta. Ah, ormai non sapevo nemmeno più cosa fosse giusto o sbagliato.

E la sua mano tra le cosce non aiutava.

Dei, era stupenda.

Tutta accaldata e ansimante.

La sua mente implorava di avere di più. Di avere il mio nodo. Di essere scopata nel modo in cui un alfa avrebbe dovuto scoparla.

«Continua» le dissi con un accenno di ringhio. Perché odiavo e amavo al tempo stesso quello che stavo vedendo. Volevo aiutarla. Toccarla. Baciarla. *Rivendicarla*.

Ma avevo anche bisogno di essere punito. *Lo meritavo*.

Avevo derubato entrambi di tutto questo per sei lunghissimi anni. Delle sue labbra schiuse, delle sue pupille dilatate per il desiderio, del suo sesso fradicio. Lo vedevo chiaramente, nonostante l'acqua, con il dito che vi si infilava dentro con facilità. Ogni volta che si sfiorava il clitoride, si irrigidiva e gemeva mentalmente.

«Parlami» le ordinai. «Non nascondermi nulla, macushla. Torturami con le tue parole».

«Cillian» ansimò, inarcandosi di nuovo. «Sei tu quello

che...». Si interruppe inspirando bruscamente, poi espirò dicendo: «Mi sta torturando».

Sollevai le sopracciglia. «In che modo ti sto torturando, Vana?».

«Non toccandomi» sussurrò. «Tenendomi a distanza per anni. *Rifiutandomi*».

Un ringhio mi si mozzò in gola. Caddi in ginocchio. «Non ti ho mai rifiutata» ripetei per l'ennesima volta mentre mi sistemavo accanto alla vasca da bagno. Afferrai il bordo di porcellana e mi chinai su di lei.

«E invece sì». Chiuse gli occhi, tremando visibilmente.

«Guardami, Vana». Mi assicurai che la mia voce fosse intrisa della giusta quantità di dominio: volevo essere sensuale, non minaccioso. Perché nonostante le sue parole mi facessero infuriare, non era per quello che volevo i suoi occhi su di me. Volevo osservarla, assistere al momento in cui si avvicinava al limite, vederla venire.

Aprì gli occhi. E la sua lupa si affacciò nelle sue affascinanti iridi azzurre.

«Sei bellissima» sussurrai. La mia irritazione svanì all'istante. Le sue guance erano arrossate, il suo sguardo colmo di desiderio, le sue labbra carnose socchiuse in attesa. «Cazzo, Vana. Non potrei mai rifiutarti. Sei l'unica che io abbia mai desiderato. Per sei lunghi anni».

Iniziò a scuotere il capo, una replica le si stava già formando nella mente.

Ma non avevo più voglia di discutere. Volevo vedere la mia omega che veniva.

Mi arrotolai le maniche della camicia.

«Ma...».

Afferrai il bordo della vasca con una mano e immersi l'altra nell'acqua. Ivana spalancò gli occhi quando le toccai il polso, poi sussultò mentre le impedivo di sottrarsi a me. «Se non hai intenzione di finire, tesoro, allora ti aiuterò io» dissi, facendo scorrere le dita sulle sue.

Gemette sonoramente nel momento in cui premetti il suo palmo sul clitoride. Con la mano sulla sua, spinsi il suo dito, insieme al mio, nel suo calore. «*Cillian*» ansimò, inarcandosi ancora una volta verso il nostro tocco.

Riabbassai Ivana sott'acqua, poi arricciai le nostre dita dentro di lei. «Sei così stretta, macushla» mormorai. «Dovremo lavorarci sopra, se vuoi davvero il mio nodo».

Si strinse intorno a me in risposta alle mie parole, la sua mente sembrava sul punto di frantumarsi solo per quello che le avevo detto. Anche perché non riusciva a credere che fossi lì, che la stessi toccando, che stessi parlando di scopare con lei.

Mi ha respinta così tante volte, per così tanti anni, stava pensando tra sé e sé.

Quasi sospirai. L'avevo esortata a cercare qualcun altro? Sì. Ma non l'avevo mai respinta. Non l'avevo mai *rifiutata*.

Anche se, considerando ciò che avevo detto, considerando le mie azioni...

Abbassai la testa. «Hai ragione» ammisi, odiandomi un po' di più. «In un certo senso ti ho respinta, ma non perché non ti desiderassi, Ivana. Spero che quello ti sia chiaro. Altrimenti, puoi star certa che presto ti sarà *molto* chiaro».

Infilai un secondo dito dentro di lei, intrappolando il suo. Si serrò intorno a me. «Cillian» mugolò, mentre la parte inferiore del suo corpo tentava di nuovo di sollevarsi. Ma stavolta ero pronto, il mio palmo la spinse verso il basso, premendo la sua mano sul clitoride.

«Ora verrai, Ivana» la informai. «Poi ti tirerò fuori da qui, ti porterò nel tuo nido e leccherò ogni centimetro di te mentre continuerai a venire, ancora e ancora». Perché le dovevo sei anni di orgasmi. Sei anni di piacere. Sei anni *insieme*.

«Oh, stelle...» sibilò, cingendomi il polso di scatto con la mano libera. E spinse le nostre dita congiunte ancora più a fondo, esalando il suono più delizioso che avessi mai sentito, un suono che impressi nella mente e che mi sarebbe rimasto intrappolato nella memoria per tutto il resto della mia vita.

In parte grido, in parte gemito. E totalmente *lei*.

Sussultò e tremò per la forza dell'orgasmo, stritolandomi le dita al punto di farmi pulsare il nodo. Perché non vedevo l'ora di essere dentro di lei mentre lo faceva. Sarebbe stata così stretta, così perfetta, così *mia*.

Tolsi la mano non appena gli spasmi si attenuarono e la sollevai dalla vasca, facendo schizzare l'acqua dappertutto. Ma non mi importava. Avevo bisogno di assaggiarla. Di reclamarla con la lingua. Di farle emettere di nuovo quel suono il prima possibile.

Strillò quando gettai il suo corpo bagnato nel nido, il mio nome lasciò le sue labbra con un tono di rimprovero che mi era fin troppo familiare.

Ma la ignorai.

Le spalancai le gambe.

E premetti la bocca sul suo clitoride gonfio.

Ivana gridò e mi afferrò la testa, cercando di spingermi via. «Troppo!» esclamò. «Troppo presto!».

Soffocai una risata sul suo sesso umido. «Puoi farcela, Vana. Fidati».

Qualunque obiezione stesse per sollevare morì in un'accozzaglia di suoni, mentre risucchiavo il suo piccolo bocciolo pulsante nella bocca e facevo scivolare di nuovo due dita dentro di lei.

La mia omega reagì esattamente come mi aspettavo:

riversando un fiotto di eccitazione sulla mia mano. *Wow, Ivana, è come se fossi in calore*, le dissi, adorando la sua reazione al mio tocco. *Il tuo corpo mi sta letteralmente implorando di darti il mio nodo.*

Sìììì, mi rispose nella mente, contorcendosi sotto di me.

Premetti il palmo della mano libera sul suo ventre per tenerla ferma mentre la divoravo. Leccai ogni centimetro di lei, proprio come le avevo promesso. La mordicchiai delicatamente. La baciai nel punto più intimo. Memorizzai il sapore del suo sesso e lo scopai con le dita.

Cantilenò il mio nome, strattonandomi i capelli e stringendomi alla sua carne rovente. Una cantilena che, mentre veniva, si trasformò in grida che probabilmente erano udibili in tutto il settore. Il suo corpo tremava in maniera quasi violenta, travolto dall'impeto dell'estasi.

Quando non smisi di leccarla, iniziò a piagnucolare, emettendo piccoli gemiti di protesta.

Ma dopo qualche minuto, nonostante stessi continuando a spingerla oltre il limite e ancora più in là, smise di protestare. Il suo corpo era più che in grado di subire il mio assalto sensuale.

Sei fatta per questo, omega, le ricordai. La mia lingua le lambì delicatamente il sesso, godendosi il suo sapore agrumato. *E come tuo alfa, sono fatto per darti piacere. Mi dispiace di aver aspettato così tanto per farlo. Mi dispiace veramente.*

Avrei trascorso le ore successive, *no, i giorni successivi,* a farmi perdonare.

E lasciai che me lo leggesse nella mente. Le mie promesse perverse risuonarono forti e chiare, mostrandole ogni fantasia con dovizia di particolari.

Lei fremette in risposta, stringendomi le dita. Ricominciai a leccarla con foga.

Stelle, stelle, stelle, stava pensando.

La parola si trasformò pian piano in qualcosa di completamente diverso. Qualcosa di incomprensibile. Perché tutto ciò che poteva fare era sentire. Accettare. *Prendere.*

Quando raggiunse l'orgasmo per la terza volta, sorrisi, adorando quanto fossero diventati incoerenti i suoi mugolii.

Posai le labbra sulla sua carne sensibile e sussurrai dolci parole di lode, dicendole quanto fosse brava, quanto amassi farla venire. E ringraziandola per avermi permesso di assaggiarla. «Hai un sapore meraviglioso» mormorai, baciandola di nuovo e ridacchiando nel sentirla irrigidire. «Sei preoccupata che ti costringa a venire di nuovo?». Trascinai le labbra sul suo inguine depilato di fresco, verso l'osso del bacino.

«S... sì» balbettò.

«Mmh, mi sembra una risposta un po' troppo lucida» commentai. «Hai bisogno di altri orgasmi. Al plurale, Vana. Molti altri».

Tentò di chiudere le gambe, ma la mia presenza glielo impedì.

«No. Se sono il tuo alfa, allora tu sei la mia omega. E ho tutte le intenzioni di marchiarti fin nel profondo dell'anima, *macushla*». Le affondai i denti nella pelle, lasciandole un segno sul fianco. Non mi aveva morso per prima, perciò il mio gesto non avrebbe portato all'accoppiamento. Ma mostrava chiaramente quali fossero le mie intenzioni.

Lo capì anche lei, perché si immobilizzò e spalancò gli occhi. «Cillian...».

Leccai la ferita che le avevo lasciato sul fianco, cospargendomi la sua essenza sulla lingua, poi mi arrampicai sul suo corpo in modo che mi potesse vedere mentre la ingoiavo.

«Se vuoi stare con me, allora andremo fino in fondo, Ivana. Perché una volta che ti avrò dato il mio nodo, sarai mia». Glielo avevo promesso anche nella doccia: se avessimo scopato, non ci sarebbero stati altri alfa. «Io non condivido».

Era già stato abbastanza difficile vederla uscire con Cael e gli altri. Non le avrei *mai* permesso di continuare a farlo, dopo averla reclamata con il mio nodo.

«Quindi è meglio che tu sia sicura che è proprio quello che vuoi» proseguii. «Hai detto mentalmente che sono tuo, che mi vuoi. Ora ti sto dicendo ad alta voce cosa implica. Se andremo a letto insieme, ti farò mia. Anche se non mi mordi per prima».

Perché significava infrangere ogni giuramento che avevo fatto a me stesso.

Avevo giurato di vivere da solo.

Di non avere mai una compagna.

Di assicurarmi che la stirpe di mio padre morisse con me.

Di proteggere i discendenti del settore Eclipse fino al mio ultimo respiro.

Ma avere Ivana – *conficcare il mio nodo dentro di lei* – avrebbe dato al mio lupo pieno controllo del mio istinto. A lui non importava dei miei giuramenti; gli importava di *lei*. E non mi sarei opposto al mio animale. Non su questo. Non quando desideravo Ivana altrettanto ferocemente.

Ero stato così vicino a perderla per sempre. Glielo avevo letto negli occhi, quando mi aveva detto che ero un codardo. Lo avevo sentito nel modo in cui mi aveva tagliato fuori dalla sua mente. E avevo capito di non voler vivere senza di lei. Non volevo vederla innamorarsi di un altro alfa. Volevo che fosse mia.

Un desiderio così egoista.

Ma anche lei mi voleva.

Non aveva fatto altro che lottare per me negli ultimi sei anni. Non si era mai arresa... fino a poche ore prima. E ciò mi aveva ferito più di quanto riuscissi ad ammettere.

«Non merito di amarti, Ivana» sussurrai. Avevo bisogno di essere sincero con lei. «E amarti mi rende egoista. Mi fa desiderare cose che non dovrei, cose di cui non sono mai stato degno in tutta la mia vita. Mi terrorizza, cazzo».

Le presi il viso tra le mani, appoggiandomi sui gomiti posati ai lati della sua testa.

Gli occhi le si erano inumiditi a causa delle mie parole, parte dell'ebbrezza donatale dal piacere era svanita dai suoi lineamenti.

«Non lo sto dicendo per ferirti» continuai. «Voglio solo che tu capisca quanto sia complesso per me. So di non essere alla tua altezza, Vana. Diavolo, gli ultimi sei anni ne sono una prova più che sufficiente. Che razza di alfa rifiuta un'omega perfetta per lui?».

Usai quel termine, *rifiuta*, di proposito, visto che era tecnicamente accurato. Almeno in apparenza.

«Uno che pensa di fare la cosa giusta per la sua gente» sussurrò, sorprendendomi ma anche ribadendo ancora una volta quanto fosse effettivamente perfetta per me.

Perché mi capiva.

Non solo, mi *perdonava*. Sentii nella sua mente che nonostante tutto il dolore che le avevo causato, non mi odiava come avrebbe dovuto. Anzi, comprendeva le mie ragioni e le riteneva valide.

«Non ti merito» ripetei, più che consapevole che avrei

pronunciato, e pensato, quella frase almeno un milione di volte.

Ma invece di allontanarmi da lei come avrei dovuto, scelsi una strada diversa.

Un cauto passo avanti.

Perché volevo essere degno di lei. Per lei. *Con* lei.

Tuttavia, per poter procedere insieme, doveva capire cosa potevo o non potevo offrirle.

«Ho passato tutto questo tempo a dire che hai bisogno di un alfa migliore di me, uno che ti avrebbe messa al primo posto e che ti avrebbe amata come meriti. E forse non sarò mai in grado di farlo». Con ogni probabilità, non avrei mai *potuto* farlo.

Ero pronto a infrangere il mio giuramento di non accoppiarmi.

Ma mi rifiutavo di fare lo stesso con quello che riguardava gli abitanti del settore Eclipse e i loro eredi. Ivana sarebbe sempre venuta dopo le mie responsabilità di Élite.

Ammisi tutto ad alta voce, per poi aggiungere: «È incredibilmente egoistico da parte mia volerti per me. Riconoscerlo e accettarlo è stato il modo in cui sono riuscito a reprimere l'impulso di reclamarti. Posso ancora reprimerlo, Vana».

Deglutì visibilmente, ma un accenno di sfida si fece strada nei suoi occhi, dicendomi che stava elaborando una risposta.

Solo che non avevo ancora finito.

Doveva capire cosa sarebbe successo tra di noi, se avessimo continuato su quella strada. Come sarebbero cambiate le cose. Cosa sarei stato costretto a fare. Perché non ero un alfa da una botta e via. Non con lei. *Mai* con lei.

«Se mi dici di scoparti, Vana, non riuscirò a ignorare il

bisogno di morderti. Ti reclamerò, fosse solo verbalmente, e sfiderò qualsiasi alfa che provi a portarti via da me».

Ne ero certo.

Se le avessi dato il mio nodo, sarebbe stata mia. Fine della discussione.

«Quindi è meglio che tu sia sicura» conclusi, sfiorandole le labbra con le mie. «Ma non devi decidere adesso. Prenditi tutto il tempo che ti serve, pensaci e...».

I suoi denti affondarono nel mio labbro inferiore, facendolo sanguinare.

Tentai di arretrare istintivamente, ma lei succhiò la ferita.

E ingoiò.

IVANA

Mio. Rabbrividii. *Mio. Mio. Mio.*

Il sangue di Cillian mi tinse la lingua e la gola. Sapeva di mattino invernale. Frizzante. *Stimolante.*

Gli succhiai di nuovo il labbro ferito, incapace di resistere al suo sapore. Era così forte e mascolino, eppure c'era anche qualcosa di rinfrescante. Un senso di libertà. Una nuova vita.

Vana, mi gemette nella mente.

Mio, fu tutto ciò che gli risposi.

Come se avessi avuto bisogno di riflettere sulla sua offerta. Che idea ridicola. Lo avevo desiderato per sei lunghi anni. Non avrei sprecato un altro istante.

«Cazzo» ringhiò ad alta voce. Poi la sua bocca si avventò sulla mia.

Non fu un bacio esitante o affettuoso. Fu un bacio brutale, affamato, *punitivo*.

Piccola dispettosa, mormorò telepaticamente. *Non mi hai neanche lasciato finire.*

Ero stanca di aspettare che arrivassi al punto, ribattei. *Inoltre, non c'era più niente da dire.*

Ringhiò.

Gli risposi con un brontolio che mi fece vibrare il petto.

Il suo palmo mi avvolse la gola, la sua lingua dominò la mia. Il sangue si mescolò sulle sue labbra al sapore della mia eccitazione, donando un sottotono erotico al nostro abbraccio.

Mi aveva appena fatta venire tre volte, eppure ero di nuovo pronta. *Più che pronta.*

Stelle, non avevo mai provato nulla del genere. Era più intenso dell'estro. Più pieno di significato.

Cillian mi strinse la gola. «Cerchi sempre di dirmi cosa fare».

«È uno dei miei difetti» commentai, strappandogli un sorriso.

«È uno dei tuoi punti di forza» obiettò, per poi tornare a divorarmi la bocca.

L'eccitazione mi scorreva nelle vene come lava, incendiandomi da dentro. La mia pelle formicolava di desiderio.

Cillian alimentò le fiamme con la lingua, ogni carezza riusciva in qualche modo a farmi bruciare ancora di più. Mi sentii come se potessi esplodere da un momento all'altro solo grazie alla sua bocca.

Ma poco prima che accadesse, le sue labbra lasciarono le mie e tracciarono un sentiero di baci fino al mio orecchio. «Ora ti darò il mio nodo, omega. E poi ti morderò».

Rabbrividii, le sue parole ricordavano un sogno. «Sì»

gemetti. «Sì, alfa». Lo volevo dentro di me, a marchiarmi e farmi sua.

Solo che era ancora vestito.

Sentivo la sua erezione attraverso i pantaloni, ma non era minimamente sufficiente. Avevo bisogno che fosse più vicino. Nudo. Duro e aggressivo.

Doveva avermi letto nel pensiero, o forse si sentiva allo stesso modo, perché si alzò in ginocchio e si tolse la camicia. Mi venne l'acquolina in bocca alla vista dei suoi muscoli che si tendevano e si contraevano, liberandosi dal tessuto.

Poi fu il turno dei pantaloni; li sbottonò e abbassò la cerniera.

Deglutii, seguendo con lo sguardo ogni movimento e ammirando ogni centimetro del suo corpo.

Un piccolo lamento mi sfuggì dalle labbra quando scese dal letto, la mia pelle si ritrovò improvvisamente e dolorosamente priva del suo tocco.

Cillian sorrise, probabilmente aveva sentito quel suono. «Credo che mi piacerebbe sentirti supplicare di avere il mio nodo, macushla. Ma non stavolta. Abbiamo già aspettato troppo a lungo».

E di chi è la colpa?, fui quasi sul punto di domandargli ad alta voce. Ma rimase solo un pensiero nella mia testa, che però sicuramente udì.

Perché rispose: «Mia. E passerò la giornata a farmi perdonare. Spero che tu non abbia pianificato di dormire, perché non ne avrai il tempo».

Un brivido mi corse lungo la spina dorsale.

«Stai per diventare mia, omega» proseguì Cillian. «Da qui non si torna indietro».

Stelle, continuava a sembrarmi un sogno. Una fantasia. *Qualcosa di irreale.*

Gli alfa erano possessivi, ma Cillian... Cillian mi aveva sempre respinta. Mi aveva detto di trovarmi un altro alfa. Aveva rifiutato di ballare con me. Litigavamo sempre.

Ma ora... ora stava minacciando di *possedermi*.

E lo accettai, spalancando le gambe. «Dammi il tuo nodo, alfa» gli dissi. Solo che mi uscì come una preghiera, non un comando. Una preghiera che gli fece ingrossare ancora di più il sesso.

Sarebbe stato meravigliosamente doloroso.

Per fortuna, la sua bocca e le sue dita mi avevano preparata a riceverlo.

Solo che non si sistemò tra le mie cosce per scivolare dentro di me.

No.

Mi sollevò una gamba e mi baciò la caviglia. Poi trascinò le labbra verso la parte interna del mio ginocchio, spostandosi in avanti. I suoi denti mi graffiarono la coscia, facendomi battere forte il cuore.

Mi marchierà in quel punto?, mi domandai, stordita.

Prima ti reclamerò con il mio nodo, omega, mi sussurrò nella mente. *Questo è il mio modo di adorarti. Di amarti. Di assicurarmi che tu sia effettivamente pronta per essere scopata.*

Serrai le cosce in risposta, bramando un sollievo che solo lui poteva darmi. Quell'uomo... Ciò che stava dicendo... *Dei, Cillian...*

La sua bocca incontrò ancora una volta il mio umido calore. Mi diede una lunga leccata, e il suo petto vibrò di approvazione. *Hai un sapore così buono, macushla.*

Poi infilò due dita dentro di me e il mondo intero si capovolse. Perché tutto ciò che sentivo era lui, il suo tocco, il suo bacio intimo, il suo tutto.

Un altro ringhio squarciò l'aria, leggermente più ferino. Un avvertimento. Un avvertimento che vidi riflesso nei suoi occhi scuri mentre mi guardava con il viso incorniciato dalle mie cosce. Il suo lupo era pronto a prendere il comando.

Lo capii perché anche il mio animale si agitava dentro di me, chiedendo che il nostro compagno prescelto ricambiasse il favore e ci mordesse.

Ma invece di affondare i denti nella mia carne, mi leccò. A lungo. Con forza. Con cura. Il tutto mentre mi allargava. Un terzo dito si unì ai suoi sforzi, facendomi sussultare.

Forse non ero pronta quanto credevo, pensai, inarcandomi verso la sua mano.

Quasi pronta, mormorò. *Brucerà un po', ma ti darò il tempo di abituarti.*

Non ne avrò bisogno, gli promisi. *Ti ho aspettato troppo a lungo, Cillian. Voglio ogni parte di te. Ogni centimetro. Ogni spinta violenta. Sono fatta apposta per te, alfa. Permettimi di averti. Ti prego, permettimi di averti.*

«Avevo ragione» ringhiò. «Mi piace sentirti implorare». Salì su di me, sulle labbra gli luccicava la mia eccitazione. «Ma la prossima volta ti farò mettere in ginocchio. Poi ti scoperò questa bella bocca».

Gemetti sulle sue labbra, l'immagine che mi aveva regalato mi aveva fatta bagnare ancora di più. Ma non mi diede l'opportunità di rispondere alla sua richiesta, o di domandargli se potevamo farlo ora, ricominciando invece a baciarmi.

Appassionatamente.

Possessivamente.

Cillian...

Vana, mormorò sistemando il bacino sul mio. «Avvolgimi le gambe intorno alla vita».

Obbedii prima ancora che terminasse di parlare, e il mio

sesso incontrò all'istante il suo. Lo volevo dentro di me. Volevo il suo nodo. Volevo essere reclamata.

Tenendosi in equilibrio con un braccio, usò la mano libera per afferrare la mia e portarla tra i nostri corpi. In basso. Le mie dita fremettero quando sfiorarono la base della sua erezione.

«Prendilo, Ivana» mi ordinò. «E mostrami dove mi vuoi».

Ogni parte di me bruciò ancora di più per quel comando mescolato a una richiesta di consenso.

L'alfa non voleva *prendere*, voleva *dare*.

E io non vedevo l'ora di *ricevere*.

Lo guidai verso il mio sesso, fremendo per ciò che mi aspettava. *È così grosso. Così alfa. Così...*

Mia, mi interruppe, muovendo i fianchi e costringendomi ad accoglierlo con una spinta potente.

Mi irrigidii, scioccata e senza fiato.

Ma il dolore durò solo un istante, spazzato via dalla beatitudine che travolse il mio essere. Ora era tutto... *giusto*.

Perché mi riempiva completamente, il suo sesso toccava un punto dentro di me che sembrava quasi proibito.

Molto meglio del mio sex toy, pensai con un sospiro mentale. *Oh, molto molto meglio.*

Cillian fece le fusa, un suono che presto mutò in un brontolio minaccioso quando scivolò quasi del tutto fuori e affondò di nuovo dentro di me. «Non userai mai più un giocattolo» mi informò. La sua mano intrappolò la mia sul materasso, accanto alla mia testa. «Solo il mio cazzo, Ivana. Solo il *mio* cazzo».

I muscoli delle mie cosce si tesero intorno ai suoi fianchi, il mio corpo era più che d'accordo con la sua nuova regola. «Solo il tuo *nodo*».

Il suo petto vibrò di approvazione, poi mi catturò la

bocca in un bacio brutale. Più in basso, il ritmo delle sue spinte aumentò.

Intrecciai le dita con le sue, avvinghiandomi alla sua spalla con la mano libera. Gli conficcai le unghie nella pelle mentre le mie viscere si serravano e pulsavano, vittime del suo assalto sensuale.

Era così intenso, eppure così tenero. Percepivo che si stava trattenendo, ed era come se il suo corpo stesse cingendo il mio, piuttosto che possederlo completamente.

Volevo esortarlo a muoversi, costringerlo a prendermi con più violenza.

Ma non potevo.

Perché era tutto perfetto. C'era talmente tanta emozione nel nostro abbraccio, talmente tanta vita insieme, talmente tanto *desiderio*.

Il suo bacio diventò sempre più rovente e mi assorbì, distraendomi con la lingua dalle spinte più in basso. Non potevo far altro che respirare il suo respiro, lasciare che mi divorasse, sottomettermi al suo dominio... *esistendo* e basta.

Era liberatorio.

Illuminante.

Non mi ero mai sentita così adorata e protetta, la sua forza mi circondava in un modo che non lasciava spazio a dubbi sulla sua rivendicazione.

Mi morderà, pensai estatica. Non vedevo l'ora di sentire i suoi denti nella pelle, di sapere come fosse essere posseduta da lui. *Oh, ma prima... prima mi darà il suo nodo...*

Mi serrai ancora di più intorno a lui, pronta.

Stelle, era meglio di qualsiasi cosa avessi mai sperimentato, meglio del piacere indescrivibile a cui si accompagnava l'estro.

E tutto perché Cillian era dentro di me. Il mio compagno prescelto. L'alfa dei miei sogni.

«Che sensazione meravigliosa» mi mormorò sulla bocca. «Cazzo, voglio restare qui per sempre. Non voglio allontanarmi mai dal tuo dolce calore».

Mi catturò il labbro tra i denti e lo mordicchiò delicatamente, poi mi liberò la mano per afferrarmi il seno.

«Voglio marchiare ogni centimetro di te» continuò. «Voglio ricoprirti con il mio seme e poi farti sfilare davanti a tutti gli altri alfa, così sapranno che sei mia».

La sua bocca si spostò sul mio collo. Affondò i denti nel punto in cui il mio battito pulsava, ma senza lacerare la pelle. Mi morse solo abbastanza da lasciare un'impronta.

O forse sarebbe rimasto un livido, chissà.

Non mi importava. Adoravo quel lato possessivo di Cillian, le sue parole, le sue promesse.

«Ti morderò qui» sussurrò. «Poi sulle tette». Mi torse il capezzolo. «E alla fine tra le gambe. Reclamerò ogni parte di te, Vana. E poi tu farai lo stesso con me».

Il suo palmo risalì fino a cingermi la gola, e mi accarezzò la mascella con il pollice mentre le sue labbra tornavano sulle mie.

«Voglio che mordi il mio nodo e poi mi succhi il cazzo». Le sue parole erano come un ordine oscuro, che emanò sulla mia bocca guardandomi con un'espressione intensa. «Mi possiederai, Vana. Ogni centimetro. E ti ricompenserò venendo nella tua bella gola».

Rabbrividii, condotta al limite dalle sue promesse oscene. «Oh, Cillian...».

«Il *tuo* Cillian» mormorò. E lo sottolineò spingendosi ulteriormente dentro di me.

Mi tesi intorno a lui, colpita nel profondo. Adoravo che fosse mio. E ora volevo essere *sua*. «Ti prego, Cillian, dammi il tuo nodo. *Ti supplico*».

Mi mordicchiò il labbro inferiore. «Sempre a dirmi cosa

fare» commentò, leccando l'incavo che mi aveva lasciato sulla bocca. «Cazzo, sei perfetta, macushla. Assolutamente perfetta».

La sua lingua mise a tacere qualsiasi risposta stessi tentando di formulare. Le sue mani mi afferrarono i fianchi, facendomi sussultare. Le mie gambe si strinsero a lui mentre assumeva il controllo della parte inferiore del mio corpo.

Un suono strozzato mi sfuggì dalla gola quando iniziò a sbattermi con violenza.

Stelle, ero convinta che prima mi stesse scopando. E invece no. Non si era trattato di nient'altro che un momento di tenerezza, rispetto a quello che mi stava facendo. Una lenta introduzione alla sua forza e al suo potere.

Ma ora Cillian stava dando libero sfogo alla sua bestia interiore. Era l'alfa che prendeva la sua omega prescelta. Era... *pura estasi*.

Mi inarcai sul letto, il mio corpo era suo. Schiusi le labbra per accogliere la sua lingua.

Sì, sì, sì, ripetei mentalmente. E la realtà scivolò via pian piano, mentre la passione si impossessava del mio essere.

Cillian ringhiò. Il suono mi si riverberò nel profondo: era la chiamata dell'alfa. Una rivendicazione che faceva bagnare ancora di più la sua omega. Si trattava di una reazione naturale, che mi fece precipitare in un vortice di sensazioni.

Buio.

Luce.

Calore.

Così. Tanto. *Calore*.

Il suo nome abbandonò la mia bocca mentre gridavo nella mente, le mie membra scosse da una valanga di beatitudine.

Troppo, pensai. *Oh, stelle, è troppo...*

La pressione dentro di me...

Il dolore...

Il suo nodo, capii trasalendo. *È il suo nodo.*

Mi seguì oltre il precipizio in un oblio di dolce sollievo, bloccandoci insieme. Lo sentii pulsare dentro di me, riempiendomi con il suo seme.

Ma potevo restare incinta solo durante l'estro.

Quindi eravamo al sicuro.

Solo che...

Aggrottai la fronte.

Solo che tutto questo è fin troppo intenso...

Cillian sussurrò il mio nome, ma sembrava che provenisse da lontano, nonostante fosse sopra di me. Lo guardai. Il suo viso era sfocato... a causa delle lacrime.

Cercai di rispondere, di chiedergli qualcosa, ma uno spasmo mi travolse con un tale vigore che non potei far altro che gemere.

Oh, stelle, ne volevo *ancora.* Ne avevo bisogno. Il suo nodo non stava più pulsando dentro di me, eppure lui era ancora lì, in un abbraccio troppo immobile.

Muoviti, lo implorai. *Muoviti, ti prego!*

Avevo bisogno che venisse di nuovo. Che mi facesse venire di nuovo. Che mi riempisse così completamente da sentirlo *in bocca.*

Pronunciò ancora il mio nome, stavolta in maniera più severa.

Ma non riuscivo a concentrarmi. Volevo solo venire ancora. E ancora. *E ancora.*

Era molto peggio del calore. Mi faceva... mi faceva *male.*

Mi vennero di nuovo le lacrime agli occhi, solo che stavolta erano causate dal dolore.

Cillian mi prese il viso tra le mani con un'espressione furiosa.

Scusami, cercai di dirgli. *Non... non so... non so cosa stia succedendo.*

Se lo sentì, non lo diede a vedere. Perché non ricevetti alcuna risposta. O forse mi aveva risposto e non ero riuscita a udirlo per via del rumore impetuoso che mi tormentava le orecchie.

Bruciavo *ovunque*. Ed ero così vuota. Così orribilmente vuota...

Come sempre, durante il calore.

Oh, stelle, Cillian non mi aiuterà. Non lo fa mai. Non è mai qui...

Anni di torture mi invasero la mente, tutte le volte in cui avevo cercato di trovare un po' di sollievo con i miei giocattoli, solo per finire a gridare nel nido. Da sola. In agonia. Senza un alfa che si prendesse cura di me.

Avevo inserito Cillian nella mia lista perché era l'unico alfa di cui mi fidavo, l'unico alfa che desideravo.

Ma non è mai venuto.

Non viene mai.

Non mi vuole.

Non mi ha mai voluta.

Chiusi gli occhi, persa nel tormento del passato, annegando in un mare di solitudine.

Ho bisogno del mio sex toy. Del mio nodo finto. Qualcosa che mi aiuti ad affrontare questo inferno!

Mi contorsi. Il mio nido non era più confortevole. Avevo bisogno... avevo bisogno... *Stelle!*

Ho urlato?

Perché la mia gola... sembrava... dolorante.

Perché sta accadendo tutto questo? È troppo presto, si rese conto la parte più logica di me.

Ma un altro spasmo mi trascinò sotto un'ondata di lava che mi lasciò ad ansimare in cerca di un'aria che non esisteva più.

Sto annegando.

È solo il calore, mi dissi. *Andrà... andrà tutto bene.*

Ma lui non verrà.

Non viene mai.

Cillian... non viene... mai.

CILLIAN

Che cazzo sta succedendo?!

Un attimo prima, Ivana era al culmine del piacere, e quello dopo stava gridando.

Piangendo.

Improvvisamente in preda all'estro.

Kieran, dissi, affacciandomi nella mente del mio migliore amico. Prima che potesse rispondere o rimproverarmi per averlo svegliato, aggiunsi: *Ivana è appena andata in calore.*

Anche altre tre omega, rispose subito. *Stavo per chiamarti.*

Cazzo. Avevo il viso di Ivana tra le mani e cercavo di tenerla ferma. Ma si stava contorcendo con violenza, e i suoi pensieri erano caotici e disperati. Era ossessionata dal suo sex toy, dal bisogno di usarlo per avere un po' di sollievo.

Perché *io* non l'avrei aiutata.

«Sono qui» la rassicurai. Ma non sembrava in grado di sentirmi. Era troppo persa, l'esperienza passata continuava a ripetersi rumorosamente nella sua testa.

«Ivana, sono qui» dissi di nuovo, mentre Kieran pronunciava il mio nome.

Scusa, puoi ripetere?, gli domandai, con lo sguardo fisso sul viso rigato di lacrime di Ivana. Era come se non mi vedesse nemmeno.

C'è Lorcan al telefono. Anche due omega del settore Night sono appena andate in calore.

Aggrottai la fronte. *Due candidate?*

Già. Un gruppetto ha deciso di teletrasportarsi a casa, piuttosto che rimanere nel settore Blood.

Non si fidano di noi, conclusi.

Per niente. E quello che sta succedendo non aiuta, borbottò. *Abbiamo bisogno di...*

Si fermò all'improvviso, facendomi irrigidire. *Kieran?*

Nessuna risposta. Mi immersi nella sua mente.

Dove scoprii insieme a lui che un'altra omega che partecipava al programma era appena andata in calore nel settore Night.

«Cazzo» sbottai. Ivana si bloccò sotto di me.

«C... Cillian?» sussurrò, e per un attimo il suo sguardo sembrò rischiararsi.

Ma durò effettivamente solo un attimo, perché subito dopo precipitò di nuovo nell'oscurità del passato, con i suoi pensieri che le ordinavano di non sperare. *Non viene mai*, si disse per la milionesima volta. *Stelle, non viene mai.*

«Iv...».

Si smaterializzò dal letto e atterrò goffamente sul pavimento; il suo potere non era al massimo della forma a causa del suo stato. Era normale che le omega perdessero il controllo delle loro abilità durante l'estro, perché l'unica cosa che volevano i loro corpi era essere ingravidati.

Ivana aprì il cassetto del comodino e afferrò un grosso dildo che avvicinò prontamente alle cosce.

Ringhiai quando se lo infilò dentro senza un minimo di preparazione, rannicchiandosi sul pavimento e singhiozzando.

«Cazzo, Ivana» sussurrai mentre cadeva a pezzi in un modo che non avrei voluto vedere *mai più*.

Ma non potei fare a meno di restare a guardarla a bocca aperta nel rendermi conto di ciò a cui stavo realmente assistendo. E la consapevolezza mi trafisse il cuore.

Era *così* che affrontava l'estro. Come lo aveva *sempre* affrontato.

Perché non andavo mai da lei.

L'avevo lasciata sola a soffrire in quel modo.

Per sei fottuti anni.

Cillian!, mi gridò nella mente Kieran. Chissà da quanto tempo stava cercando di attirare la mia attenzione. Disse qualcosa sull'alfa Carlos, il vecchio leader di quello che un tempo era il settore Bariloche, ma i gemiti agonizzanti di Ivana mi distrassero di nuovo.

«Dei, macushla...». Sembrava veramente a pezzi. Così diversa dall'omega che conoscevo e amavo.

Scesi dal letto e la presi tra le braccia. Nel mio petto si accese subito un brusio profondo e sonoro.

«Mi dispiace» le dissi. «Mi dispiace così tanto». La riportai nel nido, tenendola stretta, mentre lei continuava a usare quel maledetto giocattolo e ad accarezzarsi furiosamente il clitoride.

Non è abbastanza. Non è abbastanza. Non è abbastanza. La cantilena le infestava la mente.

Premetti le labbra sul suo collo, le mie fusa erano rumorose ed esigenti. Non sembrava rendersi conto che ero lì, ad abbracciare da dietro il suo corpo contorto in posizione fetale.

«Vana» mormorai, sfiorandole la pelle con i denti. Non l'avevo ancora morsa, perché proprio quando stavo per farlo era andata in calore. «Sono...».

Cillian, mi chiamò ancora una volta Kieran. *Hai sentito quello che ho detto sulle feste dell'estro?*

Feste dell'estro?, ripetei più per me che per lui. Poi scossi la testa. Non aveva importanza. *Kieran, ora non posso*, dissi per la prima volta nella nostra lunghissima amicizia. *Ivana... Ivana ha bisogno di me. Non riesco ad ascoltarti mentre è...* Mi interruppi e deglutii. *Ha bisogno di me*, ribadii, stringendola ancora di più.

Stai scegliendo di concentrarti su Ivana invece che sul problema che dobbiamo affrontare al momento?, chiese lentamente Kieran. C'era qualcosa nel suo tono che mi fece digrignare i denti.

Anche lei è parte del "problema", come lo chiami tu, ribattei. *E qualcuno deve prendersi cura di lei*. Cosa che non ho fatto per troppo a lungo.

E quel qualcuno saresti tu?, insistette. C'era ancora qualcosa nella sua voce. Non era incredulità, ma un'emozione di qualche tipo.

Non ero in grado di identificarla, ma non mi importava. Non avevo la pazienza né il tempo di capire cosa significasse quel tono, né perché si stesse comportando da stronzo.

Sì, ringhiai. *È mia. E ha bisogno di me. Lasciami in pace, cazzo.*

Le mie parole furono accolte dal silenzio, ma ciò mi rasserenò solo in parte.

Perché Ivana stava ancora singhiozzando e usava quel maledetto dildo invece del mio nodo.

Invece di *me*.

Perché non si era ancora accorta che ero lì, nonostante le fusa che le vibravano sulla schiena.

«Iv...».

Cillian, mi interruppe di nuovo Kieran. Mille anni di connessione telepatica gli rendevano fin troppo facile contattarmi.

Cosa c'è?, chiesi.

Era ora che reclamassi quella donna, cazzo, disse. *Ora dalle tutta la tua attenzione e smettila di ascoltarmi.*

Rimasi di sasso. Poi grugnii. *Sei proprio un coglione.*

Anche tu. Ma adesso vai a prenderti cura della tua omega. Un muro mentale si abbatté tra di noi, una barriera che nemmeno io sarei mai stato in grado di creare.

O forse era stata opera mia.

Ci avrei pensato più tardi. *Dopo* aver aiutato Ivana.

Le posai un altro bacio sulla gola, poi feci scivolare la mano lungo il suo corpo, verso il punto dove continuava a masturbarsi. «Togli questa roba, omega» le sussurrai all'orecchio, afferrandole il polso. «E mettiti a quattro zampe».

Il suo intero corpo sussultò contro il mio, e per un attimo sembrò di nuovo lucida. «Alfa?».

«Sì, sono qui e voglio scoparti. Quindi liberati di questa patetica imitazione di un nodo e lascia che ti monti».

Ivana emise un gemito – in parte lamento, in parte sollievo – e si sfilò l'oggetto dalle cosce.

Ma un secondo più tardi si irrigidì: la sua mente si stava ribellando, le stava dicendo che era solo una fantasia. Che non ero lì, perché non venivo mai ad aiutarla.

Udire tutto quel caos, e il dolore causato da tali pensieri, mi spinse a ringhiare sul suo collo nel modo in cui solo un alfa avrebbe potuto. «*Adesso*, omega» le ordinai. «Metti quel bel culetto sexy all'aria, spalanca le gambe e presentati a me».

Lei rabbrividì in risposta all'ondata di energia dominante, e anche i suoi pensieri annebbiati ne subirono l'effetto.

Sei veramente qui, mi mormorò nella mente.

Sì. E il mio nodo è così gonfio che ti prenderò anche così. Quindi mettiti in posizione o afferra il materasso. Perché in un modo o nell'altro ti scoperò, omega. E forte.

Un altro fremito le attraversò il corpo, spingendola finalmente a obbedire.

Si mise carponi, tremando, con l'eccitazione che le colava lungo le cosce. La toccai. Le mie dita trovarono subito il suo calore e vi si immersero, bagnandosi.

«Ero dentro di te fino a un attimo fa, omega» le ricordai. «Ti ho riempita con il mio seme. L'hai dimenticato?».

Tolsi la mano e mi sistemai in ginocchio dietro di lei, avvicinandole nel frattempo le dita alla bocca.

«Lecca» dissi. «Senti il nostro sapore».

Perché il mio sperma si era mescolato alla sua essenza, creando un miscuglio erotico che sapevo avrebbe apprezzato. Soprattutto in quello stato.

Perché le omega in calore amavano il sapore di qualsiasi cosa legata al sesso con un alfa. E assaggiare il nostro piacere combinato le avrebbe dimostrato che ero lì. Che non l'avevo abbandonata come tutte le altre volte. Che il suo alfa si era finalmente unito a lei nel suo nido.

La sua lingua mi sfiorò la pelle, esitante, ravvivando le mie fusa.

Il brusio si trasformò in un ringhio profondo quando mi avvolse le labbra carnose intorno al dito e lo succhiò.

Le afferrai il fianco con l'altra mano, posizionandomi tra le sue cosce. La mia erezione ci mise un istante a trovare il suo ingresso fradicio.

Le strinsi la mascella e la obbligai ad accettare un altro dito nella bocca, mentre mi spingevo con forza dentro di lei.

Urlò intorno alla mia mano, affondando le unghie nel materasso. Poi succhiò con forza le mie dita e mosse il sedere verso di me, implorandomi di prenderla come si deve. Di scoparla. Di trascinarla nell'oblio.

Non ci andai piano come avevo fatto in precedenza. Prima, si trattava di cedere finalmente all'istinto e godere l'uno dell'altra come avremmo dovuto fare anni prima.

Ma ora si trattava di un alfa che soddisfaceva la sua omega.

Era vulnerabile, sofferente, e aveva bisogno del mio nodo. Per non parlare di tutte le cure e l'affetto di cui necessitava nel corso dell'estro.

Mugolò qualcosa, leccandomi le dita e ingoiando fino all'ultima goccia delle nostre essenze.

È qui, si ripeteva. *Il mio alfa è qui. È qui!*

Mi sporsi verso di lei, dandole un morso delicato sulla nuca, dominandola come dovevo per farla sentire al sicuro.

Sì, sono qui, le confermai nella mente. *Niente più giocattoli, Vana. Niente più cicli da sola. Sono qui, cazzo.* Sottolineai l'ultima affermazione con una spinta brutale, costringendola a sentire il mio nodo pulsante premuto su di lei.

Il gemito con cui mi rispose mi fece abbandonare il suo fianco per infilarle la mano tra le cosce, trovare il suo clitoride e donargli le attenzioni che meritava.

Venne all'istante. Il suo corpo, vittima dell'estro, era costantemente sul punto di raggiungere l'orgasmo.

Emise un gridolino, soffocato dalla mia mano.

Non è abbastanza, pensava. *Non è abbastanza.*

Ringhiai contro la sua nuca, muovendomi sempre più forte, sempre più veloce. «Vuoi il mio nodo, omega?».

«Sìì» sibilò.

Le mie dita abbandonarono la sua bocca e le avvolsi la mano umida intorno alla gola. Poi strinsi. L'altro palmo era ancora tra le sue cosce.

Era trascorso molto tempo da quando avevo sperimentato le gioie del sesso con un'omega. Era trascorso molto tempo da quando avevo dato il mio nodo a qualcuno.

Fino a quella sera.

Finché non avevo posseduto Ivana.

«Più di sei anni» le ansimai sul collo, consapevole che probabilmente non aveva idea di cosa stessi dicendo o perché. «Non aiuto un'omega in calore da più di sei anni, Vana. Dal giorno in cui ti ho trovata, non ho voluto nessun'altra. Solo te».

Era una confessione che avrei dovuto ripeterle più tardi.

O forse se la sarebbe ricordata.

Il calore colpiva ogni omega in modo diverso, le loro menti e i loro corpi reagivano all'esperienza in maniera differente.

Ivana rispose spingendo il sedere all'indietro e dimenandosi sotto di me.

«Non preoccuparti, macushla» dissi. Avvicinai le labbra al suo orecchio. «Sarò anche fuori allenamento, ma ho anni di fantasie da esplorare».

Così. Tante. Fantasie.

«Quando avrò finito con te, non riuscirai neanche a camminare» la avvertii. «Ma ti farò passare tutto, Vana. Ti bacerò ogni ferita. Ogni marchio. Ti leccherò finché non sverrai per i troppi orgasmi. Ti farò il bagno. Ti darò da mangiare. Poi ti scoperò di nuovo».

Il suo sesso si serrò intorno a me, per poi essere scosso dagli spasmi: stava venendo di nuovo solo grazie alle mie parole.

Voleva tutto quello che le avevo detto, e anche di più.

Se solo avesse saputo cosa significava "di più". Ma non appena si fosse ripresa dall'estro, lo avrebbe capito.

Poi l'avrei fatta mia ufficialmente.

Il pensiero di accoppiarmi con lei mi fece schizzare il nodo lungo l'erezione in una rivendicazione primordiale. Il mio animale ruggì internamente, mentre venivo con un ringhio.

Cazzo, gemetti. L'orgasmo mi attraversò con un'ondata di deliziosa agonia.

Ivana si unì a me in un vortice di piacere. Il climax la travolse con una serie di spasmi che la trascinarono in uno stato di completo abbandono.

Il mio nodo pulsava dentro di lei, il mio seme la riempiva completamente. Ogni contrazione le suscitava ondate di estasi che la mantenevano appagata e soddisfatta, si crogiolava nel nostro legame.

Ahimè, non sarebbe rimasta a lungo in quello stato.

Aveva continuamente bisogno di sollievo, il suo corpo surriscaldato era ossessionato da un unico obiettivo, la *procreazione*.

Non sapevo nemmeno se sarebbe riuscita a restare incinta in quelle condizioni, dal momento che non si trattava di un estro normale. Ed era troppo tardi perché potessi fare qualcosa per evitarle una gravidanza. I maschi della nostra specie avevano a disposizione delle pastiglie anticoncezionali, ma richiedevano un minimo di pianificazione.

E non c'era stata alcuna pianificazione, solo un desiderio disperato.

Un desiderio che ora Ivana stava sentendo di nuovo.

Iniziò a ringhiare, stritolandomi il nodo nel tentativo di sottrarsi alla mia presa e costringermi a ricominciare da capo.

Le conficcai i denti nella nuca e allontanai la mano dal suo sesso, avvolgendole un braccio intorno alla vita.

«Non muoverti» le dissi. Se avesse tentato di staccarsi da me, il mio nodo l'avrebbe squarciata. Forse in quel momento non se ne sarebbe nemmeno accorta, ma più tardi lo avrebbe notato sicuramente.

Ivana ringhiò, e il mio lupo fece lo stesso.

Allora la mia omega si ritrovò a guaire. Il suo corpo si sottomise al mio, ogni istinto era controllato dai bisogni e dai desideri del suo animale.

Feci le fusa, dicendole senza parlare che apprezzavo la sua obbedienza e che perciò l'avrei ricompensata. *Presto*.

«Ti prego, alfa» disse dopo qualche altro minuto.

La zittii, con il mio profondo brusio che le si riverberava sulla schiena. Le baciai la nuca. «Stai andando così bene, Vana. Veramente bene».

Non stavo più venendo, ma il mio nodo ci teneva uniti. Nessuno dei due avrebbe potuto controllarlo, perché il mio corpo era fatto per ingravidarla.

Cazzo, non volevo un cucciolo. La mia stirpe avrebbe dovuto morire con me.

Eppure, l'idea che Ivana fosse incinta... aveva un certo effetto su di me. Mi suscitava un bisogno ferino di restare ancorato dentro di lei finché non fossi stato certo che il mio seme aveva attecchito.

Premetti le labbra sulla sua nuca, perché quei pensieri mi davano le vertigini.

È il suo profumo, mi dissi. *Il suo estro. Non sto ragionando lucidamente.*

Ma non mi ero mai sentito così certo di qualcosa in tutta la mia vita. La volevo. L'avevo voluta per anni. E ora era sotto di me.

La mia bella omega.

La mia coraggiosa tentatrice.

Anche se ora si stava sottomettendo, sapevo che al termine del calore avrebbe ricominciato a sfidarmi.

Ciò significava che dovevo godermi il momento. Dovevo smetterla di arrovellarmi e lasciare che le nostre bestie si scopassero.

Alla fine il mio nodo si ritirò, tornando alla base, quasi come se il mio corpo avesse recepito il messaggio.

Uscii da Ivana e la voltai sulla schiena, incapace di ignorare il desiderio di poterla guardare negli occhi.

«Guardami» dissi, sottolineando il mio ordine con un ringhio.

Lei obbedì, la sua espressione rivelava quanto fosse ubriaca di lussuria ed endorfine. «Sì, alfa».

Bastarono quelle due parole a farmelo venire duro di nuovo. «Mi divertirò a scoparti, omega. In ogni modo possibile e immaginabile».

Mi avvolse le gambe intorno alla vita, premendo il suo sesso umido sul mio inguine. «Sì, alfa» ripeté, facendomi rabbrividire.

«Aggrappati alle mie spalle, macushla» la esortai. «E non aver paura di usare gli artigli».

Perché l'avrei scopata a morte. L'avrei gettata in un coma di beatitudine. Poi, quando si fosse svegliata, l'avrei costretta a bere e a mangiare.

E poi avrei ricominciato tutto da capo.

IVANA

Il mio alfa è qui. Ma si sta comportando da stronzo.

Sbuffò in risposta. *Finisci il panino*, mi disse nella mente.

La mia lupa ringhiò, irritata dall'insistenza del nostro alfa, che voleva che mangiassi. Noi volevamo solo *scopare*. Ma ogni volta che cercavo di offrirmi a lui, mi dava una pacca sul sedere.

«Non ti scoperò di nuovo finché non sarò certo che tu ti sia nutrita e idratata a sufficienza» mi informò per quella che mi parve la centesima volta. «Smettila di essere testarda, Vana».

Io? Testarda? Ora fu il mio turno di sbuffare. *Sei tu a essere ossessionato dal cibo.*

Continuava a interrompere tutto e obbligarmi a mangiare.

«Sono passati sette giorni, macushla. Sarei un pessimo alfa se ti lasciassi deperire».

«Umpf» borbottai, prima di mangiare di malavoglia un altro boccone. Era troppo secco. Noioso. Non aveva il sapore che bramavo con tutta me stessa.

Abbassai lo sguardo sul suo inguine, precisamente sull'enorme nodo alla base del cazzo. Mi leccai le labbra, desiderando un assaggio.

«Altri tre bocconi e lascerò che mi succhi il cazzo, omega» disse.

Sollevai gli occhi sulle sue iridi color del buio, e i miei capezzoli si indurirono nel vedere cosa mi aspettava nelle loro profondità oscure.

Era eccitato quanto me, eppure stava facendo il difficile. O forse amava la gratificazione ritardata.

In ogni caso, costrinsi la mia bocca a chiudersi intorno al panino, masticai e deglutii, per poi mettere da parte il cibo e gattonare sul materasso verso Cillian.

«No, Vana. Altri due bocconi».

Ringhiai, stanca dei suoi giochetti. «Nodo. Adesso».

Le sue labbra si incurvarono in un sorriso. «Avrei dovuto saperlo che non avresti smesso di dirmi cosa fare, nemmeno durante l'estro». Si sporse in avanti, sfiorandomi il naso con il suo. «E... no. Altri due morsi, poi scopiamo».

Mi avvicinò il suo panino alla bocca.

Arricciai il naso, l'odore non era molto allettante. Ma mi sforzai di obbedire per accontentare il mio alfa.

«Brava, piccola» mi lodò. La mia lupa ne fu deliziata. «Spero proprio che ti ricorderai tutto quanto, macushla. È così divertente».

Perché non dovrei ricordarlo?, mi domandai. *Sciocco di un alfa.*

Continuava anche a chiamarmi "macushla". Non avevo

idea di cosa significasse, ma sembrava che piacesse alla mia lupa. Io preferivo "omega".

«Un ultimo morso, *omega*» disse, come se mi avesse letto nella mente.

E forse era proprio così.

Sorrise di nuovo, come se qualcosa lo divertisse. Mi piaceva quell'espressione, così feci come mi aveva chiesto e deglutii.

«Che brava omega obbediente» commentò, accarezzandomi la guancia con le nocche. «Mi piaci in questo stato, Vana. Assatanata di sesso e ossessionata dal mio nodo».

Tutto ciò che mi importava era che avesse nominato il suo nodo. *Mio*, pensai, fissando l'impressionante rigonfiamento. *Il mio nodo.*

Ridacchiò.

Lo ignorai e strisciai tra le sue gambe aperte per leccare l'oggetto del mio desiderio.

Qualcosa si mosse sopra di me – lui che riponeva quell'irritante piatto con il cibo? – e Cillian mi afferrò la nuca. Gemetti quando le sue dita affondarono tra i miei capelli, il suo sesso era come un marchio infuocato sulle mie labbra.

«Preparami per te» disse. «Fammelo venire talmente duro che non riuscirò a pensare a nient'altro che scoparti».

Mmm, una sfida che capivo e accettavo con gioia.

Lo leccai dalla base alla punta, dove mi aspettava qualche goccia di eccitazione che mi rese ancora più famelica.

Lo presi in bocca, succhiandolo finché la mia gola me lo permise. Ma le mie labbra non sfiorarono nemmeno il suo nodo. Era troppo lungo e grosso perché potessi ingoiarlo completamente, una consapevolezza che mi fece mugolare di frustrazione.

«Ssh» mi zittì. «Usa la mano, omega. Massaggiami il nodo mentre mi accarezzi il resto con la lingua».

Rabbrividii, adorando il modo in cui mi istruiva.

Lo aveva fatto anche le ultime volte, quasi come se sapesse che non ero un'esperta in campo sessuale.

Una parte di me registrò quell'osservazione, una parte profonda che iniziava a riemergere. Una parte di me che coglieva il concetto di tempo.

Cillian, pensai, assaporando il suo nome. *Mmm, il mio Cillian.*

Sì, il tuo Cillian, mi fece eco il mio alfa, confermando che avevo ragione. *Sembra che il calore stia cominciando a scemare.*

Mmh?, mormorai, confusa.

Continua a succhiare. Voglio scoparti ancora un paio di volte prima che tu sia abbastanza cosciente da sentire il dolore.

Dolore?, ripetei, arricciando il naso. Non provavo nessun dolore. Mi sentivo solo *vuota*.

Ma avrei risolto il problema facendo sì che il mio alfa mi desse il suo nodo.

Trascinai i denti sulla sua pelle delicata, un gesto che lo fece ringhiare, e avvolsi il palmo intorno alla base del suo sesso. Ringhiò ancora più sonoramente quando gli strinsi il nodo, e la mia lupa si mise a danzare entusiasta dentro di me.

Il mio ventre si contrasse per l'eccitazione all'idea di risvegliare la bestia che avevo scelto. Era così feroce, protettivo, *forte*.

Misi la mano libera sulla sua coscia, conficcandogli le unghie nella carne muscolosa, e lo succhiai con veemenza sulla punta. Poi provai di nuovo a ingoiare fino in fondo, il più possibile, cercando disperatamente di prenderlo tutto.

«Sai come la penso sul fatto che ti soffochi da sola» disse a denti stretti. «Voglio che respiri e ansimi, omega, non che ti strozzi».

Arretrai appena lungo la sua erezione, obbedendo all'ordine del mio alfa, e volteggiai con la lingua sulla punta del suo sesso – un trucchetto che avevo imparato il giorno prima e che sapevo piacere al mio compagno prescelto.

«Brava» si complimentò, allentando un po' la morsa sui miei capelli. «Sei proprio brava, Vana».

Strinsi le cosce, con il desiderio che già si stava raccogliendo sulla pelle. Adoravo compiacere il mio alfa. E adoravo quando esprimeva il suo apprezzamento.

Strizzai di nuovo il suo nodo e gemetti quando mi premiò con altro precum.

Poi mi ritrovai improvvisamente stesa sulla schiena, a fissare un paio di occhi neri e profondi, dall'espressione intensa. «Sei diventata veramente brava a succhiarmi il cazzo, omega» mi informò, sistemandosi tra le mie gambe spalancate. «Ma voglio venire dentro di te, non nella tua gola».

Mi penetrò con una forza tale da farmi gridare.

Gli afferrai le spalle, graffiandogli la carne e lasciandogli dei piccoli segni a forma di mezzaluna, mentre inarcavo i fianchi per accogliere le sue spinte brutali.

Sì, sì, sì, ansimai, abbandonandomi alla rivendicazione del mio alfa.

Solo che non era una vera rivendicazione, perché lui non mi aveva ancora morsa.

Perché non mi ha morsa?, si chiese una parte di me, gettandomi nella confusione.

Ma dimenticai tutto quando il calore mi inondò le

viscere, un dolore bruciante che riecheggiava dal mio grembo e che si trasformò rapidamente nel piacere più delizioso della mia vita.

Il suo nodo, pensai stordita, contorcendomi sotto di lui travolta da incredibili ondate di euforia.

Il mondo sparì. La realtà si sciolse. Tutto ciò che contava era il suo nodo pulsante dentro di me.

Mi abbandonai sul letto, *il nostro nido*, con un sospiro, godendomi ogni beata contrazione finché non sparì. Troppo presto. Ma la sensazione di vuoto non tornò subito. Anzi, mi sentii... piena.

Finalmente, pensai, esausta. *Finalmente posso dormire... almeno per un po'.*

Dovevo aver chiuso gli occhi, perché un attimo dopo mi ritrovai rannicchiata contro il corpo massiccio del mio alfa, con la sua forza che mi avvolgeva mentre sonnecchiavo.

Le mie labbra si arricciarono, una soddisfazione diversa da qualsiasi altra avessi mai provato mi riscaldava il cuore e l'anima. *È qui. Cillian è qui.*

Scivolai lentamente nell'incoscienza, solo per svegliarmi un istante più tardi, o forse diverse ore dopo, con una fitta di dolore al ventre.

Qualcosa di dolce mi toccò le labbra. Aprii la bocca, masticai e deglutii. Una parte di me si rese conto che stavo mangiando un frutto. *Una mora*, per essere esatti.

Dopo essermi goduta il sapore per qualche minuto, sbirciai da sotto le ciglia e vidi Cillian inginocchiato accanto al letto con una fragola in mano. Me la porse e la presi con i denti, poi mi misi a sedere sul materasso per osservare la stanza.

Il nostro nido era un disastro.

Acigliata, iniziai a dare dei colpetti alla trapunta per

sistemarla. Poi fu il turno dei cuscini. Ma non era abbastanza. C'era... c'era bisogno di qualcos'altro.

Strisciai fuori dal mio soffice rifugio, sentendo qualche altra fitta, e cercai ciò che mi serviva.

Il naso mi guidò verso un mucchio di tessuti in un cesto sul pavimento, ai piedi del letto. Annusai, mi chinai e cominciai a frugare tra la biancheria. La mia lupa si placò all'istante.

È un regalo del nostro alfa, capii. Il suo aroma di menta era molto gradito.

Raccolsi tutto per sistemare il nostro nido, tenendo i cuscini ma sostituendo le lenzuola con quelle al profumo di menta. Lisciai ogni grinza, riposi le lenzuola sporche nel cesto e mi sedetti per valutare il risultato dei miei sforzi.

Mmh, mmh, mmh... Ho bisogno di qualcos'altro. Qualcosa...

Mi voltai lentamente verso il mio alfa in attesa. Non si era spostato: era ancora accovacciato sul pavimento, nudo. L'unica differenza era che aveva appoggiato la ciotola con la frutta sul comodino.

Inarcò un sopracciglio nel rendersi conto che lo stavo esaminando. «Sì, macushla?».

Indicai il nido. «Stenditi».

Reagì con un sorrisetto divertito. «Non è mia abitudine obbedire, lo faccio solo per te». Salì con cautela in mezzo al mio nuovo rifugio, si stese sulla schiena e sistemò le mani sotto la testa. «Vieni a cavalcarmi, omega».

Non è mia abitudine obbedire, lo faccio solo per te, lo imitai mentalmente. Mi guardò con un'espressione di sfida.

«Farai molto più che obbedire» rispose mentre mi mettevo a cavalcioni su di lui. «Implorerai e striscerai».

Spinse il bacino in alto, riempiendomi con quell'unico movimento, poi rotolò sul materasso in modo da ritrovarsi sopra di me.

«Ora baciami, macushla» disse. «Perché il tuo estro forzato sta terminando e voglio passare il resto del nostro tempo insieme a scopare».

Gli avvolsi le gambe intorno alla vita, il mio corpo era al suo comando.

Ma la mia mente... la mia mente era rimasta aggrappata alle sue parole. Una piccola parte di me si chiese cosa intendesse con "il resto del nostro tempo insieme".

Tuttavia, il suo cazzo mi penetrò talmente in profondità che persi la lucidità.

E tutto ciò che riuscii a pensare fu: *Di più, di più, di più...*

IVANA

Caldo.

Sicuro.

Ma, stelle, ahia!

Avevo commesso l'errore di stendere le gambe, e ora non volevo muovermi mai più. *Che diavolo ho fatto ieri notte?*

Me, rispose una voce profonda. *O meglio, io mi sono fatto te. Ripetutamente. Per quasi nove giorni.* Labbra sensuali incontrarono il mio collo, poi il mio orecchio, mentre Cillian sussurrava: «Prego».

Mi irrigidii. *Cosa?*

Aprii gli occhi.

Il mio cuore mancò diversi battiti.

E la mia mente... la mia mente cominciò a ripropormi diversi amplessi bollenti e appassionati.

Tutti coinvolgevano il nodo di Cillian. Le sue mani. La sua lingua.

La mia mano volò tra le cosce, per poi tentare di andare verso il sedere; solo che non riuscii a procedere oltre, perché il suo inguine era premuto sul mio fondoschiena.

«Sì, ti ho presa anche lì» mi confermò all'orecchio. «Ti ho presa ovunque, Vana».

Un brivido mi corse lungo la spina dorsale. Annaspavo, tentando di aggrapparmi ai ricordi che mi vorticavano nella testa. Cercai di metterli in ordine, di capire cosa fosse successo.

Sono andata in calore. Almeno questo è chiaro.

Ma non avevo idea di *come* fossi andata in calore.

Nove giorni fa, pensai meravigliata, passando al setaccio diversi frammenti di scene erotiche e provando a individuare l'origine dell'estro. *Ci sono stati degli indizi che mi sono sfuggiti? Una sorta di...* I miei pensieri si interruppero nel momento in cui ricordai di aver conficcato i denti nel labbro di Cillian. *Oh, no...*

Lo avevo reclamato.

Lo... lo avevo reso *mio*.

Solo che l'accoppiamento non era completo.

Non mi ha morsa, capii un attimo dopo. *Possiamo ancora disfare tutto.*

Cillian si mosse dietro di me. Arretrando, la sua bocca lasciò il mio orecchio. Fui tentata di rotolare con lui, come se il mio corpo fosse naturalmente attratto dal suo, ma non riuscii a muovermi.

Perché l'accoppiamento non era completo.

Non mi aveva rivendicata.

Se un altro alfa mi desse il suo nodo..., iniziai, salvo poi scacciare quel pensiero prima che potessi terminarlo. Solo l'idea di prendere il nodo di un altro alfa mi faceva rivoltare lo stomaco.

Cillian era l'unico alfa che desideravo, l'unico alfa con cui mi sarei mai accoppiata.

Ma non mi ha reclamata... Il nostro accoppiamento non è permanente.

Fui travolta da un'ondata di nausea, ispirata in parte dalla realizzazione che prendeva forma nella mia mente, ma causata anche da...

Spalancai gli occhi. «Sono incinta» ansimai con voce roca. *Oh, stelle...*

Avevo morso Cillian.

Mi aveva scopata durante il calore.

Non mi aveva reclamata a sua volta.

Eppure... eppure aveva lasciato *un bambino* nel mio grembo.

«Non c'era tempo per l'anticoncezionale» disse con un accenno di rimorso nel tono.

E quasi mi distrusse, perché suggeriva che fosse pentito.

Aveva senso.

Cos'è che mi aveva detto? Riguardo il padre?

«Più di mille anni fa ho giurato a me stesso che non avrei mai avuto una compagna. Che non sarei mai stato come mio padre. Per assicurarmi che la sua stirpe finisse... con me».

Deglutii a fatica, mentre le sue parole mi risuonavano forti e chiare.

Aveva giurato che non avrebbe mai avuto né figli, né una compagna.

E io lo avevo morso.

Mi ero imposta a lui.

Perché?, mi chiesi, con la testa che girava. *Perché ho...?* La domanda fu scacciata da un altro ricordo: Cillian che diceva qualcosa sul non riuscire a controllare il suo animale se avessimo scopato, avvertendomi che mi avrebbe morsa. *Ma non... non l'ha fatto. Perché non...?*

Cillian sospirò, un suono che mi spezzò il cuore. «Mi dispiace, Ivana».

Feci una smorfia; il mio cuore si squarciò ulteriormente, molto più che a causa del suo sospiro.

«Anzi, no, non mi dispiace» continuò, mozzandomi il fiato. «Anche se avessi potuto, non credo che lo avrei fatto».

Il mondo prese a girare. La sua ammissione mi dilaniò l'anima. «Perché?» mormorai con voce spezzata, esalando quel poco di ossigeno rimasto dentro di me. «Perché, Cillian?».

«Perché non avrei voluto» rispose senza esitazioni.

Non avrei voluto, mi ripetei mentalmente.

Non mi aveva morsa perché non voleva.

È... è...

Deglutii, con il petto in fiamme.

Cillian non voleva reclamarmi.

Lo sapevo. Me lo aveva detto tante volte. Ma scegliere lui, morderlo e vedere che non ricambiava...

Stelle, faceva male.

Faceva un male infernale.

E ora sono incinta, pensai, posandomi la mano sulla pancia mentre i polmoni mi imploravano di inspirare. *Oh, stelle...*

Cosa significava?

Ero... ero un'omega priva di compagno, incinta di un alfa che non la voleva.

Perché sei stato con me durante l'estro?, avrei voluto domandargli. *Perché sei qui?*

«Vana». Il modo in cui pronunciò il mio nome, con un altro maledetto sospiro, mi fece desiderare di spingerlo giù dal nido. «Ero convinto che mi volessi qui. Sono sulla tua lista. Diavolo, sono l'unico nome sulla lista. E stavi pensando a tutte le volte in cui non ci sono stato, a quanto ti avesse fatto male. Volevo... volevo aiutarti».

Le mie narici si dilatarono e le mura che avevo eretto dopo che mi aveva sottratto i miei poteri tornarono a innalzarsi con prepotenza.

Perché aveva agito di nuovo mosso dalla pietà.

Mi ha scopata per pietà.

Come il bacio.

Come tutto il resto.

«Ivana».

«Non voglio parlarne più» ringhiai, cercando di ignorare ogni ricordo del mio estro inaspettato e indesiderato.

C'erano delle parti che non avevano senso. Parti che riguardavano lui che giurava di mordermi. Qualcosa sull'amore.

Vere o inventate?, mi chiesi.

Ma non volevo una risposta. Non ora. Ero troppo esausta, troppo *dolorante* per riuscire a valutare tutto per bene.

Avevo bisogno di una doccia. *O di un bagno.*

Rimasi impietrita. *È lì che è iniziato tutto. Nella vasca da bagno.*

No. Non ho intenzione di riviverlo adesso.

Faceva troppo male.

Doccia. Mangiare. Risolvere... tutto il resto.

Feci per allontanarmi da lui, ma una fitta di dolore mi bloccò.

Stelle, mi ha scopata per bene...

E un po' lo odiavo per questo.

«Lascia che mi prenda cura di te» disse dolcemente Cillian. «Lascia...».

«Hai fatto abbastanza» borbottai, interrompendolo. «Posso cavarmela da sola».

Avrei dovuto abituarmici. Perché non gli avrei *mai* permesso di crescere nostro figlio per pietà.

«Ivana» ringhiò.

«Non voglio parlarne» ripetei bruscamente, sul punto di teletrasportarmi fuori dal nido. Ma mezzo secondo più tardi mi resi conto che *non potevo*.

Perché sono incinta.

Mi strinsi il ventre e mi raggomitolai su me stessa, per poi emettere un singhiozzo frustrato.

«Cazzo, Vana» mormorò, avvolgendomi un braccio intorno alla vita. «Non...».

Si interruppe e rimanemmo in silenzio, mentre cercavo di controllarmi.

Sapevo che era colpa degli strascichi del calore, la nebbia mentale offuscava la mia capacità di ragionare. E neanche la gravidanza aiutava.

Stelle, era un casino.

Dovevo calmarmi, riflettere, esprimere ad alta voce la mia frustrazione. Ma non sapevo nemmeno da dove cominciare.

I miei ricordi turbinarono in una caotica nube di lussuria, piacere ed emozioni intense. E tutto questo aveva portato a un bambino.

Il nostro cucciolo.

«Devo parlare con Kieran» sussurrò Cillian. «Al mio ritorno, troveremo... troveremo una soluzione, okay?».

Certo che mi stava lasciando per Kieran. Perché non avrebbe dovuto lasciarmi per Kieran?

«*Non potrò mai metterti al primo posto*» mi aveva avvertita. «*Meriti qualcuno che faccia di te tutto il suo mondo,*

Vana. Un uomo che scelga sempre e comunque te. E io non posso essere quell'uomo».

Non avevo esitato a rispondergli, ribattendo: *«Chi dice che voglia qualcuno così?».*

E in quel momento ci credevo davvero.

Ora? Lì? Volevo... volevo quel qualcuno. Un alfa che mi scegliesse. Che mi mordesse. Che si accoppiasse con me.

Ma Cillian non sarebbe stato quel compagno. Lo aveva detto chiaro e tondo solo qualche istante prima: *«Non avrei voluto».*

Non mi avrebbe morsa perché non voleva farlo.

Cos'altro c'era da discutere?

«Ivana?» mi esortò Cillian.

«Sì?» chiesi automaticamente.

«Mi hai sentito?».

«Sì» ripetei. «Devi andare da Kieran». Perché era quella la priorità di Cillian. Avrebbe sempre messo il Re del settore Blood al primo posto, così come tutti i lupi sotto la protezione di Kieran.

Io ero in fondo alla lista.

Il nostro cucciolo sarà trattato allo stesso modo?, mi domandai. *Chissà se Cillian vorrebbe lui o lei nella sua vita...*

Non potevo permetterlo.

Ma il nostro accoppiamento non era ancora definitivo. Avrei... avrei potuto trovare un altro alfa.

Ammesso che uno di loro mi volesse in quello stato.

Portare in grembo il figlio di un altro non mi avrebbe resa molto popolare tra i maschi della mia specie, possessivi com'erano.

Mi rannicchiai ancora di più su me stessa, udendo a stento la voce di Cillian che blaterava qualcosa dietro di me. Qualcosa sul fatto che sarebbe tornato.

Feci spallucce.

Non importava. «Fai quello che devi fare» dissi con una voce che mi sembrava così lontana...

Mi posò un bacio sul collo che sentii appena. Le lenzuola si mossero quando abbandonò il letto. *Il mio nido.* Solo che ora non sembrava più il mio rifugio. C'era... c'era qualcosa di estraneo. Il suo profumo di menta.

Premetti il naso sulle lenzuola e trasalii nel rendermi conto che a un certo punto le avevo cambiate. Probabilmente volevo che il mio nido sapesse del mio alfa prescelto.

Che però non mi voleva.

Che mi aveva respinta.

Che non mi avrebbe mai morsa.

Solo... solo che un ricordo continuava a cercare di farsi strada tra i miei pensieri, in cui Cillian aveva detto che se mi avesse dato il suo nodo poi mi avrebbe reclamata.

Era vero o si era trattato di un sogno?

Fantasia o realtà?

Mi baciò di nuovo, stavolta sulla tempia. «Quando torno, ti porto qualcosa da mangiare» mormorò.

Sbuffai. Non avevo nessuna voglia di mangiare.

Mh... la mia mente mi offrì strani ricordi di Cillian che mi costringeva a mangiare un panino e della frutta.

«Riposati un po', macushla» disse, con le labbra a un soffio dalla mia fronte.

Riposarmi, pensai con un grugnito. *Sì, certo. Avrebbe risolto tutto.*

Esalò un altro di quegli orribili sospiri e svanì, lasciandomi nel nido che non sentivo più mio.

Incinta.

Senza un compagno.

Sola.

Mi aveva avvertita, pensai tristemente. *Non gli ho dato ascolto. È stata tutta colpa mia...*

CILLIAN

Il mio lupo ringhiò dentro di me, furioso per la mia decisione di abbandonare la nostra compagna. All'inizio avevo pianificato di morderla nel momento in cui fosse diventata abbastanza lucida da capire le mie intenzioni, ma poi era andato tutto in malora.

Non ero riuscito a sentire tutti i suoi pensieri, perché il suo blocco mentale sembrava essere tornato a frapporsi tra noi, ora che il calore era terminato. Tuttavia, avevo colto come si sentiva all'idea di essere incinta, come mi incolpava della sua condizione.

Giustamente.

Non aveva acconsentito a diventare madre. Certo, la maggior parte delle omega desiderava un cucciolo quanto gli alfa, o forse anche di più. Ma tra noi era tutto nuovo.

Avevamo a malapena discusso di cosa avrebbe significato accoppiarsi.

Ed ero stato chiaro sul non voler avere discendenti.

Ma adesso che Ivana era incinta... non riuscivo a immaginare una vita diversa.

Ero stato sincero: non avrei voluto usare precauzioni, anche se avrei dovuto. Volevo ingravidarla. Volevo renderla mia in ogni modo possibile. Per iniziare un futuro insieme.

E a quanto pareva, questo mi rendeva uno stronzo, perché Ivana non aveva voluto nulla di tutto ciò.

Oh, mi aveva reclamato. Ma dopo aver udito la sua reazione alla gravidanza e tutti i suoi pensieri sul fatto che il nostro accoppiamento non fosse permanente, avevo cominciato a domandarmi se non fosse stata in sé quando mi aveva morso.

Per questo avevo bisogno di parlare con Kieran, per saperne di più sul calore forzato e sullo stato mentale che lo accompagnava.

Se l'avessi morsa, avrei suggellato l'accoppiamento. Non sarebbe stato possibile tornare indietro. Non ero certo di volerle fare una cosa del genere, sapendo che non era convinta. Non ancora, almeno.

Avevo molta strada da fare per dimostrarmi degno di lei. Non avevo dubbi. Solo che non mi ero aspettato che avrebbe reagito in quel modo all'essere incinta.

Ma non le avevo mai chiesto cosa ne pensasse dei cuccioli.

Mi aveva detto che non le importava venire dopo i miei doveri, aveva sottolineato più di una volta che non avevo mai tenuto conto di come la pensasse al riguardo, che avevo semplicemente deciso per entrambi.

Era successo di nuovo?

Ringhiai, irritato non solo con me stesso ma anche con

lei. Perché non capivo le sue reazioni. E perché alla fine aveva detto che non voleva parlarne più, praticamente liquidandomi senza spiegazioni.

La maggior parte delle omega voleva amore e affetto dopo l'estro, avevano bisogno del lato più dolce dei loro alfa per prendersi cura di loro mentre si rimettevano in sesto.

Ma non Ivana.

Mai Ivana.

D'altro canto, perché avrebbe dovuto comportarsi normalmente?

Non c'era niente di normale in lei. Era una dea. Un enigma che non avevo mai risolto.

Mi passai una mano sul viso, soffocai un ringhio e mi misi a cercare dei vestiti. Avevo lasciato quelli che indossavo la notte prima a casa di Ivana, e mi ero teletrasportato nella mia tana completamente nudo.

Faceva freddo. Mi sentivo solo. E l'odore era tutto sbagliato.

Forse dovrei tornare indietro e portarla qui, pensai. *Potrei chiederle di rimanere a rotolarsi nelle mie lenzuola mentre vado a parlare con Kieran.*

Il pensiero mi avrebbe strappato un sorriso, se la mia omega non fosse stata così arrabbiata con me.

Dei, non avrei mai pensato che avrebbe reagito in quel modo alla gravidanza. *Forse non la conosco per niente?*, mi domandai.

Com'eravamo finiti su posizioni così opposte?

Non avevo mai voluto un cucciolo, la sola idea di spargere il mio seme mi faceva raggrinzire le palle.

Eppure, durante il calore di Ivana era cambiato tutto. Una parte di me era diventata ossessionata dal desiderio di ingravidarla. La volevo talmente piena del mio seme da sentirne il sapore. E non me ne ero pentito neanche per un attimo.

Ma ora... ora sì. Perché non le avevo dato l'opportunità di scegliere.

Avrei dovuto rendermene conto: il calore non era stato pianificato. Non aveva avuto modo di prepararsi.

Non c'era da stupirsi se mi aveva reclamato in quel modo.

«Cazzo» borbottai, infilandomi un paio di jeans. Poi presi un maglione nero, in tinta con il mio umore, e indossai anche quello.

Non mi sarei fatto una doccia. Volevo l'odore di Ivana su di me. Anche se non eravamo ancora ufficialmente una coppia, era mia, e volevo che lo sapessero tutti.

E anche se adesso era arrabbiata con me, mi avrebbe perdonato.

O almeno spero.

Deglutii e finii di prepararmi, infilandomi i calzini e gli stivali. Poi controllai l'orologio. Era passata da poco la mezzanotte; ecco spiegato perché il mio stomaco brontolava. Anche Ivana doveva essere affamata. Eppure, aveva sbuffato quando le avevo promesso che sarei tornato con del cibo.

Poi aveva aggiunto che riposare non avrebbe aiutato.

Quel pensiero era risuonato forte e chiaro.

Probabilmente intendeva che riposare non l'avrebbe resa meno incinta.

Avevo cercato di scusarmi, ma mi ero reso conto che non lo pensavo davvero. Perché ero contento che fosse incinta. E ciò mi rendeva uno stronzo.

Almeno sono uno stronzo onesto, mi dissi.

Mi passai le dita tra i capelli e andai verso la porta.

Poi ci ripensai e mi collegai telepaticamente a Kieran. Il

muro che aveva eretto durante il calore di Ivana era ancora lì, ma sentivo quanto fosse precario. Più che altro era una barriera temporanea per impedirmi di distrarmi.

Kieran, mormorai, cercando di penetrare la suddetta barriera. *Devo parlarti.*

Come sta Ivana?, chiese dopo qualche secondo.

È di questo che voglio parlarti.

Mmh. Ci vediamo tra due minuti nel mio ufficio. La sua mente rimase aperta anche dopo che ebbe finito di parlare, permettendomi di ascoltare i suoi pensieri, rivolti a Quinnlynn.

Mi allontanai rapidamente dalla sua testa, non volendo origliare, e mi teletrasportai nella sua tana. Mentre lo aspettavo accanto alla sua scrivania, visto che non avevo niente da fare, cercai la psiche di Ivana; volevo ascoltare la sua voce mentale. Ma era silenziosa.

Forse ha deciso di seguire il mio consiglio e riposare?, sperai.

Ma un'altra parte di me temeva che mi avesse bloccato di nuovo, proprio come aveva fatto dopo che avevo limitato i suoi poteri.

Afferrai lo spesso mogano della scrivania di Kieran e guardai la finestra più vicina, ritrovandomi a fissare il mio riflesso, a causa della luce accesa all'interno dell'ufficio.

Come ho fatto a combinare un casino del genere?, mi chiesi.

Avevo voluto il suo consenso prima ancora di darle il mio nodo, e non mi ero accorto che stava per andare in calore.

Un calore di cui continuavo a non sapere nulla. Per esempio, cosa lo aveva provocato? Perché era durato solo nove giorni? Come l'aveva resa fertile? Che impatto aveva avuto sul suo stato mentale?

Chinai il capo e feci un respiro profondo, tentando di

placare il mio lupo. Era molto agitato, non gli piaceva che la nostra compagna prescelta ci avesse tagliati fuori dalla sua mente. E non gli piaceva nemmeno essere lontano da lei. Ma avevo bisogno di parlare con Kieran per vedere cosa aveva scoperto sulle altre omega nel corso dell'ultima settimana.

Cos'ha causato l'estro improvviso? Ha alterato la capacità di Ivana di acconsentire? C'è qualcos'altro che devo sapere prima di tornare da lei? Erano tutte domande a cui dovevo dare una risposta.

Oltre ad alcune che riguardavano il modo in cui sarebbero cambiate le cose in futuro.

Perché avevo preferito aiutare Ivana che fare il mio dovere nel settore Blood, e non mi era sembrato sbagliato. Anzi, mi era sembrato naturale. Come se non ci fosse mai stata realmente una scelta da compiere.

Il legno scricchiolò sotto i miei palmi, i miei muscoli si flessero e la mia frustrazione aumentò.

«Fai attenzione» disse Kieran, materializzandosi accanto alla finestra. «Questa scrivania è uno dei pochi ricordi del settore Eclipse e vorrei che rimanesse intatta».

Digrignai i denti, e mi costrinsi a lasciar andare il mogano e a raddrizzare la schiena.

«Non sembra che tu abbia appena passato dieci giorni a giocare nel nido di un'omega» commentò, prendendo posto sulla sua sedia. Inarcò un sopracciglio scuro e continuò: «Percepisco il suo odore su di te, quindi so che hai fatto il tuo dovere. Posso chiederti perché senti il bisogno di distruggere la mia scrivania? Ti ha offeso in qualche modo?».

Lo fulminai con lo sguardo. «Il tuo sarcasmo non è apprezzato».

«Non lo è nemmeno il tuo atteggiamento scontroso»

ribatté. «Cosa c'è, Cillian? Perché non hai reclamato Ivana?».

Ovviamente era in grado di sentire anche quello.

Il marchio di Ivana era impresso sulla mia pelle, ma il mio no.

Qualsiasi alfa abbastanza potente lo avrebbe fiutato in un attimo.

«È incinta» riuscii a dire tra i denti.

«È quello che succede quando un'omega va in calore. Presumo che tu ne fossi al corrente, prima di aiutarla ad affrontare il processo, no?». La formulò come una domanda, una domanda che mi fece venir voglia di spaccargli la faccia.

Ma in realtà sarebbe stato solo un altro modo per sfogare l'aggressività. E probabilmente era proprio quello il suo scopo, offrirmi una valvola di sfogo. Altrimenti non mi avrebbe provocato.

«Ho bisogno di sapere cos'hai scoperto sul siero, o qualsiasi cosa fosse, che ha causato il calore delle omega. Ho...». Trassi un respiro profondo, cercando di convincere il mio cuore a non sfuggirmi dal petto. «Ho bisogno di sapere se Ivana mi ha reclamato per le ragioni giuste».

Kieran mi fissò per un lungo istante, mentre la sua espressione mutava da incuriosita a incredula. «Stai scherzando, vero?» domandò nella nostra lingua antica. «Quell'omega è stata ossessionata da te per sei anni e tu metti in dubbio la sua volontà di accoppiarsi con te?».

Sospirai e mi accasciai sulla poltrona di pelle dall'altro lato della scrivania. Lasciai cadere la testa all'indietro, ritrovandomi a fissare le travi nere che decoravano il soffitto.

Il fatto che Kieran fosse passato alla nostra lingua madre significava che lo avevo fatto incazzare. Di solito, preferiva usare la lingua parlata nel settore, oppure una versione moderna dell'irlandese. Per chiunque altro, quel cambiamento avrebbe rappresentato un avvertimento.

Ma il mio lupo lo interpretò come un gioco. Una sfida.

Kieran era il mio migliore amico, uno dei due uomini di cui mi fidavo più di chiunque altro al mondo.

Per questo mi sentii abbastanza a mio agio da rispondere: «Ivana non sta reagendo bene alla gravidanza». Deglutii e abbassai lo sguardo su di lui. «Anzi, sembra proprio arrabbiata con me per non aver usato un contraccettivo. Ma non c'è stato il tempo. E, onestamente, non avrei voluto usarne uno nemmeno se avessi potuto».

Kieran grugnì. «Hai aspettato sei fottuti anni per scoparla, non mi sorprende». Si adagiò sullo schienale e piegò appena la testa di lato. «Ma non capisco perché Ivana sia arrabbiata».

«Perché le ho tolto la possibilità di scegliere?» suggerii. «Perché non era in sé quando mi ha reclamato? Perché era drogata?».

«Gliel'hai chiesto?» replicò, inarcando di nuovo quel maledetto sopracciglio.

«No. Sono venuto qui a parlare con te».

Mi fissò. «Sai, ti ho sempre considerato un esperto di negoziati politici e faccende da mutaforma. Ma non avevo idea che fossi così incapace con le donne. Anche se probabilmente non dovrei esserne sorpreso, dal momento che ti ci sono voluti sei fottuti anni per reclamare Ivana. E non l'hai ancora fatto realmente, cazzo».

«Hai intenzione di continuare a ripeterti?» domandai. «So di averci messo sei anni a capire come stanno le cose».

«A quanto pare, non hai capito un bel niente» ribatté. «Chiedi a Ivana perché è arrabbiata. Non fare supposizioni.

È l'ABC delle donne, Cillian. Per l'amor del cielo, è come se non avessi mai scopato una femmina prima d'ora».

«Sto iniziando a pensare che *vuoi* che ti dia un pugno in faccia» ringhiai. «Sei in vena di fare a botte, Kieran?».

Il ghigno con cui mi rispose fu tipicamente lupesco. «A dirla tutta, sì. Sono stati dei giorni veramente di merda, mi farebbe comodo un sacco da pugilato».

Fu il mio turno di grugnire. «Non riuscirai a sferrarmi più di due colpi prima che ti faccia stramazzare al suolo, *Re*».

«Quindi vuoi diventare un re alfa» commentò.

Alzai gli occhi al cielo. «Smettila di provocarmi e dimmi quello che sai su questo maledetto siero».

Diventò leggermente più serio, parte della sua ilarità svanì. «Beh, prima di tutto, non è un siero. È un drink».

Aggrottai la fronte. «Un drink?».

«Già. Sembra che il vecchio alfa del settore Bariloche, Carlos, avesse sviluppato una droga che può essere bevuta. Amava prepararla per le sue famigerate feste dell'estro».

Feste dell'estro, ripetei tra me e me, ricordando di averle sentite nominare a Kieran durante una conversazione telepatica avvenuta una settimana prima. «Cosa significa? O è meglio non saperlo?».

«Credo che tu possa indovinare» disse. Anche le ultime tracce di buonumore sparirono, spazzate via da una coltre di rabbia.

Lo capivo.

Perché sì, potevo indovinare di cosa si trattava.

Tuttavia...

«Ho bisogno di conoscere ogni dettaglio, Kieran». Solo così sarei stato in grado di parlare con Ivana. «Devo capire esattamente cos'hanno fatto alla mia omega. Poi potrò impegnarmi ad aggiustare ciò che ho rotto».

IVANA

Fissai il soffitto con la mano appoggiata sulla pancia.

L'alfa mi aveva detto di riposare.

Non volevo riposare. Ma non volevo neanche muovermi. Volevo solo... *esistere*. Se non fosse che il mio nido aveva l'odore sbagliato. *Che schifo.*

Troppa menta.

Troppo maschio.

Troppo *lui*.

Il mio alfa.

Quello che avevo scelto come compagno.

Quello che mi aveva continuamente respinta.

E che ora stava rifiutando anche il nostro bambino.

Trascinai il pollice sul mio ventre ancora piatto, la vita che stava crescendo dentro di me era troppo minuscola perché potessi sentirla. Eppure, percepivo l'anima che stava lentamente sbocciando nel mio grembo.

Non preoccuparti, sussurrai alla mia creatura. *La mamma non permetterà a nessuno di farti del male.*

Me inclusa.

Ciò significava che dovevo mangiare.

L'alfa aveva detto che avrebbe portato del cibo, ma sembrava che fossero già passate ore. O forse solo trenta minuti. Non avevo modo di saperlo.

E non mi fidavo di lui. Non ero certa che avrebbe mantenuto la sua promessa.

Alcuni ricordi mi vorticarono nella testa; uno in particolare era molto insistente.

«*Se mi dici di scoparti, Vana, non riuscirò a ignorare il bisogno di morderti. Ti reclamerò, fosse solo verbalmente, e sfiderò qualsiasi alfa che provi a portarti via da me*».

Era la *sua* voce a pronunciare ripetutamente quelle parole. Sbuffai.

Aveva *mentito*.

È stato solo l'ennesimo atto spinto dalla pietà, pensai con rabbia.

«Beh, fanculo» gracchiai. Avevo la gola secca e dolorante dopo tutti quei giorni di sesso e grida.

L'alfa mi aveva lasciato dell'acqua sul comodino, ma non volevo toccarla. Non volevo niente da lui. Non più.

Basta. Mi misi a sedere sul materasso. *Con lui è finita*.

Ma ora non potevo pensare solo a me stessa.

Adesso mi alzo e mangio, e lo faccio per te, dissi al mio piccolino. *Farò qualsiasi cosa per te*.

Le mie membra protestarono quando mi mossi, l'interno coscia era particolarmente dolorante.

«Ci vorrà un po' per abituarsi» mi dissi, sussultando mentre i miei piedi toccavano il pavimento.

Essere una mutaforma V-Clan di solito mi permetteva di guarire quasi istantaneamente.

Ma ero incinta.

E la gravidanza comportava una sfilza di complicazioni.

«Però ne varrà la pena» dissi al mio cucciolo, appoggiandomi di nuovo il palmo sul ventre e abbassando lo sguardo sul mio corpo nudo.

Fui sorpresa di vedere che ero abbastanza pulita. Ciò significava che l'alfa mi aveva lavata di recente. *Beh, presumo che sia stato gentile da parte tua*, pensai mestamente.

Non che potesse sentirmi.

Avevo innalzato un'altra barriera, rinforzandola con qualsiasi blocco mentale fossi riuscita a immaginare.

Non poteva aspettarsi che rimanessi in contatto telepatico con lui dopo che mi aveva spinta con l'inganno a reclamarlo, mi aveva messa incinta e mi aveva dimostrato che non contavo nulla per lui, lasciandomi sola in un momento di estrema debolezza qual era il periodo successivo al calore.

No.

Ho chiuso con lui, mi ripetei, costringendomi ad andare in bagno per una doccia veloce.

Il getto caldo sulle spalle fu molto piacevole, ebbi l'impressione che i miei muscoli si sciogliessero un po'.

La mia doccia veloce si trasformò in una doccia *lunghissima*; rimasi lì, sotto l'acqua, a fissare la parete coperta dalle piastrelle.

Alla fine, però, una fitta allo stomaco mi ricordò il motivo per cui avevo lasciato il nido.

«Okay, okay» borbottai, per poi afferrare un asciugamano.

Non mi preoccupai di vestirmi, andando direttamente in cucina. Poi ringhiai trovando il frigo vuoto.

L'alfa lo aveva ripulito, probabilmente nutrendoci entrambi durante l'estro. E non doveva averci trovato molto, visto che prima ero stata nel settore Glacier.

Una smorfia mi contorse le labbra. *Come ha fatto Cill... l'alfa a darmi da mangiare durante il calore?*

Ricordavo la frutta fresca.

Un panino.

Addirittura un piatto di pasta.

Qualcuno doveva avergli portato dei pasti già pronti.

Ma il fatto che la lavastoviglie fosse stata usata da poco, così come i piatti ancora umidi all'interno, suggeriva altrimenti.

Che abbia cucinato per me?, mi domandai, accarezzandomi la pancia ancora una volta. *Questo significa che ci tiene...*

A meno che non stessi dando troppa importanza a qualcosa di marginale.

O forse prima avevo avuto una reazione esagerata.

Però... però aveva detto chiaramente che non aveva nessuna intenzione di mordermi. Okay, non proprio in quel modo. Ma aveva affermato che non lo avrebbe fatto neanche se avesse potuto.

«*Perché non avrei voluto*» aveva detto. Il ricordo fu come una pugnalata al cuore.

L'alfa non aveva mai voluto – né avrebbe mai voluto – una compagna. Lo aveva messo bene in chiaro nel più crudele dei modi.

Mi appoggiai al frigorifero e sospirai. «Allora nemmeno noi lo vogliamo» dissi, parlando a nome mio e della creaturina che stava crescendo dentro di me.

Purtroppo, però, avevo ancora bisogno di cibo.

Così andai in camera mia, trovai dei vestiti adatti e uscii

dall'appartamento per cercare qualcosa che potesse riempirmi lo stomaco.

A differenza del settore Glacier, nel settore Blood c'erano diversi negozi e locali dove poter fare acquisti, mangiare e socializzare. Condividevamo la maggior parte degli spazi con gli umani sotto la protezione di re Kieran, e di conseguenza la città era più popolosa.

I mortali tendevano a starsene per conto loro. Era comprensibile. Per vivere lì, dovevano donare il sangue, che serviva alla mia specie per mantenere la connessione con la magia V-Clan.

Ciò causava diversi momenti imbarazzanti.

C'erano però degli umani a cui non importava, anzi, sembrava che ad alcuni piacesse offrire il sangue in maniera sensuale.

Un gruppo dei suddetti umani era all'esterno della mia pizzeria preferita, con gli occhi incollati a un paio di beta che si trovavano dall'altro lato della strada.

«Ah, cosa darei per sentire tutto quel potere dentro di me» stava dicendo una di loro.

«Chissà se il beta Yuko si offrirà di mordermi di nuovo, se invito Yasmina a unirsi a noi?» chiese un'altra, facendomi aggrottare la fronte.

«Sono sicura che sia meraviglioso. Ma non lo saprò mai: non sono bella come Isla».

Scioccata, lanciai un'occhiata al gruppetto, cercando di capire chi avesse pronunciato l'ultima frase.

«Quella al salamino sembra molto buona» stava dicendo una donna snella, la cui voce mi ricordò quella di chi aveva parlato del beta Yuko. *Anche se non quanto il cazzo di un beta*, la udii aggiungere senza aprire bocca. I suoi occhi neri scivolarono sul beta in questione, mentre si leccava il labbro inferiore. *Dei, cosa darei per sentire di nuovo le sue zanne nel collo.*

«Possiamo aggiungere anche della salsiccia?» domandò un'altra ragazza, attirando la mia attenzione. *Dopo aver visto quell'alfa trasformarsi in lupo, sono proprio dell'umore per una bella salsiccia.*

La fissai a bocca aperta. *Come hai fatto?*

La bionda sussultò, il suo sguardo castano volò su di me. «Scusa?».

Rimasi, se possibile, ancora più di stucco. *Mi hai sentita?*

Lei spalancò gli occhi. «Ehm... non...». Le sue guance pallide si tinsero di rosa, e i suoi *pensieri* diventarono improvvisamente un'infinita valanga di parole.

Riesce a parlarmi nella testa. Oh, dei, riesce a leggermi nella mente. Mi ha sentita pensare a quell'alfa. Ah, spero non sia il suo alfa. È un'omega, giusto? Devo... devo andare. Devo dire qualcosa. Devo...

«Smettila» la implorai, prendendomi la testa tra le mani come se stessi lottando contro un'emicrania.

Solo che anche tutte le persone che la circondavano iniziarono a pensare a me. O a pensare in generale. All'improvviso, le fantasticherie sui beta erano state scacciate da una marea di preoccupazioni e strani giudizi.

Cos'ha che non va?

Perché quell'omega si tiene la testa?

Cosa sta succedendo?

Dovremmo chiamare qualcuno?

Non sembra molto bella.

Superai il gruppetto, tentando di sbattere tutti *fuori* dalla mia mente, e iniziai a correre lungo la strada.

Dopo un po', le voci cominciarono finalmente a dissiparsi, ma mi girava ancora la testa. *Com'è possibile?*, mi domandai. *Cosa mi sta accadendo?*

O forse lo aveva solo pensato.

«*Cillian!*» urlò, causandomi una fitta al cuore.

No. Avrei voluto fermarla. Ma non... non potevo... *Non riesco... Oh, stelle...*

Cillian! Cillian! Cillian!

Ogni strillo era come un proiettile che mi trapassava il cuore. Non volevo sentire il suo nome, eppure mi rimbombava nella mente, imprimendo la sua presenza nella mia stessa anima.

Gli occhi mi si offuscarono di lacrime e la testa mi girava, colma di pensieri indesiderati. Urla indesiderate. *E ringhi.*

Un ringhio più forte degli altri mi squarciò il petto, vibrando così intensamente che mi rannicchiai su me stessa e mi strinsi le ginocchia nel tentativo di soffocare quel suono straziante.

Solo che non ero stata io a emetterlo.

Cillian, pensarono in molti.

«Ivana». La sua voce mi attraversò e mi scosse, come se lui fosse stato accanto a me. Intorno a me. A riempirmi con il suo calore. «*Ivana*».

Seguirono delle fusa, che spinsero la mia lupa a mugolare bramosa. Volevamo un alfa che facesse le fusa per noi. Che si prendesse cura di noi.

Un alfa che ci amasse.

Che ci desiderasse.

Che ci *scegliesse.*

Ma ero sola. *Eravamo* sole. Io. La mia lupa. *La mia creatura.*

Mi avvolsi le braccia intorno alla pancia per proteggerla, la mia mente sembrò frantumarsi a causa dell'incertezza che mi circondava.

Le voci. Così tante voci. Troppe vo...

Ascoltami, disse una. *Ascolta solo me, Ivana. Ascolta i miei pensieri. Le mie parole. Solo le mie.*

Tentai di scuotere la testa, ma era bloccata contro qualcosa di duro e caldo. *Il marciapiede? No. È troppo caldo per essere il marciapiede. Non... non...*

Ivana. La voce profonda mi riempì la mente, facendo guaire la mia lupa con il tuo tono dominante. *Concentrati su di me, macushla. Fingi che ci siano delle porte nella tua testa e chiudile tutte, tranne quella connessa a me.*

No, no, pensai, provando ancora una volta a scuotere il capo. No. Non volevo sentirlo. *Non ci vuole. Né me, né il bambino.*

Il mio cuore sussultò e le ultime tracce di forza sembrarono abbandonarmi, mentre due braccia muscolose mi stringevano e mi sollevavano. O forse erano state lì da un po'?

Non ne ero sicura.

E non mi importava più.

Perché finalmente era calato il silenzio.

Pace, pensai, meravigliata e grata. *Finalmente... un po' di pace.*

CILLIAN

FISSAI KIERAN, disgustato e scioccato al tempo stesso per tutto quello che mi aveva appena detto sull'alfa Carlos e le sue famigerate feste dell'estro.

Kieran condivideva il mio disgusto. La sua mente mi rivelò cosa gli sarebbe piaciuto fare all'alfa, che però purtroppo era già morto.

Ma molti altri alfa avevano partecipato a quelle feste, e la maggior parte era ancora viva. Come l'alfa V-Clan di cui Quinnlynn aveva percepito l'odore in diverse occasioni.

Sfortunatamente, non si trattava di nessuno dei candidati. A quanto sembrava, mentre io ero impegnato con Ivana, Kieran e Quinnlynn li avevano controllati uno per uno.

«Quindi l'alfa misterioso non partecipa al programma» dissi. «E gli alfa del settore Glacier?».

«Finora Quinnlynn ne ha incontrati una ventina, portati da Lykos, e per il momento sono tutti puliti» rispose Kieran, senza preoccuparsi di celare l'irritazione. «Perfino Tadhg ne ha accompagnati alcuni, dei veri e propri gentiluomini come il loro maledetto principe».

Colsi subito il sarcasmo. Tadhg non era noto per il suo fascino, anche se nelle sue recenti visite al settore Blood era riuscito a esercitare un minimo di magnetismo. Ma era tutta apparenza. Una facciata elegante per immergersi nell'arena politica.

Sotto sotto, era un guerriero.

E per di più potente.

Cazzo.

Doveva essere dura per Kieran restarsene in disparte a osservare mentre la sua compagna incinta annusava altri alfa. Quando, *o se*, uno di loro fosse stato smascherato, lo avrebbe ammazzato seduta stante.

«Lykos ha intenzione di portare altri cinque alfa con sé stasera, ma sto iniziando a pensare che...».

Lorcan comparve nell'ufficio, interrompendo Kieran. Prima mi fissò con un'espressione sorpresa, poi una ruga profonda gli solcò la fronte. «Non sei accoppiato» disse, sottolineando l'ovvio.

«Già» risposi, facendo del mio meglio per ignorare la sensazione che mi artigliava le viscere. «Grazie per essertene accorto».

Il suo cipiglio si accentuò ancora di più. «Perché?».

«Perché è un idiota incapace di comunicare» intervenne Kieran. «Cos'hai scoperto su Ashlyn?».

Trasalii. Non solo per l'insulto di Kieran, ma soprattutto per la sua domanda. «Cosa c'è che non va con Ashlyn?».

«È scomparsa» disse Kieran distrattamente. «Lorcan?».

«Scomparsa?» ripetei prima che Lorcan potesse rispondere. «Un'omega è *scomparsa* e non avete pensato che fosse il caso di dirmelo?».

«Posso occuparmi solo di un problema alla volta che riguardi un'omega, e al momento voglio che ti concentri su Ivana, non su Ashlyn».

«Non è una decisione che spetta a te».

Un lampo attraversò il suo sguardo quando i suoi occhi scuri incontrarono i miei. «In realtà, Cillian, visto che sono il tuo *re*, è assolutamente una decisione che spetta a me».

Strinsi i denti, e i braccioli della sedia scricchiolarono come aveva fatto poco prima la scrivania di Kieran. Solo che, stavolta, stavo stritolando il legno incastonato nel cuoio.

«Se vuoi sfidarmi per provare ad assumere questo ruolo, sarò più che felice di accontentarti» continuò. «Ma visto che non hai mai dimostrato nessun desiderio di governare, allora deciderò per te. Adesso Ivana è la tua priorità, non Ashlyn».

«Ashlyn è la *mia* priorità» aggiunse Lorcan. «È un'omega del mio settore. E per rispondere alla tua domanda iniziale, Kieran, no. Nessuno sa dove sia finita né come sia successo».

Kieran si appoggiò allo schienale, borbottando una parolaccia.

«Era nel settore Night quando è sparita?» chiesi, nel tentativo di scoprire tutto quello che mi ero perso.

La risposta di Kieran fu sommersa dai pensieri di qualcuno che gridava il mio nome.

Cazzo! Cercai la fonte della voce. *Mindy.*

Cillian! Cillian! Cillian!, strillava.

Che cazzo sta succedendo? Dove sei?, chiesi, solo per

cogliere la sua posizione un attimo più tardi, quando altri pensieri estranei mi assalirono.

«Ivana» mormorai, teletrasportandomi in una strada a un paio di isolati più in là della sua abitazione. «Oh, Ivana». La sollevai dal selciato, con un ringhio che mi vibrava nel petto. «Cos'è successo, macushla?».

Non disse nulla, e la sua mente era altrettanto silenziosa.

Finché non smise di esserlo.

E fu invasa da una cacofonia di voci.

I pensieri di tutti quelli che ci circondavano.

«Oh, merda». Avrei dovuto aspettarmelo. A volte, le omega – soprattutto quelle più potenti – ereditavano le abilità dei loro alfa nel corso del processo di accoppiamento. Non importava che non l'avessi ancora morsa: la procedura era già iniziata.

Lo stesso era accaduto a Quinnlynn e Kieran. Lei aveva ricevuto parte delle doti guaritrici del futuro compagno, permettendole di prendersi cura di tutte quelle omega nel settore Bariloche per quasi un secolo.

Se Quinnlynn fosse andata a letto con un altro alfa, il legame si sarebbe spezzato. Ma lei gli era rimasta fedele e il suo potere si era mantenuto intatto.

Così come Ivana sarebbe stata in grado di leggere la mente altrui e forse anche di comunicare telepaticamente. Ed entrambi quei poteri sarebbero aumentati non appena l'avessi morsa.

Ammesso che lei lo voglia.

«Ivana» dissi, scacciando quel pensiero dalla mente. La tenni stretta a me, deciso a proteggerla. A supportarla. Ad *aiutarla.* «Ivana».

Iniziai inconsapevolmente a fare le fusa, il mio bisogno

di confortarla era sbocciato dentro di me senza neanche che me ne rendessi conto.

Ivana si rilassò per mezzo secondo, poi fece una smorfia e si coprì la pancia. La osservai aggrottando la fronte, capendo che stava cercando di proteggere il nostro cucciolo. Ma da chi?

Dalle voci?

Da me?

Non ne ero sicuro, perché non riuscivo a sentirla; la sua mente era sovrastata dai pensieri degli altri.

Ascoltami, le ordinai. *Ascolta solo me, Ivana. Ascolta i miei pensieri. Le mie parole. Solo le mie.*

Lei rabbrividì in risposta. O forse stava tentando di muoversi.

Ivana, insistetti, accentuando il comando con l'autorità del mio lupo.

Mi rispose un sottile guaito, il suo animale che riconosceva la mia presenza e il mio potere.

Così continuai.

Concentrati su di me, macushla. Fingi che ci siano delle porte nella tua testa e chiudile tutte, tranne quella connessa a me.

No, no, rispose debolmente. Troppo debolmente. Come se fosse dispersa in un tunnel lungo e buio. *Non ci vuole. Né me, né il bambino.*

Aggrottai la fronte. *Perché lo pensi?*, domandai, confuso.

Niente.

Ivana, perché pensi...

Si afflosciò tra le mie braccia, e la sua mente si acquietò ancora una volta.

Con un sospiro, posai la fronte sulla sua. «Quando ti sveglierai, io e te faremo una lunga chiacchierata, Vana».

«Sarebbe saggio» commentò Kieran alle mie spalle. Lui e Lorcan mi avevano seguito, aspettandosi una qualche minaccia. Non me ne ero reso conto, perché ero stato troppo preso da Ivana e dal caos che le imperversava nella mente. Ma ora udii chiaramente Kieran e Lorcan.

«Ha anche bisogno di cibo» aggiunse Kieran.

Ma dai?!, pensai. Lo sapevo già. Avevo intenzione di portarle da mangiare dopo aver parlato con Kieran.

«Le omega incinte hanno sempre fame» continuò, come se fossi totalmente incapace di comprendere le necessità della mia femmina.

Mi voltai lentamente per guardare in faccia il mio più vecchio amico, continuando a stringere Ivana al petto. «Hai voglia di condividere altri consigli di coppia?» gli chiesi, torvo. Non ero per nulla divertito dalle sue provocazioni.

«Solo che la comunicazione è importante» disse con un sorrisetto. «E ora va' a prenderti cura della tua omega».

Ti aggiorneremo quando ne sapremo di più su Ashlyn, aggiunse Lorcan mentalmente.

Grazie, risposi telepaticamente a entrambi.

Mi avviai verso l'appartamento di Ivana – camminando, non teletrasportandomi, visto che era incinta – e percorsi più di un isolato prima di rendermi conto che l'avevo appena messa davanti a tutto e a tutti. Era stata una reazione naturale.

La mia compagna prescelta ha bisogno di me. Come farei a concentrarmi su qualcos'altro?

Feci una smorfia, perché subito dopo pensai: *Ecco perché non mi sono mai accoppiato. Cambia tutto.*

Ma... è veramente un problema?, mi domandai, aggrottando la fronte.

Avevo trascorso più di mille anni da solo, facendo ammenda per l'incapacità di uccidere mio padre. Avevo giurato di mettere fine alla sua stirpe. Di non prendere mai una compagna.

E se invece creare una nuova vita fosse stata la soluzione?

Vivere nell'ombra dei peccati di mio padre rendeva impossibile sfuggire davvero al suo ricordo. Tuttavia, con Ivana, mi ero sentito... una persona nuova. Un uomo completamente diverso.

Forse il modo migliore per cancellare il passato era sostituirlo con un futuro più luminoso.

Un futuro con Ivana, pensai mentre ci avvicinavamo al suo condominio.

Era ancora silenziosa e immobile, più pallida del solito. Considerando dove l'avevo trovata, non doveva essersi riposata come le avevo consigliato. E probabilmente non aveva nemmeno mangiato.

Benz, lo chiamai, sfruttando una connessione mentale di cui avevo usufruito molte volte nelle ultime due settimane. Prima nel settore Glacier, poi nel settore Blood.

Non mi ero fidato di nessun altro per farci portare un po' di provviste durante l'estro di Ivana.

Sì?, mi rispose il beta. La sua irritazione era palpabile. Avrei giurato di sentirgli aggiungere "padrone", ma sembrò sforzarsi di evitare di usare quel titolo sarcastico.

Ivana è svenuta, gli dissi, riuscendo così ad attirare la sua attenzione. La sua mente iniziò a tempestarmi di domande, ma le ignorai e aggiunsi: *Ha bisogno di qualcosa da mangiare, e in fretta. Puoi prendere una pizza con il salamino e le olive verdi da San Marino?* Sapevo, avendo osservato Ivana in passato, che era uno dei suoi piatti preferiti.

E adesso che non era più in calore, potevo nutrirla adeguatamente.

Prima, ero riuscito a farle mangiare dei panini o qualche

pasto leggero che avevo cucinato con la spesa che ci aveva portato Benz.

Di' a Diego di mettere tutto in conto a me. E se potessi prenderle anche della limonata alle fragole, lo apprezzerei molto. Perché Ivana la adorava.

Benz non rispose subito; la sua mente era impegnata a prendere nota delle mie richieste. I suoi pensieri si tinsero di sorpresa, e addirittura di un pizzico di rispetto. *Okay*, fu tutto quello che disse. *Dovrei essere lì tra mezz'ora.*

Grazie, risposi, poi tornai a dedicarmi alla mia omega.

Non si mosse quando entrammo nel suo palazzo o salimmo le scale; continuò a dormire con la testa appoggiata alla mia spalla.

La spostai un po' per cercare la chiave, che trovai infilata nelle tasche dei jeans. Aprii la porta, la richiusi alle mie spalle e mi sedetti con lei in grembo sul divano.

«Non ho mai detto di non volere il nostro cucciolo» mormorai, ricordando i pensieri di prima. «Perché ne sei convinta, macushla?».

La mia mente ripercorse tutto quello che era successo quando si era destata dal calore, rievocando ciò di cui avevamo parlato ed elaborandolo nella mia testa.

«Credevo che *tu* non volessi un bambino» continuai ad alta voce, pettinandole i capelli bagnati con le dita. Doveva essersi fatta la doccia prima di uscire. Io e il mio lupo non ne eravamo molto felici, perché il nostro odore era svanito dalla sua pelle. «Credevo che fossi arrabbiata con me perché non avevo usato un anticoncezionale».

Ancora niente.

Nessun suono.

Nemmeno l'ombra di un pensiero.

A meno che non mi abbia tagliato fuori di nuovo dalla sua mente.

Se ora l'avessi morsa, avrei potuto risolvere il problema. Ma volevo che fosse cosciente quando l'avrei reclamata, e soprattutto che fosse d'accordo.

«Oh, ma accadrà» aggiunsi. «Ti morderò, Vana. Anche se dovessi implorarti per settimane, mesi, anni. Sei mia, macushla. Penso che tu sia stata mia fin dal giorno in cui ci siamo conosciuti».

Questo spiegava perché l'avevo portata nella mia tana invece che in una delle tante case temporanee che avevamo nel settore Blood.

Spiegava anche perché nessun altro alfa fosse mai stato alla sua altezza, perché nessuno degli alfa del settore Blood avesse mai *provato* a corteggiarla.

«Sono stato uno stupido a tenerti a distanza» ammisi, fissando la parete dall'altro lato della stanza mentre elaboravo tutto a voce alta.

Avrei dovuto ripeterle ogni cosa quando si fosse svegliata, ma non era un problema. Avrei fatto qualsiasi cosa per lei. Cazzo, lo facevo già. Solo che non me ne ero reso conto.

«Sei la mia priorità, Vana. Credo che tu lo sia sempre stata, ma tenerti a distanza mi ha reso più facile concentrarmi sul settore Blood. O forse mi ha reso più facile illudermi di fare la cosa giusta per entrambi». Deglutii, continuando ad accarezzarle i capelli.

Sembrava così fragile, svenuta tra le mie braccia.

Così piccola e immobile.

Volevo sentirla lottare, udire la sua voce, esplorare la sua mente.

Invece continuai a parlare, sperando che forse il mio tono, accompagnato dalle fusa, l'avrebbe confortata.

«Ora so che mi sbagliavo. Perché la cosa giusta da fare era quello che sto facendo adesso: metterti al primo posto.

Anche se mi sta uccidendo non poter aiutare Lorcan e Kieran a rintracciare Ashlyn, so che è qui che devo essere. E so che la troveranno, mi fido di loro. Così come loro...».

«La troveranno?» ripeté Ivana, attirando il mio sguardo. Non mi ero accorto che si era svegliata, men che meno che mi stava osservando. Era talmente immobile e silenziosa che pensavo che fosse ancora svenuta.

«Da quant'è che sei sveglia?» chiesi.

«Abbastanza a lungo» rispose con un'espressione indagatrice. «Cos'è successo ad Ashlyn?».

«Non preoccuparti per Ashlyn» mormorai. «Ci stanno pensando Lorcan e Kieran».

Cercò di allontanarsi da me, di mettersi a sedere, ma la tenni stretta.

«Ivana...».

«No, voglio sapere cos'è successo ad Ashlyn» disse, dandomi una spinta un po' più forte.

Stavolta le permisi di muoversi, capendo che non voleva toccarmi.

Ma invece di sedersi più in là, cambiò semplicemente posizione e mi afferrò le spalle. «Dimmi di Ashlyn».

Scossi la testa. «Non so molto» confessai. «Solo che è sparita e che nessuno sa quando sia successo o come». Le accarezzai la schiena. «Lorcan stava per aggiornare Kieran quando Mindy ha iniziato a urlare. Li ho lasciati per venire ad aiutarti».

Ivana mi fissò. «È per questo che Kieran aveva bisogno di te, prima? Per via di Ashlyn?».

Aggrottai la fronte. «Kieran non aveva bisogno di me».

«Ma hai detto che dovevi parlargli. Ho pensato che ti avesse chiamato».

«No, dovevo parlargli del tuo calore e del siero – o, a quanto pare, il *drink* – che l'ha causato».

Spalancò gli occhi. «Te ne sei andato per parlare di me?».

«Per parlare di quello che ti avevano dato, sì. Volevo sapere se poteva alterare la tua capacità di acconsentire». La mia mano scese sul suo fianco, mentre il mio sguardo tratteneva il suo. Invece di girarci attorno, decisi di andare direttamente al punto. «Volevo assicurarmi che non fosse stato quello a spingerti a reclamarmi».

«*Cosa?*».

«Beh, eri arrabbiata con me perché non avevo usato un anticoncezionale, e su questo avevi ragione. Voglio dire, avrei dovuto chiederti cosa ne pensavi di avere dei cuccioli prima di...». Mi interruppi con una smorfia. Kieran non aveva tutti i torti. *Mi sto comportando come se non avessi mai scopato con un'omega.*

Mi schiarii la gola e tentai di ricominciare.

Ma Ivana parlò per prima. «Non ero arrabbiata perché sono rimasta incinta. Ero... *sono* arrabbiata perché non mi hai reclamata, Cillian. Perché *non vuoi* reclamarmi. Perché hai detto che non lo avresti fatto neanche se avessi potuto. E...».

Mi avventai sulla sua bocca, mettendola a tacere con un bacio.

Che si rivelò la cosa più sbagliata da fare, perché quella piccola strega mi *morse* di nuovo. Forte. Nello stesso punto in cui mi aveva morso la settimana prima. Facendomi sanguinare.

Non azzardarti a baciarmi, mi ringhiò nella mente. *Hai rifiutato me e il nostro bambino. Non puoi baciarmi, non potrai baciarmi mai più.*

Mi staccai e la fissai a bocca aperta. «*Non ti ho rifiutata*».

Lei alzò gli occhi al cielo e schiuse le labbra, pronta a ribattere.

Le afferrai la nuca e la costrinsi a guardarmi negli occhi mentre ripetevo: «Non ti ho rifiutata, Ivana. E di certo non ho rifiutato il nostro bambino».

«Hai detto che non ti dispiaceva e che non mi avresti morsa neanche se avessi potuto».

«Ho detto che non mi dispiaceva non aver usato protezioni e che non lo avrei fatto in ogni caso» la corressi subito. «E questo mi rende uno stronzo, lo so. Ma l'idea di metterti incinta me lo ha fatto venire così duro da riuscire a stento a pensare lucidamente. E il fatto che tu fossi in calore? Beh, non avrei mai potuto impedire quello che è successo, perché non desideravo altro».

Rimase a bocca aperta, sia per lo stupore, che nel tentativo di dire qualcosa.

Ma dalle sue belle labbra non uscì nulla.

«E ho voluto morderti per nove fottuti giorni» decisi di aggiungere. «Ma volevo che fossi in te e che fossi d'accordo. Non volevo farlo mentre ti lamentavi ed eri arrabbiata con me per averti ingravidata senza permesso».

Sbatté le palpebre. «Mi lamentavo...?». Scosse la testa, e nel frattempo le sfuggirono alcuni pensieri.

Vuole il bambino.

Vuole mordermi.

Non... non gli dispiace che sia incinta.

Soffocai l'impulso di ringhiare per l'ultimo commento. E poi la bocca di Ivana fu improvvisamente sulla mia, si mise a leccare la ferita che mi aveva lasciato sul labbro.

La presi tra le braccia. Il mio lupo fece internamente le fusa in segno di approvazione, mentre la mia omega si metteva a cavalcioni su di me e premeva il suo intimo rovente sul mio inguine.

Un netto contrasto con quello che stava accadendo solo

qualche istante prima, quando Ivana sembrava pronta a uccidermi. Ora voleva... divorarmi.

Lasciai che fosse lei a condurre, abbandonandomi al suo bacio. Mi avvolse le braccia intorno al collo e la sua lingua danzò con la mia alla ricerca di qualcosa di più. Qualcosa di profondo.

Le accarezzai la schiena, risalendo verso la nuca e tenendola stretta a me mentre le aprivo la mia mente, permettendole di udire ogni mio pensiero. E ogni paura. Tutto il mio passato. I miei desideri. Il mio *amore*.

Ivana rabbrividì, in parte sopraffatta dalla quantità di informazioni a cui stava avendo accesso. Ma la parte più istintiva si aggrappò alla verità. La *mia* verità.

Ti voglio. Voglio tutto questo. Voglio il nostro bambino, il nostro futuro. Le nostre vite insieme. Non avevo idea di quanto fossi solo finché non ti ho incontrata. Di quanto fosse priva di significato la mia vita. Ora sei il mio mondo. La mia priorità. Il mio scopo. Ti amo, Vana. Per me ci sei sempre stata tu. Solo e soltanto tu.

Iniziò a piangere, spingendomi ad accarezzarle il viso. Ma non era triste. Era... *sollevata*.

Perché capiva. Capiva tutto.

«Sei mia, macushla» sussurrai. «E io sono tuo».

Non serviva un morso per dimostrarlo, perché le nostre anime lo avevano già fatto. I nostri cuori. I nostri corpi.

Ma mentre mi leccava di nuovo il labbro inferiore, sentii il mio lupo ringhiare, desideroso di ricambiare il favore e poterla finalmente assaporare.

Le lasciai ascoltare quel bisogno, quella *brama* selvaggia. Era ora che la rivendicassi una volta per tutte.

«Sì» sussurrò. «Ti prego».

Stavo per chiederle se ne era davvero sicura, quando

qualcuno bussò alla porta dell'appartamento, strappandomi un ringhio frustrato.

Un attimo dopo Benz entrò, scegliendo di teletrasportarsi invece di aprire la porta.

La mia testa ricadde sulla spalla di Ivana.

Maledetto beta. «Tempismo perfetto. Come sempre».

IVANA

Sʙᴀᴛᴛᴇɪ le palpebre per schiarire la mente dalla lussuria che l'aveva offuscata e osservai il mio migliore amico. «B... Benz?» balbettai, confusa dalla sua comparsa nel mio appartamento.

«Maggiordomo Benz al vostro servizio» annunciò con un profondo inchino. Teneva un cartone di pizza in una mano e una bevanda nell'altra. «Sono felice di vedere che sei più lucida, raggio di sole. Peccato che non si possa dire lo stesso del tuo alfa».

Cillian lo fulminò con lo sguardo. «Attento, beta».

Benz gli lanciò un'occhiata sprezzante e disse: «Prego, *alfa*». Poi appoggiò tutto sul bancone della cucina. «C'è qualcos'altro di cui hai bisogno, *alfa*?».

Cillian sembrava pronto a esplodere. «Sei fortunato che

la mia omega è affezionata a te. È l'unica cosa che mi trattiene dal darti una bella lezione».

Benz sorrise. «Magari mi piacerebbe, alfa. Non ci hai mai pensato?».

Quel buffone del mio amico svanì prima che Cillian potesse rispondere, lasciando l'alfa a brontolare. «Ha appena flirtato con me?».

«Penso di sì». Un sorrisetto mi danzò sulle labbra. «Presumo significhi che stai iniziando a piacergli».

L'espressione di Cillian mi disse che non ne era felice. «Non ho bisogno di *piacergli*. Sono un Élite. Basta che si limiti a rispettarmi».

«È il mio migliore amico. Per me è importante che tu gli piaccia» gli feci notare.

Parte dell'irritazione di Cillian si sciolse in un'occhiata indulgente. «Non puoi avere Quinnlynn come migliore amica?».

Percepii la leggerezza della domanda, e risposi con un sorriso ancora più ampio: «No. Dovrai imparare ad amare Benz».

Lasciò cadere la testa all'indietro, gemendo. «*Amare?!* Non esagerare, omega. L'unica persona che amo sei tu. Nessun altro».

Il mio sorriso si incrinò. «Nessun altro?» ripetei. «Nemmeno Kieran o Lorcan?».

Ci rifletté sopra per qualche istante, poi disse: «Rispetto Kieran e Lorcan e tengo a loro. Sono i miei fratelli. Ma il modo in cui amo te è diverso. È più intenso. Più totalizzante. Più... *più*».

Provai una stretta al cuore. Non avevo mai pensato di udire qualcosa del genere. Avevo sperato che si accoppiasse con me, magari anche di aver l'opportunità di crescere il suo cucciolo.

Ma questo?

Cillian che ammetteva di amarmi? E di non essere solo attratto da me?

«Ti amo anch'io» mormorai, prendendogli il viso tra le mani. «Oh, Cillian. Ti amo davvero».

Sentii il suo palmo contrarsi sulla mia nuca, mentre il suo sguardo intrappolava il mio.

E poi mi baciò.

No, non mi baciò e basta. Mi *possedette*.

Non si trattenne, non fu delicato. Fu un bacio liberatorio, che sembrò condurci a un nuovo livello di esistenza. Fu come un cataclisma.

«Voglio morderti, Vana, ma prima devi mangiare». Mi baciò di nuovo, senza darmi il tempo di rispondere.

Ma... fanculo il cibo.

Voglio che mi reclami, pensai rivolta a lui. *Ti prego, Cillian.*

«Lo voglio anch'io, macushla. Cazzo, ne ho *bisogno*. Ma sei appena svenuta a causa del mio potere e non hai mangiato nulla da quando ti sei svegliata. Devi nutrirti, amore. Ti serve un po' di energia. Perché dopo averti morsa ti scoperò».

Fremetti a causa dell'immagine mentale evocata dalle sue parole. *Sì, sì.*

Ringhiò, posando la fronte sulla mia. «Ho chiesto a Benz di portarti il tuo cibo preferito: pizza con salamino e olive verdi. Mangiane almeno una fetta, okay? Se non vuoi farlo per me o per te stessa, allora fallo per il nostro bambino». La sua mano abbandonò la mia nuca e si posò sul mio ventre.

Mi irrigidii. Era stato un gesto carico di significato, che mi fece saltare un battito.

Il nostro bambino.

Appoggiai la mano sulla sua e abbassai lo sguardo sulle nostre dita intrecciate.

Il nostro bambino, pensai di nuovo.

«Il nostro bambino» mi fece eco Cillian ad alta voce, colmo di orgoglio. «Sarai una madre straordinaria, Ivana».

I miei occhi si riempirono di lacrime. «Non mi sento molto straordinaria».

Mi mise l'altra mano sulla guancia. «Mi sei di ispirazione, macushla. È solo che ora sei un po' stanca, e a ragione. Dai, mangiamo. Poi vedrai che ti sentirai meglio».

Mi morsi il labbro inferiore. Era come se le mie viscere stessero vorticando in mille direzioni diverse.

Probabilmente perché mi ero svegliata incinta e con un legame di accoppiamento a metà, convinta che il mio alfa non volesse niente di tutto ciò.

Poi...

Posso leggere la mente della gente, pensai con una smorfia. *Beh, più o meno.*

Avevo anche appena scoperto di aver frainteso quello che mi aveva detto Cillian.

Quindi... sì. Non ero al massimo della forma. Piangevo. Il mio cuore batteva a un ritmo tutto suo. Il mio stomaco brontolava. E un calore intenso mi bruciava la pancia, nel punto in cui si trovavano la mia mano e quella di Cillian.

Era molto da assimilare in una volta sola.

«Cibo» dissi. Avevo la voce roca a causa della miriade di emozioni che si agitavano dentro di me. Mi schiarii la gola. «Sì, mangiare mi sembra un'ottima idea».

Cillian sorrise e mi asciugò una lacrima con il pollice. «E allora mangiamo».

Annuii e iniziai a scendere da lui, con l'intenzione di prendere dei piatti e preparare la tavola da due che si trovava nella piccola sala da pranzo accanto alla cucina.

Ma Cillian mi catturò i fianchi e mi fece sedere sul divano. «Me ne occupo io» disse, alzandosi e andando verso la cucina.

Trovò i piatti al primo tentativo, e così pure le posate, confermando di avere dimestichezza con il mio appartamento. *Probabilmente da quando mi ha nutrita durante il calore.*

Il pensiero mi fece stringere le cosce. Mi schiarii di nuovo la voce, la mia pelle era improvvisamente rovente.

Se Cillian se ne accorse, non fece commenti, portandomi un piatto. Il profumo della mozzarella mescolata al salame piccante mi fece venire l'acquolina in bocca. Sommando il bacio salato delle olive verdi, mi ritrovai praticamente a sbavare.

«È stato Benz a dirti che è il mio cibo preferito?» domandai, afferrando il piatto.

«No» rispose Cillian prima di andare a prendersi una fetta.

O meglio, ero convinta che fosse quello che stava per fare, ma invece mi passò un drink.

Di cui avrei riconosciuto l'aroma ovunque.

«Limonata alla fragola» mormorai con un sospiro, per poi berne una lunga sorsata. Il mio corpo gioì per il sapore e per il fatto che finalmente stessi bevendo qualcosa. «È stato un caso che Benz abbia ordinato proprio questa?».

«No» disse Cillian. Prese un piatto per sé, ma non tornò subito. Fissai la sua schiena con la fronte aggrottata.

«Allora ti piace la limonata alla fragola?» ipotizzai. «E la pizza con salamino e olive verdi?».

«La limonata alla fragola non è male». Tornò a sedersi accanto a me, ma la sua fetta di pizza aveva un aspetto orribile, come se fosse stata strappata malamente. «E anche il salamino non mi dispiace. Ma odio le olive verdi».

Ecco spiegato il motivo per cui aveva maltrattato la sua fetta. «Allora perché le hai ordinate?» chiesi, confusa.

«Perché questa è la tua pizza preferita, almeno alla pizzeria San Marino. Ho notato che non ordini le olive quando vai da Eddy, in fondo alla strada. Ma so che quella di San Marino ti piace di più. Così ho chiesto a Benz di andare lì». Diede un morso alla sua fetta sotto il mio sguardo incredulo.

«Sai qual è la mia pizza preferita?» domandai.

«Conosco molte delle tue preferenze, Vana» la informai facendole l'occhiolino. «Ma ora mangia, per favore. Prima che diventi fredda».

Non so cosa mi sorprese di più, se la sua ammissione o l'uso di "per favore".

Comunque fosse, obbedii. E quasi gemetti per l'esplosione di sapori che mi accarezzò la lingua.

Tuttavia, la pizza riuscì a distrarmi solo per qualche boccone, prima che la mia curiosità si risvegliasse. «Quali altre preferenze conosci?» chiesi, incapace di non suonare sospettosa. Soprattutto perché non potevo credere che fosse davvero al corrente di dettagli così intimi. Non avevo mai pensato che gli importasse abbastanza da notarli.

«Uhm... vediamo...».

Mise da parte il piatto quasi vuoto, e avrei potuto giurare che avesse divorato la fetta in tre morsi al massimo. Tutto ciò che restava era un mucchietto di olive.

«Gelato cioccomenta con zuccherini al cioccolato, non arcobaleno» cominciò. «Qualcosa che mangi sempre volentieri è il pollo al Bourbon. Ti piacciono anche il formaggio grigliato, l'insalata di broccoli e occasionalmente i pierogi. E il tuo cocktail preferito è il vodka tonic».

Rimasi a bocca aperta.

Aveva azzeccato ogni cosa.

«Inoltre, le bistecche le vuoi al sangue, marinate con pepe e limone. Non ami molto il pesce, ed è un peccato, considerato dove viviamo. Ma lo tolleri a patto che sia sommerso di salse e condimenti di vario genere. Non ti piacciono nemmeno i funghi, le carote, i lamponi e le olive nere».

Tutto vero.

«Come fai a sapere queste cose? Leggendomi la mente?».

Scosse la testa. «No. Semplicemente... presto attenzione».

«Oh». In effetti, aveva senso. Dopotutto, era incaricato di sorvegliare e proteggere ogni persona che viveva nel settore. «Immagino che tu sia costretto a farlo, con il tuo lavoro e tutto il resto».

«No, Ivana». Si sporse in avanti, afferrandomi il mento. «È a te che presto attenzione. L'ho sempre fatto e lo farò sempre».

Oh, ripetei tra me e me. *Oh*.

Non sapevo cosa rispondere. Avevo sempre pensato che a Cillian non importasse molto di me, che mi notasse solo quando imponevo la mia presenza.

Ma questo...

«Non ne avevo idea» sussurrai.

Le sue labbra si incurvarono appena. «Beh, ora lo sai». Indicò il mio piatto con un cenno del mento. «Finisci di mangiare, macushla».

Rabbrividii. La promessa sottintesa a quelle parole mi fece stringere lo stomaco.

Vuole mordermi.

Sì, confermò nella mia mente. *Ma non finché non avrai finito di mangiare.*

Fui attraversata da un altro fremito, suscitato dal

dominio di cui grondava la sua voce. L'alfa si stava rivolgendo intimamente alla mia omega interiore.

Diedi un altro morso alla fetta di pizza e poi bevvi un sorso di limonata, tutto sotto il suo sguardo attento.

Il bagliore sempre più intenso che gli illuminava gli occhi scuri rendeva chiari i suoi obiettivi, ma non potevo fare a meno di sentirmi un po' curiosa di sapere cosa stesse realmente pensando. Cosa stesse pianificando. *Cosa stesse immaginando...*

La sua mente si aprì alla mia in un istante, mostrandomi esattamente cosa voleva farmi.

Come e dove voleva mordermi.

Aveva in mente tre – no, *quattro* – punti. E desiderava prendersi tutto il tempo del mondo per goderseli.

Ebbi improvvisamente la gola secca, e fui costretta a bere quasi tutta la limonata rimasta. Stelle, avevo bisogno di una distrazione, o non sarei mai riuscita a terminare il pasto.

Qualcosa di mondano.

Qualcosa... qualcosa che non fosse sessuale.

Il bambino, pensai, accarezzandomi la pancia. *Sì, penserò al bambino... non al modo in cui è stato creato... o il calore... o... o la voglia di Cillian di reclamarmi...*

Chiusi gli occhi.

E fui certa che stesse ridacchiando.

Ma quando sbirciai verso di lui, era il ritratto della serietà.

Ciò significava che la risatina era risuonata soltanto nella sua testa.

Leggere la mente è... Fa sentire sopraffatti. Le parole erano rivolte a Cillian, ma invece di pensarle e basta, tentai di *dirgliele* telepaticamente.

«No, non ha funzionato» mormorò. «È rimasto solo un

pensiero. È possibile che non erediterai la telepatia, ma solo la capacità di leggere nella mente».

«Solo la capacità di leggere nella mente» ripetei, tornando a dedicarmi alla pizza. «Come se fosse una cosa da poco». Diedi un morso e mi costrinsi a masticare, riflettendo su tutto quello che avevo origliato in città.

Ogni insulto.

Ogni *pensiero*.

Anche se non ero certa che fossero tutti commenti provenienti dalla loro mente; forse alcuni erano stati pronunciati ad alta voce. Con Miranda, per esempio, era difficile a dirsi.

«Cielo. Incinta e senza un compagno. È ancora più patetica di quanto non lo fosse già».

Feci una smorfia ricordando quella considerazione crudele, poi trasalii nel momento in cui il solo ripensarci mi trascinò di nuovo nella sua mente.

Al momento, stava leggendo un menù, decidendo cosa mangiare.

«Ivana». La voce profonda di Cillian mi riportò da lui, il suo sguardo catturò e trattenne il mio. «Dovrò insegnarti come smettere di ascoltare».

Deglutii. Non avevo più appetito. «Non credo che questa nuova abilità mi piaccia». Soprattutto perché potevo ancora sentire i sussurri di Miranda in fondo alla mente, le sue parole crudeli, i suoi pensieri ancora più crudeli.

E non si trattava solo di lei. Sentivo... sentivo ogni cosa.

Chiusi di nuovo gli occhi, travolta dall'assalto di voci che si riversarono nella mia mente, tutte insieme, tutte a parlare contemporaneamente.

Limus ha finalmente riassortito il formaggio. Grazie al cielo.

Perché quel beta mi guarda?

Ha un bel sorriso. Oh, ma quelle labbra starebbero molto meglio intorno al mio...

Ivana.

Qual era il codice? Tre, cinque, sei? No. Ugh. Tre, quattro, sei?

Ashlyn non scapperebbe.

Aggrottai la fronte. *È la voce di Quinn?*

Ma prima che potessi approfondire, fui aggredita da un'altra decina di voci. Parlavano delle loro attività giornaliere, di cibo o di *sesso*.

Mi presi la testa tra le mani, incapace di concentrarmi su quello che mi circondava. Niente di tangibile. Solo *pensieri*.

Il B positivo è così acido.

Perché lascia sempre il latte fuori dal frigo?

Conta alla rovescia a partire da dieci. E respira.

Quella piccola peste ha lasciato di nuovo i segni dei denti sul tavolo!

Cazzo, la situazione sta sfuggendo di mano. Se scoprono dove...

Ivana!

Rabbrividii. La voce dominante sovrastò tutte le altre.

Solo che... durò solo per un attimo.

Perché quasi subito ancora più voci si avventarono su di me.

Vorticando in un caos di parole e ringhi e rumori che non riuscivo a comprendere. Era troppo. Troppo...

Un brontolio mi rimbombò nella testa, un suono che mi rasserenò all'istante e mi accolse in un mare di vibrazioni costanti.

Ritmiche.

Tranquille.

Mi rannicchiai addosso alla sorgente di quel brusio ripetitivo, rendendomi conto che si trattava delle fusa di Cillian. Mi teneva stretta al petto e le sue labbra erano posate sul mio orecchio.

Ti insegnerò come bloccarle, mi sussurrò. *Non sarà difficile quando saprai come erigere delle barriere mentali, Ivana. Hai già una naturale propensione a farlo.*

Ce... ce l'ho davvero?, chiesi, tremando.

Sì. L'hai sfruttata con me un'infinità di volte. È per questo che la tua mente è sempre così tranquilla: custodisci tutti i tuoi pensieri più intimi. Ti sfuggono solo quelli rumorosi. Mi sfiorò la fronte con un bacio. «Troveremo una soluzione» mi rassicurò ad alta voce. «Ti aiuterò».

Mi appoggiai a lui mentre un altro brivido si faceva strada lungo la mia spina dorsale. Tutto ciò che volevo fare era abbandonarmi alle sue fusa e rimanere lì per l'eternità.

Avevo ancora gli occhi chiusi ed ero nauseata dalla valanga di pensieri che mi aveva sconvolto il cervello. Lentamente, però, cominciai a rilassarmi. Almeno un po'.

Ma continuavo a udire quelle frasi a ripetizione, incapace di individuare chi le pronunciava.

Tranne Quinn.

La sua voce spiccava tra le altre.

Ashlyn non scapperebbe.

Aprii gli occhi. «Ashlyn è sparita». Mi ero dimenticata che Cillian me lo aveva detto, quando mi aveva spiegato di aver dato la priorità a me e non all'omega scomparsa. Gli avevo fatto qualche domanda, ma poi ero stata distratta dalla sua confessione sul motivo per cui era andato da Kieran.

È andato per me. A chiedergli informazioni sul siero. Su come poteva alterare la mia capacità di acconsentire.

Ma ora... ora ricordavo chiaramente la nostra conversazione.

«Hai messo me al primo posto, anche se Ashlyn potrebbe essere in pericolo» continuai. Era quello che stava dicendo quando lo avevo interrotto.

No, niente "potrebbe".

Ashlyn è sicuramente *in pericolo.*

E Cillian era troppo impegnato a occuparsi di me per aiutare Lorcan a trovarla.

Avevo compreso di voler essere la sua priorità, ma non a costo della vita di qualcun altro.

Ashlyn non scapperebbe, aveva pensato Quinn.

Pur non conoscendo bene l'omega Z-Clan, ero d'accordo con la posizione di Quinn.

«Sì, ti ho messa al primo posto» rispose Cillian, facendomi accigliare.

Cosa?

«È stata la decisione più naturale del mondo, Vana» proseguì, confondendomi ancora di più. «E la più giusta». Mi accarezzò il viso. «Ma ora capisco che ti ho allontanata perché era l'unico modo per concentrarmi su Kieran e sul settore Blood. Accettare tutto questo, accettare la nostra relazione, cambia ogni cosa».

Lo fissai.

Lo aveva già detto, tenendomi stretta tra le braccia.

Appena prima di nominare Ashlyn.

Scossi la testa. «Smettila di distrarmi» dissi, facendogli incurvare le labbra all'ingiù come era successo anche a me qualche istante prima.

«Ti stavo spiegando perché ti ho messa al primo posto, o meglio, che ti ho sempre messa al primo posto. Tu...».

«No, ho capito. È che...». Chiusi un attimo gli occhi, poi li aprii di nuovo. «Ashlyn è sparita».

«Sì, lo so».

«Non scapperebbe mai».

La sua espressione si fece ancora più corrucciata. «Okay».

«No, voglio dire, ho sentito che Quinn lo ha pensato, e sono d'accordo con lei». Ero consapevole che probabilmente lo stavo confondendo e basta, saltando da un argomento all'altro.

Scossi di nuovo la testa, tentando di schiarirmi le idee.

C'era qualcosa di importante.

Qualcosa che riguardava Ashlyn.

«Ashlyn... Ashlyn tiene un diario» farfugliai, riflettendo ad alta voce. «Voglio dire, scrive. E ha scritto nel mio diario, quando eravamo sul jet. Ma mi... mi ha detto...». Mi interruppi, ripensando alla nostra conversazione durante il viaggio verso il settore Glacier.

Le sue parole erano sempre così criptiche, simili a un avvertimento.

«In quanto omega Z-Clan, ha la dote della chiaroveggenza» dissi lentamente. «E annota le sue visioni nei diari». Ciò significava che avrebbe dovuto prevedere quello che era successo.

Forse l'ha fatto, pensai. *Forse è per questo che mi ha parlato dei suoi diari...*

«Nel mio nido ho tanti quaderni pieni di riflessioni. Ma solo chi sa dove cercare è in grado di trovarli».

Non avevo capito perché avesse sentito il bisogno di dirmelo, ma ora mi rendevo conto che probabilmente lo aveva fatto per un'ottima ragione.

«Nascondo i miei diari sotto il letto, sotto le assi del pavimento. È questo il mio segreto».

«E lo stai dicendo a me perché...?».

«Nel caso avessi bisogno di sapere qualcosa».

«*C'è qualcosa che dovrei sapere?*».

«*Molte cose, senza dubbio*».

Spalancai gli occhi. «Dobbiamo trovare quei diari».

CILLIAN

Lorcan?, lo chiamai, sfruttando il legame telepatico con il mio amico. Senza attendere una risposta, aggiunsi: *Ivana dice che qualcuno deve frugare nel nido di Ashlyn per trovare i suoi diari. Sono sotto le assi del pavimento.* Ivana non aveva condiviso quest'ultima informazione a voce alta, ma avevo colto il nascondiglio tra i suoi pensieri.

Diari?, ripeté Lorcan.

Sì. Da quello che ha detto a Ivana, Ashlyn annotava spesso le sue visioni nei suoi quaderni. Ciò significava che forse avremmo potuto trovare tra le pagine qualche indizio su cosa le fosse accaduto.

Dovevo credere che avesse confidato quelle informazioni a Ivana per un motivo.

E anche Ivana sembrava pensarla allo stesso modo.

«Mi ha anche messa in guardia sul principe Cael» stava

mormorando ora la mia omega, accigliandosi. «Ha detto che era circondato dall'oscurità. Le ho consigliato di parlarne con Quinn, ma ha affermato che Cael non è pericoloso, invitandomi semplicemente a stare attenta. Ero convinta che volesse solo liberarsi della competizione, quindi ho ignorato i suoi avvertimenti».

La mente di Ivana fu inondata dalla vergogna, i suoi pensieri presero una direzione pericolosa.

«Non è colpa tua» dissi con convinzione.

«Lo so, ma l'ho giudicata male. Ho completamente frainteso le sue intenzioni». I suoi occhi tristi incontrarono i miei. «Ho dato per scontato che fosse come Miranda e le altre. E... e ho ignorato quello che stava cercando di dirmi».

«O forse te lo sei ricordato proprio quando avresti dovuto». Le baciai dolcemente le labbra, accentuando la stretta del mio abbraccio. Era ancora seduta sul mio grembo. «Da quello che mi hai detto, Ashlyn ti ha dato delle informazioni che sperava che avresti usato nel momento opportuno».

E riflettendoci sopra, forse Ashlyn aveva lasciato qualche indizio anche a me.

Ricordai la nostra conversazione il giorno in cui era caduta nel laghetto ghiacciato, di come era stata colta alla sprovvista dall'arrivo di Grey.

«È solo che il suo arrivo mi ha colta alla sprovvista. Qualcosa che mi capita molto di rado».

Ma non era stata l'unica cosa che aveva detto sull'argomento.

«Quinn mi ha chiesto se fosse un problema per me. Ma non sono il tipo che si oppone al destino, quindi ho acconsentito alla sua presenza. Anche se ero convinta che le nostre strade si sarebbero incrociate tra un po', non oggi».

Che Grey abbia qualcosa a che fare con la sua sparizione?, mi domandai.

Forse.

Tuttavia, aveva anche dichiarato che Grey ed Henrik non avevano nessuna intenzione di farle del male.

Il resto della conversazione era stato altrettanto criptico, con lei che mi rimproverava per averla accompagnata al suo igloo.

Ma ora mi chiesi se non si stesse riferendo a Ivana.

«Non è compito tuo preoccuparti per me, Cillian. Non ti appartengo. Per quanto apprezzi i tuoi istinti protettivi, non sono necessari».

«Ti rendi conto che non sei l'unico a essere punito a causa delle tue azioni, vero?».

«Scegliere di soffrire per un malsano bisogno di espiare non ha un impatto solo su di te, Cillian. Quella scelta, quella in cui metti tutti gli altri al primo posto, ha un impatto anche su di lei. Se ricorderai almeno una parte di ciò che ho detto, ti prego, fa' che sia questa».

In quel momento, avevo pensato che mi stesse rimproverando per aver lasciato le altre omega al laghetto mentre mi occupavo di lei.

«Sono stato proprio testardo» borbottai. «E forse anche un po' stupido».

Ivana sbuffò, e tutta una serie di risposte sarcastiche le attraversò i pensieri.

Le afferrai la vita, conficcandole le dita nei fianchi e solleticandoli.

Lei strillò, spalancando gli occhi in un'espressione indignata. «Mi hai appena fatto il *solletico*?».

Ridacchiai. «Sì, macushla». E lo feci di nuovo, guadagnandomi un grido ancora più sonoro.

Tentò di sottrarsi alla mia presa, ma non avevo nessuna intenzione di lasciarla andare.

Era mia, e glielo dimostrai gettandola sul divano e bloccandola con il mio corpo.

«*Cillian*» sibilò, dimenandosi vanamente.

«Ivana» replicai, e mi sistemai meglio sopra di lei.

Il ringhio con cui reagì mi fece venir voglia di ricambiare, solo con un tono molto più erotico.

Purtroppo, però, la voce mentale di Lorcan mi fermò prima ancora di iniziare. *Kyra li sta cercando. Ashlyn ha detto sotto quali assi guardare?*

Un attimo, risposi, ripetendo la domanda a voce alta per Ivana.

«No, ha solo detto che nasconde i diari sotto le assi del pavimento nel suo nido. Quindi forse sotto il letto?» suggerì Ivana.

Riferii tutto a Lorcan.

Silenzio.

«Kyra li sta cercando» informai Ivana.

«Sì, l'ho sentito nella tua mente».

Inarcai un sopracciglio. «Hai sentito i pensieri di Lorcan?».

Arricciò le labbra con un'espressione concentrata. «No, non esattamente. Ho... ho sentito te che ci pensavi?». Sospirò. «È davvero complicato...».

Sorrisi. «Sì, lo è. Ma ti aiuterò».

Deglutì a fatica e annuì. «Riesco già a vedere come separi tutto».

«Davvero?» chiesi, sorpreso.

«Credo di sì». Si mordicchiò il labbro inferiore, aggrottando la fronte. «Forse "vedere" non è il termine giusto. Ma... percepisco il modo in cui privilegi i pensieri di

Lorcan, tagliando fuori tutti gli altri. E credo di sapere come».

«Interessante» mormorai, sondando la sua mente per udire le sue riflessioni. Stava tentando di mettere ordine tra i brandelli di informazioni sul procedimento che aveva scorto nella mia. Era tutto abbastanza confuso, ma sembrava sulla buona strada per districarsi in quel caos.

Non riuscii a capire molto.

Anzi, non riuscii a *sentire* molto.

Perché mi stava bloccando, impedendomi istintivamente di andare troppo a fondo nei suoi pensieri.

«Mi chiedo se la tua naturale resistenza al mio potere abbia a che fare con la costruzione della mente» commentai. «E ora quei doni si stanno mescolando, creando qualcosa di completamente nuovo».

Le sue labbra si incurvarono all'ingiù. «Cosa vuoi dire?».

«Beh, io non riesco a comprendere i processi delle menti altrui, riesco solo a sentire i loro pensieri. Tu non solo sembri in grado di capire come sfrutto la mia abilità, ma anche di riprodurla. Questo suggerisce una capacità unica, che va oltre la semplice telepatia».

«Ma ho sentito il tuo potere, Cillian. L'altro giorno, nel settore Glacier, non è stata la prima volta che mi hai messa al guinzaglio».

Feci una smorfia, non volevo ripensare a quel gesto. Ma purtroppo era un pensiero prevalente nella sua testa. «Non avrei mai dovuto farlo».

«No, non avresti dovuto» concordò. «Ma il punto non è questo. Il tuo potere controlla i recettori del cervello che governano il libero arbitrio. E tu riesci a imporre delle restrizioni. Ciò significa che le tue abilità vanno ben oltre la lettura della mente».

«Non ho mai detto che leggere la mente fosse semplice» mormorai lentamente, riflettendo sulle sue parole. «Inoltre, non mi sono mai reso conto di controllare la volontà altrui, l'ho sempre fatto e basta. Ma sembra che tu non solo riesca a percepirlo, ma anche a... vederlo accadere?».

Mi fissò. «Sì. Pensavo che ci riuscissero tutti».

«A percepirlo, forse» concessi. «Ma non credo che molti lupi lo vedano. Anzi, probabilmente nessuno. Stai dicendo che sei a conoscenza del fatto che in passato ho limitato i poteri degli alfa? Come quando Quinnlynn è stata attaccata, qualche mese fa?».

Lei annuì lentamente. «Quel giorno hai messo al guinzaglio tutti gli alfa, assicurandoti che nessuno potesse teletrasportarsi altrove».

«L'hai percepito o l'hai visto?».

Ivana ci pensò su per qualche istante. «Entrambe le cose, credo. E io ero consapevole che stava succedendo».

«È... affascinante» mormorai, osservandola meravigliato. «Ma all'epoca non riuscivi a leggermi la mente o vedere come funzionava, giusto?».

Scosse la testa. «No, l'ho solo sentito accadere. E sapevo cosa stavi facendo».

«Ti succede lo stesso con Lorcan e Kieran, quando sfruttano le loro abilità in quel modo?».

«Sì. La loro aura dominante è potente quanto la tua».

«Di più, in realtà» precisai. «Ma sì, si tratta di un talento simile».

«No, è uguale, Cillian» ribadì. «Tutti e tre emanate energia mentale sulla stessa terrificante lunghezza d'onda».

Grugnii. «Non userei il termine "terrificante"».

Mi lanciò un'occhiata eloquente. «Sai che è così. Ne sento la conferma nella tua testa anche in questo momento».

La facilità con cui stava sviscerando tutti gli strati della mia mente era stupefacente e impressionante. «È evidente che il tuo talento coinvolge la comprensione delle abilità mentali altrui, a prescindere da quanto siano complesse, e questo spiega la tua capacità di contrastarle».

E ora che aveva accesso ai miei poteri di lettura della mente, stava ampliando le sue doti.

«Affascinante» dissi di nuovo.

«Ti succederà lo stesso quando mi morderai?» chiese. «Voglio dire, *erediterai* il mio supposto talento?».

«Non c'è niente di "supposto", Vana. Quel talento ce l'hai». Un talento straordinario. Mi ero sempre domandato come facesse la sua mente a essere così quieta. Ora stavo finalmente iniziando a capire.

Quanto alla possibilità di assorbire il suo dono quando l'avessi reclamata...

«Non lo so, ma lo scopriremo molto presto» promisi. Il mio sguardo scivolò sulla sua bocca. «O magari subito». Perché non vedevo l'ora di reclamarla. Scoparla. Farla...

Kyra ha trovato i diari, mi interruppe Lorcan. Il suo tempismo lasciava molto a desiderare. *Ce ne sono centinaia, Cillian. Ivana potrebbe darci qualche indicazione su dove cominciare?*

Reprimendo un ringhio, riferii la domanda alla mia omega.

«Ehm...». Sbatté più volte le palpebre, concentrata. «No. Mi ha detto solo dove trovarli». Aggrottò la fronte. «Ma... è tornata nel settore Night, prima di sparire?».

Non ne avevo idea, perciò lo chiesi a Lorcan.

«Sì» le dissi, ripetendo ad alta voce la risposta del mio amico.

«Allora mi chiedo se il diario su cui stava scrivendo quel giorno è quello che voleva che trovassi» disse lentamente

Ivana. «Avrebbe senso: si è assicurata che lo vedessi. Ma... dovrei averli davanti per poterlo riconoscere. Non stavo facendo molta attenzione».

Altro senso di colpa le pervase la mente. *Perché ho dato per scontato che fosse una stronza come le altre?*, pensava.

Smettila, le sussurrai. *Adesso ci sta aiutando, ed è l'unica cosa che conta.*

Deglutì a fatica e annuì impercettibilmente.

Comunicai tutto a Lorcan.

Kyra li porterà nell'ufficio di Kieran. A meno che tu non preferisca che veniamo da voi? Un accenno di sarcasmo accompagnò la sua domanda.

Perché il mio migliore amico conosceva già la risposta.

Sta' alla larga dal nido della mia compagna.

Non l'hai ancora reclamata, eh?, mi provocò.

Fottiti, Lor.

La sua risatina mi fece ringhiare.

Ivana rabbrividì.

«Scusami» sussurrai, facendo del mio meglio per placare il mio animale interiore. «Lorcan mi tormenta».

«Beh, un po' te lo meriti» rispose, facendomi inarcare le sopracciglia dalla sorpresa.

«Ah sì?».

Annuì. «Avresti dovuto reclamarmi durante il calore. E invece hai scelto di aspettare. Quindi sì, meriti le prese in giro dei tuoi amici. A dire la verità, sono contenta che lo facciano. Anzi, avrebbero dovuto iniziare molto tempo fa».

La fissai a bocca aperta. «Piccola traditrice».

Si strinse nelle spalle. Era il ritratto dell'innocenza. «Sono solo sincera».

«Mmh» mormorai, chinandomi su di lei per mordicchiarle il labbro. «Me lo ricorderò quando mi starai implorando di lasciarti venire».

Spalancò gli occhi. «Cosa?».

«Mi hai sentito bene». Le diedi un altro piccolo morso, poi mi staccai a malincuore da lei. «Ti insegnerò come funziona la gratificazione ritardata».

«Ah, sei anni non sono bastati?» ribatté.

Quanto la amavo. «Mi fai venir voglia di dimenticarmi dei diari e scoparti, Ivana».

Sbuffò. «Allora forse dovrai imparare qualcosa sulla gratificazione ritardata, Cillian. Perché non voglio più il tuo nodo».

Scoppiai a ridere. «Le tue cosce fradicie suggeriscono il contrario, omega».

Le sue narici fremettero mentre si alzava dal divano, piantandosi le mani sui fianchi. «Le mie cosce sono perfettamente asciutte, *alfa*».

Mi sfuggì un'altra risata. «E ora hai anche iniziato a dirmi le bugie».

«No».

«Sì» insistetti, afferrandola per la vita prima che potesse anche solo pensare di allontanarsi da me.

Un sussulto scioccato abbandonò le sue labbra mentre le mettevo una mano tra le gambe, premendola sul suo seducente calore.

«Lo sento anche attraverso i jeans, Vana». Mi chinai per posare le labbra sul suo orecchio. «E ne sento il profumo». Le diedi un morso delicato al lobo, accarezzandola attraverso i pantaloni. «Sei talmente bagnata che dovrai cambiarti».

Mi strusciai su di lei per mostrarle quanto fossi eccitato anch'io.

«Non preoccuparti, Vana. Ti desidero con altrettanta forza, forse anche di più». Le leccai il collo, indugiando con i denti sul punto in cui il suo battito scalpitava. «Oh, non vedo l'ora di essere ancora dentro di te. Di *morderti*. Vorrei poterlo fare adesso, e mandare al diavolo tutto il resto».

Volevo marchiarla come la persona più importante della mia vita.

Dimostrarle che era la mia priorità.

Farla mia.

«No» mormorò Ivana in tono affannoso, appoggiandomi le mani sulle spalle e cercando di spingermi via. «Dobbiamo trovare Ashlyn».

Sospirai. «Ivana...».

«No, Cillian». Arretrò e mi prese il viso tra le mani. «Voglio essere la tua priorità, è vero. Me ne sono resa conto quando te ne sei andato per parlare con Kieran. Lo ammetto: quando ti ho elencato cosa avevo bisogno da parte di un compagno, mi sbagliavo. Avevi ragione tu nel dire che merito un alfa che mi metta al primo posto».

«Ed è quello che sto cercando di fare adesso» insistetti. «Voglio...».

Mi zittì, premendo le dita sulle mie labbra.

«Non avevo finito» mi rimproverò dolcemente. «So che vuoi farlo, e ti amo per questo. Ma si tratta di chi siamo come coppia, Cillian. Mi basta essere coinvolta nelle decisioni, sapere che mi rispetti abbastanza da dirmi cosa sta succedendo. Voglio che mi permetti di aiutarti. Lascia che ti mostri come può essere. Lascia che ti mostri cosa possiamo essere».

Mi accarezzò la guancia con il pollice, frugando nei miei occhi.

«Portami nell'ufficio di Kieran» continuò. «E insieme troveremo Ashlyn. Come una squadra. Una coppia unita».

La fissai, ammaliato dall'omega forte e tenace che mi stava davanti. «Sei incredibile, Ivana» sussurrai con sincerità. «Assolutamente incredibile».

Ero stato uno stupido a non rendermene conto prima. Avevo cercato di nascondermi da lei. Di respingerla.

Quell'omega bellissima, feroce e straordinaria aveva voluto essere mia fin dal primo istante. E avevo dovuto rischiare di perderla per capire quanto fossi fortunato che avesse scelto me.

«Passerò il resto della vita a cercare di essere degno di te» giurai. Poi suggellai la promessa con un bacio. Un bacio appassionato che la fece inarcare verso di me, mentre le cingevo la vita con un braccio e con l'altro le avvolgevo le spalle, andando a stringerle la nuca con la mano.

Gemette, la sua mente era completamente aperta. Potevo udire i suoi desideri. I suoi bisogni. Ma c'era anche una determinazione d'acciaio a ritrovare Ashlyn.

Tutto ciò che volevo Ivana era essere la mia partner. La mia confidente. La mia compagna.

E finalmente stavo capendo cosa significava.

Non c'entrava col porre Kieran o il settore al di sopra di lei; si trattava di collaborare con la mia compagna per ottenere ancora di più. Si trattava del lavoro di squadra. Di comunicare. Di sostenerci a vicenda a prescindere da tutto.

Quell'omega mi aveva appena dato una lezione che non avrei mai creduto di dover imparare.

La ringraziai con la lingua, la adorai con la mente e la amai incondizionatamente con tutto il mio cuore.

Andiamo a cercare Ashlyn, le sussurrai tra i pensieri. *E poi ti renderò ufficialmente mia.*

IVANA

I DIARI di Ashlyn erano sparsi sul pavimento, ed erano tutti uguali.

E io che speravo di riconoscere quello giusto, pensai con un sospiro.

L'unico elemento identificativo era un simbolo nell'angolo in basso a destra di ogni copertina. Ma nessuno di noi sembrava sapere cosa significassero quei simboli.

Nessuno di noi, ovvero: me, Cillian, Kieran, Lorcan, Quinn e Kyra.

Lorcan e Cillian avevano cercato i simboli nei loro archivi, mentre io e gli altri sfogliavamo pile e pile di quaderni.

Tre ore più tardi, però, non eravamo ancora arrivati a nulla.

«Ci sta sfuggendo qualcosa» dissi, guardando Cillian. «Mi ha parlato di questi diari. Mi ha detto di fare attenzione al principe Cael, che è circondato dall'oscurità. E mi ha consigliato di farti presente che una nuova vita è più importante di una vecchia».

L'ultima parte continuava a non avere alcun senso.

Si riferiva al nostro cucciolo? O a qualcosa di completamente diverso?

E chi è questa "vecchia vita"? Lei?

«Cosa ti ha detto esattamente?» chiese Kieran, rivolgendosi anche lui a Cillian.

«Mi ha dato del testardo. Mi ha avvertito che le mie decisioni non hanno un impatto solo sulla mia vita, ma anche su quella di qualcun altro – nel frattempo, mi sono reso conto che probabilmente si riferiva a Ivana. E sembrava anche abbastanza sconvolta dall'arrivo di Grey». Cillian aggrottò la fronte nel pronunciare l'ultima frase. «Ma ha detto che non voleva farle del male. Solo che era sorpresa perché non pensava che i loro destini si sarebbero incrociati così presto».

Kyra e Quinn si scambiarono un'occhiata.

«Non si è unita al programma per trovare un compagno» disse Quinn. «Io e te lo sappiamo bene».

Kyra annuì. «È sempre stata interessata agli alfa, ma non per accoppiarsi». Il suo sguardo guizzò per un attimo su Lorcan e aggiunse: «Voleva sapere come lottare contro di loro».

«Per difendersi» precisò il suo compagno.

Kyra fece spallucce. «È la stessa cosa».

Lorcan grugnì. «Solo per te, piccola killer».

Ultimamente parla molto di più, pensai, fissandolo sconcertata.

Sì, è snervante, mi rispose nella mente Cillian con un accenno di ilarità nel tono.

«Ma il punto è che sapevamo fin dall'inizio che Ashlyn si era unita al programma con uno scopo che non aveva nulla a che vedere con la ricerca di un compagno» disse Quinn. «E ora credo che lo abbia fatto per proteggere le altre omega».

«Solo che sono state drogate comunque» puntualizzò Kieran, osservando la sua regina.

«Sì, ma Sylvia è stata drogata per prima». L'espressione di Quinn divenne pensierosa. «E se non fosse stato intenzionale? E se fosse stato un segno? Un modo per far allontanare le altre dal settore Glacier prima che tutte andassero in calore?».

«Pensi che sia stata Ashlyn a drogarla?» chiese Kyra, incredula.

«No... Non lo so. È solo che...». Quinn si bloccò ed espirò. «Tutto quello che fa Ashlyn ha un obiettivo nascosto. È sempre stato così. E ha chiesto di essere messa in stanza con Sylvia».

«Quindi forse ha visto cosa le è successo, e chiunque sia dietro a tutto questo potrebbe averla presa per metterla a tacere» suggerì Kyra.

«O forse sapeva già cosa sarebbe successo e voleva assicurarsi che Sylvia fosse trovata in tempo» ribatté Quinn.

Si studiarono per un lungo istante, fu come se la loro conversazione stesse continuando attraverso gli sguardi.

Erano migliori amiche, e momenti come quello non facevano che dimostrarlo.

Lasciai che continuassero la loro muta discussione e tornai a concentrarmi sui diari. O, più precisamente, sui simboli.

«Pensi che riguardino una qualche sorta di linguaggio?» chiesi, rivolta a Cillian più che agli altri. «Magari qualcosa che i lupi Z-Clan usano per comunicare?».

Perché i caratteri somigliavano un po' a delle rune. Solo che non li avevo mai visti da nessuna parte. E nemmeno Lorcan e Cillian, pur con l'aiuto dei loro archivi, erano riusciti a identificarli.

E questo la diceva lunga, considerata la loro età.

Ma forse avevamo bisogno di un parere esterno.

«Dovremmo chiedere all'alfa Grey» capii, spalancando gli occhi. «Ti ha detto che le loro strade erano destinate a incrociarsi, no? Forse era un indizio. Forse voleva dire che dovevano incrociarsi adesso. Tipo, *oggi*».

«O forse stava alludendo al fatto che Grey era una minaccia» intervenne Lorcan.

«No, ha detto chiaramente che non aveva intenzione di farle del male» rispose Cillian. «E non credo che si stesse riferendo soltanto all'incidente al laghetto».

«Tipico di Ashlyn» brontolò Kyra. «Tutto quello che dice non è nient'altro che un rompicapo».

«Di solito ti piace risolvere i suoi enigmi» mormorò seccamente Quinn.

«Non quando Ashlyn si mette in pericolo» ringhiò Kyra, la cui espressione si incupì. «Appena la troviamo, la strozzo».

«Mi sembra giusto» commentò Lorcan.

Kyra lo fulminò con lo sguardo. «Preferisci che ammazzi te?».

Le labbra dell'alfa si arricciarono in un ghigno. «Adoro quando flirti con me, piccola killer».

«Smettila di distrarmi».

«Smettila di farmi proposte indecenti» ribatté lui.

«Sei così irritante». Lo disse in tono convinto, ma poi gli gettò le braccia al collo e seppellì il viso sul suo petto. Lui la strinse a sé. «Grazie».

Non capisco cosa sia appena successo, pensai tra me e me, e di conseguenza nella testa di Cillian.

Ma poi colsi la risposta nella mente di Kyra e in quella di Lorcan.

Lorcan l'aveva stuzzicata di proposito per distrarla da Ashlyn, anche se solo per un attimo.

Perché incolpava se stessa per non aver insistito di più e non aver convinto Ashlyn a rivelarle le sue intenzioni.

In realtà, studiando i pensieri dei presenti mi resi conto che c'erano molti sensi di colpa.

Cillian, Lorcan e Kieran si sentivano responsabili della scomparsa di Ashlyn in quanto protettori delle omega.

Al tempo stesso, Quinn e Kyra si rimproveravano per non averla fatta parlare.

«Anche se l'aveste costretta a confessare, non avrebbe potuto dirvi nulla» esclamai. «Mi ha spiegato che non può *condividere* le sue visioni. Per questo le scrive». Sollevai due quaderni. «E questi sono pieni di frasi incomprensibili, senza una cronologia. Ci vorranno settimane per esaminarli tutti. Ma se riusciamo a capire cosa significano quei simboli...».

«Forse saremo in grado di scoprire cos'è successo» terminò Cillian per me. «Sono d'accordo. E sono d'accordo anche sul fatto che abbiamo bisogno di Grey. Non credo che Ashlyn si stesse riferendo alla caduta nel laghetto; sono abbastanza convinto che stesse cercando di dirmi qualcos'altro».

«E l'oscurità che circonda Cael?» chiese Kieran. «Stava tentando di avvertirci che in qualche modo era coinvolto?».

Scossi lentamente il capo. «Non credo. Ha specificato

"circondato" dall'oscurità. E mi ha anche detto che non era pericoloso».

Kieran annuì. «Allora parleremo sia con Cael che con Grey, e domanderemo a entrambi se conoscono quei simboli. Poi vedremo il da farsi».

«Pensi che possiamo fidarci di loro?» chiese Kyra, con la testa appoggiata al petto di Lorcan. Lui non aveva smesso di abbracciarla, ma lo sguardo della sua compagna era rivolto a Kieran.

«No» rispose il Re del settore Blood. «Ma sono disposto a considerare l'idea».

«Anch'io» disse Cillian, e i suoi pensieri me ne illustrarono il motivo.

Spalancai gli occhi ascoltando tutto quello che gli aveva detto il principe su di me, come lo aveva definito indegno, come lo aveva esortato a fare di meglio.

A quanto sembrava, Cillian aveva subito lo stesso trattamento anche da parte di Lorcan.

Fissai a bocca aperta l'alfa in questione, per poi guardare il mio. *Ti hanno davvero detto tutte quelle cose?*

Mi sorrise. *Ti sorprende?*

Sì.

Perché?

Non... non lo so. È solo che... Aggrottai la fronte. *Lorcan non parla mai.* Una spiegazione sciocca, ma era la prima cosa che mi era venuta in mente. Per quanto riguardava Cael, non riuscivo a trovare nulla da dire. Ero... stupefatta.

Come hai già notato, ultimamente Lorcan è molto più ciarliero, disse Cillian, mettendomi un braccio intorno alle spalle. *E tiene a te. E anche a me. È per questo che sono curioso di conoscere le motivazioni di Cael.*

Ad alta voce, cambiò argomento, informando Kieran dell'aumento del potere del principe.

Ascoltai con attenzione, ancora sorpresa da tutto ciò che avevo ascoltato nella sua mente, e ancora più stupita da ciò che disse sul fatto che Cael riusciva a tagliarlo fuori dalla sua testa.

Sembrava quello che ero in grado di fare io. Più o meno.

Solo che il mio talento, come lo aveva definito Cillian, pareva ruotare intorno ai processi cerebrali. O alla capacità di percepire quei processi. O forse di percepire altre abilità mentali.

Ero molto confusa.

Tuttavia, ero anche piuttosto incuriosita dai poteri di Cael.

No, sbottò Cillian, catturandomi il mento con le dita. «Smettila di pensare a Cael. Tu sei mia».

Grugnii. «Non mi hai ancora morsa».

«Ivana» ringhiò. Un suono di avvertimento. «Ti morderò qui e ora, e poi ti scoperò, solo per assicurarmi che Cael riceva il messaggio. *Tu sei mia*».

Un brivido mi corse lungo la spina dorsale per la possessività con cui aveva pronunciato quelle parole. «Non...».

«Ti assicuro che non sarà necessario» intervenne il principe Cael, materializzandosi di punto in bianco nell'ufficio di Kieran. «Nonostante a volte apprezzi il voyeurismo, non mi sembra il momento». Si voltò verso il Re del settore Blood. «Dobbiamo parlare, O'Callaghan».

«Sì, sembra proprio di sì» mormorò Kieran, piegando appena la testa di lato. «Stavo per chiamarti».

Cael sorrise. «Lo so. Per questo sono qui».

«Dovrai spiegarmi come hai fatto» ringhiò Cillian, dando libero sfogo al suo istinto protettivo.

«Sì, quello e tante altre cose» rispose il principe. «Ma

prima l'alfa Grey deve controllare quei diari. Là dentro c'è una risposta di cui abbiamo disperatamente bisogno».

«Intendi una conferma» borbottò una voce profonda, mentre Grey appariva nella stanza. I suoi lunghi capelli biondi gli fluttuavano intorno, donandogli un'aria minacciosa.

Non ho sentito arrivare nessuno dei due, ringhiò Cillian. Le sue parole rabbiose erano rivolte a Kieran e Lorcan, ma le udii anch'io.

«Iniziate a parlare» disse Kieran in tono autoritario, emanando un potere difficile da ignorare.

«Crediamo di sapere dove sia Ashlyn» rispose Cael. «E crediamo di sapere chi l'abbia presa».

«Chi?» lo incalzò Kieran.

Cael lo guardò negli occhi e ringhiò: «Il principe Tadhg».

PARTE V

Caro oracolo delle stelle,

Se stai leggendo queste righe, è arrivato il momento di capire alcune delle mie scelte. Alcune delle mie visioni. Alcune delle mie...

No.

Non reagire. Non far sapere loro cosa hai scoperto. Hai capito?

Bene, come stavo dicendo... È il momento. Quindi ho bisogno che tu ascolti attentamente.

Se ho ragione, il tuo potere sta cambiando. Riesci a sentire le cose, vero?

Sh. Non reagire. Dico sul serio. Concentrati e blocca tutto il resto.

Concentrati sul tuo talento.

C'è qualcosa di strano?

Strane vibrazioni?

Potenziali enigmi da risolvere... o scomporre?

Questo è uno di quei momenti in cui è necessario scegliere saggiamente i propri alleati.

Valuta tutti i potenziali percorsi.

E fai attenzione a dove metti i piedi...

La strada è disseminata di mine. Mine che avviseranno il nemico del nostro arrivo.

Stai in guardia. Procedi con prudenza.

E ricorda...

Non. Emettere. Un. Suono.

Spero... spero che sia sufficiente. Non posso offrirti altro. Siamo a un bivio. Vedo due modi in cui potrebbe finire.

Forse troverai una terza via.

Per ora ti saluto,

Ashlyn

PS: Congratulazioni per il piccolo. Ti mando la mia benedizione dalla tomba.

PPS: Il nostro passato ci rende più forti, non più deboli. Ricordatelo. Ricorda da dove vieni. E renditi conto una volta per tutte che non sei lui. Ma a volte bisogna pensare come lui per trovare la verità. Per trovare... me.

CILLIAN

Non fu facile controllarmi e lasciare che Cael parlasse. Il suo arrivo improvviso e inaspettato aveva fatto scattare ogni possibile allarme nella mia testa.

Potere.

Una quantità oscena di potere.

Al pari di quello di Kieran. Di Lorcan. Del mio.

Un chiaro rivale.

Una potenziale minaccia.

Ma mentre continuava a raccontare, il senso di allarme si spostò dalla presenza inattesa di Cael alla situazione che ci stava illustrando.

«L'operazione di cui vi siete occupati voi e i lupi X-Clan nel settore Bariloche era solo una delle tante» disse, scioccandomi.

Aveva accennato con disinvoltura al nostro

coinvolgimento nella distruzione del settore Bariloche come se fosse una cosa risaputa, quando in realtà non ne avevamo fatto parola al di fuori della nostra cerchia ristretta.

Eravamo presenti solo per Quinnlynn, un'informazione che io, Kieran e Lorcan non avevamo condiviso con nessuno.

«Tra l'altro, l'attacco è stato prematuro» continuò Cael. «Avevamo una talpa che si stava facendo strada nel sistema, ma poi siete arrivati voi e avete raso al suolo il settore».

Grey grugnì, incrociando le braccia sul petto massiccio. Dal suo arrivo non aveva praticamente aperto bocca. Tuttavia, la sua mente turbinava di informazioni. Riflessioni sul commercio di schiave omega su cui, a quanto sembrava, lui e Cael avevano indagato per anni.

«Cosa significa esattamente "che si stava facendo strada nel sistema"?» chiese Kieran. La sua mente era pericolosamente silenziosa, la sua concentrazione tutta assorbita da Grey e Cael.

«Che era entrato nel giro delle aste di omega» chiarì Cael. La terminologia era leggermente diversa da quella del monologo interiore di Grey, che la definiva un "commercio di schiave".

«Che aste di omega?» domandò Kieran. «Non ho mai sentito parlare di nulla di simile».

«Perché sono gestite da un'organizzazione segreta di alfa. Abbiamo cercato di infiltrarci per anni». Cael sospirò e si passò le dita tra i capelli scuri. «Stavamo cercando di convincere Tadhg a contattare la nostra talpa nel settore Bariloche, in modo da poterlo smascherare».

«Per dimostrare che è uno dei membri dell'organizzazione» borbottò Grey, ma la sua mente mi disse che non si trattava soltanto di trovare le prove del coinvolgimento di Tadhg.

Mi mancava un pezzo del puzzle. Voleva le prove di qualcosa che aveva fatto Tadhg. Ma prima che riuscissi ad approfondire la questione, mi tagliò fuori dalla sua mente e posò su di me il suo sguardo di ghiaccio.

Ti ho lasciato curiosare abbastanza, pensò rivolto a me. *Non sono qui per fare del male a te o a chiunque altro nel settore Blood, come hai già avuto modo di accertare ogni volta che mi hai perlustrato la testa. Quindi smettila di scavare.*

C'è qualcosa che non ci stai dicendo, affermai.

Certo, ma i miei motivi personali non ti riguardano.

Tutto questo è personale anche per noi, gli feci notare.

Non nello stesso modo, disse, continuando a guardarmi negli occhi. Ad alta voce, annunciò: «Ho bisogno di vedere i diari di Ashlyn. Nessuno di voi è in grado di decifrarli come potrei fare io».

Kieran non si premurò di nascondere l'irritazione. «Non finché non avrò capito cosa sta succedendo davvero».

«Quello che sta succedendo è che fin dal Contagio alcuni alfa di settore hanno creato un commercio di schiave omega» riassunse Grey in tono piatto. «Hanno rapito le omega in fuga di qualsiasi specie, le hanno messe all'asta e le hanno vendute ai migliori offerenti in giro per il mondo. Hanno continuato per anni e anni, ma con meno aste a causa del numero limitato di omega. E i loro clienti principali erano gli stronzi come Carlos».

Altri nomi affiorarono nella mente di Grey, e mi permise di ascoltarli tutti. Non fui sorpreso dalla presenza di nessuno: in tutto il mondo c'erano luoghi come il settore Bariloche, governati da alfa che vedevano le omega come oggetti da usare, non tesori di cui prendersi cura.

«Oh, e le vostre recenti rivelazioni sul Santuario hanno sicuramente suscitato il loro interesse» concluse Grey.

«Perché non abbiamo dubbi che Tadhg abbia condiviso con gli altri tutto quello che sa» aggiunse Cael.

«Già» ringhiò Grey. «Per questo devo controllare i diari di Ashlyn: dimostrerò il suo coinvolgimento e vedrò cosa sa di lui».

«Come fai a essere a conoscenza dei diari?» intervenne Ivana, il cui sguardo luminoso era puntato su Grey. «Non vi abbiamo chiamati e nessuno sapeva dei diari finché non ho detto a Cillian dove trovarli. Eppure, tu e il principe Cael vi siete materializzati qui per leggerli. Come? *Come* facevate a saperlo?».

Grey la fissò di rimando. L'atmosfera era densa della sua energia dominante, e il mio lupo si agitò. Se avesse fatto anche solo mezzo passo verso la mia omega, sarei stato costretto a intervenire.

Nessuno poteva sfidare Ivana.

Nessuno tranne me.

«Mostragliela» disse, senza distogliere lo sguardo dalla mia femmina. «Mostrale la lettera».

Cael infilò la mano nella tasca della giacca elegante e tirò fuori una piccola busta bianca, che passò a Ivana.

La presi prima che potesse reagire, perché non volevo che la mia femmina si avvicinasse a lui. Cael arricciò le labbra, ma non disse nulla. Si limitò a osservarmi mentre le passavo la busta.

Ivana lesse il nome scribacchiato sopra, *Grey*, e vide il simbolo nell'angolo in basso a sinistra. Era come quelli presenti sulle copertine dei diari.

Senza dire una parola, la aprì ed estrasse un semplice biglietto bianco.

Avranno bisogno del tuo aiuto, lesse a mente. *E anche lei ha bisogno di te. Non mollare, Grey. Conta i giorni. Traduci i diari. Esamina le visioni. E ricorda che il tempo stringe. Tic. Tac. Tic. Tac. Tic...*

Sotto c'era una serie di simboli che non avevano senso per i miei occhi antichi. Proprio come gli altri.

«È un linguaggio primitivo» spiegò Grey quando Ivana alzò lo sguardo su di lui con un'espressione interrogativa. «Simile ai geroglifici, solo più vecchi e provenienti da una regione diversa. La *mia*. In quella riga c'è scritto "settore Blood", e sotto ci sono la data di oggi e l'orario, circa dieci minuti fa».

«Avevamo intuito che sareste stati tutti qui» aggiunse Cael. «Ma non eravamo sicuri. Per questo siamo arrivati qualche minuto prima, rispetto all'orario riportato sul biglietto».

«Da quanto tempo ce l'avete?» chiesi, indicando con un cenno del capo l'enigmatica lettera di Ashlyn.

«Da stamattina» mormorò Grey, strattonando il bavero del cappotto di pelle. «L'ho trovata nella tasca della mia giacca, che non indossavo dalla settimana scorsa, da quando sono stato qui».

Perché deve aver immaginato che non avrei più indossato questo cappotto fino a oggi, pensò. Sembrava che le parole fossero rivolte a se stesso, ma non mi impedì di origliare. Neanche quando aggiunse: *E deve averlo fatto dopo avermi distratto con quel maledetto bacio.*

Inarcai un sopracciglio. *Un bacio?*, mi domandai.

Ma non gli chiesi nulla, perché Kieran aveva già ricominciato a parlare.

«Tutto questo è molto interessante, ma dove pensate che sia Ashlyn?». Lo sguardo di Kieran si alternò tra Grey e Cael. «E perché siete così sicuri che Tadhg sia coinvolto?».

Grey digrignò i denti, bloccandomi ancora una volta l'accesso alla sua mente.

Era sicuramente successo qualcosa.

Qualcosa che non voleva farmi sapere.

Gli lanciai un'occhiataccia. *Più ti nascondi, più sembri sospetto.*

Non ho paura di te, Élite, replicò, sostenendo il mio sguardo. *Non ho paura di nessuno. Accusami quanto ti pare. Ma sarà solo una perdita di tempo.*

E quella barriera mentale calò di nuovo, abbattendosi con una forza tale che quasi indietreggiai.

È molto potente, mi sussurrò Ivana. *Sento... sento la sua energia avvolgerci tutti, un po' come quando imprigioni gli alfa. Ma questo... è ancora più intenso. Come se ci stesse facendo qualcosa che nessuno di noi è in grado di percepire.*

Non mi piaceva, e riferii subito tutto a Kieran.

Tuttavia, il mio amico era troppo impegnato ad ascoltare la spiegazione di Cael, che mi ero perso a causa della mia discussione mentale con Grey.

Per fortuna, potevo mettermi in pari attraverso i pensieri di Kieran.

Purtroppo, però, quello che udii non mi piacque per niente.

Usano i settori caduti come terreno di scambio, settori caduti quali il settore Eclipse.

Non ci sono prove tangibili del coinvolgimento di Tadhg, ma sappiamo che un potente alfa V-Clan è membro di questa organizzazione e che l'odore di Tadhg è rimasto in diversi luoghi associati alle aste del mercato nero.

Kieran si voltò verso la sua compagna. «È Tadhg l'alfa che hai fiutato nel settore Bariloche?».

Quinnlynn si accigliò. «No. Ultimamente l'ho visto

abbastanza spesso da poter dire con certezza che non era lui».

«Esatto. Tadhg non ha mai visitato il settore Bariloche. Solo mio fratello l'ha fatto». Il commento inaspettato catturò l'attenzione di Kieran, che si spostò in un attimo dalla compagna a Cael. «Prima stavo parlando di Dixon: è stato lui a infiltrarsi nel settore Bariloche. Era lui la nostra talpa, i cui sforzi sono stati vanificati quando voi e i lupi X-Clan avete smantellato l'operazione di Carlos».

«Tuo fratello è stato nel settore Bariloche? A stuprare omega?» chiese Kieran. Percepivo la rabbia che ribolliva nel suo tono pacato.

«Non ha stuprato nessuno» ringhiò Cael. «Ma è stato costretto a partecipare ad alcuni dei giochi di Carlos. Non era un ruolo che gli piaceva».

Quinnlynn sbuffò.

E anche Kyra.

Entrambe si guadagnarono un sospiro da parte di Cael. «Non conoscete mio fratello quanto me, ma sappiate che per lui il consenso è importante. E tutte le omega con cui si è intrattenuto ve lo confermeranno. Credo che tre di loro ora siano nel settore Andorra, se volete chiamarle per controllare».

Il fatto che fosse al corrente della loro posizione confermava quanto avesse prestato attenzione a ciò che era accaduto nel settore Bariloche.

Qualcosa che non avrebbe dovuto riguardarlo.

Eppure, aveva sentito il bisogno di sapere dove fossero state portate le omega. *Interessante*.

«Ho curato alcune di quelle omega» disse Quinnlynn a denti stretti. «So cos'hanno subito».

«Non da parte sua. Scappavi ogni volta che si avvicinava al settore Bariloche. Percepiva che te ne andavi».

Cael fissò Kieran. «Ecco come so che hai aiutato gli alfa X-Clan a distruggere il settore Bariloche: sei andato lì per Quinnlynn. Tra l'altro, ci hai messo un bel po' a trovarla».

Kieran fece un passo verso di lui. «Attento, principe Cael. Non mi piace l'accusa che traspare dalle tue parole».

Cael socchiuse gli occhi in un'espressione di sfida. «Possiamo atteggiarci quanto vuoi, *re Kieran*, ma stiamo perdendo tempo prezioso. Se Ashlyn è dove pensiamo che sia, presto sarà messa all'asta. E quando accadrà, riportarla a casa sarà molto più difficile».

«Sentite» disse Grey, avanzando e lasciando cadere le braccia lungo i fianchi. «Capisco che sia difficile credere a tutto questo. Ecco perché abbiamo lavorato per anni per cercare di cogliere sul fatto Tadhg. Abbiamo bisogno di prove per dimostrare ciò che ha fatto, in modo da poterlo inchiodare».

«Che era esattamente ciò che Dixon stava cercando di fare nel settore Bariloche. Stava tentando di farsi notare da Tadhg, fingendosi interessato ai suoi affari per essere invitato a unirsi a lui» aggiunse Cael.

«Esatto, Dixon e Cael pensavano che se Tadhg avesse scoperto che c'era un altro alfa V-Clan attratto dallo stile di vita di Carlos, lo avrebbe contattato». Grey suonava annoiato. «Ma non è successo».

«Non ne sembri sorpreso» notò Kieran, togliendomi le parole di bocca.

«Perché non lo sono. Tadhg ha trascorso almeno un secolo, se non di più, a celare la sua vera natura. Probabilmente si è reso conto subito delle intenzioni di Dixon».

Cael sospirò e scosse la testa; il suo atteggiamento e la sua espressione suggerivano che non era la prima volta che lui e Grey ne discutevano. «Dovevamo fare un tentativo».

«Certo» commentò Grey. «E ora Ashlyn ha preso in mano la situazione e si è offerta come esca. Ha visto cosa sta per accadere alle omega del Santuario e vuole provare a salvarle. Per questo ho bisogno di vedere quei diari. *Adesso*».

«Merda» imprecò Kyra. «Merda, merda, *merda*».

«Lo so» mormorò Quinnlynn.

Ivana aggrottò la fronte. «Cosa?».

«Questo è tipico di Ashlyn» sibilò Kyra. L'irritazione lampeggiò nei suoi occhi da gatta. «Si mette sempre in pericolo per proteggere gli altri. Sapevamo che non si era unita al programma per trovare un alfa. Ne eravamo al corrente, eppure non abbiamo insistito per capire cos'avesse in mente».

«Non avrebbe avuto importanza» ribatté Quinnlynn. «Sai quanto può essere testarda».

Kyra scosse la testa. «Quando la troveremo, la ucciderò sul serio».

Stavolta, Lorcan non disse nulla. Si limitò a studiare la compagna, forse udendo una sequela di maledizioni attraverso il loro legame. O forse percepiva semplicemente il suo umore.

Ignorando tutto ciò, mi concentrai su Cael e Grey. «Quindi pensate che si sia lasciata catturare per impedire che succedesse qualcosa alle altre omega» ribadii.

«Sì» rispose Grey. «E ha perfettamente senso. Tadhg deve aver saputo delle sue capacità profetiche da Hawk o da uno degli altri candidati del suo settore. O magari lo supponeva, visto che lei è un'omega Z-Clan. In ogni caso, l'avrà vista come una minaccia di cui era necessario sbarazzarsi. E lei si è messa nelle condizioni di essere rapita».

«Offrendosi volontaria per tornare nel settore Blood ad aiutare le omega in calore» concluse Kyra, scuotendo la testa e rimproverandosi mentalmente per non averlo capito prima.

«È stata una delle poche a non andare in calore, e ha detto che probabilmente il siero non aveva effetto su di lei a causa della sua specie» ringhiò Quinnlynn. «Ma scommetto che non ne ha bevuta neanche una goccia».

«Ammesso che le omega siano state drogate con un drink» precisò Kyra. «Non sappiamo ancora come sia successo».

«Era sicuramente un siero per le feste dell'estro. Ho riconosciuto l'odore, mentre tentavo di guarire alcune omega». Quinnlynn scoccò un'occhiataccia a Cael. «Un siero a cui tuo fratello avrebbe avuto accesso».

«Sì, certo… se il settore Bariloche esistesse ancora» rispose il principe. «Posso portarlo qui per farlo interrogare da Cillian, se pensate che possa essere utile».

«Ha un blocco naturale nella mente che lo renderebbe piuttosto complicato» feci notare. «E credo che tu lo sappia già».

«È una barriera che può essere rimossa». Cael mi diede una dimostrazione, aprendomi la sua mente. «Non è difficile».

Non risposi, preferendo sfruttare l'occasione per curiosare tra i suoi pensieri e assicurarmi che fosse sincero.

Non trovai solo sincerità, ma anche una genuina preoccupazione per Ashlyn.

Perché sapeva fin troppo bene cosa stava per capitarle. Così bene che mi resi conto che era già successo.

A qualcuno che gli era vicino.

No, non a lui.

A Grey, capii.

Era stato Grey ad aver avuto a che fare con le aste di quell'organizzazione.

Ad aver sperimentato il dolore del tradimento. La sofferenza causata dalla *perdita*.

Tutto questo, le accuse rivolte a Tadhg, la necessità di distruggerlo, erano dovute a Grey. In qualche modo sapeva che il principe alfa era responsabile di qualsiasi cosa gli fosse accaduta in passato.

Tadhg ha rapito e venduto la sorella di Grey, pensò Cael rivolto a me. I suoi occhi color acquamarina brillavano di una furia trattenuta a stento. *E ha cercato di dimostrarlo per più di un secolo. Io mi sono unito alla lotta di recente, solo da qualche decennio.*

Perché non ce lo avete detto?, chiesi, stupefatto.

Per lo stesso motivo per cui voi non ci avete detto del settore Bariloche, replicò. *Per lo stesso motivo per cui non ci avete informati subito dell'esistenza del Santuario. La fiducia richiede tempo, Cillian. Credo che tu lo sappia meglio di chiunque altro.*

Mmh, mormorai, senza confermare né negare. Perché sapevamo entrambi che avevo capito, su una moltitudine di livelli.

Ci sono altre cose che possiamo condividere, continuò. *Altre informazioni che abbiamo raccolto mentre indagavamo su Tadhg, soprattutto su questa organizzazione nota per le aste di omega. Ma è inutile proseguire la conversazione se pensi che stiamo mentendo.*

«Cillian?» mi esortò Kieran, attirando la mia attenzione. «Dobbiamo far venire qui Dixon?».

Tornai a rivolgermi a Cael. Era un punto di non ritorno. O collaboravamo con lui e Grey, o decidevamo di andare contro di loro.

Non vedevo nessun motivo per preferire la seconda opzione.

Perché nella mente di Cael avevo trovato solo il

desiderio di una nuova alleanza. Il rispetto per Kieran. Il riconoscimento dei nostri reciproci poteri.

E l'accettazione del fatto che Ivana ha scelto me.

Quell'ultima consapevolezza rimase sospesa tra me e Cael, il pensiero indugiava sulla cuspide della sua mente, assicurandosi che lo sentissi.

Farai meglio a dimostrarti degno di lei, aggiunse. *Perché merita il meglio. Non qualcosa di mediocre. E nemmeno di buono. Solo il meglio.*

Lo so, risposi mentalmente. Poi guardai Kieran e risposi alla sua domanda. «No, non ce n'è bisogno. Ma dobbiamo dare i diari a Grey. Perché credo che stiano dicendo la verità. E come hanno già sottolineato, il tempo non è dalla nostra parte».

IVANA

Il pavimento era disseminato di pile di diari che Grey aveva disposto in ordine cronologico.

O almeno era quello che aveva spiegato l'alfa, quando Kyra gli aveva domandato cosa rappresentassero i diversi mucchi.

«Questi sono degli ultimi tre anni» ci aveva spiegato, indicando una decina di quaderni accatastati da un lato. Ora ne avevo uno in grembo; le pagine erano piene di commenti incoerenti e strani disegni.

Lo sfogliai lentamente, esaminandolo con cura alla ricerca di qualcosa che attirasse la mia attenzione.

Ashlyn aveva descritto varie scene e annotato molte frasi enigmatiche, disegnando anche delle bolle a caso. A volte le bolle avevano delle frecce. Altre, invece, erano solo cerchi ripassati più volte, che mi ricordavano un po' un delirante buco nero.

«Questi scarabocchi significano qualcosa per te?» chiesi a Grey, mostrandoglieli.

Lanciò un'occhiata alla pagina e poi scosse la testa. «No, non ancora». Poi riportò la sua attenzione al quaderno che teneva in mano. Un muscolo gli si contrasse nella mascella a causa di qualsiasi cosa vi avesse appena letto.

Eressi un blocco prima di rischiare di essere risucchiata nella sua mente; ero già abbastanza sopraffatta dal resto dei presenti.

E non si trattava nemmeno solo di chi era nella stanza con me, ma dell'intero settore.

Non avevo idea di come facesse Cillian a vivere così ogni santo giorno.

Okay, non era del tutto vero. Qualche idea ce l'avevo, visto che stavo sfruttando gli stessi trucchetti che avevo colto nella sua mente, tra cui appunto il blocco che avevo eretto qualche istante prima. Ma richiedeva molta concentrazione mantenerlo attivo con tutti i pensieri che galleggiavano nel settore Blood.

Chiusi gli occhi e trassi un respiro profondo per calmare i miei, di pensieri. Misi a tacere tutto ciò che mi circondava.

Poi tornai al compito che mi ero prefissata: trovare qualche indizio su ciò che era successo ad Ashlyn in quel caos che erano i suoi diari.

Dovevano esserci almeno trecento annotazioni nel quaderno; alcune condividevano la stessa pagina, altre occupavano due fogli.

Continuai a leggere.

E leggere.

Finché non ebbi l'impressione che fossero trascorse

delle ore. Nel frattempo era calato il silenzio, perché eravamo tutti assorbiti dalle frasi criptiche di Ashlyn.

Mi massaggiai le tempie ma insistetti.

CARO ORACOLO,
ci siamo quasi.
Mi mancano i miei sogni.
Ashlyn

OSSERVAI LO SCARABOCCHIO SOTTOSTANTE, contando i cerchi. *Diciassette. Okay.*

Nella pagina successiva ce n'erano ventisette.

E quella dopo ne aveva due.

È uno schema?, mi domandai, annotando i numeri su un foglio bianco.

Voltai pagina. Sette cerchi.

Diciassette. Ventisette. Due. Sette.

Aggrottando la fronte, controllai la pagina dopo e iniziai a contare, solo per interrompermi nel leggere la prima riga.

Caro oracolo delle stelle.

Aveva cerchiato la parola "stelle".

Ma non era stato quello ad attirare la mia attenzione.

Ricominciai dall'inizio, soffermandomi sulla prima riga di ciascuna annotazione.

Caro oracolo.

Caro oracolo.

Caro oracolo.

Presi un altro quaderno e feci lo stesso. Ogni annotazione iniziava sempre con "Caro oracolo", mai con "Caro oracolo delle stelle".

Il solco tra le mie sopracciglia si fece ancora più profondo.

Io ero solita cominciare ogni annotazione con "Care stelle", e Ashlyn lo sapeva perché aveva dei problemi a capire il concetto dello spazio personale e si era messa a leggere il mio diario sull'aereo.

Si tratta di una coincidenza, o di qualcosa di completamente diverso?, mi chiesi.

Caro oracolo delle stelle, lessi di nuovo. *Se stai leggendo queste righe, è arrivato il momento di capire alcune delle mie scelte. Alcune delle mie visioni. Alcune delle mie... No. Non reagire. Non far sapere loro cosa hai scoperto. Hai capito?*

Sbattei le palpebre e mi guardai intorno. Non era possibile che stesse parlando con me. Era... Non...

Mi schiarii la voce.

Si tratta di Ashlyn. Tutto è possibile.

Esaminai di nuovo la frase in cui chiedeva all'interlocutore se aveva capito, ma fui distratta da un sospiro sonoro proveniente dall'altro lato della stanza. «No» disse il principe Cael, premendo l'auricolare infilato nel suo orecchio. «Va tutto bene. Ti chiamo se ci sono problemi».

Cillian e Lorcan lo fissarono. E anche Grey.

Non riuscivo a sentire con chi stesse parlando, solo un basso ronzio e il grugnito di risposta del principe Cael. «Okay, va bene. Se vuoi mettere il broncio, allora vieni qui a non fare nulla. Chissenefrega». Abbassò la mano, terminando la telefonata.

«Dixon?» chiese Grey.

«No. Granger» ringhiò Cael. «Insiste che ci debba essere un Élite presente».

Kieran sbuffò. «Ho come un déjà-vu».

Cillian e Lorcan si voltarono verso di lui con

un'espressione ferita. «Senza di noi ti sentiresti solo» commentò Cillian.

«Certo, come no» replicò Kieran.

L'aria si illuminò quando Granger apparve nell'ufficio. Osservando la scena con un'espressione scolpita nel marmo, disse: «Che cazzo state facendo?».

«Stiamo leggendo» rispose Grey, per poi tornare a dedicarsi al quaderno.

«Cosa?» insistette Granger.

Cael sospirò e iniziò a spiegargli dei diari di Ashlyn. Ricominciai a leggere a mia volta, riprendendo da dove mi ero interrotta a causa della loro conversazione.

Bene, come stavo dicendo..., recitava la riga successiva. Rimasi di stucco. *È il momento. Quindi ho bisogno che tu ascolti attentamente.*

Se ho ragione, il tuo potere sta cambiando. Riesci a sentire le cose, vero?

Mi irrigidii. *Non può essere vero*, sussurrai a me stessa.

Vana?, chiese Cillian proprio mentre proseguivo con la lettura del diario, che diceva: *Ssh.*

Oh, stelle, pensai.

Non reagire, continuava poi. *Dico sul serio. Concentrati e* **blocca** *tutto il resto.*

La parola "blocca" era stata ripassata più volte, facendola sembrare in grassetto. Leggendola, e pensandoci, eressi istintivamente delle barriere per proteggere la mia mente da qualsiasi osservatore esterno. Tranne Cillian.

A lui permisi di sbirciare nei miei pensieri e mormorai: *Credo di aver trovato qualcosa, ma non possiamo condividerlo con nessuno. Non ancora. Non finché non avrò capito cosa significa tutto questo.*

Lo vidi fare un passo verso di me con la coda dell'occhio.

No, non reagire. Lasciami... lasciami capire cosa sta cercando di dirmi Ashlyn.

Continuò comunque a venire verso di me, facendomi digrignare i denti. Ma tutto ciò che fece fu afferrarmi il mento e baciarmi.

Si sono già accorti che ti stavo fissando, mi sussurrò nella mente mentre la sua lingua si insinuava tra le mie labbra. *Voglio solo distrarli, in modo che non si chiedano cos'è che ha attirato la mia attenzione.*

Rese il nostro bacio ancora più appassionato, avvolgendo la mano intorno alla mia gola e stringendola.

Per un attimo, mi dimenticai di quello che stavo facendo. Diavolo, probabilmente mi scordai addirittura il mio nome.

Perché Cillian mi stava baciando.

Davanti ai suoi amici.

Davanti alle loro compagne.

Ti bacerei davanti a chiunque, Vana, mormorò. *Farò qualsiasi cosa per dimostrare che sei mia.*

Basterebbe che mi mordessi, gli ricordai.

Emise un basso ringhio che gli vibrò nel petto e si riverberò attraverso il mio corpo in un'ondata di possessività.

Lo farei anche adesso, macushla, ma non penso che tu voglia essere scopata davanti a tutti. E non credo nemmeno di volerti condividere in quel modo. Mi diede un piccolo morso al labbro inferiore e poi indietreggiò. *Rimettiti a leggere. Ti ascolterò. E ricordati il blocco.*

Il brusco cambio di argomento mi spiazzò. Mi guardai intorno, un po' affannata.

Tutti fissavano Cillian.

Beh, non tutti.

Il principe Cael ghignava. «Stai cercando di comunicare qualcosa?».

Cillian si voltò di scatto e mi baciò di nuovo. Trasalii, sempre più frastornata. *Torna al lavoro*, mi ordinò mentalmente. *Voglio sapere cos'altro dice quel passaggio.*

Fui quasi sul punto di chiedergli: *Quale passaggio?*

Ma poi ricordai cosa stavo facendo prima che mi baciasse, e sussultai.

Piano, tesoro, sussurrò dolcemente. *Niente reazioni.*

Trascinò i denti sul mio labbro inferiore, con uno sguardo ardente nei suoi occhi scuri. «Altri commenti sui miei *metodi comunicativi*, principe?» chiese, senza smettere di fissarmi.

«Avrei aggiunto un po' più di lingua» fu la risposta di Cael.

Un incendio divampò negli occhi di Cillian, che sentii bruciare nella mia stessa anima.

«Se avete intenzione di prendervi a pugni, fatelo fuori di qui» intervenne Kieran. «Il mio ufficio è troppo affollato per queste stronzate».

«Ma era esattamente quello che volevi, non è vero?» disse il principe Cael. Il suo tono vellutato spinse sia me che Cillian a osservarlo. «Mi hai chiesto di partecipare al programma per costringere il tuo Élite ad agire, no?».

Re Kieran lo fissò, inarcando un sopracciglio scuro. «L'ho detto?».

Cael sorrise. «No, ma sappiamo entrambi che era quello il tuo piano. E sembra che abbia funzionato».

Concentrati sul diario di Ashlyn, mi sussurrò Cillian nella testa. *E ignora la conversazione che stiamo per avere.*

Cosa?

Approfitta della distrazione, Vana, disse, poi mi lasciò

andare e si diresse verso gli altri due mentre Kieran stava domandando: «Pensi che farei una cosa del genere?».

«Sì, assolutamente» borbottò Cillian. «Proprio come faresti un casino con le assegnazioni degli alloggi per assicurarti che io e Ivana finiamo nello stesso igloo. Oh, aspetta, *è quello che hai fatto*».

Kieran sbuffò, ma colsi il divertimento danzargli tra i pensieri.

Stava giocando.

E Cillian doveva avergli chiesto di farlo.

Per creare una distrazione, capii, ricordando quello che mi aveva appena detto Cillian. *Mi stanno dando la possibilità di concentrarmi su quello che ho scoperto, senza il rischio che gli altri se ne accorgano.*

Abbassai lo sguardo e lessi di nuovo quello che aveva scritto Ashlyn.

*Dico sul serio. Concentrati e **blocca** tutto il resto.*

Deglutendo a fatica, obbedii e proseguii con l'annotazione.

Concentrati sul tuo talento.

Okay, pensai, rivolta a lei.

C'è qualcosa di strano?, recitava la riga successiva. *Strane vibrazioni? Potenziali enigmi da risolvere... o scomporre?*

Aggrottai la fronte, cercando di capire cosa intendesse. Le uniche "strane vibrazioni" provenivano da Cillian e dal principe Cael, che al momento si stavano fronteggiando dall'altro lato della stanza.

Facendo sì che Granger e Lorcan stessero all'erta.

Ma non Grey.

Grey era completamente assorbito da qualcos'altro.

Emanava ancora un potere molto particolare, che non ero riuscita a decifrare. Solo che non era stato quello ad attirare la mia attenzione, mentre esaminavo i presenti, bensì quello di Granger. La sua mente... la sua mente era...

Un enigma, compresi, abbassando lo sguardo sul diario e indugiando su quel termine.

Questo è uno di quei momenti in cui è necessario scegliere saggiamente i propri alleati, continuava l'annotazione di Ashlyn. *Valuta tutti i potenziali percorsi. E fai attenzione a dove metti i piedi.*

Okay... Stava parlando della risoluzione dell'enigma? Mi suggeriva di fare attenzione a come affrontare il problema? Aveva nominato "potenziali enigmi da risolvere... o scomporre", quindi avrebbe avuto senso che mi mettesse in guardia su come "scomporli".

La strada è disseminata di mine, aveva scritto Ashlyn. *Mine che avviseranno il nemico del nostro arrivo. Stai in guardia. Procedi con prudenza. E ricorda... Non. Emettere. Un. Suono.*

Sembrava tutto così minaccioso. Ma mentre sbirciavo nei pensieri di Granger, notando i diversi strati in cui era suddivisa la sua mente, aveva... aveva senso.

Si celava dietro una spessa coltre di potere, che lasciava trapelare solo le sue riflessioni più superficiali. Però riuscivo a percepire l'oscurità sottostante.

Riuscii a trattenermi a stento dallo spalancare gli occhi. *Fai attenzione al principe Cael*, mi aveva scritto sull'aereo. *È circondato dall'oscurità.*

L'oscurità sarebbe Granger?, mi domandai.

Non era lui che il principe Cael e Grey avevano accusato di aver preso Ashlyn, ma forse... forse si erano sbagliati?

Proseguii nella lettura con un nodo alla gola.

Spero... spero che sia sufficiente. Non posso offrirti altro. Siamo a un bivio. Vedo due modi in cui potrebbe finire. Forse troverai una terza via. Per ora ti saluto, Ashlyn.

Sotto la firma c'erano due postille, la prima delle quali mi fece venire i brividi. Perché sembrava proprio che fosse per me.

PS: Congratulazioni per il piccolo. Ti mando la mia benedizione dalla tomba.

Per quanto riguardava la seconda, invece, non ne ero così sicura.

PPS: Il nostro passato ci rende più forti, non più deboli. Ricordatelo. Ricorda da dove vieni. E renditi conto una volta per tutte che non sei lui. *Ma a volte bisogna pensare come lui per trovare la verità. Per trovare... me.*

Forse quella parte avrebbe avuto più senso non appena avessi risolto l'enigma contenuto nella mente di Granger.

A meno che non debba decifrare Grey, pensai, osservando l'altro alfa.

Questo è uno di quei momenti in cui è necessario scegliere saggiamente i propri alleati, mi aveva avvertita Ashlyn. *Valuta tutti i potenziali percorsi. E fai attenzione a dove metti i piedi.*

Non... non ero sicura di quale percorso avrei dovuto prendere.

Abbassai lo sguardo e rilessi: *Vedo due modi in cui potrebbe finire.*

Ma poi aveva menzionato una terza strada.

Qual è questa terza via?, mi domandai.

Non credo si tratti di Grey, mormorò Cillian. Ad alta voce, però, stava ancora rimproverando Kieran per la sua abitudine a intromettersi negli affari degli altri.

«Cosa diavolo vi ha preso?» intervenne Quinnlynn.

«Il tuo compagno continua a ficcare il naso nella mia vita privata» disse Cillian. «E non ridacchiare, Cael. Sei altrettanto colpevole».

Smettila di ascoltarci, aggiunse mentalmente. *Vedi se*

riesci a curiosare nella mente di Granger. Sto per distrarlo davvero.

In che...

Spalancai gli occhi quando il suo pugno si abbatté sulla mascella del principe Cael. «*Cillian*» gridai.

Scopri cosa nasconde, mi ordinò. *Adesso.*

Cael si scagliò in avanti, ed entrambi finirono sul pavimento in una massa di testosterone e ringhi.

Balzai in piedi, con il diario stretto in mano, e indietreggiai fino ad appoggiare la schiena alla parete, mentre Kieran faceva uscire Quinnlynn dalla stanza.

Kyra si limitò a scuotere il capo.

E così anche Lorcan.

Grey... Grey era troppo concentrato su quello che stava leggendo per preoccuparsi del caos alle sue spalle.

Aggrottai la fronte, curiosa, dando un'occhiata alla sua mente.

Il potere che trapelava da lui si era dissipato, tutta la sua attenzione era assorbita dalle parole di Ashlyn. Avrei voluto chiedergli se avesse scoperto qualcosa.

Ma un movimento che colsi con la coda dell'occhio mi spinse a voltarmi verso la rissa che si stava consumando accanto alla scrivania di Kieran. Granger aveva tirato fuori un coltello e fissava Cillian.

Schiusi le labbra, pronta ad avvertire Cillian, quando fui risucchiata dai pensieri omicidi di Granger. No, non si trattava solo dei suoi pensieri, ma anche del suo... del suo *potere.*

Stava pulsando.

Vorticando.

Si rigenerava ogni secondo, creando un nuovo strato attraverso cui nuotare.

Che abilità interessante, mi meravigliai, perdendomi in

quel processo straordinario. Si mascherava continuamente; non solo le sue riflessioni, ma anche tutto il resto.

Tutto ciò che lo rendeva un lupo.

Come la sua voce.

I suoi ringhi.

Il suo odore, mi resi conto, scovando quel pensiero.

Era letteralmente un puzzle, e non faceva che risistemare i pezzi per creare una nuova versione di sé in ogni situazione.

Celandosi dietro una serie di protezioni che mi ricordavano dei filamenti di acciaio: flessibili, ma indistruttibili.

Mi ci infiltrai con cautela, con il desiderio di andare a fondo, di udire le sue confessioni più intime. Perché stava indubbiamente nascondendo qualcosa.

Tutti intorno a me si zittirono. Mi concentrai sull'obiettivo, stringendomi il diario al petto.

Cosa non vuoi dirci?, mi domandai. *Chi sei realmente?*

Perché tutto ciò che lo riguardava era una bugia. Una maschera. Un alter ego.

Aveva dedicato gli ultimi decenni a perfezionare la sua identità, a vivere con quella voce, quel ringhio, quell'*odore*. Ma c'era un'altra versione sotto tutte quelle barriere.

Continuai a insistere, rimuovendo delicatamente ogni sbarra della sua barricata mentale alla ricerca della sua vera identità.

Mostramela, pensai, nuotando in quel campo minato che era la sua psiche. *Ecco cosa intendeva Ashlyn quando mi ha detto di fare attenzione a dove metto i piedi, per non...*

Un masso di cemento mi colpì al petto, mozzandomi il respiro.

Girava tutto.

Pulsava.

Il mondo... il mondo... era troppo buio. Troppo nero. Troppo...

Ivana!, gridò Cillian. Nella mia mente? Ad alta voce? Non... non lo sapevo.

Non so dove sono...

Attesi la sua risposta.

Non arrivò.

C'era solo il silenzio.

L'oscurità.

Il nulla.

La morte.

CILLIAN

Un minuto prima...

Cazzo, Cael sapeva come tirare pugni.

Mi massaggiai la guancia e mi abbassai di scatto, riuscendo per un pelo a non essere colpito di nuovo.

Ringhiò.

Ricambiai.

Ed entrambi iniziammo a duellare mentalmente, cercando di costringere l'altro a sottomettersi.

La distrazione non sarebbe durata ancora a lungo. Cael sapeva che c'era qualcosa sotto. Me lo aveva sussurrato nella testa subito dopo il primo pugno. *Non so perché lo stiamo facendo, Élite, ma starò al gioco. Fa' del tuo meglio.*

Avevo risposto presentandogli di nuovo il mio pugno.

Ciò aveva fatto infuriare Granger.

382

Ma Cael gli aveva ordinato di stare indietro. «Sto bene. Posso occuparmene io».

«Ti ha mancato di rispetto» aveva detto Granger a denti stretti.

«Ho detto che *me ne occupo io*».

E cazzo se lo aveva fatto.

Teletrasportandosi intorno all'ufficio. Prendendomi a pugni. Tirando calci. Insultandomi. *E ridacchiando mentalmente.*

Si stava divertendo un po' troppo.

A malincuore, fui costretto ad ammettere che una parte di me provava la stessa cosa. E odiavo il fatto che fossimo più o meno alla pari. Se mi fosse piaciuto, gli avrei chiesto di allenarci insieme ogni tanto.

Ahimè...

Il mio piede incontrò la parte inferiore della sua schiena mentre mi smaterializzavo e rimaterializzavo velocemente intorno a lui, nel tentativo di metterlo al tappeto. Il calcio lo spedì addosso la scrivania di Kieran, facendo cadere diversi oggetti.

Se mi distruggi l'ufficio, sarò molto incazzato, mi informò Kieran in tono piatto. Cael si rialzò con un ringhio.

Farei volentieri a botte con lui all'esterno, ma ho bisogno di avere accesso alla mente di Granger. Ivana sta per abbattere le ultime barriere. Ora riuscivo quasi a sentire i suoi veri pensieri, vedere qualsiasi cosa che...

Mi teletrasportai dall'altro lato della stanza, evitando a stento gli artigli di Cael.

Perché quel bastardo aveva appena trasformato la sua mano nella zampa di un lupo.

«Notevole» ammisi con uno sbuffo affaticato.

Il principe sorrise e svanì.

Feci mezzo giro su me stesso, provando ad anticipare la sua ricomparsa.

«Potrei farti a pezzi» mi disse all'orecchio, e un attimo dopo i suoi artigli furono sulla mia gola. *Perché non stai nemmeno provando a batterti*, aggiunse telepaticamente. Sentii un ringhio vibrargli nel petto, che era premuto contro la mia schiena. *Che cazzo sta succedendo, Cillian?*

Borbottai una parolaccia.

Sapeva che non ero realmente intenzionato a fare a botte, perché non avrei mai fatto nulla del genere con Ivana presente. Glielo lessi nella mente.

E aveva ragione: non mi stavo minimamente impegnando.

Erano passati solo alcuni minuti da quando lo avevo colpito la prima volta, la distrazione che volevo offrire a Ivana era durata poco.

Ma a quanto pareva era stata sufficiente, perché Ivana era riuscita a intrufolarsi nella mente di Granger.

Mostramela, la sentii ordinare all'alfa. Nel frattempo, gli artigli di Cael mi stavano squarciando la carne.

Inizia a parlare, mi disse il principe.

Ma ero troppo impegnato ad ascoltare Ivana che pensava al campo minato nella testa di Granger. *Ecco cosa intendeva Ashlyn quando mi ha detto di fare attenzione a dove metto i piedi, per non...*

Un'esplosione mi spinse ad afferrarmi la testa, e l'agonia serpeggiò in ogni terminazione nervosa.

Un dolore insopportabile mi trafisse il collo. Le mie gambe cedettero, e il pavimento accolse la mia caduta. Duro. freddo.

Che cazzo?! Non riuscivo a respirare. Stavo soffocando. Annegando. Perso in un mare di oscurità.

Solo che...

Solo che c'erano ringhi intorno a me. Riverberi. *Potere*.

Aprii gli occhi di scatto quando Kieran mi inondò con un fiotto di energia curativa. Finalmente il mondo era tornato a posto.

Peccato che *nulla* di ciò che vidi era a posto.

Granger aveva la mano stretta intorno al collo di Ivana, il cui corpo esanime era afflosciato contro il muro a causa di qualsiasi cosa le avesse fatto.

Ivana!, le gridai nella mente.

Niente.

Non un suono.

Non un segno di vita.

Mi rialzai in piedi in un istante, concentrando tutto il mio potere su Granger. Gli ringhiai tra i pensieri; tutta l'autorità del mio lupo si convogliò in quel suono, con cui gli ordinai di sottomettersi.

Le sue gambe tremarono, ma la mano rimase avvolta intorno al collo della mia omega.

Agii senza riflettere, scagliandogli un altro ringhio tonante nella psiche. Il suono mi riecheggiò nel petto, facendo tremare la stanza.

O almeno ebbi l'impressione che così fosse.

Non mi interessava. Tutta la mia attenzione era rivolta all'alfa che teneva bloccata la mia femmina. Alle guance cineree di Ivana. *Al fatto che sembra morta.*

Un terzo ringhio si sprigionò dalla mia mente, diretto nella sua, costringendolo a obbedire. A liberare la mia omega. A *inginocchiarsi*.

La fronte gli luccicava di sudore, le sue barriere psichiche stavano vacillando.

Cillian?, sussurrò Ivana. La sua voce mentale mi suscitò un'ondata di desiderio primordiale. *Non... non...* Si interruppe, apparentemente alla ricerca del mio conforto, del mio sostegno.

No.

Non cercava solo quello.

Il mio talento.

La sentii assorbirlo e usarlo con una determinazione assoluta.

Emettendo un ringhio traboccante di potere che si abbatté sulla mente di Granger e polverizzò ogni difesa rimasta.

Ne approfittai e mi impossessai della sua psiche, imprigionandola con la mia forza e il mio dominio.

Lui ringhiò, ma lasciò andare Ivana. Mi materializzai accanto a lei per prenderla prima che cadesse al suolo. E colpii di nuovo Granger, per metterlo definitivamente al tappeto.

Ora la mia concentrazione era solo per Ivana.

Tremò tra le mie braccia, con gli occhi chiusi e la pelle madida di sudore. *Kieran*! Lo esortai mentalmente.

In un attimo fu da noi, il suo palmo aleggiava sul corpo di Ivana. *Sta bene*, mi rassicurò. *E anche il bambino.*

Allora perché non si è ancora svegliata?, chiesi. *Perché respira a malapena?*

«Sta respirando bene» disse ad alta voce. «Dalle un po' di tempo per riprendersi, Cillian».

Non volevo aspettare.

Avevo bisogno che si svegliasse *adesso*.

Avevo bisogno che fosse mia.

Viva.

La mia compagna.

Dei, il potere che aveva emanato, le sue abilità straordinarie, il modo in cui avevamo battuto Granger insieme... La strinsi a me, con le labbra premute sul suo orecchio. «Svegliati» le ordinai. «Svegliati, cazzo, così posso morderti».

Perché non potevo aspettare un secondo di più.

Era mia. E avevo bisogno di portare a termine il nostro accoppiamento. Per essere completi. Per iniziare il nostro futuro insieme.

Ti prego, Vana, le sussurrai nella mente. *Svegliati, ti prego.*

Kieran e gli altri stavano parlando, ma li ignorai. Non mi interessava quello che avevano da dire. L'unica cosa importante era Ivana. Il nostro legame incompleto. Le nostre anime separate. Avevamo bisogno di diventare una cosa sola.

Le sue ciglia fremettero, i suoi pensieri sfiorarono i miei. *Granger?*, chiese.

È un uomo morto, giurai, scagliando un altro fiotto di potere nella mente dell'alfa giusto per sicurezza. Qualcuno lo stava bloccando fisicamente.

Grey.

Ma persi ogni interesse in un attimo, tornando a concentrarmi sulla mia splendida omega. I suoi bellissimi occhi azzurri si stavano alzando lentamente su di me. Era ancora piuttosto pallida, e nel rendermene conto mi preoccupai.

«Vana» sussurrai con un accenno di riverenza nel tono.

Quella donna era tutto.

Potente.

Stupenda.

Determinata.

Sicura di sé.

Aveva lottato per me così a lungo, e io l'avevo ripagata con il rifiuto. Sì, rifiuto. Nonostante lo avessi negato, ora capivo che aveva avuto ragione a usare quel termine.

L'avevo rifiutata a ogni occasione.

Le avevo detto di trovare un altro alfa.

Qualcuno più degno. Un uomo migliore. Incapace di comprendere che avrei potuto essere *io* quell'alfa.

Perché temevo che sarei diventato come mio padre. Avevo paura di avere dei discendenti. Ero spaventato dall'idea di tradire le aspettative altrui mettendo la mia compagna al primo posto, a scapito della loro sicurezza.

Ma così facendo, avevo permesso alla paura di comandare la mia esistenza. Avevo vissuto nel passato. Avevo lasciato che il fantasma di mio padre mi perseguitasse per oltre mille anni.

Basta.

Non avrei concesso a un uomo morto il privilegio di dettare i miei desideri e i miei bisogni.

Avrei smesso di ascoltare quella voce nella testa che affermava che non ero degno di avere una compagna, che non la meritavo.

Io e Ivana eravamo più potenti insieme di quanto non lo fossimo separati. Ciò che era appena successo lo aveva dimostrato. Cazzo, gli ultimi *sei anni* lo avevano dimostrato.

Ero stato solo senza di lei. Perso. Inconsapevolmente infelice.

E c'era stato bisogno che mi desse del codardo per mettermi in riga.

C'era stato bisogno che la vedessi con altri alfa, rendendomi conto che avrei potuto perderla per sempre, per darmi una svegliata e reclamare ciò che era stato mio per anni.

E poi avevo rovinato tutto durante il suo calore. E dopo. Anche adesso, cazzo.

Le accarezzai i capelli, guardandola negli occhi. «Sei mia, Vana».

Lei deglutì, studiando il mio sguardo, mentre riversavo ogni pensiero nella sua mente. Tutta la mia angoscia. Tutto il mio dolore. Tutti i miei desideri insoddisfatti. Tutta la mia frustrazione. Tutte le mie paure. *Tutto*.

Ma condivisi anche il mio amore. La mia devozione. I miei intenti. *La mia rivendicazione*.

I suoi occhi si riempirono di lacrime, rendendo l'azzurro ancora più luminoso.

Poi piegò appena la testa per mettere in mostra il collo in un chiaro invito. «Mordimi, alfa» sussurrò.

Non mi ero reso conto di quanto volessi che lo dicesse. Che me lo *ordinasse*. Perché dimostrava una volta di più che eravamo destinati a stare insieme. «Sempre a dirmi cosa devo fare» mormorai.

Inspirò, suggerendo che stava per aggiungere qualcosa, forse stava per pronunciare qualche altra richiesta.

Ma l'aria le sfuggì dalle labbra in un sussulto mentre le conficcavo i denti nella gola.

L'attimo dopo il suo sangue mi lambì la lingua, scatenando un ringhio possessivo che si trasformò immediatamente in un dolce brusio. Perché la sua essenza era *paradisiaca*. Agrumata ma piccante. Seducente. E assolutamente *mia*.

Lo succhiai tre volte, prima di staccarmi e guardare la mia meravigliosa compagna. La sua espressione beata mi disse che le era piaciuto essere morsa e che avrebbe voluto ripetere l'esperienza.

La accontentai, chinandomi su di lei e mordendole il labbro abbastanza da lacerare la pelle. Poi leccai la ferita e la reclamai con la bocca.

La baciai con tutto me stesso.

Possedendola con ogni carezza della lingua.

E lei nel frattempo si dimenava e gemeva tra le mie braccia.

Interrompere il bacio mi richiese uno sforzo enorme. Premetti la fronte sulla sua, avevo bisogno di essere sicuro che stesse bene. Che si fosse ripresa completamente. Che fosse *viva*.

Perché quei pochi secondi senza di lei erano durati un'eternità.

Una parte di me riconosceva quanto fosse assurdo – *certo che è viva* – ma dovevo accertarmi che non fosse tutto un sogno. Perché sembrava troppo bello per essere vero. Perché la mia vita non era mai stata così.

Ma specchiandomi nei suoi occhi lucidi di lussuria, tutto ciò che vidi fu il futuro. Una nuova vita. *Tutto il mio mondo.*

«Ti amo» le dissi. «Ti amo così tanto».

Mi accarezzò la guancia. «Bene, alfa. Ora dimmi che mi amerai per sempre».

La sua risposta sfrontata mi fece scoppiare a ridere. «Come potrei rifiutare la richiesta di un'omega così bella?» mormorai. «Un'omega che *amerò per sempre*».

Il suo sguardo brillò. «Finalmente» disse con un sospiro, mentre la aiutavo a rimettersi in piedi stringendole i fianchi. «*Finalmente* mi ascolti».

Continuai a ridere di gusto, stringendola in un abbraccio. «Ti ho sempre ascoltata, Vana». Quello non era mai stato un problema. «Dovevo solo imparare a *capirti*».

Mi sboccò un sorrisetto civettuolo. «Beh, per fortuna hai smesso di fare il coglione e hai guardato in faccia la realtà».

Scossi il capo, incapace di smettere di ridacchiare. «Se non ti amassi così tanto, omega, sarei tentato di sculacciarti per avermi parlato in questo modo».

Fremette. «Sembra più una ricompensa che una...».

Qualcuno si schiarì la voce. Il mio lupo ringhiò per quell'interruzione inaspettata e per nulla gradita.

«Per quanto sia stato divertente assistere a tutto questo, mi piacerebbe sapere che cazzo è successo al mio Élite» disse Cael. Il suo tono lasciava intuire che stava perdendo la pazienza.

«Ha attaccato la mia compagna» risposi senza guardarlo. «Perciò io e Ivana abbiamo ricambiato il favore».

«Sì, con un'incredibile dimostrazione di potere» commentò Cael. «Ma vorrei capire cosa lo ha spinto a quella follia. Presumo che abbia a che vedere con le tue scarse abilità nel combattimento...».

Grugnii e mi girai verso di lui. «Non c'era nulla che non andava con le mie abilità».

«Non trattarmi come un idiota, Cillian. O finirò per offendermi e allora dovremo lottare sul serio. Fuori. In forma di lupo. Con zanne e artigli». Il suo sguardo divenne sempre più diffidente e sprezzante con ogni parola. «Dimmi che cazzo sta succedendo».

«Granger ci ha ingannati» ringhiò Grey, lasciando cadere una pila di diari accanto a Granger. «E io sono riuscito a individuare la posizione di Ashlyn».

«Dov'è?» chiese Cael.

Gli occhi di ghiaccio di Grey incontrarono i miei mentre rispondeva: «Nel settore Eclipse».

CILLIAN

«Nel settore Eclipse?» ripetei. «L'hai scoperto in uno dei diari di Ashlyn?». Mi sembrava strano; sulla base di ciò che avevo letto, non era mai particolarmente esplicita.

«No» rispose Grey.

Senza approfondire.

Senza spiegare nulla.

«Come hai fatto a scoprire dove si trova?» tentai di nuovo. Avevo bisogno di qualcosa di più della sua parola.

«I miei doni sono irrilevanti ai fini della conversazione» mi informò in tono annoiato. «Usa le tue abilità per verificare quello che ho detto. Fruga nella testa di Granger. Tutte le informazioni di cui hai bisogno sono lì».

Strinsi i denti. Non mi piacevano le incognite, che in quel caso erano rappresentate dai poteri di Grey e Cael. Poteri sconosciuti, che potevano essere una minaccia.

Abbiamo seriamente sottovalutato il settore Lunar, dissi a Kieran.

Sì, fu l'unica risposta che ricevetti. La sua mente stava valutando la situazione. Grey aveva fatto qualcosa per bloccare Granger. Qualcosa di intangibile, qualcosa che non era nemmeno visibile; un vincolo mentale simile a quello che imponevo ai lupi per non smaterializzarsi.

Solo che l'energia di Grey sembrava più densa. Più pesante. Più intensa.

Stavo per domandare a Ivana cosa stesse percependo, quando mi resi conto che la sua concentrazione era rivolta all'alfa svenuto sul pavimento: tentava di penetrare nei pensieri di Granger per scoprire qualcosa di più su Ashlyn.

Ciò servì a darmi una svegliata, costringendomi a seguirla nella mente del lupo. Mi sarei dedicato alle abilità sconosciute di Grey in un secondo momento. Perché quelle potevano aspettare, ma Ashlyn no. Era là fuori da qualche parte, probabilmente stava soffrendo ed era in attesa che qualcuno la salvasse.

Spero solo che non sia troppo tardi, pensò Ivana. La sua determinazione stava diventando sempre più disperata. *Non so nemmeno da dove iniziare a cercare.*

Nei suoi ricordi, mormorai telepaticamente.

Poi le mostrai cosa intendevo insinuandomi nelle parti del cervello dell'alfa che racchiudevano il suo passato. I suoi segreti. La sua *identità*.

Un profondo ringhio mentale mi riecheggiò nella testa, attirando la mia attenzione verso la fonte del suono. *Cosa c'è?*, chiesi, incontrando lo sguardo di Kieran.

L'odore, ringhiò. *Quinnlynn l'ha riconosciuto.*

Inarcai un sopracciglio. *Ha colto l'odore di Granger nel settore Bariloche? Non quello di Dixon?*

Già, confermò. Il suo bisogno di fare a pezzi quel

bastardo aveva sprigionato un calore violento che permeava la stanza. Esteriormente, la sua espressione era impassibile, il ritratto della calma. Dentro, però, stava pianificando una morte lenta e dolorosa per il lupo che si trovava sul pavimento.

«Credi che abbia piazzato in giro l'odore di Tadhg per far ricadere la colpa su di lui?» mormorò Cael; la domanda sembrava rivolta a Grey.

«Non lo so» rispose l'altro. «Ma ho intenzione di scoprirlo. Dopo che avremo trovato Ashlyn».

Cael annuì. Il suo sguardo acquamarina si posò su di me. «Hai verificato quello che ha detto Grey sul settore Eclipse?».

«Non ancora» risposi, per poi riprendere a setacciare i ricordi di Granger.

Ivana ascoltava in silenzio, osservandomi mentre frugavo nella mente dell'alfa.

Non mi ci volle molto per portare alla luce un ricordo recente, in cui esplicitava le sue intenzioni oscure nei confronti di Ashlyn. *Quella stronza rovinerà tutto*, aveva pensato. *Devo liberarmi di lei*.

Non riuscivo a vedere il suo passato, ma solo a cogliere sprazzi di diversi avvenimenti.

Tuttavia, quando mi imbattei in una riflessione sul settore Eclipse, ridotto a una landa desolata piena di zombi, capii che aveva teletrasportato Ashlyn laggiù.

«Cazzo» dissi tra i denti. «Grey ha ragione».

L'alfa in questione si limitò a grugnire.

Lo ignorai e tentai di determinare il luogo esatto in cui Granger aveva lasciato l'omega Z-Clan, ma i dettagli che riuscii a trovare nella sua mente erano vaghi e confusi. Come se non avesse fatto attenzione a dove l'aveva abbandonata; era semplicemente andato in uno dei luoghi che aveva visitato in passato, l'aveva gettata a terra ed era svanito.

Era chiaro che aveva avuto fretta di sbarazzarsi di lei.

«Hai idea di dove l'abbia portata esattamente? In che zona del settore Eclipse?» chiesi a Grey, domandandomi se il suo talento misterioso potesse fornirci qualche informazione in più.

«No, speravo che potessi aiutarci tu con quello».

Scossi la testa. «Granger non si è soffermato a riflettere su una posizione precisa». Ciò significava che avrebbe potuto averla lasciata in qualsiasi zona della terra che un tempo era conosciuta come Irlanda.

«E l'annotazione sul diario?» suggerì Ivana, guardandosi intorno alla ricerca del quaderno. «Quella che stavo leggendo. C'era...». Si interruppe quando lo vide a un paio di metri di distanza.

La lasciai andare, in modo che potesse muoversi, e la osservai chinarsi e recuperare il quaderno. Lo sfogliò rapidamente per trovare di nuovo l'annotazione che iniziava con "Caro oracolo delle stelle".

«C'era qualcosa alla fine» disse, voltando un'altra pagina. «Qualcosa che non... Ecco. Qui». Ricominciò a leggere, finché non giunse al proscritto. «Questa parte dimostra che stava parlando con me».

Ivana tornò al mio fianco, indicando con il dito la parte in cui Ashlyn si congratulava per "il piccolo". Aggrottai la fronte osservando le ultime parole.

«Ti mando la mia benedizione dalla tomba» lessi ad alta voce. Che augurio morboso. «Cosa pensi che significhi?».

«Non lo so, ma guarda la parte successiva».

Grey si unì a noi. Condivisi il secondo proscritto con tutti i presenti. «Il nostro passato ci rende più forti, non più deboli. Ricordatelo. Ricorda da dove vieni. E renditi conto una volta per tutte che *non sei lui*. Ma a volte bisogna pensare come lui per trovare la verità. Per trovare... me».

Era sicuramente un indizio di qualche tipo.

Ma cosa voleva dire?

«Ricorda da dove vieni» ripetei. «Okay, visto che sappiamo che si trova nel settore Eclipse, questo messaggio potrebbe essere per me, Lorcan o Kieran».

Tuttavia, ciò che veniva dopo...

«Non sei lui» mormorai. «Ma a volte bisogna pensare come lui per trovare la verità. Per trovare... me».

Tuo padre, pensò Ivana rivolta a me. *Non sei tuo padre*.

Aggrottai la fronte. Poteva davvero essere così semplice? Ero giunto alla stessa conclusione quando avevo reclamato Ivana. Non ero mio padre. Non gli assomigliavo minimamente, cazzo.

Ma a volte bisogna pensare come lui per trovare la verità.

Mi accigliai ancora di più. *Cosa avrebbe fatto mio padre in una situazione del genere?* Non gli sarebbe importato nulla e avrebbe abbandonato Ashlyn al suo destino.

Solo che non poteva essere ciò che intendeva l'omega.

Sta paragonando Granger a tuo padre?, ipotizzò Ivana.

Può darsi. Però neanche loro erano simili. Mio padre avrebbe gettato Ashlyn in un pozzo e l'avrebbe lasciata lì a morire, senza preoccuparsi di teletrasportarla in un altro luogo. Ciò avrebbe richiesto troppa energia. E avrebbe voluto dare una dimostrazione di forza, costringendo tutti a vederla soffrire. A vederla morire di fame. A vederla avvizzire.

Avevo assistito fin troppe volte alle stesse scene.

Alla fine, bruciava i resti delle sue vittime e tagliava loro la testa, sempre in pubblico.

Perché era un fottuto mostro.

Solo a pensarci mi fece venir voglia di trovare il suo cadavere e bruciarlo. Ma non era rimasto niente: io, Kieran e Lorcan ce ne eravamo assicurati molti anni prima.

Allora cosa stai cercando di dirmi, Ashlyn?, mi domandai, studiando le sue parole. *Sei in una di quelle vecchie fosse?* Mi sembrava impossibile, visto che erano trascorsi diversi secoli dall'ultima volta in cui erano state usate. Ma forse l'aveva lasciata accanto al luogo di tortura preferito di mio padre.

O vicino al punto dove era morto.

Ti mando la mia benedizione dalla tomba.

Okay, piccola veggente, pensai. *Assecondarò la tua passione per gli indovinelli.*

«Potrebbe essere sottoterra, vicino alle vecchie colline» dissi a Kieran. «Dove Abbán era solito recapitare i suoi messaggi».

«Di che colline si tratta?» chiese Grey.

Sospirai, massaggiandomi il collo. «Vicino al *Giants Causeway*, ma... no». Cazzo, non potevo disegnargli una mappa. Se non era mai stato in quella parte del settore Eclipse, non avrebbe saputo dove materializzarsi.

Mostraglielo, mi esortò Ivana.

Cosa?

Portalo là, ribadì, spingendomi a guardarla.

Non ti lascerò, Vana. L'avevo appena reclamata. In quel momento avrei dovuto essere a scoparla nel suo nido. Nel *nostro* nido.

Merda. Tutta la faccenda era un fottuto incubo.

Allontanai la mano dalla nuca e le accarezzai il viso. *Sei la mia priorità*, le ricordai. *Non ti abbandonerò mai.*

Mise la mano sopra alla mia. *Non mi abbandonerai mai, lo so*, mormorò. *Ma questo è ciò che siamo insieme, Cillian. Partirai con Grey, Cael e Kieran, o Lorcan, e troverete Ashlyn.*

«Mi stai dicendo di nuovo cosa fare» sottolineai ad alta voce.

«Ora sei mio, alfa. È meglio che ti abitui» replicò. *Ora va', aggiunse mentalmente. Siamo una squadra, Cillian. E Ashlyn è la tua, no, la nostra priorità al momento. Trovala e riportala a casa.*

Mi chinai per posarle un bacio sulle labbra. *Per essere chiari, omega, al mio ritorno ti scoperò per giorni.* Perché la sua insistenza sull'essere una squadra, le sue lezioni su cosa significasse essere accoppiati, mi facevano innamorare sempre di più. E me la facevano desiderare sempre di più.

Ci conto, alfa, sussurrò, ricambiando il bacio. *Torna presto.*

Premetti la fronte sulla sua e la tenni stretta a me per un istante infinito, poi alzai lo sguardo su Kieran e Lorcan. Erano uno accanto all'altro e mi stavano osservando di rimando. «Chi ha voglia di una gita?».

«Io» rispose subito Lorcan.

Kieran gli lanciò un'occhiata. «Ti rendi conto che so badare a me stesso, vero?».

«Sì» rispose il cugino. «Ma sono dell'umore per uccidere un po' di zombi».

«E secondo te io no?».

«No. Sei dell'umore per torturare qualcuno» spiegò Lorcan. «Sfogati su Granger mentre siamo via». Fece un passo avanti. «Proviamo prima alla tomba?».

Annuii. «Sì».

«Non ucciderlo» intervenne Cael, rivolgendosi a Kieran. «Dobbiamo fargli alcune domande».

Kieran si strinse nelle spalle. «Ci proverò».

«Non è sufficiente» ringhiò Cael. «Non hai idea di quello che ha fatto».

«Forse sarà il caso che me lo racconti al tuo ritorno» suggerì Kieran.

«Forse» sibilò Cael con rabbia. Quasi non sembrava lo stesso principe carismatico e disinvolto a cui ci aveva abituati.

Dietro tutto il fascino si annidava un lupo astuto e potente.

Alleato o nemico?, mi domandai. *Solo il tempo ce lo dirà.*

«Ci serviranno delle pistole» disse Lorcan.

Annuii. «Sì. E un diversivo».

«Sì». Gli brillarono gli occhi. «Vuoi venire a caccia di zombi con noi, piccola killer?».

Kyra entrò nella stanza sbuffando. I suoi pensieri mi rivelarono che aveva trascorso gli ultimi minuti a origliare in corridoio, in attesa del momento giusto. Anche Lorcan doveva aver percepito la sua presenza. O forse le stava chiedendo un appuntamento. Con quei due era difficile a dirsi.

L'omega fece roteare due pugnali tra le dita e sorrise. «Dimmi solo dove andare».

«Anche a me» si inserì Grey. «E non ho bisogno di una pistola. Potete occuparvi degli zombi mentre io do la caccia ad Ashlyn».

«Anch'io non ho bisogno di armi» mormorò Cael. «Userò altre abilità».

Lorcan fece spallucce e si smaterializzò senza dire una parola. La sua mente mi mostrò che stava saccheggiando l'armeria. Meno di un minuto più tardi, ricomparve con due borsoni. Me ne lanciò uno; vi frugai dentro, trovandoci i miei giocattoli preferiti.

Stavo per infilarmi un giubbotto antiproiettile quando mi accorsi che Ivana mi stava osservando. Era alle mie spalle, e i suoi pensieri non avrebbero potuto essere più peccaminosi.

Ti piace quello che vedi, omega?, chiesi, sfruttando la connessione mentale che ci aveva regalato il nostro nuovo legame. Non lo avevamo ancora usato, comunicando attraverso i miei poteri telepatici. Ma mi sembrava giusto parlarle in questo modo. Era tutto più intimo. Più... *nostro*.

Sì, alfa, mormorò, avvalendosi della stessa connessione. *E molto.*

Mmh, mormorai. *Lo terrò a mente.*

Poi feci un cenno a Lorcan. «Andiamo».

IVANA

Kieran osservò l'ufficio, completamente sottosopra, e scosse la testa. «Che casino».

Mi sforzai di non sorridere. «Potrebbe essere peggio».

«Mmh» mormorò, lanciando un'occhiata agli oggetti disseminati sul pavimento, per poi concentrarsi su Granger. «Dovresti essere a riposare nel nostro nido».

Per un attimo rimasi sconcertata, ma poi vidi Quinn entrare nella stanza. «E tu dovresti smetterla di dirmi cosa devo fare» ribatté, accarezzandosi il pancione.

«Sono un alfa, tesoro».

Quinn sbuffò e venne verso di me. Il suo sorriso si allargava a ogni passo. Fu solo quando mi si fermò davanti che capii, perché si sporse e mi annusò il collo. «Ti ha morsa!».

Inarcai un sopracciglio. «Strano modo di salutare la gente, Quinn».

«Sono una lupa. Sono incinta. Ho male dappertutto. Concedimi almeno questo, Ivana. Perché un giorno capirai. Fidati». Poi mi gettò le braccia al collo e mi strinse a sé, in un gesto affettuoso e inaspettato, strillando per l'entusiasmo. «Ha funzionato! Sono così contenta che abbia funzionato!».

Ricambiai l'abbraccio, un po' allarmata per il suo comportamento bizzarro. Soprattutto perché temevo che avesse ragione e che presto sarei stata così anch'io: un turbinio di emozioni che annusava la gente e blaterava a caso. «Cos'è che ha funzionato?» chiesi.

«Il programma di accoppiamento!». Mi lasciò andare e fece una mezza piroetta, voltandosi verso Kieran. Il compagno la osservava con un'espressione divertita. «Te l'avevo detto che avrebbe funzionato».

«Sono io ad aver convinto Cael a partecipare» commentò lui.

«Sì, perché ho suggerito che sarebbero stati una bella coppia».

«Già» concordò.

Aggrottai la fronte. «Un attimo. Avete spinto il principe Cael a partecipare solo per far ingelosire Cillian?» chiesi. Ne avevano discusso mentre stavo spulciando i diari di Ashlyn, ma Kieran si era proclamato innocente.

Ora, invece, aveva un'espressione di arrogante compiacimento.

Quinn, d'altro canto, sembrava solo contenta. «Era ora che ti reclamasse».

Scossi la testa. «Siete veramente dei ficcanaso. E se mi fossi innamorata di Cael?».

«Sareste stati comunque una splendida coppia» disse

Kieran. «E Cillian ti avrebbe rimpianta per il resto della sua lunga e solitaria esistenza».

Il pensiero mi provocò una smorfia, l'idea non mi piaceva affatto. «Ha molte responsabilità sulle spalle».

Kieran diventò un po' più serio. «Lo so. E la gran parte non è nemmeno giustificata».

Annuii senza aggiungere altro, perché non volevo continuare a discuterne. Mi sembrava sbagliato parlare del mio compagno con il suo migliore amico.

Il mio compagno, ripetei tra me e me. *Il mio compagno*.

Perché Cillian mi aveva morsa. *Due volte*.

Rabbrividii per la promessa infuocata con cui mi aveva salutata.

Quanto lo desideravo.

Lo desideravo al punto che riuscivo a stento a ragionare.

Strinsi le cosce, e nel rendermene conto arrossii. Avevo bisogno di una distrazione. Subito. Qualcosa che mi aiutasse a raffreddare l'inferno che mi divampava dentro.

La rivendicazione di Cillian pulsava ancora dentro di me, incendiandomi il sangue e spingendo il mio corpo a reagire.

Dovevamo completare il giuramento. Legarci fisicamente. *Darci piacere per giorni*.

Era come affrontare di nuovo l'estro.

Solo che ora non ero in calore, ero solo molto, *molto* eccitata.

Mi schiarii la voce e mi guardai intorno alla ricerca di qualcos'altro su cui concentrarmi.

Granger catturò subito la mia attenzione. «Credete che sia stato lui a drogarci?» chiesi d'un tratto, nel tentativo di mettere a tacere gli ormoni.

Il cambio di argomento sembrò avere effetto anche su Kieran e Quinn, perché si acciagliarono entrambi. Dopo qualche istante, Quinn abbassò lo sguardo sul corpo dell'alfa, storcendo il naso in un'espressione disgustata. «È sicuramente lui ad aver visitato il settore Bariloche, quindi saprà tutto del siero».

«Allora non si trattava di Dixon?» domandò Kieran, pronto a mettersi al lavoro.

«Ho sentito l'odore di un unico alfa V-Clan, ed è questo qui». Lo fulminò con lo sguardo. «Ma quello che non capisco è: perché non l'ho riconosciuto le altre volte? Cos'è cambiato?».

«Ivana è riuscita in qualche modo a smascherarlo» spiegò Kieran.

Quinn mi fissò a bocca aperta. «Come hai fatto?».

«Ho...». Mi interruppi, arricciando le labbra di lato, e pensai a come spiegare cos'era successo. «Cillian ha detto che ho una propensione naturale a capire i processi psichici, così mi... mi sono infiltrata tra le barricate mentali di Granger per cercare la verità nascosta sotto tutti quegli strati di bugie».

Questo mi diede un'idea. Cillian mi aveva mostrato come accedere ai ricordi di Granger. Forse sarei riuscita a trovarne uno associato al siero.

Senza annunciare le mie intenzioni ad alta voce, penetrai nella mente di Granger, curiosa di vedere in quale stato fosse dopo qualsiasi cosa gli avesse fatto Cillian. Mi era sembrata una sorta di esplosione psichica, un attacco che non avrei mai voluto subire. Probabilmente ci si sentiva così se ti sparavano in testa. O se te la facevano scoppiare direttamente.

Rabbrividendo, ignorai la sensazione provocata da quel pensiero e mi concentrai su Granger.

Sembrava tutto confuso. Strano. Prima la sua mente era

ordinata e stratificata, ora... ora era quasi come se non fosse nemmeno la sua.

Molto strano, pensai, scavando un po' di più e rimanendo impietrita quando trovai qualcosa di familiare.

Che però in realtà non lo era.

La strana energia che emanava da Grey ora avvolgeva Granger. Non riuscivo a definirla né a comprenderla, ma ne sentivo la potenza. Il pericolo. *I propositi nefasti.*

Spalancai gli occhi.

Kieran e Quinn stavano parlando di quello che lei aveva affrontato nel settore Bariloche, di come si nascondeva ogni volta che l'alfa V-Clan arrivava in visita. Conosceva il suo odore, perché indugiava sulle omega con cui passava il tempo laggiù.

«Sei sicura che si tratti proprio di Granger?» chiesi in tono incerto. Entrambi si voltarono verso di me, aggrottando la fronte; avevo interrotto Quinn nel bel mezzo di una frase.

«L'odore è indubbiamente quello» disse lentamente. «Perché?».

Perché non sono più così convinta che appartenga a Granger, fui sul punto di rispondere. Ma lo sprazzo di *qualcosa* gli attraversò la mente, facendomi bloccare.

C'è dell'altro, pensai.

Seguii quello sprazzo, quella sorta di fremito, alla ricerca della fonte. Ma mi ritrovai davanti a un muro di energia. Sobbalzai all'indietro, e non caddi solo perché andai a sbattere contro la parete alle mie spalle.

«Ivana?» mi incalzò Kieran.

Lo fissai. «Sta arrivando qualcosa, Kieran. Qualcosa...».

Il re si irrigidì, il suo sguardo saettò verso le finestre dietro la sua scrivania. «*Merda. Scappate!*».

La sua compagna mi afferrò la mano prima ancora che

lui finisse di gridare, ma un'altra mano mi agguantò quella libera, impedendomi di seguire Quinn.

Fui trascinata sul pavimento, dove caddi con un gemito.

Granger fu sopra di me in un attimo. Mi strinse il collo con un'espressione selvaggia, come se fosse deciso a staccarmi la testa.

Le mie urla furono soffocate dai suoi palmi di acciaio, le sue unghie mi si conficcarono nella carne e mi fecero sanguinare.

Stelle, sta per...

«Maledetta stronza» ringhiò. Sembrava impazzito. Quasi come se avesse perso la ragione.

A causa di qualcosa? Di qualcuno? Si tratta davvero di lui?

Gli artigliai i polsi, cercando di liberarmi, ma era troppo grosso. *Troppo forte.*

Emise un suono che mi ricordò quello di un cane rabbioso e il suo sguardo sembrò riacquistare per un attimo la lucidità, mentre un lampo di orrore gli attraversava il volto.

Era sconcertante, in netto contrasto con la furia omicida di qualche istante prima.

Poi improvvisamente sparì.

E Kieran fu sopra di me, muovendo la mano davanti al mio viso.

Lanciai un'occhiata alla mia sinistra, cercando il corpo di Granger.

Ma non c'era più.

Si era... si era *smaterializzato* fuori dall'ufficio prima ancora che Kieran potesse raggiungerlo.

Trassi una profonda boccata d'aria toccandomi la gola, ancora stordita. Kieran mi agguantò la mano e mi tirò in piedi. Il suo sguardo si posò sul mio collo martoriato e mi scagliò un fiotto di energia curativa sulla pelle.

Poi mi spinse verso Quinn e gridò: «*Andate!*».

Mi girava la testa, anzi, sembrava che *tutto* girasse. La confusione si era impossessata di me.

Era successo tutto così in fretta, nel giro di un paio di secondi al massimo.

E all'improvviso mi ritrovai a vivere un déjà-vu, con Quinn che mi afferrava di nuovo. Solo che stavolta mi strattonò in avanti, trascinandomi fuori dall'ufficio di Kieran prima che il vetro esplodesse in ogni direzione.

Rabbrividii e cercai di tenere il passo con lei. Era molto veloce per essere così avanti con la gravidanza.

Fu sul punto di entrare in un'altra stanza, ma si bloccò e si diresse invece verso le scale.

Dietro di noi, intanto, era scoppiato il caos. I ringhi di Kieran rimbombavano nell'edificio, un odore metallico mi pizzicò le narici. *Sangue.*

Poi lo sentimmo gridare, e Quinn inciampò.

La presi per il braccio, aiutandola ed evitando che cadesse. Si irrigidì, incapace di proseguire, con il viso contorto in una maschera di terrore. Si lanciò un'occhiata alle spalle.

Poi Kieran ululò, un suono penetrante che racchiudeva un avvertimento.

E Quinn ricominciò a correre.

Senza parlare. Senza piangere. Senza gridare o ringhiare. Solo un passo dopo l'altro lungo la scalinata e attraverso il corridoio, verso i loro alloggi.

Ero già stata in quell'ala del palazzo, ma non nel loro nido.

Tuttavia, Quinn mi ci strattonò all'interno e chiuse la porta con forza.

Poi si lanciò verso la parete opposta.

Dove aprì bruscamente un'anta, rivelando una tastiera

su cui digitò una serie di numeri. Rimasi a bocca aperta quando comparve una stanza segreta, piena di schermi che mostravano filmati di sorveglianza che si attivarono nel momento in cui mise piede all'interno. «Cosa...?».

L'omega mi ignorò; si sedette alla scrivania e ingrandì l'immagine dell'ufficio di Kieran, osservando la violenza che si consumava là dentro.

Kieran stava combattendo contro tre o quattro alfa. Non riuscivo a individuarli con precisione: si muovevano troppo in fretta perché la telecamera riuscisse a metterli a fuoco.

Ma i ringhi del re potevano essere uditi fin lassù, quasi come se fosse stato a un metro da noi.

Quinn imprecò, poi aprì altre inquadrature dell'edificio. Diversi alfa stavano correndo lungo le scale.

Le stesse scale che avevamo appena percorso.

«Entra!» strillò, rivolta a me. Scattai in avanti e mi girai verso la porta. Vidi l'entrata del suo nido cedere sotto il calcio di un alfa.

Le sue iridi multicolori incontrarono le mie per un attimo, prima che chiudessi la porta di ferro sbattendola con tutte le mie forze. Quinn balzò in piedi e azionò una serratura automatica giusto in tempo, mentre un corpo massiccio si schiantava sull'ingresso.

Per fortuna, la porta non cedette.

E udii un'altra serie di serrature che scattavano.

Seguite da un esile scudo metallico che coprì tutta la parete.

«Qui dentro saremo al sicuro» sussurrò Quinn. «C'è un incantesimo di protezione che impedisce di materializzarsi all'interno, e la porta di ferro reggerà. Per un po', almeno».

Deglutii visibilmente. «Cosa diavolo sta succedendo?».

Eravamo sotto attacco, questo era ovvio. Ma da parte di chi? E perché?

Lei scosse la testa. «Non lo so, ma devo avvertire gli altri».

Stavo per domandarle cosa intendesse con "altri", quando aprì una schermata e digitò un messaggio – *SBSA* – che inviò al numero di Jas.

«SBSA?» ripetei ad alta voce.

«Settore Blood sotto attacco» spiegò, mentre il suo polso vibrava. Premette un pulsante sull'orologio e mi mostrò la risposta di Jas. *P.* «Significa che si stanno preparando».

«Per venire ad aiutarci?».

«No. Per difendere il Santuario» disse. «Nel caso succedesse qualcosa a me o a Kieran». Pronunciando il nome del compagno, lanciò un'occhiata allo schermo che mostrava il suo ufficio. La sua espressione si fece ancora più tesa. «Sono in troppi».

Ma proprio mentre lo diceva, Kieran ruggì e lanciò diversi lupi fuori dalla finestra.

Poi saltò fuori e li inseguì.

«Merda» borbottò Quinn, aprendo un'altra inquadratura. Kieran era sulla strada, diversi piani più in basso. Doveva essersi smaterializzato durante la caduta, dimostrando per l'ennesima volta le sue incredibili abilità, ed era già guarito da qualsiasi ferita avesse subito nel corso del tafferuglio nell'ufficio.

Il suo potere scaldò l'aria, controllando ogni aspetto del settore e provando quanto fosse degno di esserne il re.

Quinn rabbrividì, poi si afflosciò sulla sedia e premette la mano sul pancione. «Sì, il tuo papà è un tipo tosto» sussurrò. «Ma ho bisogno che ti calmi e lasci alla mamma il tempo di riflettere, okay?».

«Puoi scrivere a Cillian o Lorcan?» chiesi.

«Sì, ho...».

Un'altra ondata di energia pulsò attraverso il settore, impedendole di rispondere e facendo diventare neri tutti gli schermi intorno a noi.

Provò a cliccare un pulsante per farli riaccendere, ma non accadde nulla.

E un istante più tardi ci ritrovammo immerse nell'oscurità.

«Tra qualche minuto entreranno in azione i generatori» mormorò con la voce che vacillava.

La capivo bene.

Perché nel giro di "qualche minuto" poteva succedere qualsiasi cosa.

«Ma dovrei riuscire a chiamare Cillian». Quinn premette un pulsante sul suo orologio, facendo comparire uno schermo. Ma nell'angolo in alto a destra c'era un simbolo che rappresentava la mancanza di connessione, confermando quello che purtroppo sapevamo entrambe.

Non eravamo solo senza elettricità, ma eravamo stati tagliati fuori anche dalla connessione satellitare.

Ciò significava che chiunque stesse attaccando il settore Blood era ben armato.

E possiede un'enorme quantità di potere soprannaturale...

CILLIAN

Un brivido mi corse lungo la spina dorsale quando giunsi nel luogo in cui ero nato. Una terra che amavo e odiavo al tempo stesso. La amavo perché era la mia casa, la odiavo per via dell'uomo che mi aveva cresciuto lì.

Mio padre.

L'alfa Abbán.

Cazzo, avrei potuto giurare che vi aleggiasse ancora il suo fantasma. Sentivo il suo respiro gelido sul collo, udivo le sue provocazioni crudeli sussurrate all'orecchio. Mi faceva venire la nausea. Mi sentivo sul punto di esserne sopraffatto.

Era quello il motivo per cui non andavo mai in quel luogo.

Il motivo per cui lo *detestavo*.

Mi faceva male respirare. Esistere. *Pensare*.

Ma... quella fredda brezza familiare si dissipò in fretta. Più in fretta di quanto avesse mai fatto. E dietro a tutto percepii un calore estraneo. Un calore che si irradiava dal mio cuore, che mi ardeva nell'anima.

Ivana, capii, portandomi una mano al petto.

Non era lì, ma era con me. Era legata a me. Era il mio nuovo scopo, aveva dato un senso alla mia vita. *Il mio presente e il mio futuro*.

Scossi la testa, schiarendomi le idee, e mi concentrai su quello che stavo facendo.

Era ciò che recitava il proscritto di Ashlyn, no? Il passato ci rendeva più forti. E dovevo capire che non ero mio padre, ma che era necessario pensare come lui per trovarla.

Lorcan e Kyra si materializzarono un paio di metri più in là, il mio amico sapeva dove atterrare. Poi udii Cael e Grey che gridavano dalle scogliere.

«Sono vicino all'acqua» dissi a Lorcan.

Annuì e se ne andò senza aggiungere altro. Li avrebbe portati lì, dove era iniziato tutto.

Oh, il paesaggio era cambiato nel corso degli ultimi mille anni, gli odori erano diversi. Ma riconobbi l'anima di quel luogo. Il suo passato. Le storie sepolte nella terra stessa.

Iniziai a camminare con la pistola in mano.

Era ancora notte, il momento perfetto per andare a caccia. Ma l'alba si avvicinava, e presto il sole avrebbe fatto capolino oltre la linea dell'orizzonte.

Non che importasse.

La luce solare non aveva nessun impatto su di me. E purtroppo nemmeno sugli Infetti. O sugli zombi, come li aveva chiamati Lorcan.

Tuttavia, non ne percepii la presenza lì attorno. Solo il suono delle onde che si infrangevano a riva e mi ricordavano un'altra vita.

Okay, Ashlyn. Dove sei?, domandai, tentando di individuare la sua mente.

Non la trovai, così mi addentrai ulteriormente tra le colline e mi fermai ancora una volta, mettendomi in ascolto.

Ancora nessuna traccia degli Infetti o dei pensieri di Ashlyn.

Allargai ulteriormente la portata del mio potere, ma fu tutto inutile. O Ashlyn era priva di conoscenza, o non era lì.

Digrignai i denti e ripensai a ciò che aveva scritto, provando a capire come riuscire a *pensare* come mio padre.

Ammesso che si riferisse a lui. Se no, chi altro?

Aggrottai la fronte e tentai una strada diversa: mi teletrasportai nel luogo da cui provenivo, letteralmente. Il punto in cui mia madre mi aveva messo al mondo.

Non era molto distante da dove avevo incontrato Lorcan e Kyra, solo più in alto, in cima a una collina. Non ricordavo il momento della mia nascita, ma sapevo che era lì che andavano a partorire le omega del settore Eclipse; mia madre doveva aver fatto lo stesso.

Deglutii, pensando alla donna che mi aveva donato la vita. Non ricordavo nulla di lei. Era morta quando ero molto piccolo, non dovevo aver avuto più di qualche mese.

Da bambino, avevo scoperto che era stato mio padre a ucciderla. Venirlo a sapere mi aveva reso ancora più determinato ad ammazzarlo.

Ma quando si è presentato il momento, mi sono bloccato, pensai.

Un momento che avevo odiato per secoli. Un momento

di cui mi ero pentito. Un momento che temevo compromettesse il mio valore di alfa.

Tuttavia, ripensandoci ora, mi domandai se fosse quello il passato a cui si riferiva Ashlyn. Alla notte in cui non ero riuscito a uccidere mio padre.

«Hai detto che il settore Eclipse è coinvolto nel commercio di schiave omega». La voce di Kyra raggiunse le mie orecchie, proveniva da un punto alla mia sinistra. Non riuscivo a vederla, e le parole erano come ovattate, ma l'udito soprannaturale mi permetteva di sentirla comunque. «In che modo?».

«Come terreno di scambio o potenzialmente come sito per le aste» rispose Cael. «O almeno è quello che pensiamo. È possibile anche che abbiano ospitato delle feste con battute di caccia».

«Feste... con battute di caccia?» ripeté. Di nuovo, un brivido mi serpeggiò lungo la spina dorsale.

Perché sapevo di cosa si trattava. Mio padre adorava quel genere di occasioni. Le *bramava*. Far gridare le femmine era la sua passione.

«Le omega scappano e gli alfa danno loro la caccia» ringhiò Grey; il suo brutale riassunto mi fece grugnire. «Non abbiamo mai assistito, ne abbiamo solo sentito parlare. Ma sappiamo che esistono».

«E pensate che ne tengano anche qui?» insistette Kyra, ponendo una domanda di cui anch'io non vedevo l'ora di conoscere la risposta.

«Non regolarmente». La voce di Cael risuonò più intensa, e insieme al suo odore che mi solleticava i sensi confermò che si stavano avvicinando. «Ma è accaduto almeno una volta. A meno che non si sia trattato di un'asta o di uno scambio».

«Troppi odori per uno scambio» brontolò Grey. «Forse

un'asta, ma più probabilmente una caccia. Questa terra è perfetta per quello scopo».

«E le colline sono state storicamente il teatro di situazioni simili» aggiunsi quando comparvero alla mia sinistra.

Grey annuì. «Vero».

Non avevo idea di quanto sapesse, se avesse solo sentito qualche voce. Ma il bagliore tormentato nel suo sguardo mi spinse a chiedermi se non ci fosse qualcosa di più. Qualcosa di collegato a ciò che nascondeva. Forse c'entrava il suo talento?

Ma non volevo insistere, non quando la priorità era trovare Ashlyn.

«Non la sento da nessuna parte» informai il nostro gruppetto, andando dritto al punto e interrompendo la conversazione sul commercio di schiave omega. A tempo debito ci saremmo occupati anche di quello. «Riesci a percepire il suo odore?». La mia domanda era rivolta soprattutto a Grey. Sospettavo che, tra i presenti, fosse quello che lo conosceva meglio.

Purtroppo, l'alfa scosse il capo.

Con un sospiro, stavo per suggerire di dividerci e perlustrare diverse zone dell'isola quando aggiunse: «Ma è sicuramente qui».

«Senti la sua presenza in qualche modo?» chiese Cael.

«No».

«Allora come fai a sapere che è qui?» lo incalzò Kyra. La sua esasperazione rivaleggiava con la mia.

«Beh...». Si interruppe e si schiarì la voce. «Fidatevi. È qui».

Fidarci di te, pensai, sbuffando interiormente. *Certo, come no.*

Dove sono tutti gli Infetti?, pensò Lorcan, posando per un attimo lo sguardo su di me. *Non ne sento l'odore.*

Probabilmente sono nelle vecchie città, risposi telepaticamente. Era passato molto tempo dall'ultima volta che avevamo visitato quei luoghi. Quaranta o cinquant'anni. Non c'era stato più motivo di farlo, dopo che avevamo fatto trasferire tutti nel settore Blood.

Ma com'è possibile che non senta neanche l'odore di un singolo Infetto? Si guardò intorno con un'espressione diffidente. *Non so, C. C'è qualcosa che non mi piace.*

Già, la situazione non piaceva neanche a me. Niente di tutto questo mi piaceva: le parole criptiche di Ashlyn; il tradimento inaspettato di Granger; i poteri misteriosi di Cael e Grey; il commercio di schiave omega; abbandonare Ivana; *trovarmi lì.*

Qualcosa non tornava.

Cos'è che mi sfugge?

Sto accettando il mio passato, proprio come hai detto tu. Sono qui. Non sono mio padre. Ma vuoi che pensi come lui...

Lasciava le omega nelle fosse. Ashlyn ha mandato la sua benedizione dalla tomba.

Ma non è qui.

Aggrottai la fronte, i miei pensieri vorticavano confusi. Sembrava quasi...

Spalancai gli occhi.

Sembra una distrazione.

Sfruttata per allontanarci tutti dalla verità.

Una situazione simile alla notte in cui Kieran aveva ucciso mio padre: lo avevamo attirato su quelle stesse colline con un'omega in calore. O almeno così credeva. Lo avevamo ingannato con l'odore, poi lo avevamo accerchiato.

E Kieran aveva portato a termine il compito.

Ora ci trovavamo lì per rintracciare un'altra omega. Un'omega Z-Clan. Facendo affidamento soltanto sul fatto che Grey sapeva che era lì.

«Come?» chiesi a Grey, girandomi verso di lui. «Come fai a sapere che è qui? Non riesci a sentirla. Nessuno di noi ne percepisce la presenza. Dimmi come fai a saperlo. È grazie al tuo dono? È la tua compagna? O si tratta di qualcosa di completamente diverso?».

Il suo sguardo di ghiaccio sembrò diventare ancora più gelido. «Non devo darti nessuna spiegazione».

«E invece sì» ribattei. «Perché non credo che Ashlyn sia qui. Credo che ci abbiano ingannati».

«Pensi che siamo impazziti?» intervenne Cael. «Pensi che sia tutto uno scherzo?».

«No» risposi. «Penso che qualcuno abbia fottuto il cervello a Grey». Avrebbe spiegato lo strano potere che avevamo colto io e Ivana. Eravamo convinti che si trattasse di una sua abilità, ma se non fosse appartenuto a lui? Forse qualcuno aveva compromesso la sua lucidità.

E se Granger fosse un'altra distrazione?, considerai un attimo dopo. *E se avesse mentito sulla posizione di Ashlyn? È per questo che i suoi ricordi erano così vaghi? E se nulla fosse stato reale?* Spalancai ancora di più gli occhi. *E se Ashlyn avesse rappresentato l'omega in calore, il diversivo che ci ha attirati in trappola?*

Lontani da Kieran.

No. Non Kieran.

Da Quinnlynn e l'erede del settore Blood che porta in grembo.

Eliminarli avrebbe messo fine alla linea di sangue dei MacNamara, e la barriera incantata che proteggeva il settore Night – *il Santuario* – si sarebbe dissolta.

Se Cael e Grey avevano ragione sulle aste segrete, allora

l'obiettivo erano sempre state le omega. E tutto ciò che era accaduto con il siero era stato solo una distrazione.

Così come la sparizione di Ashlyn.

E Granger.

E la nostra presenza qui.

«Dobbiamo tornare subito nel settore Blood» dissi a Cael e Grey, poi mi rivolsi a Lorcan e Kyra. «E voi dovete andare nel settore Night». Perché se qualcuno stava cercando di eliminare ogni traccia dei MacNamara dalla faccia della Terra, allora gli altri erano in attesa del momento giusto per attaccare le omega sotto la protezione di Quinnlynn.

«E Ashlyn?» ringhiò Grey.

«Non è qui» dissi. «Qui non c'è assolutamente un cazzo». Avremmo dovuto capirlo fin dal principio.

Gli Infetti non si avventuravano in quell'area da molto tempo, e ciò era confermato dalla mancanza di segni di vita.

«Non è mai stata qui» aggiunsi. «Scava a fondo nella tua mente. Scoprirai che ho ragione».

Lo sguardo glaciale di Grey lampeggiò di furia, e l'alfa irradiò un potere immenso. Ma invece di sfogare la sua rabbia su di me, trasse un respiro profondo.

Poi piegò la testa all'indietro e *ululò*.

Feci un passo indietro, non avevo mai assistito a una tale esplosione di energia. Lorcan afferrò Kyra; la sua mente mi disse che stava per teletrasportarla in un luogo sicuro.

Ma non ci fu alcun seguito all'improvvisa scarica di potere di Grey.

Svanì rapidamente com'era apparsa.

E l'alfa disse: «Ucciderò Tadhg».

Per poi smaterializzarsi.

«Cazzo» mormorò Cael. «*Cazzo!*».

Colsi le intenzioni nei suoi pensieri appena prima che seguisse Grey.

«Stanno tornando nel settore Blood» dissi a Lorcan. «Ti mando un messaggio appena so qualcosa».

«Idem» rispose, riferendosi al settore Night.

Sparii a mia volta, diretto all'ufficio di Kieran.

Trovai la stanza disseminata di vetro in frantumi e sangue.

L'odore della paura di Ivana aleggiava nell'aria, suscitando l'ira del mio lupo.

Ringhiai il nome della mia compagna, la mia mente individuò subito la sua. *Dove sei?*, le chiesi.

Io e Quinn siamo in una camera antipanico nel suo nido.

Una parte di me si rilassò. Non completamente, solo un pizzico. *Sei ferita?*

Sto bene. Ma Kieran...

Sei ferita?, ripetei. Perché sentivo l'odore del suo sangue.

Sto bene, Cillian. Vai ad aiutare Kieran!

Il ghigno che mi contorse le labbra era un miscuglio di ferocia e sollievo. Perché se Ivana mi stava dando ordini, allora stava bene sul serio.

Ma qualcuno l'aveva fatta sanguinare.

E quel qualcuno doveva pagare.

Chi ti ha fatto del male?, insistetti.

Cazzo, Cillian, va'...

Chi?, ripetei, assicurandomi che percepisse l'impazienza in quell'unica parola.

Granger, sussurrò. Apprezzai la rapidità con cui cedette, almeno una volta.

Perché avevo bisogno di quel nome.

Morirà, promisi, teletrasportandomi all'esterno.

Kieran era in mezzo alla strada, con l'abito ridotto a

brandelli e gli occhi scuri che lampeggiavano di rabbia fissi su Tadhg.

Maledetto traditore, pensai, fulminando con lo sguardo il principe del settore Alpha. Che presto sarebbe stato *l'ex* principe del settore Alpha. Perché Kieran sembrava pronto a farlo a pezzi.

Se Tadhg si era accorto del mio arrivo, non lo diede a vedere; tutta la sua attenzione era rivolta a Kieran.

«Osi attaccare me, il Re dei V-Clan, nella mia stessa cazzo di casa?» sibilò il mio amico. «E credi di poter toccare la mia regina? La mia omega? La mia *fottuta compagna*?».

L'intero settore tremò, scosso dal ringhio di Kieran. Il suo potere era talmente intenso e feroce che rendeva difficile respirare.

Diversi lupi lì attorno caddero in ginocchio, chinando il capo.

Ma Tadhg si limitò a sorridere. «I tuoi latrati non mi spaventano, *re*».

Il principe emanò un'ondata di potere talmente vigorosa da colpirmi al petto, facendomi fare un passo indietro.

Kieran, però, non si spostò di un millimetro. Ma la rabbia nei suoi occhi aumentò. «Dovrai impegnarti un po' di più, *principe*».

Cillian.

La voce non apparteneva a Kieran, ma a Cael.

Incontrai il suo sguardo dall'altro lato della strada, sorpreso di vederlo appoggiato a un muro in una postura apparentemente disinvolta.

Cael, risposi.

Dov'è la regina Quinnlynn?, chiese.

Socchiusi gli occhi in un'espressione diffidente. *Al sicuro.*

Ne sei certo? Si guardò attorno, stringendo i denti. *Perché anche questa sembra una distrazione. È stato troppo facile abbattere tutti questi bastardi. E ora non riesco a trovare Grey.*

Mi ci volle un istante per capire cosa intendeva, per *sentire* che stava controllando tutti gli alfa presenti sulla via. La maggior parte era coperta di sangue e respirava affannosamente, e gli abiti erano lacerati come quelli di Kieran.

La mente di Cael mi aiutò a rimettere insieme i pezzi, spiegandomi come avesse lottato contro molti di loro nell'ufficio, prima di completare l'opera in strada.

Dove si era imbattuto in Tadhg.

Tuttavia, Cael aveva ragione. Era... era troppo facile.

C'era un motivo se Tadhg ci aveva attirati lontano dal settore Blood. Forse avevo scoperto quali fossero le sue reali intenzioni più in fretta di quanto si aspettasse, ma sembrava troppo tranquillo.

Dov'è Grey?, mi domandai, sondando il circondario alla ricerca della mente dell'alfa. Un intento omicida avvolgeva i suoi pensieri, spingendomi a voltarmi di scatto verso l'edificio alle mie spalle.

Senza rifletterci sopra, mi materializzai direttamente negli alloggi privati di Kieran.

E trovai Grey in mezzo a tre alfa, a cui stava dando una dimostrazione della vera forza di uno Z-Clan.

Vana!, gridai attraverso il nostro legame. Il suo profumo mi cinse come un caldo abbraccio. Ma un sottile accenno ferroso ravvivò la mia furia. Sapevo che era stata ferita. Ma ora mi chiedevo...

Sto bene, rispose, prima che la mia preoccupazione potesse aumentare ulteriormente. *Ma sta succedendo qualcosa a Quinn. Quella strana coltre di potere che ho percepito intorno a Grey e Granger le... le sta facendo qualcosa.*

Granger?, ripetei.

Sì, appena prima dell'attacco, l'ho percepita anche intorno a lui. Ma ora sta circondando Quinn, e non... non so cosa significhi. Ma si sta comportando in modo strano.

Riesci a capire come dissolverla?, le chiesi.

Ci sto provando, ma ogni volta che ne faccio sparire una parte, ne compare ancora di più.

Puoi rintracciarne la fonte? Le posi quella domanda mentre osservavo il resto della stanza, pronto ad affrontare eventuali minacce. Ma trovai solo alcuni alfa defunti di cui si era già occupato Grey. O almeno pensavo che fosse stato lui.

Lo confermò un attimo dopo, decapitando un altro alfa, il cui cadavere si aggiunse al macabro spettacolo.

Bello, pensai, prima di tornare a concentrarmi su Ivana.

Non aveva risposto, ma la sentii provare a localizzare la sorgente della nebbia che offuscava la mente di Quinn.

Nel frattempo, io frugai nella psiche di chiunque si trovasse nel settore Blood, cercando qualsiasi traccia di malvagità.

C'erano diversi stronzi insieme a Tadhg che aspettavano il momento giusto per colpire. Ma sembrava che Cael li avesse già bloccati con il suo potere, impedendo loro di fare qualsiasi cosa mentre Tadhg e Kieran si fronteggiavano in un'esibizione di energia di alfa.

Ma c'erano alcuni lupi che erano sfuggiti a Cael. Li udii muoversi all'interno dell'edificio, salire le scale, insinuarsi lentamente quassù per raggiungere il loro obiettivo.

Avevi ragione sul fatto che quella là fuori fosse una distrazione, informai il principe. *Grey è qui a occuparsi di alcuni alfa, ma ce ne sono sei... no, sette che stanno salendo verso gli alloggi privati di Kieran.*

Hai bisogno di me?

Sorrisi. *No, me la cavo da solo.*

Anche perché uno di loro era Granger.

E avevamo un appuntamento.

Un appuntamento violento e sanguinario.

IVANA

«Dovremmo aprire la porta» disse improvvisamente Quinn.

«Cosa?» domandai, sconcertata dalle sue parole.

«È troppo buio qui dentro».

«Siamo lupi. Ci vediamo benissimo» le ricordai. «E la corrente tornerà a momenti, no?». Era quello che mi aveva detto dopo il sovraccarico iniziale. Ma da quel momento in poi mi era sembrata un po' strana.

Era così che avevo notato la nebbia misteriosa che le offuscava la mente.

Proprio come nel caso di Grey.

E di Granger.

Cillian, Quinn vuole aprire la porta.

Assolutamente no, rispose in fretta attraverso il nostro

legame. *Ci sono diversi nemici che stanno salendo le scale, incluso Granger.*

Non sono sicura che sia un nemico, gli dissi, aggrottando la fronte. *Non... In realtà, non so cosa sia.*

Un lupo morto, tagliò corto Cillian. *Ecco cos'è.*

Aspetta a giudicare finché non avrò scoperto...

«Quinn» sbottai, interrompendo la conversazione mentale con Cillian. Si era alzata in piedi ed era davanti a un pannello di controllo posto accanto alla barriera metallica.

«Dobbiamo andare» disse in tono piatto.

«Dobbiamo rimanere qui, invece» ringhiai, alzandomi a mia volta e avvicinandomi. Le spostai delicatamente le mani dal pannello e mi concentrai sulla sua mente, cercando di rintracciare la sorgente di quella strana coltre che la avvolgeva. Il potere era più denso, aveva creato uno strato torbido che ronzava di elettricità.

Chi ti sta facendo questo?, domandai, districando di nuovo i suoi pensieri da quella sorta di melma psichica.

Quinn sbatté le palpebre e sembrò tornare lucida. «Cosa mi sta succedendo?».

«Qualcuno sta... Non so come descriverlo. Ti sta... manovrando? O costringendo a credere a delle informazioni false?».

«Come il fatto che dovrei aprire la porta?» chiese.

«Sì, esatto» mormorai, catturando la nube che si stava formando nella sua mente e scacciandola via con la mia, prima che potesse avvolgerla di nuovo.

Ma poi sussultai quando la nebbia venne verso di me e provò a confondere il *mio* senso di ciò che era giusto e ciò che era sbagliato.

Ah, non credo proprio, pensai rivolta a quell'energia

estranea, erigendo una parete mentale per impedirle di attaccarmi.

Una scarica elettrica mi percorse la spina dorsale, la magia diventava sempre più intensa e mi spingeva ad arrendermi.

«Oh» sussultai, appoggiandomi alla parete mentre le gambe minacciavano di cedere.

Cillian disse qualcosa, ma non riuscii a sentirlo. La mia mente lottava per proteggersi da qualsiasi intrusione.

Solo un alfa avrebbe potuto sottomettermi, e non si trattava del proprietario di quel potere oscuro. Di quella coltre manipolativa. Di quell'assurda costrizione.

Vattene, ringhiai. La mia barriera mentale vibrò di determinazione, decisa a resistere.

Trasalii quando la magia si abbatté di nuovo su di me, stavolta come una lama che mi penetrò il cranio, causando un dolore che sentii fin nel profondo dell'anima.

Ma il mio scudo tenne.

Non si incrinò nemmeno.

O...?

Non... non ne ero sicura.

Il mondo era così buio.

Sconosciuto.

Freddo.

Perché sono così sola qui?

Rabbrividii, strizzando gli occhi per cercare di vedere in quella notte priva di stelle. *Cos'è successo? Dove sono?*

Ivana!, gridò Cillian.

Cillian?

Cazzo, Vana. Torna da me, macushla. Combatti!

Aggrottai la fronte. *Combatti... cosa?*

Ma un attimo dopo lo sentii. Una presenza opprimente.

Un potere che si era fatto strada tra i miei blocchi mentali, minacciando di assumere il controllo della mia psiche. *No!*

La cortina nera si infranse, poi esplose in un mucchio di blocchi di ossidiana.

La mia vista tornò.

Ero ancora nella stanza con Quinn.

Ma lei stava tentando di aprire di nuovo la porta, le sue dita sfioravano la tastiera del pannello.

Le catturai il polso, tirandola indietro proprio mentre la serratura scattava.

«Quinn!» urlai, sia ad alta voce che nella sua mente. Poi strappai di nuovo i suoi pensieri dalle grinfie di quella maledetta nebbia e la rispedii al mittente.

Al colpevole dall'altro lato della porta.

Solo che non era chi mi aspettavo.

Non era nemmeno un alfa. Ma *un'omega*.

La sentii inciampare. Gridare. Poi percepii che stava raccogliendo le energie per attaccarci di nuovo.

Ma stavolta ero pronta. Catturai il suo assalto con un pugno mentale e risposi al fuoco con il suo stesso potere, bombardando la sua psiche e facendola cadere in ginocchio.

Poi Cillian completò il lavoro con una delle sue esplosioni telepatiche, che mise definitivamente al tappeto la donna.

Risuonò un ululato che si diffuse attraverso il pavimento e le pareti, facendo tremare la stanza.

Un ululato che esigeva attenzione, sottomissione, *rispetto*.

Re Kieran, pensai, rabbrividendo. L'alfa ululò di nuovo, accentuando il verso con ancor più ferocia.

Afferrai la scrivania per evitare di cadere, e nel frattempo mi accorsi che la porta si stava aprendo.

Non ero riuscita a fermare Quinn in tempo. L'omega si scagliò in avanti, decisa a rimediare.

Ma era troppo tardi.

A poco a poco, il nido insanguinato della regina comparve alla nostra vista. Il pavimento era un macabro dipinto. Grey si trovava dall'altro lato, coperto dai resti degli alfa ai suoi piedi.

Ringhiò, un boato minaccioso che fece indietreggiare Quinn.

I suoi occhi erano neri come il buio, la sete di sangue gli rendeva i lineamenti aspri e taglienti. *Un alfa Z-Clan in preda alla rabbia*, pensai deglutendo a fatica.

Avevo sentito parlare della sua specie, sapevo che erano crudeli e brutali. Ma in un attimo le iridi di Grey tornarono color del ghiaccio e la sua espressione si rilassò un poco.

Cillian si teletrasportò nella stanza. I suoi abiti scuri erano macchiati con le tracce del combattimento, le sue mani erano coperte di sangue. Ma ciò non gli impedì di afferrarmi la nuca e tirarmi a sé. La sua bocca si avventò sulla mia, imprigionandola in un bacio affamato che mi confuse.

C'era una battaglia in corso.

Anzi, una *guerra*.

E mi stava baciando come se avesse intenzione di prendermi lì, nel nido devastato di Quinn.

Quando ebbe finito, riuscivo a stento a respirare. La mia mente e il mio corpo erano talmente assorbiti dalla sua presenza che iniziai a mettere in dubbio la realtà.

Fu solo allora che disse: «Dei, quanto ti amo». Mi diede un piccolo morso al labbro inferiore prima che potessi rispondere, poi mi condusse verso il corridoio, dove c'era Quinn in attesa.

Grey non si vedeva da nessuna parte.

Un altro ululato rimbalzò tra le pareti, l'alfa stava convocando il suo branco. Era un suono intenso e potente, che minacciò di farmi cedere di nuovo le gambe.

Ma le fusa di Cillian mi tennero in piedi. Intrecciò le dita con le mie e mormorò: «Dobbiamo andare da Kieran».

Quinn si era già incamminata. Il suo passo non era neanche lontanamente vacillante quanto il mio. Forse perché era stato il suo compagno a emettere quel richiamo. O forse perché il potere di Quinn rivaleggiava con quello del re. Dopotutto, c'era un motivo se era la nostra regina.

Quando raggiunse la tromba delle scale, si fermò. «Dove sono tutti i corpi?».

Non ero sicura di cosa intendesse finché non ci avvicinammo e vidi il sangue che imbrattava le pareti. Spalancai gli occhi. *Sei stato tu?*

Sì, confermò Cillian. «Mi sono smaterializzato fuori con gli alfa privi di sensi, lasciandoli in consegna a Cael. I morti, invece, sono ammucchiati accanto a Tadhg».

«E dov'è Tadhg?».

«Fuori. In ginocchio» rispose Cillian. «Kieran sta mandando un messaggio che non richiede parole».

Quinn reagì alla spiegazione di Cillian tremando visibilmente, con le pupille dilatate. Qualsiasi cosa stesse facendo Kieran, sicuramente la stava sentendo. E il leggero sorriso che le incurvava le labbra mi disse che era d'accordo.

Dov'è l'omega?, domandai.

Sylvia è svenuta, rispose, facendomi bloccare a metà di un passo.

«*Sylvia*?» ripetei ad alta voce, e Quinn si fermò a sua volta. «L'omega in grado di controllare gli altri è *Sylvia*?»

Strinse i denti e annuì. «Già».

«Com'è possibile?» chiese Quinn. «È una delle omega del Santuario».

«Quant'è che vive lì?» domandò Cillian. «È arrivata di recente? Sai da dove viene?».

«Non...». Si interruppe, aggrottando la fronte. «Jas ha controllato le credenziali di tutte le omega. E lo ha rifatto di recente, dopo tutto quello che è successo con Fritz».

Cillian annuì. «E probabilmente è convinta di aver esaminato anche Sylvia. Perché è quello che Sylvia le avrebbe fatto credere».

L'espressione di Quinn si indurì. Trasse un respiro profondo e ricominciò a scendere le scale. Anche se non stava più camminando, semmai stava *marciando*.

«Ma anche Sylvia è stata drogata» dissi. «Perché si sarebbe drogata da sola?».

«Per aver accesso al settore Blood» spiegò Cillian. «Per avvicinarsi a Kieran e Quinn. Ai loro poteri. Alle loro *menti*».

Sgranai gli occhi. «Oh, merda».

«E poi Granger ha drogato le altre omega con lo stesso siero per creare una distrazione. Lo ha versato nelle bibite che stavano distribuendo Cael e Dixon dopo l'attacco a Sylvia».

I miei occhi si spalancarono ancora di più. «Ho aiutato a distribuire quei drink».

«Non potevi saperlo, Vana».

«Vero, non è assolutamente colpa tua» gli fece eco Quinn. «È... è colpa *loro*».

I suoi passi diventarono ancora più rumorosi, la sua rabbia era una presenza tangibile che mi strappò una smorfia. Sembrava che le emozioni durante la gravidanza fossero piuttosto... intense. Anche se in quel momento condividevo la sua furia.

Perché avevo aiutato Granger.

Inconsapevolmente, certo.

Ma ciò non cambiava quello che era successo.

«Qual era lo scopo di tutto questo?» mi interrogai ad alta voce. «Perché ci hanno drogate?». Non avevano beneficiato della situazione, visto che non c'era stata nessuna "festa dell'estro", dal momento che eravamo andate in calore dopo essere arrivate nel settore Blood.

«All'inizio avevano progettato di attaccarci mentre eravamo occupati a prenderci cura delle omega in calore, ma Ashlyn è riuscita a fermarli. Non so come abbia fatto, so solo che si è dimostrata un problema e hanno dovuto cambiare i loro piani».

«Hai raccolto queste informazioni dalla mente di Sylvia? O da quella di Granger?».

«Entrambe» rispose. «Anche i pensieri di Tadhg hanno confermato qualche dettaglio».

«Sarà bello vedere Kieran uccidere Tadhg» disse Quinn. «Ma Sylvia è *mia*».

«È possibile che sia una vittima» suggerì Cillian. «Da quello che ho visto nella testa di Granger, Tadhg l'ha cresciuta e addestrata per diventare la sua arma personale, da sfruttare a suo piacimento».

«Ma... come ha fatto a sapere di doverla mandare al Santuario?» chiesi. «Non ne avete mai parlato con nessuno, se non di recente, no?».

Cillian emise un sospiro frustrato. «È chiaro che l'organizzazione scoperta da Cael e Grey era al corrente dell'esistenza del Santuario da tempo, ma non sapevano come superare la barriera. Hanno usato Sylvia come un'esca, e forse anche altre omega».

Quinn ringhiò. Il suo stivale atterrò sull'ultimo gradino con una tale violenza che se avesse indossato delle scarpe col tacco, ne avrebbe rotto uno.

«E così il commercio di schiave omega esiste davvero» sussurrai.

«Sì» confermò Cillian. La sua irritazione serpeggiò attraverso il legame. Un'irritazione causata non tanto dall'esistenza del commercio di schiave omega, che purtroppo nel nostro mondo non rappresentava una novità, ma dal fatto che non ne avesse saputo nulla.

Chiunque fossero i membri dell'organizzazione, erano stati molto bravi a celare la loro presenza per anni. Forse anche secoli.

E questo preoccupava Cillian.

Beh, preoccupava anche me.

Con un nodo alla gola, seguii lui e Quinn all'esterno dell'edificio.

C'erano alfa e beta ovunque; la maggior parte era in ginocchio, altri erano svenuti sull'asfalto, e una manciata di loro era in piedi con l'attenzione rivolta a Kieran.

Okay, non del tutto. Nessuno era in grado di sostenere il suo sguardo.

Nessuno, a parte Cillian. E perfino lui fece una piccola smorfia, travolto dal potere che emanava dal Re del settore Blood.

Era impressionante.

Quasi quanto scorgere Benz in mezzo agli alfa ancora in piedi. Era l'unico beta a non essersi inginocchiato. Il suo sguardo incontrò il mio, il sollievo brillava nelle sue profondità turchesi. Ricambiai l'occhiata e gli rivolsi un piccolo cenno del capo. Mi sembrava che fossero trascorsi un milione di anni dall'ultima volta che ci eravamo visti. Avevamo così tanto di cui parlare.

Più tardi, pensai, sapendo che Benz avrebbe capito pur non sentendomi. Chiaramente non avevo ereditato il dono della telepatia attraverso il legame con Cillian. Ma non mi dispiaceva; leggere la mente era più che sufficiente.

Kieran guardò Quinn e tese il braccio nella sua direzione.

Lei lo raggiunse a passo sicuro e si mise al suo fianco. Il re posò l'altra mano sul pancione della compagna e i suoi ringhi si trasformarono in dolci fusa.

Almeno finché non abbassò gli occhi sulla testa pelata di Tadhg.

L'alfa era in ginocchio, come molti altri, ma il modo in cui il suo corpo fremeva, con i muscoli visibilmente contratti, rivelava che non si trovava volontariamente in quella posizione. Tutti sembravano inginocchiati in segno di rispetto. Ma non Tadhg. Tadhg era alla mercé di Kieran.

Grey si materializzò sulla strada un istante più tardi con Sylvia tra le braccia, svenuta.

La posò lentamente e con delicatezza sul selciato, sopraffatto dal suo istinto di alfa nell'occuparsi di qualcuno molto più fragile di lui.

Una gentilezza che non provavo minimamente.

Guardando Sylvia, vedevo solo una traditrice. Una nemica. Qualcuno che aveva fottuto il cervello ad altre persone per chissà quale scopo.

Ma poi le parole di Cillian mi risuonarono nella mente.

È possibile che sia una vittima.

Okay, forse. Ma il suo potere non mi era sembrato affatto innocente. Era determinato. Intrusivo. *Letale.*

«Principe Tadhg del settore Alpha, oggi tu e i tuoi uomini avete commesso il più alto tradimento» annunciò re Kieran con un tono che riecheggiò per chilometri. La sua autorità di alfa era alla massima potenza. «Non ci sarà nessun processo. Non potrete perorare la vostra causa. Le vostre azioni hanno compromesso il vostro diritto di vivere».

Si fermò, come se stesse aspettando che qualcuno tentasse di obiettare.

Ma tutto ciò che fece Tadhg fu... *scoppiare a ridere*.

Quel suono di scherno rimbombò con una forza che rivaleggiava con quella di Kieran.

«Sei uno sciocco» disse Tadhg a denti stretti.

«Uno sciocco?» ripeté re Kieran, piegando leggermente la testa di lato in un modo troppo minaccioso per apparire innocente.

«Siete tutti un branco di sciocchi» ribadì Tadhg. «Chiedilo a Grey. Lui sa di cosa sto parlando».

L'alfa in questione lo fulminò con lo sguardo, e i suoi occhi diventarono neri come quando lo avevo visto all'esterno della stanza antipanico. Ma non emise un suono. Non spiegò nulla. Si limitò a fissare Tadhg con un odio tale da dissipare qualsiasi dubbio sul rapporto tra i due.

Tadhg raddrizzò di scatto la testa, come se fosse riuscito per un attimo a sottrarsi al controllo di Kieran, e ricambiò l'occhiata di Grey. «Continui a collezionare fallimenti, eh? Prima Nikiski. Ora Ashlyn». Sghignazzò di nuovo. «Non fai altro che deludere le tue omega, non è vero, Grey?».

Grey strinse i pugni. «Dov'è mia sorella?».

«E così hai scelto lei al posto di Ashlyn?» lo provocò Tadhg. «Il sangue, piuttosto che una potenziale compagna? Mi assicurerò di farglielo sapere».

Un ringhio squarciò il petto di Kieran. «Non farai sapere un bel niente a nessuno». Un'altra ondata di potere si abbatté sul principe, facendogli tendere il collo e la mascella. Ringhiò a sua volta.

«Dov'è?» chiese di nuovo Grey, facendo un passo avanti. «Dove cazzo l'hai lasciata?».

Il sangue colò dalla bocca di Tadhg, il peso dell'energia di Kieran sembrava aver agito a livello fisico. «L'ho abbandonata nel settore Kodiak» sibilò. «Quella piccola impicciona sarà già morta ormai. Che peccato».

Grey lo osservò per un lungo istante e la sua espressione sembrò rilassarsi. Ogni traccia di furia svanì, e la sua attenzione si spostò da Tadhg al principe Cael.

Questi si trovava in disparte, con le braccia conserte e una spalla appoggiata alla parete di un edificio lì vicino. Era il ritratto della noia. Eppure, riuscivo a sentire il suo potere tutto intorno a noi.

Cillian aveva detto che aveva lasciato gli alfa al principe Cael affinché se ne occupasse.

Ora capivo cosa intendeva.

Era come se li stesse stringendo tutti in una morsa mentale, simile a quella in cui Kieran aveva imprigionato Tadhg.

«L'ultimo proscritto non era per Cillian o per Ivana. Era per me» disse Grey, facendomi aggrottare la fronte.

«Di cosa stai parlando?» gli domandò Cillian prima che potessi farlo io.

«Quella frase sul fatto che il passato ci rende più forti e che io non sono lui». Grey si voltò verso Cillian. «Era diretta a me. E ora so dov'è Ashlyn». Abbassò lo sguardo su Tadhg. «Grazie. Sei stato molto utile».

E con quel commento enigmatico, sparì.

CILLIAN

NELLA MENTE DI Kieran aleggiava la necessità di *uccidere*.

Era furioso. Più di quanto lo avessi mai visto.

Ma anche nella rabbia, sapeva essere un uomo pragmatico.

Distruggi la sua mente, mi disse. *Trova ogni informazione su quella fottuta organizzazione che...*

Un grido troncò il suo ordine, la fonte si stava dimenando sull'asfalto.

Un grido femminile. Sofferente. *Furibondo*.

Quinn scattò in avanti, pronta a intervenire. L'omega prese a contorcersi, agonizzante, continuando a urlare.

Tadhg fece una smorfia, poi anche lui fu vittima delle stesse convulsioni.

Ivana sussultò e la sua mente si mise subito all'opera

per fermare quello che stava accadendo, avendo compreso di cosa si trattava.

No!, strillò, sfruttando al massimo i suoi poteri.

Ma era troppo tardi.

Perché ormai il danno era fatto, grazie a un piano B che nessuno si aspettava.

Un suicidio psichico.

Sylvia smise improvvisamente di urlare e il suo corpo rimase stranamente immobile, mentre Tadhg collassava accanto a lei.

Kieran imprecò e si inginocchiò per provare a guarirli, ma nemmeno lui avrebbe potuto riportarli in vita.

Qualsiasi procedura avesse azionato l'omega, era stata programmata da tempo per eliminare sia lei che Tadhg.

Cael ringhiò, e così pure Kieran.

Quinn e Ivana erano in stato di shock.

E Granger... Granger era sbiancato, i suoi pensieri erano nel caos. Perché si era appena reso conto di essere rimasto l'unico ad avere le informazioni di cui avevamo bisogno.

Ma non sapeva abbastanza da poterci essere utile.

Aveva già condiviso tutto il possibile. Perché era sempre stato Tadhg a occuparsi di tutto. Era sempre stato lui a ricevere le telefonate, a partecipare alle "battute di caccia". Non aveva mai permesso a Granger di entrare nel suo sancta sanctorum.

Era di fatto completamente inutile per noi.

E ciò lo rendeva un uomo morto.

«Maledetto vigliacco» mormorò Cael, avvicinandosi per sputare sul cadavere di Tadhg. «Almeno Grey è riuscito a ottenere qualcosa prima che quel bastardo si ammazzasse».

«Ma sua sorella...?» sussurrò Quinn alzando lo sguardo

su Cael dal punto in cui si trovava, accucciata su Sylvia. Aveva provato a guarirla mentre Kieran si occupava di Tadhg, ma nessuno dei due era riuscito a fare nulla. Qualsiasi trucchetto avesse usato Sylvia aveva avuto un effetto... permanente.

«Ha sfruttato i preconcetti di Tadhg contro di lui» spiegò Cael, la cui voce si addolcì appena. «Tadhg sapeva che Grey cercava Nikiski da anni. Ha dato per scontato che Grey gli avrebbe fatto domande sulla sorella, non su Ashlyn. Così Grey è stato al gioco, sapendo che in quel modo Tadhg gli avrebbe dato le informazioni opposte».

«La posizione di Ashlyn, non quella di Nikiski» tradussi, capendo cos'era successo.

«Esatto. Tadhg ha parlato come se stessero ancora tenendo prigioniera Ashlyn, ma sappiamo tutti che non è così. Granger ci ha fatto credere di averla lasciata nel settore Eclipse, ma i nostri nasi hanno dimostrato che si trattava di una bugia. Scommetto che Granger non l'ha mai avuta con sé». Si voltò e guardò il suo ex Élite. «Ho ragione o no?».

Granger serrò le labbra senza dire nulla.

Ma la sua mente lo confermò.

Quel *ricordo* era stato opera di Sylvia, la potente omega fin troppo brava a manipolare la mente altrui. Anche se, ora che non c'era più, riuscivo a vedere tutto con chiarezza.

Sylvia era stata uno degli acquisti di Tadhg attraverso la tratta delle schiave, un'omega dal patrimonio genetico straordinario. Per lo più V-Clan, ma con un pizzico di vampiro. In quel senso era simile a Kyra, ma era anche estremamente diversa.

Tadhg l'aveva comprata quando era una bambina e l'aveva trasformata in un'arma, proprio come avevo detto a Quinn e Ivana.

Da un certo punto di vista era realmente innocente, visto che le era stato fatto il lavaggio del cervello.

Ma ciò non rendeva le sue azioni meno malvagie.

«Come ha fatto Ashlyn a mettervi i bastoni tra le ruote?» chiesi a Granger.

L'alfa si trincerò di nuovo dietro il silenzio.

Nessun problema.

Non avevo bisogno che parlasse: avrei fatto irruzione nella sua testa... con un po' di aiuto da parte della mia compagna.

Vana, mormorai. *Puoi darmi una mano a penetrare nelle sue barriere?* Perché quelle erano frutto delle abilità dell'alfa, non di Sylvia. Non avevo dubbi che il dono di riuscire a mascherare la sua identità fosse proprio il motivo per cui Tadhg lo aveva reclutato.

Ivana mi diede una stretta alla mano e si appoggiò alla mia spalla, poi chiuse gli occhi e si mise al lavoro.

All'inizio Granger si oppose, cercando di scacciarla dalla sua mente. Ma lei lo schivò con facilità, sicura di sé.

Aveva passato la vita a nascondersi dietro scudi mentali senza rendersi conto che si trattava di un talento unico nel suo genere. Non ero rimasto sorpreso dalla rapidità con cui aveva accolto quell'estensione del suo potere. Aveva una disposizione naturale. Era incredibilmente intelligente. *E bellissima.*

L'energia sfrigolò tra di noi, Ivana era talmente concentrata su Granger da non accorgersi di niente. Non dei grugniti e dei gemiti degli alfa che Kieran stava uccidendo uno per uno. A mani nude.

Non i sussulti della folla che assisteva al massacro.

Non il ringhio di Kieran che trasudava di potere e ricordava a ogni lupo V-Clan presente ciò che era in grado di fare.

Non il fuoco che accese per bruciare i corpi.

Niente.

Solo Granger.

Eppure Granger era *molto* consapevole della morte che lo circondava; il suo futuro aleggiava a pochi passi da lui.

Stava per morire. Ma non sarebbe stato Kieran a ucciderlo. Il piacere sarebbe stato tutto mio, non appena avessi recuperato tutte le informazioni possibili.

Fatto, pensò Ivana rivolta a me, con il capo posato sulla mia spalla. *È pronto.*

Grazie, macushla. Mi scrocchiai il collo, poi incontrai lo sguardo di Granger. *È ora di mettersi al lavoro.*

Granger digrignò i denti, la sua mente tentò subito di fronteggiare la mia invasione. Ma Ivana tenne a bada il suo potere mentre mi addentravo nei meandri della sua psiche alla ricerca di qualcosa di utile.

Trovai il giorno in cui conobbe Tadhg. La loro amicizia era nata dall'opinione condivisa da entrambi che le omega dovessero essere considerate oggetti di proprietà, non compagne. Inizialmente, Tadhg non aveva usato Granger. Quello era accaduto tempo dopo, quando una notte Granger era andato da lui e gli aveva riferito cosa stavano combinando Cael e Grey, nonché i loro sospetti sul fatto che Tadhg avesse preso la sorella di Grey.

Sul momento, Tadhg aveva negato.

Ma Granger non gli aveva creduto.

E invece di fare rapporto a Cael come avrebbe dovuto, aveva continuato ad aggiornare Tadhg. Voleva diventare l'Élite di Tadhg, perché era stupidamente convinto che gli avrebbe dato più potere.

No, non solo più potere.

Omega.

Non ce n'erano molte nel settore Lunar, e quelle poche che c'erano erano sotto la protezione di Cael. Granger sapeva che il suo principe non gliene avrebbe mai data una con cui giocare. Perché Cael credeva nell'importanza dei legami di accoppiamento e nella necessità di offrire alle omega la libertà di scegliere.

Granger era disgustato da quelle idee.

E geloso del fatto che Dixon ricevesse dei favoritismi in quanto fratello di Cael, nonostante fosse più debole di lui.

Quell'ultima scoperta mi fece sbuffare. Granger non capiva cosa significasse essere deboli. Altrimenti, avrebbe saputo quanto si sbagliava. Granger si considerava superiore a Dixon per via delle sue abilità mentali. Certo, il suo talento era notevole, ma il modo in cui aveva deciso di usarlo lo rendeva un debole. Il più debole di tutti.

Gli alfa non dovevano approfittarsi di chi pensavano fosse più fragile di loro; gli alfa dovevano *proteggere* quelle persone.

E le omega non erano né fragili né oggetti da possedere. Erano potenti, come Ivana non aveva fatto altro che dimostrare.

Ma non condivisi le mie considerazioni con Granger, continuando invece a esaminare i suoi pensieri e le sue esperienze.

Come avevo già intuito, non sapeva nulla di utile sull'organizzazione, solo che esisteva. Aveva aspettato che Tadhg lo invitasse a unirsi a loro, sperando di essere ricompensato per tutte le informazioni che aveva riferito.

Patetico, borbottai. Poi ripresi a scavare.

Ebbi l'impressione di aver trascorso ore intere a frugare nella sua mente per scoprire cosa sapeva di Ashlyn. Per scoprire il modo in cui aveva interferito.

Quando finalmente lo scovai, non potei evitare di scoppiare a ridere.

Quando lui e Tadhg si erano teletrasportati nella stanza

di Sylvia per dare inizio all'attacco, avevano trovato la piccola veggente ad attenderli.

Li aveva salutati sventolando la mano e aveva mormorato: «*Spero che non abbiate pensato di trovare Sylvia sveglia. Potrei aver usato alcuni di quei drink del settore Glacier – quelli destinati a me e alle altre – per tenerla idratata durante il calore. Come potete vedere, è, beh, ancora nel pieno dell'estro*».

Tadhg aveva perso la testa, ringhiando in faccia ad Ashlyn e dicendole che era una fottuta calamità.

Lei aveva fatto spallucce, rispondendo: «*Mi hanno detto di peggio*».

Furioso, le aveva afferrato il braccio ed era sparito con lei.

Granger aveva aspettato per più di un'ora che tornasse, per poi teletrasportarsi nel settore Lunar sbuffando.

Fu solo qualche giorno più tardi che Tadhg si degnò di contattarlo con un nuovo piano.

«*Quella stronza avrà un ruolo in tutto questo, dopotutto*» aveva detto, soddisfatto di sé. «*Li spediremo a caccia nel settore Eclipse – un luogo particolarmente adatto, visti i recenti avvenimenti – mentre noi ci occuperemo di Quinnlynn MacNamara e di quel maledetto scudo intorno all'isola. Poi comunicherò al mio contatto che potrà dare inizio alle danze*».

Granger gli aveva chiesto lumi sul contatto e su cosa intendesse con "dare inizio alle danze", ma Tadhg non aveva dato molte spiegazioni, se non: «*Diciamo che sarà la migliore festa dell'estro mai organizzata*».

Granger, l'idiota, non aveva indagato ulteriormente.

Un gregario in tutto e per tutto.

«Non capirò mai perché questo coglione fosse il tuo Élite» dissi a Cael, che mi ero accorto essersi avvicinato a me da un po'. Non aveva interferito con il mio lavoro, limitandosi ad aspettare in silenzio mentre io e Ivana ci facevamo strada nella mente di Granger.

Invece di replicare, domandò: «Hai scoperto qualcosa di utile?».

Kieran si unì a noi, la sua occhiata e i suoi pensieri mi dissero di rispondere a Cael.

Così lo feci, spiegando tutto ciò che avevo colto tra i suoi ricordi, incluso il modo in cui Ashlyn aveva interferito con il loro piano.

«Mi è mai stato leale?» chiese Cael. Sembrava stanco.

«Sì» dissi. «È solo che non condivide i tuoi principi né il tuo senso morale. Preferisce di gran lunga quelli di Tadhg».

Cael annuì. «A Dixon non è mai piaciuto. Ora mi toccherà informarlo che aveva ragione». Il suo tono si fece talmente mesto che immaginai che non fosse solito ammettere di aver sbagliato. Ma il fatto che potesse esprimerlo ad alta voce la diceva lunga sul tipo di persona che era.

«Uccidilo» ordinò Kieran, apparentemente rivolto a Cael.

Il principe mi lanciò un'occhiata. «Ha addosso l'odore del sangue di Ivana».

«L'ha attaccata».

Annuì ancora una volta, come a confermare di averlo già capito. «Quel bastardo mi ha tradito nel peggiore dei modi. Ma non lo avrei mai saputo se tu e la tua compagna non aveste scoperto la verità. Cosa ne dici di... occuparcene insieme?».

Inarcai un sopracciglio. «Cosa proponi?».

«Tu gli tagli la testa. Io brucio il corpo» spiegò in tono disinvolto, come se non stesse annunciando i dettagli della morte imminente di Granger davanti all'alfa stesso.

«Voglio farlo a mani nude».

«Non c'è problema». Cael sorrise, svelando un accenno del predatore che si annidava sotto la sua apparenza galante. «Merita di soffrire».

Ivana emise un suono che mi spinse a voltarmi verso di lei. Non era disgustata; non si trattava di un moto di nausea o di un rimprovero. Era stato uno *sbadiglio*.

La guardai in faccia e capii perché.

Era stata una giornata molto lunga, resa ancora più lunga dal tempo trascorso nella mente di Granger. Ore, considerando che tutti gli altri alfa erano già stati ridotti in cenere e che il sole brillava alto nel cielo.

La mia omega, la mia splendida omega *incinta* era esausta.

Sto bene, mi sussurrò nella mente.

Sei distrutta.

Si strinse nelle spalle. *Dopo andiamo nel nostro nido.*

Nostro?, ripetei. Adoravo come suonava.

Sì. Mi devi una sessione di sesso.

Sono coperto di sangue, macushla.

Lo so. Il suo sguardo mi accarezzò con evidente interesse. *Il mio alfa sexy, violento e letale.*

Mmh, mormorai. Mi piaceva la sua espressione.

Volevo renderla ancora più lussuriosa.

Questo mi diede un'idea.

Mi allontanai da lei e andai verso Granger. E gli staccai la testa senza battere ciglio. *Ucciderò chiunque provi anche solo a pensare di farti del male*, le dissi. *Ricordatelo e credici.*

Le sue pupille si dilatarono. *Mi sono sempre fidata di te, Cillian.*

Mi dispiace che mi ci sia voluto così tanto a fidarmi di me stesso, risposi. Tornai da lei e la afferrai per la nuca, baciandola appassionatamente.

Cael grugnì. «Okay, Élite. È tua. Abbiamo capito».

«Principe» lo corresse Kieran, facendomi irrigidire. «Ammesso che voglia il settore Alpha».

Mi staccai lentamente da Ivana e mi girai verso di lui. «Ma vaffanculo».

Kieran lasciò cadere la testa all'indietro e rise di gusto.

Non mi unii a lui.

«Non ho nessuna intenzione di prendermi il settore Alpha, cazzo. Dallo a Hawk. Anzi, dallo a Grey». Sapevo che a breve sarebbe tornato con Ashlyn.

Mi era sembrato che sapesse esattamente dove andare, il che era un bene, perché il settore Kodiak non era tra i luoghi preferiti dai lupi V-Clan.

Era pieno di alfa Z-Clan con cui nessuno di noi voleva avere a che fare.

Ma stavo divagando.

«Non voglio governare, Kieran. So che sarei in grado di farlo. Sono potente. Ma non voglio essere un principe alfa. Non ha nulla a che vedere con la mia mancanza di qualifiche o con la mia ascendenza. È perché mi piace essere il tuo secondo in comando. Quindi smettila di insistere».

Il suo sguardo scintillò di divertimento. «Il mio secondo, eh?».

Alzai gli occhi al cielo. «Élite. Quello che è. Sai cosa intendevo».

«Oh, sì, credo proprio di sì» rispose. «E "secondo in comando" suona bene. O anche "re temporaneo", quando ho bisogno di una pausa. Come tra qualche mese, quando la mia compagna partorirà».

Lo fissai con un'espressione sospettosa. «Mi hai appena convinto con l'inganno ad accettare di governare il settore Blood mentre vai in vacanza?».

«Da quanto ho capito, il congedo di paternità non è una vacanza».

Stronzo, pensai rivolto a lui.

Ciò, ovviamente, lo fece ridacchiare di nuovo.

Era stranamente di buon umore per aver appena annientato un'orda di alfa.

«Oh, a proposito, il settore Night è al sicuro» aggiunse Kieran quasi sovrappensiero. Il suo brusco cambio di argomento mi lasciò interdetto. «Se vuoi essere il mio secondo, dovresti controllare di più l'orologio. Lorcan ti sta messaggiando da ore e sai quanto non gli piaccia parlare».

Poi iniziò ad allontanarsi, pensando: *"Re Cillian" non suona niente male.*

Anche "il fu Kieran", risposi mentalmente.

Un'altra risatina. *Non è facile farmi fuori, re Cillian. Credo di averlo appena dimostrato.*

Lo vedremo la prossima volta che ci alleniamo insieme, ribattei.

Lo inserirò nell'agenda per la prossima settimana. Prima hai un'omega di cui occuparti. E sospetto che tu abbia di un po' di tempo libero per badare alle sue necessità.

Volevo dirgli di non ficcare il naso nelle "necessità" della mia omega, ma non ne valeva la pena. Mi avrebbe risposto a tono e non sarebbe più finita.

Inoltre, aveva ragione.

Ivana aveva bisogno di me.

E io di lei.

«Pensi che Grey riuscirà a trovare Ashlyn?» chiese. La sua domanda sembrava rivolta a Cael, visto che lo stava guardando.

Il principe aveva già iniziato a bruciare i resti di Granger per assicurarsi che quello stronzo fosse morto sul serio. Di norma, i lupi V-Clan dovevano essere decapitati e bruciati per morire definitivamente.

A quanto sembrava, anche friggere il cervello funzionava, come dimostrato da Tadhg e Sylvia.

L'omega era davvero un'arma.

Un'arma usata nel modo sbagliato. L'idea mi rattristava. Eppure, non riuscivo a non essere sollevato al pensiero che non potesse più causare alcuna sofferenza.

«Sì» disse Cael, riportando la mia attenzione su di lui. «Forse ci vorrà un po' di tempo, ma credo che gli abbia lasciato abbastanza indizi con cui lavorare».

«Nella nota scritta a Ivana?» domandai.

«Tra le altre cose, sì» mormorò. «Tra lui e Ashlyn c'è molto di più di quello che condividono con gli altri. Quei due lupi sibillini si meritano l'un l'altra».

«Non sei preoccupato?» insistette Ivana.

Cael sorrise. «Sono sempre preoccupato, tesoro. Ma c'è un motivo se affido a Grey la mia vita e il mio settore. È il bastardo più tenace che abbia mai conosciuto. Se c'è qualcuno che può trovare Ashlyn, quello è lui. Vedrai».

Ivana deglutì, incerta, ma poi annuì. «Spero che tu abbia ragione».

«Di solito ce l'ho» rispose con un'occhiata nella mia direzione. «Chiedi al tuo compagno».

Lo fissai. «Ti stai impelagando in un gioco pericoloso, *principe*».

«Anche tu, *secondo*».

«Presto dovrai chiamarmi "re"» lo provocai.

Ghignò. «Dovrò esercitarmi con gli inchini».

«Ecco, bravo» risposi. «E facci sapere quando hai qualche novità da Grey».

La scomparsa di Ashlyn mi avrebbe tormentato finché non avessi avuto sue notizie. Ma sapevo anche che non c'era nient'altro che potessi fare.

Ashlyn aveva suggerito a Ivana di dirmi che una nuova

vita era più importante di una vecchia e che sarebbe stata bene.

Finalmente avevo capito cosa significava.

Stava parlando della *mia* nuova vita, quella che mi aveva donato Ivana. Promettendo anche che sarebbe sopravvissuta.

«Scegliere di soffrire per un malsano bisogno di espiare le tue colpe non ha un impatto solo su di te, Cillian. Quella scelta, quella in cui metti tutti gli altri al primo posto, ha un impatto anche su di lei. Se ricorderai almeno una parte di ciò che ho detto, ti prego, fa' che sia questa».

Ashlyn aveva ragione.

Decidere di andare a cercarla ora mi avrebbe messo in pericolo. E avrebbe messo in pericolo anche Ivana.

Le mie scelte erano le scelte di Ivana e viceversa.

Perché adesso eravamo una squadra.

Dovevo metterla al primo posto. Sempre.

Ma, come Ivana mi aveva dimostrato, ciò non significava che dovessi rinunciare ad altre priorità per lei. Funzionavamo meglio insieme.

E non vedevo l'ora di scoprire cosa ci aspettasse.

Per la prima volta nella mia vita, il futuro era luminoso.

Grazie all'omega al mio fianco.

La mia Ivana.

Il mio amore.

La mia compagna.

IVANA

Gocce di acqua rossa scorrevano sul petto di Cillian, eccitando la mia bestia interiore.

Era sbagliato.

Depravato.

Eppure mi incendiava le viscere.

Oggi il mio alfa aveva mostrato la sua forza. Aveva combattuto. Aveva ucciso. Aveva *vinto*.

E ciò aveva risvegliato un bisogno primordiale dentro di me, che mi faceva desiderare di morderlo di nuovo. Per assicurarmi che sapesse che era mio. Perché *tutti* sapessero che mi apparteneva.

Lo stesso desiderio possessivo si rifletteva nel suo sguardo, la sua mente rispecchiava la mia. Potevo sentire la sua brama, le sue intenzioni, i suoi disegni oscuri.

Voleva scoparmi così, reclamarmi mentre l'acqua faceva scorrere via le ultime tracce di morte. Voleva venire dentro di me in un'unione gioiosa che preludeva a una nuova vita. Voleva mostrarmi che aveva scelto me, *noi*, sopra tutto il resto.

«La mia omega» mi sussurrò sulle labbra.

«Il mio alfa» sussurrai di rimando, poi gemetti quando mi baciò.

Era come se fossimo stati lontani per anni, non per ore. Come se ci fossimo reclamati dieci anni prima.

Baciarlo era come tornare a casa.

Nascere di nuovo.

Abbracciare pienamente il mio futuro nel mondo.

Stelle, lo avevo desiderato così a lungo. *Molto* a lungo.

E averlo finalmente tra le braccia... era quasi un sogno. Ma era reale. Oh, era decisamente reale.

Mi spinse sulla parete di piastrelle, il suo nodo un marchio infuocato sul mio ventre. «Sarà veloce e brutale, Vana» mi avvertì. «Ci andremo con calma nel nido. Ma sono stato senza di te troppo a lungo e non ne ho avuto minimamente abbastanza del tuo corpo».

«E di chi è la colpa?» ansimai, inarcandomi verso di lui.

Mi mordicchiò il labbro inferiore. «Sempre a rimproverarmi».

«Non smetterò mai» gli promisi mentre mi sollevava.

Entrò dentro di me con un'unica spinta, senza concedermi un istante per prepararmi o anche solo valutare cosa stava per accadere. Urlai. La sua intrusione era stata incredibilmente dolorosa, ma anche ciò di cui entrambi avevamo bisogno.

Volevo sentirlo così.

Sapere che era lui ad allargarmi. Rivendicarmi. *Scoparmi.*

«Dei, se ti amo» mormorò. Il suo respiro al profumo di menta mi si infranse sulla bocca. «Ti amo così tanto, Ivana».

La sua lingua zittì la mia risposta, costringendomi a dirgliela mentalmente. *Ti amo anch'io.*

Ringhiò, compiaciuto dalla mia dichiarazione. Forse non glielo avevo detto a sufficienza.

Così lo ripetei.

Ancora.

E ancora.

Mentre mi scopava proprio come aveva preannunciato: in fretta, brutalmente, a fondo.

Le sue mani mi stringevano i fianchi con una forza tale che ero certa che mi stessero lasciando i lividi. Ma ero troppo impegnata a graffiargli la schiena per preoccuparmene.

Era una rivendicazione selvaggia.

Un bisogno feroce.

Un'unione tanto attesa tra due lupi che si erano appena accoppiati.

«Mordimi» mi ordinò. «Fammi sanguinare, compagna».

Gli affondai i denti nel labbro e lo sentii sorridere sulla mia bocca.

Poi mi spostai sul collo e lo morsi di nuovo. Più forte. Proprio dove il suo battito pulsava. Il suo sangue mi inondò la lingua, costringendomi a ingoiare la sua essenza. Aveva un sapore divino. Come una prelibatezza destinata solo e soltanto a me.

Perché era esattamente ciò che era Cillian: *mio.*

Ringhiò di approvazione, continuando a penetrarmi, spingendomi oltre vette inesplorate di piacere. Mi avvinghiai a lui e lo morsi ancora una volta, sull'altro lato del collo.

Una mano abbandonò il mio fianco e mi afferrò i capelli, sfruttando la presa per tenermi stretta a sé, ordinandomi silenziosamente di bere.

Stelle, era scatenato. Era tutto ciò che avevo sempre sognato.

E rese il sogno ancora più bollente quando mi tirò forte i capelli, costringendomi a piegare il collo per ricambiare il favore. I suoi denti mi si conficcarono nella carne, strappandomi un sussulto, le sue labbra bruciavano sulla mia gola.

Era tutto così ferino.

Stupendo.

Così violento che non potei fare a meno di urlare di nuovo.

Sì, mi lodò mentalmente. *Fatti sentire da tutti, Vana. Di' all'intero settore che sei mia. Che si sbagliavano a pensarla diversamente o a insinuare che non fosse così. Tu. Sei. Mia.*

Rabbrividii, la sua affermazione era così vera che riuscivo a malapena a respirare.

Poi rovesciò la testa all'indietro e ululò.

Il suono improvviso mi spiazzò e mi spinse a contorcermi contro la parete; il suo dominio era talmente devastante che ogni parte di me si strinse intorno a lui.

Stava dicendo al settore dove si trovava.

Nel mio nido.

Nel *nostro* nido.

A scoparmi.

A reclamarmi.

Non lasciava dubbi su quali fossero le sue intenzioni, su dove fosse riposto tutto il suo amore.

Voleva che il mondo intero sapesse che ero sua, e se ne assicurò ululando una seconda volta.

Oh, stelle... Il modo in cui il suono vibrò... Era così intenso. Così primitivo. Così *alfa*.

E poi ringhiò, facendomi colare l'eccitazione tra le cosce; il suo boato autoritario esigeva la mia sottomissione.

Sono tua, gli dissi.

E lo ripetei ad alta voce.

E lo *urlai* a perdifiato.

La sua mano scivolò tra noi due. Mi accarezzò il clitoride con il pollice, ringhiando: «*Dimostralo*».

Ogni parte di me fu avvolta dalle fiamme, il suo corpo incendiava il mio con un inferno di beatitudine. Lo strinsi tra le cosce e gli gettai le braccia al collo.

Poi mi lasciai andare. Tutte le mie preoccupazioni. La sofferenza. Il passato. Ogni dolore. Lasciai andare... tutto. E concessi a me stessa di volare in un oblio di *noi*.

Piacere.

Calore.

Amore.

Esisteva tutto qui. Cresceva. Pulsava. Vibrava di vita.

Un futuro luminoso.

Un passato dimenticato.

E un settore pieno di lupi che sapevano esattamente cos'era appena successo.

Lo udivo nei loro pensieri, ma li ignorai e mi concentrai sulle uniche menti che contavano: la mia e quella di Cillian.

Il suo petto vibrò, compiaciuto, i suoi pensieri mi ringraziarono di essere sua, di averlo scelto, di aver avuto pazienza... addirittura per tutte le prese in giro.

L'ultima parte mi strappò un sorriso. Socchiusi le labbra e ansimai: «*Dammi il tuo nodo, alfa*».

«Mmm, sempre a darmi ordini». Sembrava che quella frase fosse diventata una delle sue preferite.

Non era un problema, piaceva anche a me.

Perché quasi sempre faceva quello che volevo.

Come in quel momento, quando mi prese con ancora più forza contro le piastrelle, accarezzando il mio punto più sensibile e costringendomi a continuare a venire intorno a lui.

«Dei, adoro quando mi vieni sul cazzo» mormorò, trascinando i denti sul mio labbro inferiore. «Continua a stringere, macushla. Sì, così».

Serrò i miei capelli in una morsa e mi strattonò di nuovo la testa all'indietro, solo che stavolta affondò i denti nel mio seno.

Gridai, travolta da quella sensazione intensa che mi inondò le vene di desiderio nonostante stessi già venendo.

Ah, che uomo.

Che lupo.

Che alfa.

Mi lasciò andare e mi mostrò il sangue che gli tingeva la bocca, poi mi catturò le labbra in un bacio furioso che mi impedì di respirare. Di pensare. Di... di *esistere*.

Persi la cognizione del tempo e dello spazio, per poi tornare in me quando il suo nodo mi schizzò dentro, rilasciando ondate pulsanti del suo seme caldo.

Espirò nella mia bocca, ricordandomi di respirare, poi mi baciò di nuovo. La sua lingua impose il suo dominio su tutto il mio essere, possedendomi in un modo che mi fece sentire protetta e sicura. E adorata e soddisfatta.

L'estasi mi invase, l'orgasmo sembrava non finire mai. E il suo nodo continuava a pulsare. Avrebbero potuto essere trascorse ore. Non ne ero sicura. Non mi importava. Ero con Cillian. Era tutto ciò che contava.

E la vita che sta crescendo dentro di me, pensai, sospirando quando fui cinta da una nuvola di calore.

In qualche modo, Cillian era riuscito a finire di lavarci, pur rimanendo dentro di me, e ora eravamo diretti al nostro nido per ricominciare.

Perché il suo nodo aveva iniziato a ritrarsi.

Ma ce l'aveva ancora duro come una roccia.

«Ti scoperò fino a farti svenire, Vana» mi informò. «Poi ti sveglierò con il mio nodo».

Rabbrividii. «Okay» mormorai. Era un piano allettante. «Ora dimmi che lo farai ogni giorno per tutto il resto delle nostre vite».

Ridacchiò e mi fece stendere sul materasso, per poi ingabbiarmi sotto il suo corpo massiccio. «Ti darò il mio nodo ogni giorno per tutta l'eternità, Vana».

Le mie labbra si incurvarono in un sorriso. «Bravo alfa».

«Non hai idea di quanto lo sia, ma te lo mostrerò, omega». Scivolò fuori quasi fino alla punta, per poi affondare di nuovo dentro di me. «Ti onorerò». Ripeté l'azione. «Ti scoperò». Un'altra spinta. «E ti amerò con tutto me stesso».

Un brivido mi corse lungo la schiena. «Sei degno di me, Cillian» sussurrai. Volevo che me lo sentisse dire ad alta voce. Perché avevo udito una parte della sua mente mormorare che un giorno sarebbe stato degno di me. Che avrebbe fatto tutto ciò che era necessario per essere *abbastanza*. «Sei incredibilmente degno di me».

Stavolta fui io a baciarlo prima che potesse rispondere.

Poi continuai a parlare nella sua mente, ripetendogli ancora e ancora quanto fosse degno finché non mi fece venire di nuovo, rendendomi incapace di formulare un pensiero coerente.

Molto più tardi, mentre perdevo lentamente

conoscenza sotto di lui, lo sentii sussurrare: «La prossima volta che mi chiederai di ballare, Ivana, ti prometto che ti dirò di sì. Ti dirò sempre... *sì*».

PARTE VI

Care stelle,

ho un compagno. E non un compagno qualsiasi, ma Cillian. Cillian l'Élite. L'alfa Cillian. Il mio Cillian. Il mio alfa. Mio. Mio. Mio.

Mi sta guardando mentre scrivo.

Pensa che sia adorabile (anche se i suoi occhi dicono qualcosa di diverso).

Credo che gli salterò addosso. Nuda. Poi vedremo come mi guard...

———

(Cillian mi ha scopata prima che potessi terminare l'annotazione).

Comunque... sono innamorata di un alfa di nome Cillian. Adesso è mio e io sono sua.

Fine.

Vostra,
Ivana
PS: Grey ha trovato Ashlyn. È una bella storia. La condividerò la prossima volta...

EPILOGO
ASHLYN

HO SEMPRE SAPUTO COME AVREI INCONTRATO il mio compagno.

O meglio, credevo di saperlo.

Finché non è successo davvero, nel settore Glacier.

Ma ho sempre immaginato che sarebbe avvenuto qui, sulle fredde coste del settore Kodiak.

Ho sognato questo momento così tante volte, svegliandomi sempre con eccitazione e rammarico.

Perché so quanto farà male. Come la nostra storia inizierà e forse finirà.

Non è per i deboli di cuore. A volte mi chiedo se sarò in grado di sopportarlo.

Tuttavia, non cambierei le decisioni che ho preso e che mi hanno portata qui. Le strade alternative erano di gran lunga peggiori per tutti gli altri. Troppa morte e troppo dolore.

Se devo sopportare tutto questo perché gli altri siano al sicuro, ben venga.

Spero solo che Grey si sbrighi.

Alzo lo sguardo verso il sole e noto che è pomeriggio.

Dovrebbe arrivare presto, penso. *Sempre che abbia capito i messaggi che gli ho lasciato.*

Non mi piace esprimermi per enigmi, ma ho imparato che è il modo migliore per far trapelare significati nascosti senza alterare il futuro.

Sconvolgere il destino comporta gravi conseguenze, conseguenze che non ho alcuna intenzione di affrontare.

Rabbrividisco quando un'ondata gelata mi assale la pelle. È l'unico modo per evitare che il mio odore si diffonda e che gli alfa del settore si accorgano della mia presenza.

Ma caro oracolo, sono veramente esausta.

Sono sveglia da giorni. Seduta nell'acqua gelida mentre il mio corpo lotta per mantenere quel minimo di calore necessario a sopravvivere. Ormai somiglio a un alieno bluastro. Forse Grey non mi riconoscerà nemmeno.

Se verrà a salvarmi, penso.

Chiudo gli occhi, rifiutandomi di considerare l'alternativa.

Quel sentiero non va bene per nessuno di noi.

Questa è l'unica via. La via migliore, che...

«Okay, piccola». La voce profonda mi accarezza le orecchie, facendomi spalancare gli occhi di scatto.

Grey è a un paio di metri di distanza, coperto di sangue proprio come nelle mie visioni. Tremo, terrorizzata ed euforica al tempo stesso. «Sei... sei q... qui» mormoro battendo i denti, la mia voce si ode a stento sull'infrangersi delle onde.

Lui aggrotta la fronte, poi mi tende la mano. «È meglio che ti porti in un posto caldo».

Ci penso più a lungo di quanto dovrei, poi allungo la mano per afferrare la sua proprio mentre in lontananza si sentono degli ululati.

Grey si getta in avanti per stringermi a sé e ci

teletrasporta via dal settore Kodiak prima che qualcuno possa fermarci.

Ma non mi conduce nella sua tana.

No, andiamo in un luogo completamente diverso.

Un luogo che ho temuto fin dalla prima volta in cui ho sognato questo momento.

So già cosa accadrà. Le parole. L'irritazione. *Il dolore*.

Mi prende tra le braccia, avvolgendomi intorno una coperta di lana. Ma è con un'espressione dura negli occhi che mi stringe il mento e mi solleva il viso, obbligandomi a incontrare il suo sguardo.

«Aspetterò che tu ti sia scaldata» dice. «Poi parleremo delle tue annotazioni su Nikiski. E dopo mi aiuterai a trovarla».

Eccoci.

Il nostro destino.

Quello che ci unirà... o ci distruggerà.

Perché richiede che torniamo indietro nel tempo.

A rivisitare un passato che entrambi vogliamo dimenticare.

Ad abbracciare un futuro che potrebbe annientarci.

Richiede che torniamo... *nel settore Kodiak*.

Ed è proprio nel romanzo *Il settore Kodiak* che prosegue la storia di Ashlyn...

Benvenuti nel settore Kodiak, dimora degli alfa più feroci del mondo Z-Clan.
Un luogo letale per un'omega come me.
Ma il mio compagno predestinato è deciso a trascinarmi nell'inferno da cui sono fuggita, solo per salvare sua sorella.

Pensa che sappia come trovarla.
Ma non è così.
Ho solo delle visioni. Vedo… il futuro.
E in questo momento è pieno di ferocia e dolore.

Finché, all'improvviso, il mio potere scompare.
Suggerendo un destino peggiore della morte.
Un destino che inizio a comprendere quando vado in calore nelle grotte sotterranee del settore Kodiak.

Il mio compagno designato è improvvisamente costretto a scegliere: me o sua sorella?

Per una volta, non riesco a prevedere cosa succederà.
Ma nel mio cuore so chi salverà.
Perché nessuno sceglie mai me.

Nota dell'autrice: *Il settore Kodiak* è un romanzo autoconclusivo sui mutaforma ambientato in un modo oscuro con nodi, nidi, ringhi e un sacco di fusa. Perché nonostante Ashlyn non riesca a "vederlo", Grey è ossessionato da lei nel migliore dei modi. È sua, e lui protegge ciò che è gli appartiene...

La scrittrice di Bestseller per *USA Today* Lexi C. Foss è un'autrice persa nel mondo della tecnologia. Vive ad Holly Springs, in Carolina del Nord, con suo marito e i loro figli pelosi. Quando non scrive è impegnata a mettere crocette sulla lista dei posti che vuole visitare. Nella sua scrittura si ritrovano molti dei luoghi in cui è stata, tra cui il mitico mondo di Hydria, basata su Hydra, nelle isole greche. È eccentrica, consuma troppo caffè e ama nuotare.

www.LexiCFoss.com